business | 企业管理

鹰的重生

TCL追梦三十年 1981-2011

蓝狮子/著　吴晓波/审定

中信出版社
北京

图书在版编目（CIP）数据

鹰的重生：TCL 追梦三十年 / 蓝狮子著；吴晓波审定 . —北京：中信出版社，2012.1
ISBN 978-7-5086-3176-9

I. 鹰… II. ①蓝… ②吴… III. 日用电气器具－工业企业管理－经验－惠州市 IV. F426.6

中国版本图书馆 CIP 数据核字（2011）第 263566 号

鹰的重生——TCL追梦三十年
YING DE CHONGSHENG——TCL ZHUIMENG SANSHINIAN

著　　者：蓝狮子
审　　定：吴晓波
策划推广：中信出版社（China CITIC Press）　蓝狮子财经出版中心
出版发行：中信出版集团股份有限公司（北京市朝阳区惠新东街甲 4 号富盛大厦 2 座　邮编　100029）
（CITIC Publishing Group）
经 销 商：中信联合发行有限公司
承 印 者：北京通州皇家印刷厂
开　　本：787mm × 1092mm　1/16　　印　　张：21.75　　字　　数：300 千字
版　　次：2012 年 1 月第 1 版　　印　　次：2012 年 1 月第 1 次印刷
书　　号：ISBN 978-7-5086-3176-9 /F · 2539
定　　价：50.00 元

版权所有 · 侵权必究
凡购本社图书，如有缺页、倒页、脱页，由发行公司负责退换。

网　　站：http://www.publish.citic.com　　服务热线：010-84849555
投稿邮箱：author@citicpub.com　　服务传真：010-84849000

目 录 | CONTENT |

第四章 渠道为王

第五章 “王牌”出世

第六章 彩电初定乾坤

第七章 少帅的变革与创新

|序一|

从“站起来”到“走出去”

自从20世纪70年代末开始改革开放以来，中国企业的发展过程大致经历了两个阶段：前一个阶段是“站起来”，在国内市场做到一定的规模；后一个阶段是“走出去”，参与国际市场的竞争。一大批企业在这个过程的不同阶段中涌现了出来。TCL是为数不多的从头到尾参与了两个阶段发展的企业。从这点讲，这家企业本身就是一个特别值得深入研究的标本。因此之故，这次应李东生董事长的邀请为TCL30周年企业史作序，我感到十分有幸。

回归当下，TCL作为一家“走出去”的先行者，它的国际化经验无疑更值得我们去认真总结。这一过程虽非一帆风顺，却是尝试“走出去”的中国企业所必然要经历的。

2001年中国加入WTO（世界贸易组织）之后，中国企业开始参与全球竞争，关于如何提高国际竞争力的讨论一直绵延至今。对此大家有分歧，有争议，也有共识。TCL进入国际市场竞争以后，经历过多次成功和失败，取得了丰富的经验和教训。本书用讲历史故事的方式将这些经验教训呈现在读者的面前，我认为，以下几点是特别值得注意的：

第一，“走出去”的必要性和迫切性。

这种必要性和迫切性的基本立足点，在于经历 30 多年的发展，中国和中国企业在世界经济舞台上的角色正在发生从追赶者向主要竞争者之一的重大转变。一方面，中国的国内市场已经从商品普遍供不应求的卖方市场向物品丰富、竞争加剧，而且和国际市场打成一片的买方市场转变。另一方面，世界市场上的卖方竞争也趋于激化，特别是全球经济危机发生以后，需求不振，竞争就更加白热化。各国企业为了求生存，都必须努力降低成本和在产品设计及品质提升上争奇斗艳。

在这种情况下，中国企业如果还沉浸在旧日的氛围之中，满足于在国内的卖方市场中提供“大路货”产品，或者在政府的某些政策保护下为外国企业提供初级加工服务，道路就会越走越窄，甚至迟早会被迫出局。

反过来说，“走出去”参与国际竞争才有出路。如果一家企业已经在国内市场或者加工出口市场上经过历练，企业制度和管理体系也已基本成形，在作出认真准备的条件下冲出世界，放手一搏，完全有可能开辟出一片新天地。

TCL 集团从 2004 年开始的一系列海外运作，正是在这种背景下展开的。从本书可以看到，他们当年作出的“走出去”决策，虽然需要很大的勇气和冒险精神，方向却是完全正确的。虽然 6 年来他们遇到过许多困难，但并没有气馁，而是认真总结经验，鼓起勇气，再接再厉，终至取得了一个又一个的胜利。尽管他们离登顶还有不小的距离，但是“皇天不负有心人”，曙光已经出现他们的前头，却是确定无疑的。

第二，为了“走出去”而且“站得住”，企业需要进行脱胎换骨的改造。

为了成功地走出去所必须作好的准备，与其说是技术上的，还不如说主要是组织制度上的。

中国企业长期在一个不完善的市场环境下运作并从事它们的经营活动。在中国以人格化交换为主的“熟人市场”上，契约的订立和执行主要靠“关系”而不是靠法治和规则。各级政府不但掌握着太大的稀缺资源支配权，而且掌握着干预企业微观经济活动的巨大权力。所有这些，都不能不影响中国企业的组织制度、行为习惯乃至文化风尚。例如在组织制度上，分支机构与总部之间的关系不是基于授权与问责的明确规则，而是采取某种类似于“裂土分封”的办法。在企业领导人与下级人员的关系上，则往往流行某种人身从属或类似“领袖崇拜”的关系。在企业的外部关系上，有所谓“关系是第一生产力”的说法。企业最为关注的，往往不是顾客的需求和反应，而是与政府和与相关官员“关系”的亲疏。

我们必须清醒地认识到，存在这类问题的企业如果不对自己的治理结构、经营战略、组织管理、企业文化等进行脱胎换骨的改造，它们将很难在法治国家规则明确的市场上立足。

与此相关，政府也应当努力推进自身和整个体制的改革，以便营造出好的环境，使企业在这个环境下，都有内在的自主创新动力和能力，而不必去结交官员和依附政府。

在以“鹰的重生”精神义无反顾地改造自身方面，无论是作为企业集体的TCL，还是作为企业领导人的李东生，都作出了坚韧的努力加以应对。对于已经习以为常的老规则和旧习惯难于割舍，乃是人之常情。更何况这类改革还牵涉到“人”的问题，其中不少“人”是TCL的“创业元老”和“有功之臣”，处理起来就有更大的难度。诸如“诸侯文化”、“胸怀第一，规矩第二” 这类过去曾经赖以打天下，后来却成为建设现代企业绊脚石的老办法、老机制，曾经困住了许多中国企业。但是TCL和李东生没有望而却步，而是采取适当的办法对这类问题进行妥善处理。这是十分难能可贵的。

第三，成功地“走出去”，有赖于核心竞争力的提升。

尽管前30年中国经济发展的动力在于由改革开放焕发解放出来的企业家创业精神，但就经济发展方式而言，增长主要还是靠资本和资源的投入，而不是靠技术进步和效率提高。中国本来就不是一个资源丰盛的国家，生态环境也历来十分脆弱。所以这条粗放增长的道路早已崎岖难行，现在更是走到了尽头。长期采取粗放增长的模式，资源枯竭和环境破坏的问题将变得越来越不可忍受。

为了改变这种状况，中国政府在20世纪后期提出了“转变经济增长方式”的严峻任务。不过由于旧体制和旧机制的羁绊，就整体而言，中国经济发展的转型进行得并不顺利。

从企业的视角看，30年来大量中国企业以加工出口的形式参与国际市场的交易。但无须讳言的是，大多数中国企业在核心竞争力上与外国企业还存在相当大的差距。核心竞争力的缺失主要表现在两个方面：一是缺乏关键领域的原创性技术；二是缺乏自己的销售渠道网络。于是往往在产业链附加价值最高的部分，即宏碁集团创始人施振荣先生所说的“微笑曲线”两端上受制于人，自己只能赚一点点辛苦钱。如此独立性都谈不上，更遑论参与竞争并取得商战的胜利了。

因此，提升中国企业的国际竞争力必然要求实现企业的转型升级。对于一家制造业企业来说，就是要尽量向“微笑曲线”的两端延伸：一方面要努力掌握核心技术，生产更能满足顾客需要的产品；另一方面要努力建设自己的营销网络，提升自己的品牌价值，完善自己的售后服务。从这本书里我们看到，TCL 正是这样做的。这些年来，他们在所有这些方面的转型提升上不遗余力，所取得的成绩也很令人欣慰。

在企业转型升级的问题上，有一个问题很值得引起注意。这就是产业提升要尽量利用企业原有的优势，而不能轻易地放弃自己熟悉的领域，另搞一套。在中国当下的环境中，由于前些时间流动性泛滥和一些地方政府用低价土地甚至零地价土地“招商引资”，投机的风气变重，一些制造业企业也改行从商，把主要的注意力从自己的主业转向房地产开发、发放高息贷款等能够“赚快钱”的领域。无论对于国家，还是对于企业，这都是非常危险的。

TCL 从实业起步，虽然也面临诸多的诱惑，但一直以来都未曾偏离自己的方向。而且它的实业之路走得非常扎实，因为他们所理解的实业并不是旧式的初级加工业，而是高信息化、高技术含量和高附加值的现代实业。他们为把自己的企业改造成这样的企业付出了令人惊叹的努力。我希望更多中国的企业都能在这条道路上做出优异的成绩。

TCL 是在我国改革开放中成长起来的典型企业，也是中国企业国际化的先行者。如今总结历史，汇编成书，可喜可贺。

三十而立。希望 TCL 未来在企业的转型升级和更加深入的国际竞争中有更精彩的表现。

吴敬琏

2011 年 12 月 12 日

|序二|

真的战士永远有无尽的战场

2011年9月28日晚，惠州，TCL创立30周年庆典。

一直很想参加，却因为临时有事，实在走不开。于是，我想到，是不是写点什么表达祝贺之情。9月25日傍晚，从北京飞往上海的飞机上，我开始动笔，这就是第二天在《第一财经日报》上刊出的那篇文字：

人要走过多少的路，才能找到一个最平静的归宿，然后在这个宿命里好好活着？

没有谁不希望早点找到归宿感。无论它是遥远西天的经书，还是快乐老家的枕头，抑或只是一枚随风滑翔的纸飞机。只要是确定的，心就安下了。

和李东生相识近20年，曾经以为，以他作为广东商人的聪明和商业敏感，以他的判断力和资源整合能力，应该可以早点把企业放下，把工业放下，把实体经济放下，活得更简单更潇洒。

想想吧，20世纪90年代中期“彩电大战”的四个主角，长虹倪润峰、康佳陈伟荣、TCL 李东生、创维黄宏生，相比起来，李东生的风格是从容放权、气定神闲的，他没有倪润峰那么“霸”，陈伟荣那么“执”，黄宏生那么“苦”。他应该最有条件，能够早一点跳出“中国制造”这个充分竞争、永不止息的红海。跳出去，或者升上去。

他敏感，看到了大屏幕彩电进入中国普通家庭的巨大商机；他借力，没有生产线，没有生产许可证，他去租；他主动，靠着“有计划的市场推广”，迅速形成了渠道优势；他仁厚，不拘一格用人才，旗下一时战将如云。

弹指一挥间。如今呢，倪润峰早已退休，陈伟荣早已辞别，黄宏生早已退居幕后，连比李东生小一辈的段永平们也早已转换了人生角色，只有李东生还在战场上，还是主帅。他似乎成了希腊神话中被众神所罚要把巨石推上山顶，而巨石又因太重、未达山顶就又滚下山去的西绪福斯，永不解脱。

李东生和西绪福斯不同，因为没有谁要罚他推石上山。而他们的相同之处，正如法国文学家加缪所描写的，“西绪福斯无声的全部快乐就在于：他的命运是属于他的，他的岩石是他的事情……他是自己生活的主人，最高的虔诚是否认诸神并且搬掉石头。他也认为自己是幸福的……这块巨石上的每一颗粒，这黑黝黝的高山上的每一矿砂，唯有对西绪福斯才形成一个世界。他爬上山顶所要进行的斗争本身就足以使一个人心里感到充实”。

在 TCL 的舞台上，也许是责任使然，也许是天命使然，也许是性格使然，李东生给自己设定了山的高度。那高度不断上升。他要爬，他要推，任劳，任怨，认命，不避，不惧，不退，不悔。

他要 TCL 改制，他要 TCL 国际化，他要 TCL 做液晶面板，他要 TCL 重塑产业链、价值链，他要 TCL 再造文化、队伍与管理——而他选择的主战场，则是全球竞争最惨烈、竞争壁垒奇高、洗牌速度超快、而中国企业的传统优势却很容易被蚕食的消费类电子。

中国企业能否创造出全球品牌？中国企业能否摆脱缺芯少屏的命运？国外的众神说 No，李东生说，不去试，哪里有机会？哪里知道行不行？“否认诸神并且搬掉石头”，这成了李东生内心“最高的虔诚”。

人生忧患识字始。对一个企业家来说，真正的忧患，可能始于一个真实的理想。如果做企业只是等于赚钱，机会主义常常是不错的选择，但企业家一旦有了理想，他就再也回不去、放不下、丢不掉了。

他注定要走向一个更加博大、也注定更加艰苦的世界。而结果，往往充满了不确定。挑战无边，风险随时，注定了努力无极限，创新无极限，超越无极限。

一切都是命运，而命运的跌宕起伏、艰难险阻、无休无止，恐怕李东生在选择之初，不会像今天这样感同身受吧。

今天看起来依然从容大气的李东生，这七八年来的心路历程，谁又能真的知晓？

和李东生相识之初，我曾写过一篇文章，题目叫《诚商李东生》，盖因在广东商界，李东生向以信达坦诚著称。因为守信，所以即使没有资源、资本，总有人愿意借给他，李东生当年的很多部下都说他是“福将”。今天，如果还有机会再写的话，或许会把题目定为《韧商李东生》，或者借用《挺经》的说法，写《挺商李东生》，“躬自入局，挺膺负责，乃有成事之可冀”。

我祝愿TCL终有一日能成为世界级的、源自中国的品牌，这是一条艰难的路，仿佛一场“无尽的下半场”。在改革开放后中国市场经济的大潮中，TCL是“不做先烈的先驱”，“不被后浪淹没的前浪”，其生命力异常旺盛，但坦率地说，谁也无法保证，在竞争的下半场，TCL一定能成为和三星比肩的企业。

但是中国，中国需要，也一定能产生属于她同时也属于世界的品牌。一个国家的企业能够走多远，一个国家的经济才能走多远。

我们需要这样大写的企业，大写的品牌，大写的企业人，大写的企业家。

我们为所有这些不退场、不言败，而且不断创新与超越的奋斗者、劳动者、创造者加油。

“旧雨三年精化碧，孤灯五夜眼常青。”当你有了无尽的理想，你就拥抱了无尽的战场和无尽的辛劳。而我们，将永远给你支持的期待、关注的目光。

本来以为，我对TCL和李东生的感想，已经胸臆尽抒了。没想到在读完《鹰的重生》这本翔实、完整而全面的企业史之后，我觉得自己过去对TCL和李东生的了解还“不及格”，对中国商业环境的认识也不够充分（例如，地方政府特别是开明官员对企业的发展助力甚多，而这一点往往被忽略）。这本书的确让我获益良多。

这里，只想分享一点读书心得，就是在转型期的市场经济环境下，究竟应该以财富论英雄，以成败论英雄，还是以价值论英雄？我们已经习惯了“富豪榜”，习惯了“论成败”，但却很少真正去比较和思考：每个富豪的财富究竟是靠什么赚来的？每家企业成败顺逆的原因究竟是什么？一个企业家和一家企业，在起起伏伏的征程中，其所带给地方、国家、社会、经济、员工、伙伴的东西，究竟什么才更有价值、更值得珍惜？

以财富论，李东生前面有很多人；以成败论，TCL 也经历过许多挫折和磨难；但是，以价值论，TCL 和李东生所走过的路，所探索过的世界，所收获和体验到的知识、技术、经验与教训，在这个永远进取、永不懈怠、永存抗争的过程中所展示的力量与选择，所带给我们的启发，要比很多富豪和那些看似光鲜的企业多得多。这就是企业和企业家的“价值外溢”。

为什么说 TCL 是高价值的企业，李东生是高价值的企业家？因为其从事的是依靠扎扎实实劳动的“生产型活动”(productive)，是通过创新而提高人们生活水平并由此获利的“利他型活动”(helpful)，是在开放公平的全球市场上持续改进的“竞争性活动”(competitive)。所有这些活动，都有助于形成阳光下的、可学习、可借鉴的社会资本，让企业之外的更广大的商界和社会因之而受益。

价值型的企业和企业家，一定是追求真善美的。所谓“真”，就是诚信和透明；所谓“善”，就是对所有利益相关者负责；所谓“美”，就是无止境的对消费者需求的探索与满足，追求完美，臻于至善而为美。

在我看来，只有追求真善美的企业和企业家，才能留下真正的价值被传承、延续、扩散，从而让价值永恒，并积淀成商业文明。

在社会经济的转型期，坚守真善美的价值选择并非易事，往往要经历“在清水里泡三次，在血水里浴三次，在碱水里煮三次”的磨难。俄罗斯作家陀思妥耶夫斯基说过：“我只怕一件事，就是我配不上我所受的痛苦。”在 TCL 和李东生的成长过程中，所有那些为真善美而承受的极限般的压力，那些为爱与责任而流淌的血泪，为向更伟大的目标前进而付出的学费、代价与委屈，放在一个更宽广和长远的视野中，都是值得的。

值得，就有价值。价值，就是值得。

30 年，李东生和他的所有前辈、所有同事、所有伙伴与朋友的付出，仿佛都是为了未来，为了中国必定会收获的那一刻，而先行迈出的步伐。

对这样永在创造和担当的价值英雄们，有什么理由不向他们致礼，不为他们祝福呢！

秦朔
2011 年 12 月 1 日

第一章　TTK：最早的合资企业

一切的现在都孕育着未来，未来的一切都生长于它的昨天。

——舒婷

尽管经历过无数大场面，譬如，在中法两国元首的见证下签订并购协议，再如，在如雷的掌声中登台领取“CCTV中国经济年度人物”的荣誉，但在2011年9月28日，李东生迈上惠州的江北体育馆舞台时，他的激动仍然是此前任何一次都难以比拟的。

这一天，是TCL创立30周年的庆典日。

“三十功名尘与土，八千里路云和月”，没有等闲的李东生与TCL人穿越改革开放的历史汇聚到这里，很多人都已白了头。

“回望走过的30年，千言万语，化茧成蝶，我最想说的一个词，就是感恩。从当初TTK小小的车间，到今天产品遍及全球，TCL30载，我们要感谢那些日子，感谢一路陪伴我们的几代领导，感谢曾经与我们并肩战斗的同事和员工，感谢风雨同行的合作伙伴。”李东生如是说。

的确，30岁的TCL是幸运的，它生逢一个“大潮起珠江”的时代，沿着中国改革开放的潮流而前行，一路历经风光与凶险无数，而身后更有无数枭雄如星辰般此起彼落。当30年以降，只有TCL和少数精英留了下来。

和很多的大会一样，30岁的TCL的“生日party（晚会）”充满了各种喜庆的元素。当林树森、肖志恒、钟启权、游宁丰、黄业斌、朱友植、范品魁等TCL各个时期的扶持者和见证者都同聚一堂时，当吕忠丽、郑传烈、袁信成、胡秋生、吴科等“历史人物”再现舞台时，当宣读李鸿忠专门发来的感情深切的贺信时，当接过员工们给他颁授的“金舵奖”时，当他的母校——华南理工大学的年轻大学生在台上奔跃时，李东生与其他人的心里都流动着一种压抑不住的情思。

这是一个与中国崛起同步而兴的创业故事；

这是一个全球化背景下的企业成长故事。

历史是一幕充满了复杂表情的大戏，它从一个最不经意的细节开始，由一群原不起眼的小人物扮演主角，始而传奇，继而激荡，在无数曲折中演绎最让人惊奇的命运。

2011年9月28日的李东生，是否还记得30年前自己的青葱模样？

敲门的大学生

1982年夏天，作为"文革"后第一批毕业的大学生，李东生结束了4年的大学生活。当同学们大多服从分配回到原籍，得到一份令人羡慕的工作，这个长相清秀的南方青年也开始规划自己的将来。

李东生的原籍惠州市，是当时惠阳地区的首府，当时的惠阳地区辖13个县市，包括现在的东莞市、河源市和汕尾市。当时有两个十分体面且稳定的工作单位摆在李东生面前，一个是惠阳地区科学技术委员会（以下简称科委），一个是惠阳地区公安局通信科，都是别人求之不得的政府单位，可他似乎并没多大兴趣。李东生主动去找人事局领导，说自己不想坐办公室。

人事局的同志颇为疑惑地看着李东生，心想这个"靓仔"是不是读书读傻了，"这么好的工作都不要，难道想回去做工人吗"？没想到，李东生还真的回答道："我就想到工厂去。"

见过想方设法要进政府单位的，没见过一门心思要去工厂的，见李东生精神奕奕且态度坚决，不像是信口开河或者一时头脑发热，人事局的同志只好顺水推舟："那你看哪个厂愿意要你，我们支持。"得到了组织上的批准，李东生压抑住内心的兴奋，信心十足地开始自谋出路，有一种当家做主的喜悦。

作为无线电专业的高才生，能够学以致用、发挥专长是李东生选择工作单位的首要条件。但当时惠州的电子工业尚处于起步阶段，整个惠州市仅有几家规模不大的企业，不过李东生似乎早已有了心仪的对象。在一个阳光明媚的上午，李东生径直走进了位于农机仓库中的一家新办的小企业，揭开了自己人生的序幕。

这家公司叫"TTK家庭电器有限公司"（以下简称TTK），是一家刚开办不久的中港合资企业，按现在的标准，与其说它是一个厂，不如说是一个小作坊。但李东

图 1–1　李东生（前排左一）与 TTK 车间工人合影

生不在乎这些，他先直接找到当时的公司董事长范品魁，简要地自我介绍后，便开门见山，说明了来意。时任惠阳地区机械局局长的范品魁先是大为诧异，想不到自己这样一家创办不久、设备简陋的小厂居然还能引来一只金凤凰。在确信面前这个小伙子不是开玩笑之后，范品魁喜出望外，紧紧握着李东生的手说："太好了，你愿意来，我们当然欢迎。不过这是老板厂（合资企业），很辛苦的，你要有思想准备。"

图 1-2　早期的 TTK 工厂

就这样，李东生成为 TTK 第 43 名员工。他的第一份工作是技术员，而且是实习性质的。正式加入 TTK 后，李东生第一个理想是尽快成为车间主任。当时，所有人包括李东生自己，都不可能想到，工号 43 的李东生，日后会把这家小厂做成一个具有国际影响力的电子工业巨头，李东生本人也成为改革开放 30 年来最成功、最具代表性的企业家之一。

在后来的一些媒体报道中，李东生放弃公务员不做，宁愿进厂当一名普通工人的选择被无限放大，他们着力渲染其远见和产业报国的雄心壮志等，甚至将其与考中状元不做官的张謇相提并论。然而，这种善意的演绎和拔高并没有得到李东生本人的认可。

有一次，李东生在接受杨澜访谈时，提到自己最初的选择说道："当年进入企业是我自己的选择，我回到惠州的时候，原是被分配到机关，到科委或公安局通信科。我想我是学工科的，如果待在机关里几年之后专业就要荒废掉了。我想实实在在干点事，所以就跑到这个合资企业去了。他们刚刚开办，很需要人，也有干事的机会，而且外资企业工资也高一些。"

与媒体的报道相比，李东生自己的话应该更接近事实的真相。在作出自己一生中最重要的一个决定之前，李东生考虑了很多，也去问过和观察过那些机关单位里的人，结果他发现，这种事务性的工作和生活的确不适合自己。这个朴素的想法才是引导他作出选择的关键。而且他似乎天生有一种好奇心，对新鲜事物格外有兴趣，也敢于尝试。

不喜欢按部就班、墨守成规，有好奇心，也有事业心，这些性格特质都在李东生后来所展开的事业中展现无遗。而这些并不是与生俱来的，而是成长经历决定的。

曲折成长路

1957 年 7 月，李东生出生于广东省东南部的小城惠州。李东生的父亲是一名典型的革命干部，1953 年从汕头调到惠阳，当过惠阳中心车站站长、公社社长和县供电局局长。母亲是邮电局的职工，这是一个由严父慈母组成的传统中国式家庭。

李家有二子一女，李东生是长子，因此父母对这个长得颇有点英俊的男孩寄予了较大的期望。不过李东生基本上也没挨过揍，只挨过父亲的“讲道理”。说到这些，李东生总会笑着回忆：“父亲他很善辩，可以说得我无地自容，恨不得找个地洞钻进去。”

1957 年 6 月，让无数学界泰斗和知识精英遭受厄运的“反右派运动”正式拉开大幕。这场巨大的灾难迅速席卷全国并愈演愈烈，与几年后的十年“文革”浩劫一起酿成新中国日后难以弥补的创伤。

由于身处基层，“反右”运动中，李东生的父母并没有受到直接冲击，但是轰轰烈烈的政治运动是无法回避的。李东生的父亲因为在党内会议讨论中提了几点意见，差点被列为“右倾分子”，最后从惠阳中心车站站长任上被发配到西支江水库工程当供应科长。年幼的李东生也和父母一起到了工地，李东生的妹妹就是在工地上出生的。当时正值经济困难时期，父亲的同事们经常找一些河鲜野味给年幼的李东生和母亲增加营养，这给幼年的李东生留下了美好的记忆。许多年后，李东生还清楚地记得当年曾看到叔叔伯伯们抓到一条大蟒蛇，以及蛇肉的美味。

孩提时代的李东生并没有什么政治概念，在他的脑海中，“右派”只是个可怕的字眼儿，谁被戴上“右派”的帽子就要倒大霉。李东生的父母在“文革”中也被打倒，几位老师也鼓励他去考理科，加上之前的印象，以至于高考前夕他放弃了自己酷爱的文史哲。李东生原是想学文科的，因为下乡三年，他阅读了大量的文学、历史及哲学书籍，也写了不少笔记与文章。但当时的高中班主任高君昭老师却建议李东生去学理科，理由是以他直率和正直的个性，学文科很容易成为“右派”（李东生后来知道，高老师的丈夫也是大学毕业，因为和“右派”沾边，一生不得志）。

“文革”开始的前一年，正在读小学二年级的李东生，既聪明又调皮，尤其喜欢幻想，对外面的世界充满向往。而且他不像其他小伙伴只顾着嬉戏玩耍，在父母的影响下，李东生从小就养成了热爱读书的好习惯，多年以后他还能记得自己看的第一本书是《十万个为什么》。童年时代，这本书几乎能够解决所有令李东生感到困惑的问题，但是把整本书翻破翻烂，他也不明白，为什么一向和蔼可亲的班主任会忽然变成大家口中的“牛鬼蛇神”，遭到无休止的辱骂和殴打。

不久之后，让他更为困惑的事情发生了。由于父亲当时是县供电公司的一把手，按当时革命者的说法属于走资派，也给抓进了牛棚。更可怕的是，由于受到父亲牵连，原本在邮电局工作的母亲，也被关起来办学习班，停发工资近半年，后来被转到一个农机厂当又脏又累的翻砂工，好几年以后才回到原来的单位。家庭中忽然少了顶梁柱，李东生的祖母带着几个孩子生活，有几个月甚至连买菜的钱都没有。

除了父母遭到打击和迫害给李东生带来的痛苦和绝望，来自同龄人和社会的歧视更让李东生难以承受。他曾经想过加入参与打倒班主任和父亲的红小兵队伍，却因为出身不好被拒之门外。孤独苦闷的李东生从此只能从心爱的书本中寻求慰藉。

尽管家庭多遭变故，又逢“读书无用论”盛行的年代，但父母还是竭尽所能让李东生完成学业。李东生自己也刻苦攻读，努力用精神食粮充实自己。虽然当时的家庭背景和时代背景都注定李东生没有什么美好的前程，但他始终坚信知识能够改变命运，不论是个人还是国家。

熟知那段历史的人们都知道，对于像李东生这样毕业于“文革”期间的年轻人，他们的成长道路上大概有三个方向：一是参军，二是进厂，三是下乡插队。走这三条路再经过一段时间的考验之后，其表现和出身又决定他们是否有资格上大学。由于李东生的家庭在当时属于有问题的家庭，李东生只有最差的一条路可走，那就是插队下乡。作为“走资派”的孩子，李东生没有选择的空间，有出路已经算不错了。

如果说命运对李东生还有些怜悯的话，那就是他下乡的地方没有离开惠阳。当时政府依照苏联模式建了不少农场，惠阳县的马安镇也有一个鱼苗场，李东生就在那里插队。

插队的体力劳动是极其繁重的，知青们很快就放下了书本，李东生却舍不得扔下自己的学业。他读了许多当时能找到的文学、历史、哲学书籍，坚持写日记和读书笔记，并试着向一些刊物投稿，于是很快有了“书呆子”的外号。在这期间，他阅读文史哲类书籍的兴趣被大大激发，还写了一些诗歌和散文。多年后，李东生回忆说，他的文字功底，就是那个时期积累的。大量的阅读和艰苦的农场生活阅历，使他的世界观日渐成形。

按照当时中国的情形，李东生坚持学习的动机不可谓不纯粹，读书就是读书，至于将来的出路，李东生想都不敢想，也容不得他想。“文革”开始后，全国高校就停止了招生，上大学只有推荐这条路。周围也的确有知青被推荐去上大学，但这样的幸运又怎么会降临在像李东生这样的人身上？每思至此，李东生不免欷歔。

有一句话叫“机会总是青睐有准备的人”，当时李东生并没意识到自己已经作的准备，因为根本没有机会。然而，在李东生下乡插队后的第三个年头，机会还是来了。

1977年秋的一天，李东生的高中语文老师文吉禄骑了15公里的自行车来到农场。文老师抑制不住内心的喜悦，连李东生递上的茶水都来不及喝一口，就激动地对李东生说：“要高考了，你赶紧准备吧。”并将“文革”前的一套高中课本带来给他。望着汗流满面的老师，李东生心中无限感激。

雪莱以浪漫的笔调写道：冬天来了，春天还会远吗？对于李东生们来说，春天马上就要来了，而冬天却似乎变得异常寒冷。1977年的冬天，原本气候相对温暖的粤东，刮起了罕见的凛冽北风。当年农场知青都想参加高考，而农场正在搞冬季水利建设会战，宣布大家都不能请假回城复习，只在考前给三天假期复习。身为农场民兵排长，老实的李东生不敢拿病假单请假，只好留在农场好好干活。为有更多的看书时间，李东生和另一位知青主动申请晚上留下看守工地，这样白天就可有半天的休息时间读书。他晚上在四处漏风的茅棚里，点着昏暗的煤油灯看书复习。那个头脑灵活的知青用废纸卷了一个筒，罩在煤油灯上面，火苗果然变大变亮了一些，信心和希望也随之增加。那年高考前，晚上在野外工地茅棚里读书和睡觉时刺骨的寒冷，李东生多年后都记忆犹新。

到年底，李东生和农场的许多知青一起去马安公社参加高考。走进久违的校园，李东生既激动又紧张。考试科目是数学、语文、政治、理化4门，英文只作为参考。第一天上午数学考试李东生由于过于紧张，考得不理想，这让他非常沮丧，在当地另外一个知青农场、和他一起参加考试的中学同学朱楚豪在午餐的时候鼓励他坚持下去。想到机会如此难得，自己又是个绝不轻易放弃的人，所以李东生仍然坚持考完了其他几门，而且越考越顺。

结果出来，李东生理化成绩名列全县第一。他当年所在农场的50多个知青中，除了李东生，还有两个知青考上了中专，其中一位就是和他一起夜宿工地茅棚读书的场友。他那位同学朱楚豪也如愿考上了广州医学院。这是一次改变命运的机会，凭借出众的理化成绩，李东生如愿以偿地被第一志愿学校华南工学院（现名华南理工大学）无线电技术专业录取，据说他是当年该专业录取分数全校最高的人。与此同时，一批日后陆续登上中国商业舞台的明星大腕，也拿到了各自的录取通知书，比如马蔚华、张征宇、段永基、黄鸣、顾雏军……重新恢复高考制度，让这群满怀抱负却又报国无门的青年们有了进入大学殿堂深造的机会，也为他们将来在改革开放大潮中叱咤风云埋下了伏笔。

若干年后，李东生看到一部名为《高考1977》的电影，听着电影中的画外音——“那是一个老人、一个智者，叫醒我们，他说，孩子们，走，我们读书去……”。想起那些青葱岁月，想起当年高考时的艰辛，再想起文老师、高老师和主动到家里给同学们补习数学的宋世铭老师，李东生不禁潸然泪下。

1978年春天，李东生来到广州。在这个中国南部最大的城市，李东生明显感到了春天的气息，木棉花肆意绽放，像每一个前来报道的学生的笑脸般灿烂。然而，更让李东生感到欣喜的是，“文革”和“两个凡是”已成历史，邓小平的复出和中央一系列政策方针的制定，给这个已经走了漫长曲折道路的国家重新带来了希望。科学技术成为国家发展的重中之重，知识分子不再是“臭老九”，那个名为陈景润的数学家更是成为家喻户晓的英雄和偶像。李东生和他的同学也不例外，不少人都立下了要当科学家的宏伟志向，想当陈景润第二，希望能在学术造诣上有所成就。

尽管改革开放才刚刚开始，尚处于摸着石头过河的起步阶段，未来之路并不十分明朗，但是李东生和他的同学却有一个共识：珍惜机会，努力学习，将来肯定能派上用场。在那些最艰难的日子里，他们没有自暴自弃，正是靠这个信念，如今曙光初现，更要发愤图强，奋起直追。

宿舍、课堂、图书馆、食堂，四点一线，基本没有课余活动，大家都把时间用在了学习上。当时，校园里有一个专门放电影的场所，一周放两次电影。每到放电影的日子，很喜欢看电影的李东生总要纠结半天，基本上一个月才去看一两次。这样的大学生活现在看来几乎不可想象，可李东生们就是这样上的大学。更为重要的是，李东生们并不是“两耳不闻窗外事，一心只读圣贤书”。他们通过报纸、广播等不同途径，密切关注着这个国家正在发生的巨变，长期闭塞的心窍也日益活络，谈论的话题已经不再局限于书本和科研。

伯乐与千里马

有关中国的变化，《读卖新闻》驻香港记者松永二日 1979 年的观察有着局外人的清醒和精准："中国的领导人已经意识到，靠上海那些老工厂是不可能迅速实现现代化的，因此必须下决心引进外国的先进技术。近来，中国加强同外国的经济关系的活动令人目瞪口呆。到今年 9 月为止，中国派出党政领导人到 31 个国家访问，并且接待了 15 个国家的政府领导人。而他们绝大多数是以前的敌人——西欧发达国家。不言而喻，这种对外开放政策的目的在于引进先进技术。"

1979 年 4 月，在中央举行的工作会议上，习仲勋代表广东省委正式向中央提出广东要求创办贸易合作区的建议。邓小平对这个极富新意的设想十分感兴趣，并亲自将这些即将设立的贸易合作区命名为特区。邓小平还对习仲勋说过非常著名的一句话："中央没钱，给些政策，你们自己要杀出一条血路来。"

这次会议之后，中央果然雷厉风行，放宽对外贸易的限制，对广东、福建两省对外经济活动给予特殊政策。一年之后，又是在邓小平的全力支持下，广东的深圳、珠海、汕头和福建的厦门正式成为经济特区。由于广东地区获得机会"去杀出一条血路"，加上当时广东省的政府领导相当开明，千军万马都开始在发展经济的道路上急奔。

在这个邓小平掀起的时代大潮里，有一股力量是不可小觑的，那就是广东各地出现了一批中外合资和港资企业。一批香港商人最早闻到了内地的改革动向，开始在广东开厂设行，形成了最早的民营资本萌芽。这些企业将会在未来因为填补了内地这个巨大市场中供需之间的差距而迅速勃兴。

TTK 就是这批企业中的一个。我们一听 TTK 这个名字，大概就可以想出它是做磁带的。因为当年日本有一个大型的磁记录设备公司叫 TDK，它的磁带，一段时间内在国内很有名。作为现代化的重要标志，磁带式录音机在国内曾经是时髦的标志。而给录音机配套做磁带，又取一个与 TDK 极其容易混淆的名字，这应该是一个商业型的小企业所能想出来的好主意。TTK 的港方投资者翁耀明是一个香港电器商行的老板。在工业领域，TTK 根本不算是根正苗红的。不过 TTK 的香港老板算是有眼光的，他知道在市场勃兴之后，企业的生存很快将转向管理之争，因此就请了专业的香港经理人员来管理公司，所以在成立三四年后，这家公司就走上了正规化的道路。

TTK 的中方股东惠阳地区电子工业公司则是一个由惠阳地区机械局率先开始摸索实体经营道路的产物。

20 世纪 80 年代初，惠阳地区机械局率先开始摸索商贸结合的道路，并于 1981 年年初在机械局电子科的基础上成立了惠阳地区电子工业公司。虽然从当时的情形看，这家公司不过是个倒买倒卖进口电子产品的皮包公司。

这家皮包公司有正副经理三名，正经理叫张富源，副经理一个叫王永祥，另一个叫张济时。这三个人中，最活跃最能折腾的是副经理张济时。

图 1–3　张济时（右）和翁耀明（左）

张济时，惠阳地区机械局电子科干部，原在地区电影公司工作，是个走街串巷、能言善道的电影放映员。"文革"后期中央发文件，要求大搞电子，他被调到了机械局电子科。张济时善于营销和沟通，人缘极佳，据说不管什么人，只要跟他在一起待上半个钟头，就能成为好朋友。要说他有什么毛病，那就是有点不安现状，想法太多，胆子很大，这样的人很适合创业。

虽然政府还为张济时这样的人保留着公职，但实际上已经不发工资了，需要他自己找饭吃。但这难不倒张济时，他生有做买卖的天分，靠倒卖进口计算器、电风扇、卡式收录机、黑白电视机挣回工资和奖金是没问题的。

张济时等人不但在惠州和深圳倒买倒卖，还将业务做到了广州，代理销售进口电子产品的同时，建立了一个名为“罗兰士”（一个二线德国电子品牌）的电子产品维修站。后来在内地和香港之间从事电视机贸易的港商翁耀明想在内地设立维修点，他找到张济时，双方一拍即合。在广州市人民中路的“罗兰士”产品维修站又增加了经营和维修“西门子”、“佳丽”等品牌家电的业务。翁耀明后来成为TTK的港方投资人也就顺理成章了。

电子工业公司如果始终停留在倒买倒卖的阶段，也就没有了壮大的可能。在20世纪80年代早期，电子工业公司的贸易空间是基于整个市场的极度短缺。国外稍好一点的电子产品在国内一上市就全体脱销，很多商品都要凭票购买，一旦供应充足，简单贸易就没有了生存空间。但惠阳机械局的这批拓荒者很快从左手进右手出的贸易中发现，赚钱还可以有更好的门道，那就是进口散件组装。当时国内各地对外都有农产品出口，换汇之后政府给每个地方都留了一部分外汇使用指标。惠阳机械局也有一些外汇指标，于是惠阳地区电子工业公司就开始有了利用这些外汇指标进口国外产品配件进行组装的想法。

成品关税和产品套件关税差异很大，外汇市场又是官价和黑市双轨制，而张济时他们早已学会了如何使用外汇。当时人民币与美元的汇率比是1：2.8，惠阳地区有一些外汇额度，但会用的人相当少，于是他们就申请用外汇从台湾地区进了一批“豪华牌”电风扇的套件，拿回来自己组装，每台有30%的净利润。第一批成品在广东推出后立马脱销，他们趁热打铁，又用外汇购进一批17寸的“德律风根”牌和“樱花”牌的黑白电视机套件，以及香港“康力”卡式收录机套件，组装后卖出又赚了一大票。

组装和倒卖家用电器让张济时他们真正尝到了做生意的甜头。沿着这个思路，张济时和他的同伴们找到了TTK的第一个主业——磁带。张济时发现，当时最为红火的电子工业涉及“新三件”，即国内流行的洗衣机、电视机和录音机。当时甚至有一种看法，有了这“新三件”，年轻人找对象都要容易得多。

20世纪80年代初，一种叫收录机的新产品开始通过各种途径走进国人的生活，广东市面上更是出现了日本产的时髦收录机，销售相当火暴。这个大受欢迎的新产品也引起了张济时的关注，除了销售卡式收录机赚钱，还有其他机会吗？

惠州地区电子工业公司虽然名头很大，但究其实质还是一家小企业，没有办法生产“新三件”，有没有可能为“新三件”生产配套的产品呢？磁带由此成为一个好选择。

收录机要听歌或录音，磁带是必需品。随着拥有录音机的家庭越来越多，磁带的需求也日益增加，而当时国内的磁带基本都靠进口，尤以日本的索尼（SONY）和 TDK 两大品牌为主。如果自己搞一个生产磁带的厂子，岂不是大有搞头？

张济时带着这个办磁带厂的想法，找到了合作伙伴翁耀明。翁耀明本来就是极精明的商人，听到张济时的提议后，翁耀明对他的商业眼光大为赞赏，双方当场决定合资建一个录音磁带厂，剩下的就是谈具体的合作方式了。

与此前的维修中心合作和贸易合作不同，双方要组建的毕竟是正式的合资企业，有一些必要的手续要办，流程也要走。

幸运的是，磁带项目同样得到了主管领导惠阳地区机械局局长范品魁的大力支持。

范品魁，1930 年生，早期参加革命，为两纵（东江纵队、粤赣湘边纵队）成员。多年的部队生活让他形成了干练的作风和爽朗的性格，更赋予其敢打敢拼的劲头。他书读得不多，但很好学，乐于接受新事物，为人正派，工作认真负责，上下口碑极好。

TCL 能从惠阳区机械局这个母体里孕育出来，与范品魁这位局长关系颇大。说来有趣，李东生加入 TTK 也与范品魁有关联。李东生从华南理工大学毕业后想回惠州找工作时，就是找到范品魁才进入 TTK 的。

范品魁先是在惠阳机械局电子科里鼓动一些不甘寂寞的人下海，之后进一步在电子科的基础上成立了惠阳地区电子工业公司，用组织的形式把这些人再往前推一步。TTK 靠 5 000 元起家的故事广为流传，这 5 000 元正是范品魁批给张济时的启动资金。

范品魁对这个可能是全国最早的“公务员”下海办的企业给予了特别的支持和关注，很大程度上也是当时整体羸弱的惠阳电子工业的一种自救行为。当时的惠阳地区下辖十多个县，包括现在的惠州、东莞、河源在内。惠州和东莞各有两家小规模的电子厂，其他每县一家，有的县则没有，整个地区总共有 11 家。整个惠阳地区的电子工业产值仅 300 万元左右，从业人员不到 2 000 人，基本属于可有可无的状态。

当时的地方政府积极响应中央政府号召，几乎以一种“怂恿”的姿态鼓励机关干部“下海”，范品魁是其中最积极的倡导者。

有这样一位思想开明而且热心的领导在后面支持和推动，谈判进展很快。最后结果是港方答应出 200 万港币的设备，由中方提供厂房和人员，也折算成与设备等价的资本，双方各占 50% 的股份。

不过，当时中方并没有厂房，经由范品魁协调，张济时和郑传烈租用了机械局下属农机公司几间破旧的农机仓库。厂房还要进行一些基本的修整，需要水泥、钢材等计划内调拨的物资。这难不倒张济时，他四处找自己的老战友、老同事，利用自己个人的关系搞到了厂房修整所需要的水泥、钢材，最后就拿规整后的农机仓库作为股本与翁耀明签订了合资合同。实际上，大家心里都清楚，这几间旧库房值不了什么钱，而且产权不明，而港方所带来的注塑机、卷带机等磁带生产的后续工序设备，也都是二手设备。

尽管日后来看这个合同不太规范，但是“TTK 家庭电器有限公司”就这样成立了。该公司不仅是当时惠阳地区第一家合资企业，也是全国第一批合资企业，在当时国家工商总局核发的全国合资企业经营执照中编号为 0012。

“TTK”这个看上去挺洋气的名字，尽管在当时还让人觉得有些怪异，但事实证明这正是 TCL 早期创业者的智慧。日本 TDK 集团是世界首屈一指的电子组件与记录媒体制造商，市场份额多年稳居全球领先，20 世纪 80 年代初期 TDK 磁带是国内最为常见也最受欢迎的产品。将公司命名为“TTK”，如今看来，确有仿冒之嫌，但这种品牌定位方式为企业早期打开市场发挥了重要作用。选择这个名字也充分展现了 TCL 早期创业者朴素的品牌意识，无意中为 TCL 这个品牌在若干年后的国际化奠定了基础。面对外界认为 TTK 仿冒 TDK 的指责，张济时聪明地回应：“我们的‘TTK’是中文‘天天开’的拼音缩写，意思是产品放进录音机里天天开都没问题，这是中国品牌，和日本的‘TDK’没关系。”即便如此，由于日本 TDK 的强烈投诉，国家工商总局还是在 1985 年下文要求停止使用 TTK 品牌，于是才诞生了“TCL”品牌，这是后话。

由于是合资企业，TTK 组织架构很是齐整，范品魁出任 TTK 董事长，翁耀明做副董事长，范品魁知人善任，力挺张济时由广州罗兰士电器维修站站长升任惠阳电子公司业务副经理（副科级）兼 TTK 总经理。这个任命引来诸多争议，一是当时张济时还不是党员，且没有专业背景；二是他当时只是由惠阳地区机械局电子科正股级干部，排名在副经理王永祥之后。此外，港方还派了蔡润标担任厂长，负责厂子的日常经营管理。蔡润标完全按照香港企业的管理模式，对每项工作要求都很严格。大家第一次见识了挂工牌、上班打卡、迟到扣薪、车间工人实行计件工资等新制度和考核标准，管理层迟到早退也按照工人同样规则处理。这些对于这群从未正儿八经干过企业的人来说是新鲜事，但开始也引起“国家干部”身份的管理人员的强烈反应，大家背地里称蔡润标为“蔡剥皮”。但这种源于市场经济制度的规范管理的竞争优势很快就显现出来，TTK 的劳动生产率远高于国内其他企业。这对 TTK 的早期发展至关重要，让新生的 TTK 从一开始就跳出了粗犷落后的作坊式管理模式。

海尔是中国工业企业里公认管理水平最高的。1984 年，张瑞敏来到海尔后，定下的第一条厂规却是“不准在车间随地大小便”。日后被誉为“中国管理之父”的张瑞敏能从这样的小事着手，似乎与日本的精细管理一脉相承。不过，张瑞敏当时作出这样的决定更多是出于无奈，用张瑞敏的话说：“以当时人的素质，是真的会在车间大小便的。”而 TTK，从 1981 年起就已经是严格规范管理了，这让 TCL 得以在一个很高的起点上形成自己的工业能力。

10 年后，当张济时成为闻名全国的“电话大王”时，人们发现这个具有敏锐市场眼光和强大执行力的惠州人，实乃商业奇才。而范品魁就是发现张济时这匹千里马的伯乐。

车间里的李主任

TTK 投产后不久，李东生通过一次让很多人难以理解的自主选择成为 TTK 第 43 名员工。大学毕业的李东生凭着做事认真、执著、勤奋好学的个性，很快适应了企业环境。他在企业里感受到了创业的激情，对自己的选择更觉庆幸。他不但从不迟到和请假，还经常加班，主动做一些不是分内的工作。港方厂长“蔡剥皮”对这位新来的年轻人很欣赏，经常给他讲一些香港企业的管理经验，并多次向张济时提及李东生，说这个年轻人可重用。

李东生进厂后的第一份工作是车间技术员，负责生产流水线的设备维护，而这条流水线的负责人是一个比李东生还小两岁的女孩子。这让李东生多少觉得有点别扭，也让他暗下决心，要努力积累工作经验，提升自己的能力，争取早日成为一名工程师或者车间主任，这也是李东生加入 TTK 后的第一个职业理想。

尽管是公司里凤毛麟角的大学生之一，头顶天之骄子光环的李东生，工作起来却十分专注。在李东生加入 TTK 之前，厂里其实已经有几个大学生，包括中方副厂长陈铿和技术负责人廖振凡，都是“文革”前的大学毕业生，李东生跟着他们学到了很多东西。陈铿在农机研究所多年，英文很好，对外技术引进和设备进口都是由他负责，他教了李东生许多对外合作谈判的知识。而廖振凡是潜心研究技术的老工程师，他教会了李东生许多工厂实用的技术和知识。谦虚、踏实、勤奋，也是一些老员工对李东生的最初印象。

TTK 开始就引进了香港式管理，采取的是标准的 8 小时工作制，杜绝迟到早退。当时政府机关事业单位和国有企业、集体企业中，迟到早退、请假干私活的现象很普遍。TTK 这种严格规范的管理和高效率的经营业绩在当地产生很大的影响，不久就被视为当地工业企业的一面红旗。在惠阳地区 1985 年行政公署（以下简称行署）的工作报告中，提出了“地区电子工业要以 TTK 为中心”，这让张济时和 TTK 管理团队感到非常自豪。毕竟这只是一家办了不到 4 年的企业，能在行署领导眼中有这样的地位，确实难能可贵。TTK 也为电子工业公司积累了第一桶金。

在 TTK，加班是很经常的事情。李东生年轻气盛，精力充沛，加之对自己有着较高的要求，加班对他来说更是家常便饭。就是不加班，李东生也总是喜欢晚上留在工厂小办公室里看书。读书，这个他多年保持的习惯，犹如李东生的第二生命，即使他在日后全面执掌拥有上万员工的国际化企业，百忙之中，他也没有放弃读书。儒商气质，显然非一日之功。

图1–4　当时的生产车间

TTK 最初做的是磁带产业链中最末端的后序装配，具体工作包括两大块，一是把采购来的磁带原料从一个大卷切成小条，然后绕成一个个小卷；另一部分是用注塑机生产装磁带的盒子，最后将磁带装配到塑胶磁带盒上，贴上标签就能往外卖了。李东生负责磁带装配设备的维护，也做注塑机和模具的维修。他还在廖振凡的帮助下，对进口的磁带绕带机做了技术改进，提高了效率，使得计件工资的操作工人增加了收入，工友们都很喜欢他。

当时，两个喇叭和四个喇叭的收录机正在全国热销，邓丽君等港台歌曲也正在内地流行，而有着红色包装、印着“TTK”字样的磁带，以远低于日本产品的价格逐渐成为市场的宠儿。TTK 磁带的销量快速增长，产品供不应求，这使张济时萌发了引进上游磁带涂覆设备的想法。当时 TTK 生产所需的大卷磁带都是从日本和香港地区进口，成本较高。TTK 能否自己做磁带涂覆这道最关键和利润最高的工序？为了熟悉市场、了解行情，范品魁将张济时和郑传烈派往香港，通过四处求经、多方打探，并直接和香港亚美磁带厂讨论，接触磁带设备和原料厂家，筹建一个涂带车间的计划应运而生。

所谓涂带，就是通过专业设备将具有信息存储功能的磁粉物质和化学材料混合搅拌，再均匀涂覆在聚酯薄膜上，然后干燥、压实。磁浆配方调制、带基涂覆工艺在当时算是高科技产业，设备精度要求很高，需从日本进口，投资也相当大。以 TTK 的能力，做此项目，风险很大，但如能建成涂带车间，将大大提高 TTK 的竞争力。张济时权衡再三，在范品魁的支持下，决心放手一搏。他们一起说服行署领导，获得银行贷款支持和 50 万美元的外汇指标，引进磁带涂覆生产线，并顺势建设了新的 TTK 厂房。

在新建的涂带车间厂房交付使用之后，TTK 花巨资从香港引进相关技术和化学设备、涂带设备、压光干燥设备以及磁带切割机等，港方的技术专家也到了惠州。这时需要一名称职的主管承担安装调试设备、培训队伍、组织生产的重任，张济时决定启用李东生担任涂带车间主任。

这是在 1984 年初夏，李东生加入 TTK 两年后实现了自己的第一个职业目标——当车间主任。李东生记得，当时他正在注塑车间安装调试两台新进口的注塑机，张济时将他叫到办公室直接对他说："小李，你敢不敢负责将涂带车间搞起来？"李东生并没多想，便大声应道："我敢！"

这个新项目涉及化工、电子、机械等多个专业，李东生带着 20 多个年轻人，面对一无所知的设备，什么活都要亲自动手，而且要边干边学，解决各方面的问题。虽然香港的设备供应商派了几个工程师帮助安装调试，但交接完设备，教会设备原理和使用方法后他们就走人了，剩下的事情必须由李东生他们自己完成。李东生真正体会到了责任的重大，能不能圆满地完成任务，不仅关系到 TTK 的发展，而且会在整个惠州地区引发重大影响。当时整个惠州对这个项目都极为关注，因为这是当时惠州电子行业投资最大的项目，进口设备金额达到了 50 万美元，在 20 世纪 80 年代，这几乎是一个天文数字。

不过，担子虽重，李东生却甘之如饴。对他来说，能有机会承担如此重任，显然是自己的能力得到了领导们的认可和信任。半年的设备安装和试产的经历，让李东生收获很多。他第一次独立承担一个项目的责任，决策的能力得到了提高；在设备安装过程中需要学习化学、机械等方面的知识，按照设计图纸安装调试好化学、机械、电器、电子一体化的成套设备，而且大部分工作都在港方工程师指导下由李东生他们自己动手完成，这让李东生积累了很多经验。李东生是学电子的，化学和机械方面的知识不多，这次是赶鸭子上架，他必须自己找资料，研究图纸，将设备一台一台地装好，将每项工艺流程调通。那段时间，李东生每天都泡在工厂，带着一帮年轻的技工忙工作。当时他们面临的最大挑战是化学溶剂与磁粉的搅拌和调试工艺。原来 TTK 计划购买供应商做好的磁浆，但后来发现这样成本较高，且长途运输无法保证质量，便决定增加部分工艺设备投资，但厂房能隔出来的制浆车间面积不大，这给设备布局和安装造成很大的困难。由于空间太小，制浆车间的空气中充满了高浓度的化学溶剂，当时也没有职业安全防护意识，李东生在车间每天都会吸入大量化学气体，两个月下来，体重竟增加了 5 公斤。

经过大半年的日夜奋战，涂带车间终于顺利投产。进入 TTK 两年，李东生早已凭借出色的工作表现给领导留下了不错的印象，而涂带项目的成功则让公司领导更加一致认定这个外表低调、进取心却极强的年轻人是个可造之才。

如果说涂带项目让李东生在生产和技术上的才能得到了施展，那么 TCL 早期发展阶段的另一件事则体现了李东生身上的另一种潜质。这个潜质是李东生日后能成为改革开放 30 年来最成功企业家之一的最重要因素。

1983 年深秋，作为首批中外合资企业，TTK 要到北京参加“中国首届中外合资合作企业成果展”，可是原本负责供销的人临时有事去不了，张济时临时决定让李东生带一位技工去。临行前他还跟李东生开玩笑说，不用太紧张，主要是让他去开开眼界。但是对于第一次去北京，第一次坐飞机，又是第一次做业务的李东生来说，不紧张是不可能的。

到了北京，李东生来到展会所在地民族文化宫。主办方给每家公司一个展位，每个展位有两个展柜。李东生找到 TTK 的展位后，观察了下四周，发现大家的产品都清一色地放在展柜里，像开杂货店似的，看上去很呆板。如果自己也和大家一样，没有一点特色，肯定很难吸引到人。这时，李东生骨子里那种不喜常规、热衷新奇、敢于创新的特质再次体现出来，他想了个在当时看来有些异想天开的主意，先是花钱做了一个很漂亮的金字招牌，又买来很多彩带、彩灯、射灯等装饰品，把 TTK 的展柜装点得流光溢彩，分外抢眼，各种规格的磁带用精心设计的展架摆放得琳琅满

图 1–5　时任国务院副总理陈慕华参观中国首届中外合资企业成果展

目，成为展馆的亮点。

让李东生喜出望外的是，自己的展位不仅吸引了不少眼球，还引来了前来视察展会的最高级别的领导——国务院副总理陈慕华。大会总结的时候，TTK 受到表扬。新闻媒体在报道展会情况时，又特别把陈慕华副总理在 TTK 展柜前驻足观看了许久的镜头给播了出来，这让李东生颇为得意。

展会结束，李东生又自作主张，将展品全部折价就地卖掉。因为他算了笔账，如果将展品运回，又要多花一笔钱。

这次北京之行，让李东生印象最深刻的是到人民大会堂参加展会举办的招待晚宴。人民大会堂宏伟的气势，招待晚宴上的美食和文艺表演，让他大开眼界。那天晚上，他吃到了平生吃过的最好吃的奶油蛋糕，多年后李东生作为全国人大代表每年到人民大会堂开会时，都还会想起当年的这段经历。

从北京凯旋后，张济时很高兴，拍着李东生的肩膀说：“小李，你这小伙子行啊，平时看你在车间闷声不响的，让你去搞展销还能搞出点名堂来。”李东生笑呵呵地看着张济时，心里却掠过一丝担忧。在北京时由于打电话不方便，没法请示，李东生就自己做主花钱重做展柜，并将展品折价出售。没想到张济时听说后更加开心，连说他干得好。

李东生当时并未意识到，在张济时看来，求变求新、务实进取、敢为天下先正是 TTK 的创业基因，李东生能想出那样的主意，并大胆付诸行动，足见其与 TTK 已经融为一体。后来当 TTK 需要派一个业务经理到香港去，李东生这个在领导们看来做业务还行的小伙子理所当然地成为不二人选。

第二章　电话大王 TCL

我们身边并不缺少财富，而是缺少发现财富的眼光。

——约翰·戴维森·洛克菲勒

20世纪80年代的中国商业界，英雄辈出，无数草莽之士崛起于大江南北。他们没有任何商业经验，却以令人惊讶的胆识和智慧改变了国家和自己的命运。

在那个时期，最流行的商业模式是“贸易——工业——技术”，简称“贸工技”。创业者从贸易切入，在流通环节完成原始积累之后，再投资于工业，形成生产和销售的能力，最后再试图向纵深的技术领域渗透。这是一个“百死一生”的过程，绝大多数企业都倒在了从贸易到工业转型的道路上，只有少数杰出者完成了自我的提升，其中便包括TCL、联想、清华同方等公司。

在这场“贸工技”运动中，广东企业表现得最为抢眼，这得益于其毗邻香港的地理优势。

香港在20世纪70年代以后，曾发展为东亚地区最重要的电子、服装工业基地，积累了大量的贸易、工业和技术经验。直到20世纪70年代末的石油危机之后，香港才开始转型，大量企业从制造领域撤出，这给广东带来了产业梯级转移的天赐良机。

在TCL的创业史上，我们可以清晰地看到这一特征。

第一次去香港

1985年年初，TTK面临成立以来的第一个危机：港方投资人翁耀明宣布将退出合作。

退出的原因与经营无关，而是翁的个人选择。1984年12月19日，中英签署了《关于香港问题的联合声明》，香港将于 1997 年 7 月 1 日正式回归中国并实行“一国两制”政策。消息传来，举国欢腾，百年耻辱，一朝得洗。然而，也有一些港商对香港即将被收回的局面感到惶恐，对未来的种种不确定感到忧虑，于是纷纷转移资产，移民海外。翁耀明就在这些港商之列。

实际上，就在翁耀明退出 TTK 的时候，TTK 牌磁带正受到消费者的热捧，香港流行音乐的兴盛，更是带动了磁带销量的增长。20 世纪 80 年代叱咤港台乐坛的谭咏麟、张国荣、梅艳芳等巨星，一张专辑就能卖出几十万甚至上百万盒。1984 年，TTK 的销量达到了 1 200 万盒，这个成绩的确值得骄傲，但也实在来之不易。

TTK 创业元老之一的郑传烈回忆道：“创业初期，我负责销售与外经工作。那时候虽然有交易会，但其性质与档次根本不可能与现在的交易会、订货会相比。当时所谓的交易会实际上就是‘摆地摊’，只不过是有组织的‘摆地摊’，里面什么样的产品都有，我们 TTK 也是从‘摆地摊’一步一步发展起来的。销售是一个苦差事，我们曾经自嘲地形容自己挤火车的时候像疯子。到外地去参加交易会或订货会，天南海北地坐火车，一坐就是一两天，如果没有座位，人都会散架。而且当时的财务制度控制得非常严格，我们根本不允许享受卧铺待遇。”苦归苦，但是看到 TTK 的生意做得如此红火，“工厂天天开，生意天天来”，大家也就心满意足了。

就当大家干得起劲时，翁耀明令人意外的退出，让中方合作者开始重新思考未来之路。

从 TTK 创办的历程我们可以体会当时张济时他们的心情。TTK 在形式上属于中外合资企业，但在那个流行“借鸡生蛋”的年代，一穷二白的创业者，除了政策方面的支持，几乎没有任何资本去要求平分权益和约束合作方。企业经营中更多的东西，包括资金、设备、技术、原材料、外销等往往都要依赖外来合作者，一旦外来合作者出现变动，企业就可能会“鸡飞蛋打”。

跟改革开放初期广东的大多数企业一样，TTK 早期所做的事情更像是“来料加工、来样加工、来料装配及补偿贸易”这种“三来一补”。TTK 正是靠这种模式赚到了第一桶金，但是合作方突生变故，不啻一记警钟。TTK 的决策者们开始反思自己的经营模式和生存方式，虽然立刻进行改弦易辙的颠覆式变革不太现实，但他们已经懂得命运终究不能掌握在别人手里，企业发展过程中必须尽可能多地占据主动。这种危机感也成为 TCL 日后最重要的文化基因之一。

1984 年，惠阳地区电子工业公司下属企业除了 TTK，又多了一家东日公司，主要做录像带生意。与 TTK 初创时一样，由于原材料和外销完全被外来合作者控制，利润之薄可想而知。

翁耀明的退出促使公司在 1985 年年初作了一个重要决定，派自己的人去香港开设代表处，全权负责原材料的采购和外销等业务，以弥补合作商单方面撤出后造成的业务空白和损失，同时借助香港这个平台寻找新的商机。代表处需要一个业务经理坐镇，因为责任重大，甚至可以说直接关系到公司后续的发展，在人选问题上，公司领导慎之又慎。

董事长范品魁和总经理张济时在再三讨论之后，决定把精明能干的李东生派往香港。对于刚刚完成涂带车间筹建的李东生来说，这无疑是一个从天而降的机会。

多年后，李东生将这一次选择看做自己职业生涯的一个最重要的转变。曾经梦想做一名工程师的大学生李东生，完成了人生中又一次转身。走上这一条路后，他就再也没有回过头来在车间和生产线上亲自负责生产和技术方面的工作，而是在不断地学习和历练中逐渐由业务经理成长为能够决定企业走向和命运的掌舵人。

跟着张济时第一次抵达香港后，看到的一切让李东生不禁觉得自己就是《红楼梦》中的刘姥姥。这座素有“东方之珠”美誉的国际自由港、现代化大都市，到处都是高楼大厦，车水马龙，街道宽敞整洁，商店鳞次栉比，一派生机勃勃、欣欣向荣的景象。虽然香港并非十全十美的人间天堂，繁荣的背后也有诸多不尽如人意的地方，但对于长期生活在内地的李东生来说，香港无疑就是一座拥有美好富裕生活的大观园。

实际上，李东生并不是单枪匹马去香港拓荒。在与翁耀明合作办 TTK 时，最初的原材料采购和外销都由港方一手包办，TTK 只管加工成品。做了一阵，TTK 似乎觉察到港方在采购和外销方面存在着猫腻。鉴于此，TTK 的控股公司惠阳地区电子工业公司便先后委派张济时和郑传烈等人去香港，受到监督的港商果然不能再肆无忌惮地盘剥利润，公司的利益得到了更好的保障。但是对于驻港的人来说，工作确实辛苦异常。

派人驻港的最初目的无非是防止被港商过多地压榨，为企业多争取点利润，被派去香港的人自然舍不得乱花钱。因此，李东生的前任们就住在香港老板家里的锅炉房。原本狭窄逼仄的空间还要放两张床，这让身高一米八几的郑传烈苦不堪言，每晚只能蜷缩着睡觉，稍一翻身就两头在外了。晚上休息不好，白天还要到处奔走，了解行情，讨教经验，疲累是常人难以想象的。

图 2–1　年轻时候的李东生

李东生接替郑传烈驻港，对这些情况当然有心理准备，所以条件再怎么艰苦他也不会太觉意外。反倒是此前已经赴港的张济时第一眼见到李东生，就忍不住大笑道："你怎么穿个凉鞋就来了啊？"

李东生不明就里，张济时二话不说，赶紧先带着李东生去商店买了一双皮鞋并让他立刻换上。回去之后，张济时才解释其中的原委。原来在香港，做生意的人是不会穿凉鞋的，连普通白领都是穿皮鞋的，只有做苦力的人才穿凉鞋。李东生恍然大悟，这段经历也让他切身体会到了文化和习惯的重要性。数年之后，在实施国际化战略时，为了向团队强调入乡随俗和尊重当地人的文化和消费习惯的重要性，李东生还常常以这个小故事现身说法，听者无不觉得生动而传神。

李东生到香港，其使命是非常清晰的。迫在眉睫的任务是要处理由于TTK的港方股东退出之后造成的业务真空，其次是要把TTK的出口业务稳定下来。另外，他还要把当时TTK磁带的海外采购业务渠道维持住，使公司能平稳地继续运作下去。

这三个使命对李东生来说，并没有多少难度。在香港，张济时将TTK的一些供应商和业务合作伙伴介绍给李东生，要他将TTK香港采购和销售的业务做起来。第一次转做业务经理，而且在香港，这让李东生感到压力巨大。好在张济时手把手教他许多业务经验，并放手鼓励他大胆工作。几个月下来，李东生逐步适应了香港的环境，将工作开展起来。

此外，TTK在香港得到了惠州市政府窗口公司广惠发展有限公司（以下简称广惠）的帮助，还有中资香港窗口银行——南洋商业银行金融方面的支持。更为重要的是，TTK虽小，但却背靠着中国内地的大市场。在那个时代，外资进入中国还有很大的疑虑，但又不愿意放弃这么大一个市场，多愿意与对外开放程度高的广东企业合作进入这个市场，所以李东生在业务上进展得顺风顺水。

但李东生的日子并不好过。虽然在内地看来，驻香港是一件美差，但实际生活苦不堪言。白天李东生在外西装革履，很像个大公司的代理人，一到吃饭和晚上住宿，就显得有点寒酸了。

当时香港的生活水平远高于国内，收入的差距就更大了。李东生在香港开始住的是小宾馆最便宜的"黑房"，没有窗户，白天房里都是漆黑一片，必须开灯；后来在香港旺角新填地街租了一个办公室落脚，晚上也住在里面，来人多时，就打地铺。那时按规定，驻港工作每天补助130元港币，李东生只能吃快餐，坐公交车办事。李东生回忆，当年自己在香港最大的开支是买西装、衬衫和领带，对外的形象是很重要的。

在处理完 TTK 的突发事件之后，李东生很快得到了新的使命，那就是帮助公司寻找新的业务机会。

TTK 管理层对于仅仅依托于磁带这一个产品生存，抱有一定的戒备之心。因此张济时指示在香港的李东生，要努力寻找，看有没有适合内地市场的产品，可以引进一些。

这种做法符合中国古老的“狡兔三窟”箴言，是很多中国公司领导者在取得初步成功之后的普遍做法，也是很多中国公司在经济上成功之后普遍采取的多元化姿态。不过，这些多元化的方向选择，却常常因为执行者不到位的选择而最终失败。年轻的李东生会为公司选择什么方向，就是一道放在他面前的考题。如果他答不好，之后很可能就无法执掌 TCL 的命运了。

在经过一段时间之后，李东生给出的答案是：他盯上了一个名叫蒋志基的香港商人和一款康力牌的进口录音电话机。

合建电话机厂

1946 年出生的蒋志基，为人豪爽，有侠义气，本是做销售出身，有经商天赋，自 1982 年创建香港长城电子国际有限公司（以下简称长城电子）后，生意越做越红火。与当时诸多前往内地淘金的港商一样，他也很早就开始从事内地与香港之间的贸易，业务扩大之后还在惠州建立了自己的生产基地。

张济时以他对市场的敏锐，感到录音电话机是个很好的商机，决定开展这项业务。李东生通过关系找到蒋志基，直接说明来意，希望蒋志基能提供电话机的货源。蒋志基看着比自己小十多岁的李东生，觉得这个年轻人既坦诚又干练，犹如看到了创业前的自己，立刻产生了一种莫名的亲切感，加之他也特别喜欢惠州，因此很爽快地就签订了 2 万台录音电话的合同。

2 万台进口录音电话机很快销售一空，双方都大赚了一笔。这让公司领导大喜过望，一是因为丰厚的利润回报，二是因为发现了一个蕴藏巨大能量的新市场。

“楼上楼下，电灯电话”，这曾是新中国成立初期人民对生活的美好憧憬，没想到直到 20 世纪 80 年代，电话依然是老百姓眼中的奢侈品。

据统计，1978 年，全中国的电话用户不过 214 万，电话普及率仅为 0.38%，不及世界平均水平的 1/10。而且全国的市话约有 1/3 还要靠人工转接，绝大多数长途电

图 2–2　李东生和蒋志基在美国

话要靠专门的长途接线员转接，大部分的县城和农村更是停留在“摇把子”的状态。

冯小刚在电影《手机》中为我们生动再现过排队打“摇把子”电话的场景。1969 年，13 岁的严守一骑着自行车带着表嫂去镇上的邮局打电话。面对拥挤的打电话队伍，管电话的老大爷说：“就算我不下班，它累了半天也该歇会儿了。”可见在老百姓眼里，电话是多么的金贵，尽管它只是一部已经落后时代很多年的“摇把子”。

改革开放之所以伟大，绝不仅是因为设立了几个特区，引进了一些资金，建立了一些工厂，经济得到了发展，而是由于其带动了整个社会方方面面的变革与进步。

从 1981 年开始，国家出台政策，原本只供政府和单位使用的电话开始向全社会开放，普通家庭也可以安装电话，跑到邮局排队打电话的时代一去不复返了。这个政策的出台更直接引起了中国通信行业的大爆发。

面对国内通信市场的巨大潜力，已经在 TTK 磁带项目上积累不少办企业和市场经验的创业者们敏锐地捕捉到了商机，很快形成一个共识：与其小打小闹地做电话机贸易，不如自己建一家电话机厂大干一场，于是和蒋志基合资建一家电话机厂的计划就被顺理成章地提上了日程。其实，蒋志基和翁耀明一样，也是做贸易的，但那个时候，香港大的工业企业更愿意来内地设立来料加工厂，管理关系和流程比较简单。初期敢和内地企业办合资公司的港商，要有足够的胆量和冒险精神，蒋志基就是这样性格的商人。他敢做这样的投资，是看好中国内地未来的经济和市场前景，对张济时和李东生的信任和欣赏也是重要的原因之一。

TTK 和蒋志基的长城电子合资建电话机厂的想法立刻得到当地政府的支持。时任惠阳地区行署党组副书记、主管工业的常务副专员林树森（后来林树森官至贵州省长，官声颇佳）得知 TTK 的创业者们想再搞一个厂，非常高兴，亲自参加和蒋志基的谈判，协调解决合资公司设立的各项问题。

首先得解决电话机厂的生产经营许可的事情。当时已经不批合资电话机厂了，林树森带着张济时、李东生坐船直接去堵去香港出差的广东对外经济贸易委员会（以下简称外经委）的副主任张烈。张烈很是开明，对广东外资引进一直很支持，在张烈的支持下，TCL 电话机厂有了名分。

其次得解决资金问题。电话机厂注册资本要 90 万美元，中方占 70% 股份，需要 63 万美元，林树森又带上李东生去香港南洋商业银行借款。虽然南洋商业银行是中资银行，但当时直接给国内企业借钱还是第一次。银行总经理姚树声要求惠阳行署担保，林树森对他说这样不合规定，姚说："那你就签个字吧，这样我才踏实。"林树森二话没说，就在贷款协议上签上了自己的名字。这样，项目的中方全部资本金都由香港南洋商业银行借出。多年后姚树声见林树森时说，后来他们做了很多国内业务，有许多是政府担保的，但再没有政府领导个人签字的。林树森笑着说，当时就是想把贷款办下来，没有考虑太多，反正自己是无产阶级，不怕破产。

姚树声能认林树森的签名显然不仅仅是因为林树森的惠阳地区常务副专员的身份，另外一重考虑还是对林树森个人的信任。南洋商业银行与林树森之前打过交道。那时翁耀明与惠阳电子工业公司合作开办 TTK，是私自以 TTK 的股权抵押借钱后跑到美国去的，南洋商业银行由此顺着与惠阳电子工业公司的合资项目摸上门，希望就此接管翁耀明在 TTK 里的权益。范品魁断然拒绝了南洋商业银行的要求，但又觉得这样做会对惠阳的对外招商引资形成负面影响。但南洋商业银行的要求怎么驳回是个问题，于是，官司打到林树森处，林树森想了个折中的办法：让惠州市的驻港机构——广惠公司从合资公司接手经过评估的这部分股本，之后再由广惠公司和南洋商业银行清算翁耀明的债务。这样做合情又合理，翁耀明他日上门理论也说得清楚，南洋商业银行也追回了自己的债务，可谓皆大欢喜。南洋商业银行因此对林树森高看了一眼。

短短几个月的谈判和筹备之后，1985 年 9 月，中港合资的 TCL 通讯[①]设备有限公司成立（下简称 TCL 通讯），注册资本为 90 万美元，双方各占 70% 和 30% 的股份。新开创的事业，尽管吸引了各方关注，尤其是林树森、范品魁等政府领导更是对其寄予了厚望，对于张济时、郑传烈、李东生这些 TTK 的创业元老们来说，似乎已经不如第一次那么激动。有了几年办企业的经验，在商场中摸爬滚打，这一批伴随改革开放成长起来的企业家也日渐成熟，知道了仅有满腔热血和激情远远不够，开拓一项新的业务，还要克服许多困难。但是，如果他们能预见到几年后的情形，内心的兴奋肯定难以抑制。

28 岁的总经理

TCL 这个品牌就是从电话机开始的。说到 TCL 的由来，还有一段故事。

取名字是门学问，为公司取名更是如此。当初创办磁带厂的时候，张济时等人巧妙借助日本 TDK 在行业中的品牌影响力，将公司命名为 TTK，并且利用当时的法律空隙，注册了 TTK 商标，甚至产品的外观设计也类似 TDK 的产品。这种做法，现在难免会被质疑为山寨，为人所诟病，但对于 30 年前的那群创业者来说，能够意识到品牌的作用，已经是难能可贵。

事实也证明，采用英文的商标和英文的公司名称，能使自己的品牌形象更加“洋气”，这一点无疑更能吸引刚刚打开国门看世界的中国消费者。TTK 能够很快成为大受消费者喜爱的磁带品牌，的确沾了 TDK 不少光。

成立电话机公司之初，张济时等人也考虑过沿用 TTK 的品牌，毕竟其有了几年的市场积累，有一定的知名度，消费者的口碑都还不错。不过，日本 TDK 发现市场上有一个跟自己的品牌形象十分接近的“TTK”，立刻对中方使用这个品牌的行为向国家工商总局提出了重新复议。国家工商总局协调多次未果，决定终止“TTK”商标注册，下文通知 TTK 停止使用“TTK”商标，另外申报注册其他商标。当时的张济时、李东生也不太懂什么商标法之类

图 2–3 TCL 最初的标志

① 通讯：通信的旧称。本书中，涉及 TCL 公司名称的地方均使用“通讯”。——编者注

的法律法规，既然政府说不能用就没再用了。

因此为电话机公司取名的同时，大家就商议重新启用一个商标。他们当时肯定不可能预见到这个新商标日后的价值会达到几百亿元。跟历史上许多伟大事物的产生一样，“TCL”的诞生其实也十分平常。当时他们没有找专业公司，就张济时、李东生、蒋志基几个人聚在一起，各抒己见，类似于今天的头脑风暴。因为有 TTK 的成功案例，采用英文加中文的方式为公司命名就成为企业的一个传统，张济时要求新名称要用“T”字母打头。讨论了半天之后，李东生灵光一闪说道，既然“通讯设备公司”的英文是“Telephone Communication Limited”，何不干脆采用英文名称的缩写做商标呢？这个提议获得了大家一致赞同。几个人又反复念叨了几遍，觉得朗朗上口，而且三个字母连在一起写出来好像也颇有大家风范，于是大家异口同声地说道：“就这么定了。”接下来李东生又一鼓作气亲自动手设计了商标图案。菱形，这个代表钻石的图案成为 TCL 最初的标志，或许当时他们是希望新商标能像钻石一样宝贵吧！

1985 年，“TCL”商标正式在国家工商行政管理总局注册。从电话机开始，包括原来的磁带和其他产品也都改用 TCL 品牌。而这个菱形图案一直用到 20 世纪 90 年代初期，李东生担任 TCL 电子集团总经理后，在引入新的企业 CI（企业视觉形象识别系统）时才进行了重新设计和定义。

回头看，采用英文字母作为商标的确是 TCL 创业者的一个创举，他们让一家初创公司一出世便有了国际化的形象特征。虽然我们不能做事后诸葛亮，想当然地将这个创举理解成张济时、李东生他们一早就有了国际化的梦想，不过，当看到联想为适应国际化需要而在 2004 年花巨资换标 Lenovo 时，我们不得不佩服 TCL 创业者们的先见之明。

厂子有了，商标也有了，似乎万事俱备，只欠开工。这时，谁来当电话机公司的首任总经理却是个问题。本来，作为创业元老，又有实际管理经验的张济时最有资格担当，但是此时他身为惠阳地区电子工业公司的副总经理，又是 TTK 的总经理，按照当时的规定，一个合资公司的总经理不能兼任另一个合资公司的总经理。几番考虑，张济时决定推荐李东生担任 TCL 通讯的总经理，而他自己留任 TTK 的总经理。林树森明确支持张济时的决定。

尽管在引进电话机这个项目上，李东生功不可没，几年的历练也让他视野大开，商业才华得到了展现和提高，而且与合作商蒋志基关系不错，可是当张济时找到李东生，提议由他出任新公司总经理时，年仅 28 岁的李东生还是大为意外，他对自己的能力和资历都缺乏信心。犹豫不决中，林树森前来鼓励他，这个 39 岁就成为惠阳行署常务副专员的潮汕人，一直对 TTK 关爱有加，也看到了李东生几年来的成长，他就用自己的经历给李东生打气。如果没有林树森的支持，李东生想必也很难作出这样的决定。当时的李东生年轻资历浅，又不是党员，做这样的任命属于破例，这意味着惠阳通讯工业总公司的两个主要企业总经理都是非党干部。

领导的器重和信任让李东生很感动，虽然他心里一点底都没有，但还是顶住压力走马上任了。TCL 通讯的工厂就设在 TTK 新厂房内，将第三层原磁带产品库房腾出来改为生产车间，又在天台加盖一层铁皮房做仓库、工程部及办公室。不到三个月，厂房装修好，搬入设备仪器，企业就开始运营了。

产品的设计和质量是企业创办时要解决的首要问题，李东生作为电子工程师(一年前他已经得到工程师资质)，对此并不陌生。他带领一帮工程技术人员废寝忘食，挤在一间铁皮房内讨论产品设计，一遍又一遍地试验和测试。在熬了无数个通宵，所有人都快精疲力竭之时，TCL 通讯第一台，也是国内最早的“扬声免提按键式电话”——TCL-HA868 终于研制成功。

尽管 TCL-HA868 这款具有里程碑意义的电话机不是 TCL 通讯完全原创的产品，而是参考了香港一家企业的设计方案。不过，按照原来的设计，按键免提通话是要有电源的，这对消费者来说显然不够方便。看到了原设计存在的缺陷之后，技术工程部负责人曹力提议改进设计。虽然李东生知道这是一款将决定入网成败的关键产品，而且时间紧迫，但还是认同了曹力团队的建议，鼓励他们大胆尝试，在研发过程中加入自己的创新和智慧。经过反复的试验和改进，TCL 通讯的技术人员最终成功开发出了不需要电源的免提电话机。这款 TCL-HA868 电话机通过鉴定并获得入网证，后来成为中国电话机市场单个型号销量最大的产品。

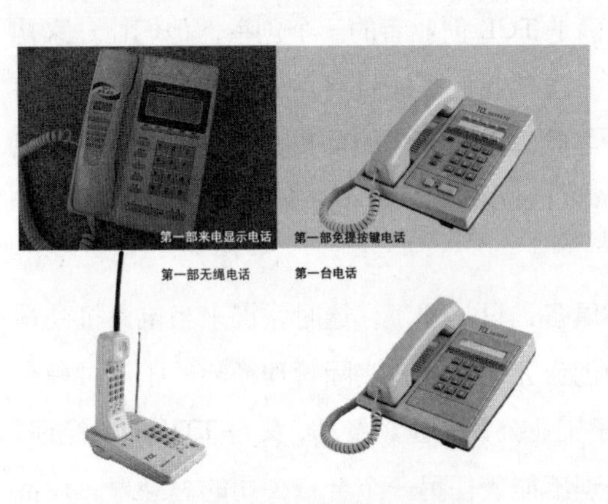

图 2-4 TCL-HA868 电话机

为消费者研制最好产品的想法，表明 TCL 的技术创新意识已经开始萌芽。

李东生虽然解决了产品设计和生产工厂的问题，但在怎么把产品销售出去这个问题上，却一时束手无策。

对中国通信行业发展趋势准确把握，及时切入电话机市场的确是 TCL 的得意之作。不过，合资公司建成后，正当大家踌躇满志准备大干一场的时候，才发现当时的通信市场远远没有想象中那么简单。

首先是行业垄断问题。在计划经济向市场经济曲折迈进的过程中，当时的邮电部本身就有好几家部属企业，还有一批所谓的指定企业，这些企业的资格和关系摆在那里，只要产品基本没什么大问题，市场地位几乎不可撼动。对此，李东生有着刻骨铭心的切身体会。

1985 年年底，李东生以 TCL 通讯总经理的身份亲自带队去西安参加一次邮电行业的订货会。一到现场他就明显感受到了冷落，打着邮电部部属字号的展台前人头攒动，自己的展台却几乎无人问津；而且他自己也确实缺乏业务经验，跟前来采购产品的人拉不上关系。订货会结束后，李东生算了下零星的几张订单，收入还不够大家的差旅费，原本打算趁机参观一下西安的名胜古迹的打算也因出师不利、心情欠佳被放弃了。更让李东生郁闷的是，回来后他发现拿到的那几张订单不是根本无法执行就是问题重重。

销售局面迟迟不能打开的后果就是经营的压力。会计做出来的财务报表，尽管李东生不太看得懂，但是看大家每个月都辛辛苦苦地工作，企业却还是亏钱，他几乎有种犯罪的感觉。李东生体会到了前所未有的压力，想各种办法解决公司的难题，甚至自己的女儿出生时，他都因出差在外没能陪在身边，以至于很多年后，李东生还对女儿深感愧疚。

其次是如何处理和外商的合作关系。李东生和港商蒋志基虽有着不错的私人关系，在早期电话机进口贸易合作中，大家也都赚了钱；在张济时无法出任 TCL 通讯总经理时，蒋志基也曾向林树森力荐李东生掌管 TCL 通讯。但是李东生在担任了 TCL 通讯的总经理之后，和蒋志基逐渐产生了冲突。

这种冲突的根源在于，由于蒋志基当时本身的资本规模也不算大，而项目又是以中方投资为主，李东生想自己掌控原材料的采购和产品的外销等业务，这就影响了蒋志基的利益。因为按照合同规定，进口原料采购和产品出口由外方负责，可以收取佣金，而李东生对此事审核干预，自己对这些业务却又不熟悉，蒋志基对此非常不满。同时，李东生又非常担心和蒋志基合作时被外商套走资金，因此规定支付外方的货款不能超过其在企业的投资额，以免影响到企业的正常资金运作。客观地说，李东生当时对蒋志基的防备心理也不完全是杞人忧天。改革之初，对外贸易之风大兴，在各种政策法规都还不够完善的状况下，难免泥沙俱下，鱼龙混杂。不少中资企业都发生过被外商坑蒙拐骗的事件，特别是在香港，大部分中资企业都发生过资金或资产被骗的事件。政府部门也有这样的要求，强调与外商合作时要维护国家的利益。但李东生这样的做法，确实令蒋志基无法接受。

尽管李东生隐隐意识到公司在与外方打交道时的有些做法不够合理，也与蒋志基沟通过，但是由于缺乏经验和基本的法律以及国际商务知识，其对外商持有的多是防范思维，而不是想如何更好地合作共赢。由于李东生并不能很好地平衡各方的利益关系，不能打开国内市场，这种内外交困的压力促使李东生萌生退意。李东生后来回忆反思这段经历，认为当年与蒋志基的矛盾和冲突，主要问题在于自己经验不足。李东生是第一次当合资公司总经理，总担心外方在进口材料采购和产品出口上多赚钱，担心企业的资产被外方骗走，因此，在进口材料采购价格和产品外销定价上和蒋志基经常有争议，在货款支付方面处处设防。而国内电话机销售业务又没有起色，这让蒋志基忍无可忍，跑到范品魁、林树森处告状："李东生再这样干我就退股了。"林树森看到李东生第一次承担一家企业责任时的经验和能力不足，也同意李东生从TCL通讯总经理的职位上退下来，请张济时担任TCL通讯的总经理，以尽快打开局面。

不过，9个月的经理生涯，李东生也并非一无所获，如今来看，相对于生产管理和产品设计的经验积累，这些收获对李东生似乎更为珍贵："自己当企业的负责人这种经历，是成长为一个企业家很重要的经历。你当过厂长、总经理和没有当过，是完全不一样的。虽然我以前做车间主任，做业务经理，但总是有一个总经理在承担最终责任，有问题他能帮忙解决，所以我就不会有太大压力，按照领导的要求尽量做好它就成。你自己有什么想法和计划要做，也有人给拍板背书，给予支持帮助，这样自己没有太大的责任和压力。但当总经理，就没有人可以依靠，要自己作最后的决定，并承担最终的责任。压力之大确能使人焦躁，废寝忘食，甚至晚上做噩梦，所以这种感觉是完全不一样的。经历了这个阶段，无论结果成败得失，对我的心态都有很好的历练，以后再担任企业领导，心态就平和多了。每项工作做完之后，我都会放下来再回头看一下，总结哪些事情我做好了，哪些事情我没有做好。"

成就电话大王

李东生的这次挫折，无疑是因为他身上的书生意气，认为世界上的事情都可以按道理做通。殊不知 20 世纪 80 年代国内商业界风云初起，很多事情还不能按常理而行。这个时候最为重要的是开拓精神，只有市场的强者，才会有足够的话语权。

李东生离职，张济时开始掌控运营电话机生意的 TCL 通讯。对于离职后的李东生来说，张济时几乎是在用实际行动给他上一堂将来他作为总经理必须要经历的营销实战课。

李东生不是天才，他之所以可以获得那么多成就，就是因为他丝毫不会吝啬赞美从别人身上学到的任何一点优势。多年之后，他仍然高度评价张济时这堂营销课的完美："他是一个商业天才，营销专家。"

与李东生一样，张济时同样认为 TCL 通讯的电话机对用户来说无论功能和品质都是首屈一指的。但与李东生不同的是，张济时并不认为用户不选择 TCL 通讯是他们的错，反而认为是 TCL 通讯没有尽到推广之责，没能让包括经销商在内的顾客有机会了解这种电话机。

20 世纪 80 年代，当时占据国内市场主流的，是传统的手摇电话机和拨盘式电话机。张济时认为，由于人们对这两种电话机的熟知程度太高，妨碍了他们对数字键盘式电话机的认知。人们都普遍认为，那两种传统电话机稳重（其实是笨重）、牢固（其实是不方便），因而不愿意尝试新式电话机。

与李东生一样，张济时同样受到手上可支配资源有限的约束，因此必须算计着出牌，张济时把这有限的几张牌打向了集中的几个点上。数字键盘式电话机更适用于程控交换机，因为拨号的时长更短。而国内当时安装程控交换机的城市有限，自然就给出了资源分配的关键点。邮电系统的高垄断性使得这些城市对于终端选择的要求很高，张济时想到了和惠州本地邮电系统合资进入这个市场的策略。

张济时于是去敲林树森和范品魁的门，请求他们的支持。林树森马上给邮电局的主管领导打电话作协调，希望能得到支持。范品魁则直接登门当面游说，其给出的承诺是：如果挣了钱，大家分，如果亏了，那就 TCL 通讯一家承担。有行署常务副专员的指示，加上范品魁的这番表示，惠州邮电局没有理由不答应。于是双方合资，由惠州邮电局的副局长来担任 TCL 通讯的董事长，从而调动惠州邮电系统的资源和能力，来帮助 TCL 通讯最终敲开整个邮电系统的大门。

有了邮电局系统内部力量的加盟支持，TCL 通讯在全国邮电系统的电话机销售局面迅速打开。

张济时身先士卒，带着销售人员，背起电话机奔赴全国各地，以“王婆卖瓜”的方式直接向客户推销。面对一些质疑和刁难，以及竞争对手的攻击，张济时总能以他圆滑的生意经摆平。在全国邮电通信产品订货会上，张济时经常使用一些港式的业务方式推销产品，建立客户关系网络，请客户到惠州工厂参观，请客户到香港业务考察，在当时都非常有效。到后期，TCL 通讯慢慢有能力自己举办有一定规模的产品订货会了。时任中国邮电器材集团公司总经理的吴基传（后担任国家首任信息产业部部长）也成了 TCL 通讯的客户。皇天不负苦心人，这是颠扑不破的真理。在张济时和他的团队的努力下，TCL 电话机在中国市场迅速崛起。

TCL 电话机业务的成长和 TCL 品牌的建立，张济时当记首功。张济时本人极强的市场嗅觉和业务能力是 TCL 电话机能够大获成功的关键。张济时可谓天生的营销奇才，他特别擅长处理和对方业务负责人之间的关系，吃顿饭、几杯酒下来之后就能跟对方称兄道弟。他晚年身体不太好，但和客户喝酒时，他却能尽兴放开，让客户喝得开心。而在客户关系的维护上，他也有不少经验、方法和技巧。比如每次开订货会，张济时都会安排买很多小礼物送给客人；同时以完成销售计划为目标，安排一些重要的客户到香港去参观考察。

最重要的环节是，张济时想方设法联络当时全国主要省市的邮电部门，建立起了既庞大又稳定的客户关系网，同时始终不渝地抓产品质量，抓售后服务。这就让 TCL 在邮电系统中不是定点企业却胜似定点企业，拿到了最大的市场份额。TCL 电话机逐渐赢得更多客户的青睐，电话机的销量呈几何倍数地增长，产品供不应求。1988 年 TCL 通讯搬入新的厂房，并逐步占据了中国电话机产业的领先地位。

图 2–5　张济时成就电话大王

李东生担任 TCL 通讯总经理的 9 个月中，由于缺乏市场和业务经验，没有能够带领企业继续前进。但他组建好了公司的制造及供应链体系，特别是在产品设计定型和质量控制上打下了坚实的基础。后来 TCL 销量最多的产品，就是李东生当总经理时定型的 HA868 按键电话。

从 1985 年正式进入电话机行业，到 1989 年成为家喻户晓的“中国电话大王”。短短 4 年时间，TCL 电话机依靠质量、性能和营销这三大利器，以近千万的年产销量取得了全国第一的辉煌成绩，占据国内电话机预装市场（邮电系统）高达 60%的份额。1989 年，TCL 电话机荣获“国优产品”称号，实现了惠州市电子产品获国家级质量奖零的突破。在国内业务发展的同时，TCL 电话机还打入美、欧等 30 多个国家和地区，结束了中国电话机在国外营运商没有入网资质的空白。1990 年秋季全国通信产品订货会上，TCL 通讯订单总量达 500 万台，成交额达 7 亿多元，占了订货会总成交量的半数以上。1993 年，TCL 通讯设备股份有限公司 A 股股票在深圳证券交易所（以下简称深交所）挂牌上市，成为国内第一家上市的通信终端产品生产企业。

而且“电话大王”并非一枝独秀，TCL 通讯的成功也成功带动了当地通信业的发展。20 世纪 90 年代初期，除了 TCL 通讯，生产电话机的侨兴、德赛等企业也开始崭露头角，包括一些小企业也做得风生水起。据初步统计，当时整个惠阳地区的电话机产销量已经超过五六千万台了，是全国电话机产业最重要的基地之一。而作为惠阳地区电话机产业的领头羊，TCL 通讯更是当之无愧的“扛把子”。

张济时担任 TCL 通讯总经理后，和升格后的惠阳电子工业公司的领导产生很大的矛盾和分歧。之前张济时就和惠阳电子工业公司的总经理在企业经营策略上有分歧，而该总经理又担任 TCL 通讯的董事长。在 TTK 当总经理时，张济时有问题常常直接找董事长范品魁，而现在张济时和直接领导的冲突就无法避免了。

可能也因为如此，张济时虽然早已提交入党申请，却一直没有被党组织接纳，这让张济时非常恼火（李东生也因为张济时入党迟迟没有解决而在此问题上被拖累）。张济时向行署领导提出将 TCL 通讯分开独立经营的要求，并明确提出，既然资本金是借的，他可以将债务带走，不要资产，净身出门。为了发挥企业的活力，减少内耗，林树森力排众议，支持分家，成立惠阳电子通讯工业总公司。作为 TCL 通讯的控股公司，两家公司都由张济时担任总经理。林树森认为，虽然当时这样做不太符合组织原则，但如果不作调整，企业就会政出多门，内耗不止，根本无法专注于业务开拓和市场竞争。后来的发展证明，此项决策对 TCL 通讯的发展至关重要。

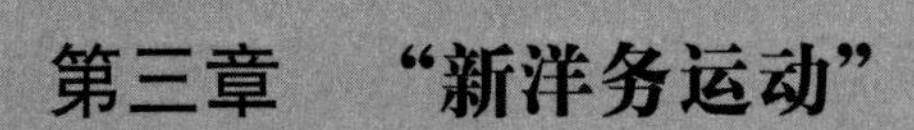

第三章　“新洋务运动”

青年时的每一分挫折，都是上帝为你预存的财富。

——爱因斯坦

在中国当代改革史上，区域经济的发展有三大模式，分别是苏南模式、温州模式和广东模式。其中，广东模式又有“四小虎”模式和惠州模式之分。

在1978年到20世纪80年代初期的几年里，珠江三角洲（下文简称珠三角）地区是“三来一补”的重要承载地。所谓“三来一补”，主要是指由外商投资经营，提供设备（厂房一般由外商向当地租赁）、进口原材料和样品，负责全部产品的外销；中方提供土地厂房，组织劳动力，无须投入生产设备和承担经营责任风险。地方靠土地厂房租赁收入和项目管理服务收入逐步积累资本。这种模式在东莞、顺德、中山和南海等珠三角“四小虎”发展最为兴盛。在国内资金、技术和管理能力不强的阶段，“三来一补”为当时珠三角地区引入外资的主要方式。但是，这种初级的对外合作方式更多的是靠加工和制造赚点小钱，对当地工业基础的打造和持续后劲的形成帮助不大。

进入到20世纪80年代中期之后，后发直追的惠州提出了新的发展思路。当时的城市决策者认为，惠州经济要实现超越，必须跳出“三来一补”的藩篱，在更高的产业层次上进行布局。那就是大力引进外资企业在惠州投资或办合资企业，在当地注册公司，将根扎下来，培养工业基础能力。1984年夏天，惠阳地区党委（以下简称地委）召开了具有划时代意义的地县两级干部会议。会议上，惠阳地委和行署提出了大力调整工农业生产比例，建立外向型工业体系的战略，打出“办实业、打基础”的旗帜。

正是在这样的战略背景下，TCL和李东生迎来了新的考验和发展机遇。

筑巢为引凤

1986 年 7 月，在完成电话机产品设计和生产线建设之后，李东生离开了 TCL 通讯总经理的岗位，这一年他 29 岁，即将而立之年的他遭遇了事业的第一次挫折。好在年轻，他很快接受了新的工作安排，出任惠阳地区工业发展总公司的引进部部长，负责在港工业项目的招商引资。

20 世纪 80 年代初，整个中国都处于“朦胧”的开放初期，工业基础十分薄弱，惠州所在的惠阳地区基本没有现代工业。随着改革开放的启动，惠阳地区如何寻找突破口成为上下热议的话题。到 20 世纪 80 年代中期，林树森出任惠阳地区行署副专员、党组副书记，主管惠阳地区的工业。组织上的这次安排，对惠州由农业向工业的转型，起到了非常大的作用，也成了李东生人生的又一个转折点。

林树森根据惠阳当地工业基础薄弱、地方财政收入低的现状，提出引进国外大企业，建立由外商控股、技术和管理水平一流的合资企业，推动当地经济发展和逐步发展提高本土工业能力的外向型经济的思路。针对当年大部分政府企业都在努力搞批文，倒买倒卖进口商品的情况，他提出政府重点要“办实业，打基础”，要将政府每年有限的外汇指标更多地用于工业项目。这个思路得到当时地委和行署的支持。于是，林树森亲自带队奔赴香港、欧美和日本等国家和地区，大力开展招商引资，营造工业投资环境优势。一时间，当全国还在“朦胧”中寻找前进的方向时，惠州所在的惠阳地区已逐渐成为一块外商投资的热土。而李东生新工作的任命，便是由林树森提出的。

图 3–1　20 世纪 80 年代末的中国

现在看来，这样的安排也是用心良苦。当时林树森计划将惠阳地区工业发展公司作为引进外资工业企业的平台。李东生有驻港经历，也有与外商打交道的基本经验，又有工业管理的经验，看似是个最佳人选，但“小李”毕竟还小，并且表面上一派春风的改革开放与“招商引资”实际上也是暗流涌动。在全国没有先例可参考的情况下，很多老同志对招商引资有着天然的怀疑。年轻的李东生能胜任吗？这在当时是一个蛮大的问号，不过林树森和李东生却对即将发生的事情信心十足。

李东生走马上任了。当时的惠阳地区工业发展总公司成立于1983年，基础薄弱。林树森在调入李东生的同时，还选调了一些优秀的企业管理干部。他给了李东生们一个“锦囊”：想尽一切办法，让国外、境外的工业企业直接来惠阳投资。

思路清晰了，但如何能够引来有实力的境外大企业，还是最关键的一步。当年，香港电子工业水平较高，大部分产品水平都高于台湾，但香港的大企业家大都非常谨慎，只试探性地在深圳、东莞办一些小规模的来料加工厂，很少直接投资建厂，更没有办合资公司。其中原因很多，尽管合资公司能够获得一定比例的产品内销，会有更好的效益，也能给地方增加税收（产品增值税、营业税等流转税），同时合资公司在国内经营还可以获得国家法律规定的外资企业税务优惠政策（所得税两免三减半），但对外商来说，办合资企业就意味着将技术开发和管理逐步转移到国内。对实行开放改革时间不长的中国政府，他们还是有顾虑的，对办合资企业的好处也将信将疑。

为了打破僵局，林树森亲自上阵，带着李东生主动上门，首先到香港各家大的工业企业拜访。他们想到了一个朴实又百试不爽的办法——树典型，立榜样。

金山实业集团是20世纪80年代香港一家颇有名气的上市公司，主要做的是汽车音响、高能电池等产品。林树森访问该企业和罗氏兄弟洽谈后，力邀他们到惠州办厂。罗氏兄弟是典型的实业家而非商人，做事很严谨。他们向林树森提了十多个问题，林树森都坦诚地进行了回答，并向他们分析了中国改革开放的巨大前景和市场机会，分析在国内办厂的优势。罗氏兄弟和许多香港实业家一样，父辈在新中国成立前夕移居香港，又看过内地的“文化大革命”，因此，对共产党和政府有戒心，对来内地投资很有顾虑。林树森在和他们的交往中首先取得他们的信任，并承诺解决办合资企业的各种问题，罗氏兄弟表示愿意来惠州看看。

惠州离深圳只有80公里，但当时交通条件很差，只有单向两车道的二级公路，单程要颠簸两个多小时。不过他们到达惠州后，立马感受到了“同胞们”真诚的盼望之心，在林树森和李东生等人的努力下，金山实业集团成为第一家到惠州投资的大企业。这个项目谈下来了，就有了一个标杆和范本，其他项目的洽谈就快多了。包括生产多层线路板和通信器材的王氏电子，还有依利安达等公司先后考察了惠州，而欧洲的飞利浦和日本信华精机、船井电机也在这段时期到访了惠州。

李东生当时的主要工作便是跟这些企业进行谈判，扫除一切可能的障碍。相对于之前全面管理一家公司而言，新工作的责任清晰，目标也很明确，而且有了前几年的学习积累，李东生信心十足。况且还有林树森和范品魁做后盾（范品魁当时已升任惠阳地区经济贸易委员会主任，主管工业和经济），这两位领导都对“小李”非常支持，李东生心情轻松又愉快。

不过，现实的工作却是块硬骨头，20世纪80年代的合资项目有着天然的“障碍”。外商出于自我保护考虑，在合同谈判中提出了很多利益保护条款，而一些条款政府审批机构是不接受的。然而，此前9个月的总经理生涯已经让李东生学会了更好地平衡和包容。他不怀疑自己的能力，也不怀疑外商的诚意，而是思考如何更好地处理合作双方的关系。不能一味靠进取心，咄咄逼人，还必须懂得必要的妥协和包容，要更多从战略大局思考和决策，找出互利双赢的方式。懂得妥协和隐忍不仅是成熟的表现，更是一种睿智的处世态度。如果一个人的内心不够强大，就容易愤怒、焦虑、急躁，遇事冲动，不顾全局，而学会了妥协和隐忍，便能张弛有度、左右逢源。

在谈判中，对外方要求的过度保护条款，只要不是实际影响企业营运和中方利益而又不违反合资法的，李东生都先接受下来并努力说服审批机关同意；对不符合合资法条款的，李东生对外方进行解释说明，对条款作出变通的修订。林树森支持李东生的做法，他认为毕竟这是第一批到国内投资的大企业，应设法尽量减少他们的顾虑，只要项目建成，其他问题都好解决。

正是在这种务实精神的激励下，一系列项目纷纷启动：“飞利浦”在中国的第一个项目——汽车音响动工了；与全球最大的录音机芯厂商合资的“信华精机”工厂也投产了；“王氏”多层线路板工厂、澳洲“奇胜”低压电器项目、美国“唐德”电子厂也开工建设。在短短两年内，李东生先后筹组了10家大型的合资公司，并分别担任这些合资企业的中方董事。

在那段时期，惠州的外向型电子工业快速发展，大公司纷纷落户，李东生扮演了关键的角色。

但就像千里马与伯乐的关系一样，任何人在一生中都会遇到自己的“贵人”，而但凡功成名就之人，也总会有贵人相助。在李东生看来，林树森与范品魁便是他的“贵人”，他们不仅参与了引进大公司的决策与运作，更让李东生学到了一位优秀领导者必须具备的素质。

当时要短时间、高效率、高速度地建立起这么多的企业，需要解决大量的问题：征地、建厂、招管理技术干部、项目审批、进出口通关等。哪里政府内部协调有问题，范品魁就跑过去，老远都能听到他的粗嗓门。他亲自出面，往往问题就容易解决了。早期企业条件很差，连能接待客人的汽车都没有，到深圳接送外商，用的经常都是范品魁的车。一些老干部对招商引资的做法有意见，对外商的管理风格看不惯，在下面发牢骚，范品魁总是会做许多解释和协调工作。林树森曾担任地区经济贸易委员会（以下简称经委）副主任，当过范品魁的下级，但当林树森作为年轻干部升任副专员后，范品魁仍全力支持新领导的工作，默契配合，对其尊敬有加。

而林树森在创建惠州外向型电子工业体系和吸引更多跨国企业进入的发展战略上始终能把握住方向，努力营造好工业投资环境，使惠州这个小城市，在 20 世纪 80 年代末期在发展外向经济上颇有建树。虽然和深圳、东莞、珠海相比，惠州不具备“天时”和“地利”的优势，财政实力也不强，但通过清晰的产业战略和打造良好的投资环境，以及上下齐心办实业的精神，营造“人和”优势，吸引了一大批大企业投资。飞利浦惠州工厂是他们在华投产的第一家企业，1987 年飞利浦总裁乘专机直飞惠州访问，轰动一时。惠州最早在中国建立起有较大规模和较高技术管理水平的以外商投资为主的电子工业板块，多个产品，包括录音机芯、汽车音响、高能电池、多层线路板，以及 TCL 电话机、录音磁带等都拿到了国内第一。

1987 年，时任国家经委副主任的朱镕基在惠州召开全国工业经济会议，在听取了林树森的思路与做法后十分赞赏，还要了他的总结作为材料上报。后来惠阳地区改制后，林树森出任惠州市常务副市长，不久后又上调广东省政府任职，后历任广东省计委主任、广州市市长、市委书记、贵州省省长等职务。他离开惠州 20 年，但他对 TCL、对李东生一直很关心。

“把合资当成有收益的学习”

在跟随林树森负责惠州招商引资的这三年中，李东生的能力成长飞快，这正是林树森希望看到的。当时李东生负责项目的具体谈判和筹组，直接对林树森报告工作。林树森对人坦诚，不耍滑头，凡事以信誉为本，同时为人刚正清廉，聪明好学，做事认真负责，这也是他主管招商引资能够成功的关键所在。那段时间，林树森经常到香港谈项目，夜晚就挤在李东生的宿舍，两人常到街边快餐店吃饭，也会到尖沙咀海边散步聊天；在这种经常性的密切交往中，林树森教了李东生很多做人做事的道理。

一次，林树森和李东生两人赴欧洲，临行前外商送了2 000美元，交给李东生，说是给他们的零花钱。外商的好意一时难以拒绝，林树森嘱咐李东生将钱收好。结果回来后，合作谈成了，林树森又将2 000美元如数退回。正是因为这样的作风，林树森深得外商敬重，也促使合作项目得到了快速推进。林树森的这种廉洁作风也让年轻的李东生受益颇深，一直到现在，他仍将此作为自己的处世信条。

当然，更大的收获还来自于工作。林树森要求任何事情都要说到做到，有时近乎偏执，批评人又从不留情面，这在李东生驻港引进项目时尤为明显。当时基本上李东生在白天做了什么事情，晚上林树森的电话就会追问过来，而且还问得非常仔细，存在的问题几无遁形之地。这使得李东生没有一点偷懒的机会，更不可能用一两句话忽悠过去。正是这种“魔鬼式”的训练，使李东生逐渐养成了做事认真、缜密的习惯，这给他留下了受益一生的财富。同时因为器重李东生，惠州的其他重要外资项目，林树森也都让李东生参与了部分工作，如轰动一时的惠州熊猫汽车项目，以及后来建成的南海石化等项目，李东生都参与了前期的谈判，借此见识了大平台的气象。

不过，这一时期的锻炼带给他最大的收获，还在于此前他最欠缺的那部分——在多次跟外商的合作谈判中，李东生开始习惯通过换位思考来平衡外商与本地之间的利益矛盾点，并通过找最大公约数的方式，找到双方的共同点。这使得一些在别人手里谈不下去的项目，甚至是已经要转移到外地的项目也可以被争取回来。显然，这正是当年那个无法与蒋志基处理好关系的李东生身上所缺乏的东西。

有一次，李东生代表中方与一家日本的大型企业谈合作。由于日方投资比较大，所提的条件也相当苛刻，尤其是必须购买他们指定的生产设备这一条，有悖合资法，让中方难以接受，谈判迟迟未能突破。李东生认真分析后向领导建言：“对方的条件虽然苛刻，但是这么大的项目能落户惠州，对当地的工业发展大有裨益。而且这家日本企业实力雄厚，知名度颇高，他们提出的设备清单，确实是性能最佳的。他们坚持必须购买指定设备，更多是从保证产品质量考虑。它能落户惠州，无疑将对别的外商起到示范作用。”这一番既客观公正，又有全局意识的分析很快得到了大家的认同。

得到公司的批准后，李东生立刻草拟协议，交由同事誊清打印。办事员仔细复查完每一项条款，觉得好像少了一条“合资公司所需设备仪器在同等条件下，应优先在国内购买”，于是想当然地作了补充。临近签约，外商拿到协议，非常不满：“你们做生意怎么这么不诚实，原先谈好的条件可以擅自篡改？”在场的人都一头雾水，不知道外商是什么意思，想着难道外商又想提什么新要求。只有那个年轻的办事员战战兢兢地缩在一旁。李东生拿起协议，立刻明白了是怎么回事，可他并没有当众训斥办事员，只是诚恳地向外商道歉，并说明是自己工作疏忽；并向外商耐心解释此条款本在中国外资法中有表述，一般的合资合同都会有这样的条款，本份合同取消这个条款是向政府审批机构争取得来的。

原本在谈判过程中就对李东生有深刻印象的外商，通过这个小插曲，对李东生的诚信和勇担责任更为欣赏。一向精明谨慎的日本人相信，与李东生这样的人合作是可以完全放心的。改正后的协议一经送到，他们便爽快地签约了。

时隔数年后，李东生前往与 TCL 合作生产通信设备的日本 NEC（日本电气股份有限公司）访问，NEC 的副总裁稻债对他说：“我接触中国企业领导人不少，但感觉接触李总您后，我充满了信心和希望。并非是说别人不好，我只是觉得太多的中国企业领导者在办合资企业时，双眼只盯着己方的利益，天天为己方利益打算盘，疑神疑鬼，唯恐别人占了便宜，而不是站在合资公司的共同利益上。如果合资双方不是协同配合，合资公司最终面临的一定是衰退和死亡。”李东生会心一笑。稻债提到的合资中存在的那些问题，自己何尝不曾犯过！如果没有在工业发展总公司做了三年引进部部长的历练，自己能否懂得合资的真谛还真不好说。

其次，李东生在无数次与外商代表及高级经理人的接触和沟通过程中，学会了国际大公司的经营管理观念和思维方法，并开始懂得如何去争取和协调资源来达到自己的目标。这成为李东生后来成为企业家的一项重要素质。

和飞利浦的谈判是李东生获益很大的项目。在谈判前，对方就作了充分的准备，提出一份很详细的商业计划书，再根据中方提供的厂房、水电及劳工成本的资料和数据，对企业经营绩效作了动态分析，项目投资回报预算一目了然。李东生之前自己管企业时，根本不会利用这些方式作分析。于是他将这些资料留下来，认真学习研究。飞利浦谈判时还带来自己公司的律师，而当时在惠州根本找不到商业律师，李东生只好自己边干边学。为此，李东生还用业余时间选修了“涉外经济法律”和“工业会计”两个课程，这两个课程对他今后的管理工作帮助颇大。

在与国外企业的大量接触和谈判中，李东生提高了与外商谈判的技巧，懂得了合资合作的真谛，也学到了很多现代企业的管理经验，视野更为国际化。这些收获，在李东生回归 TCL 后也逐步得以展现。

李东生第一次到香港金山实业集团工厂参观时，就切身感受到双方在管理和技术水平上的差距。香港工厂环境干净整洁，先进的设备流水线高效运转，工人们操作有条不紊，管理人员训练有素，和 TCL 通讯相比强了很多。

如果说香港金山实业集团的工厂完全颠覆了李东生等人脑海中那种脏、乱、闹哄哄的工厂印象；那么，当他们走进日本企业，就进一步体验到了什么叫现代企业的精细管理。

1986 年前后，生产录音机核心部件等产品的日本信和株式会社（以下简称信和），想在中国开办一个厂，专门生产录音机的机芯。日方先是找到了金山实业集团，金山实业集团就将信和介绍给了正在四处找项目的李东生等人，不久他们就合资组建了信华精机有限公司（以下简称信华精机）。日本人不仅投入了大量的资金和设备，使信华精机成为当时中国最大的机芯厂，而且将闻名全球的精细管理带到了新组建的合资公司。与日本人的合资，让李东生又一次大开眼界。有了日方的参与和主导，信华精机的生产技术水平和管理水平明显要比当时国内的企业高出好几个档次。李东生不由想起了自己曾用 9 个月苦心经营的 TCL 通讯。虽说 TCL 通讯也是合资企业，但是合作方只是香港的一个做贸易的小公司，本身也没有太多的管理经验和技术能力，所以公司成立后，一切都要靠自己摸索，管理水平和研发能力的落后都可想而知。虽然 TCL 通讯在张济时手中取得了不俗的业绩，但这主要得益于把握了市场的机遇而非管理能力。电话机在消费电子产品中是技术较为简单的产品，而当时大部分国内企业都停留在简单产品装配的水平上，这些改革开放后应运而生的中国企业的起点低是毋庸置疑的。

信华精机经营一年多后，李东生应邀去日本信和参观。当时的日本是全球电子工业的"圣地"，在美国的各大主要城市到处可见松下、索尼的巨幅广告。1989 年 9 月，索尼甚至还以 34 亿美元的天价买下了哥伦比亚影业公司。大量的资本输入，导致美国人陷入了将被日本全面收购的恐慌。而当时中国国内，几乎所有的电子产品都是日本的，韩国的三星、LG 等还刚刚崛起。

带着朝圣般的心情，李东生等人走进信和的工厂。当他们看到人家的工厂里连洗手间都打扫得一尘不染时，才明白为什么当初信华精机的日籍总经理一到中国，首先抓的事情就是清洁洗手间。洗手间反映出来的其实正是日本企业注重细节、精细管理的精髓所在。每天上班前，工人首先要把地板拖得光亮，然后才开工。类似的从小事做起、关注细节的制度文化，经过长期执行，便能深入人心，成为习惯，让日本企业拥有了难以撼动的竞争力，也让原本不太在意细节的李东生感悟到了细节在企业管理中的不可或缺。

金山实业集团和日本信和让林树森和李东生他们对现代化的企业管理有了全新的认识。参观结束后，林树森就对李东生说："我们和人家的差距太大，管理上的经验和能力，都要向人家学。"

有了这样的认识，在与外商合作的过程中，中方的关注点不再局限于效益方面，而是通过合作，一点一滴地学习现代企业的运作和管理。李东生后来在 TCL 新加盟大学生的欢迎会上，总喜欢说这样一句话——"把工作当成带薪学习"。考其出处，正是他在工业发展总公司的这段经历，只不过当时是"把合资当成有收益的学习"。

更大的震撼还在后面。

1987 年，在金山实业集团老板的陪同下，林树森带着李东生第一次访问欧洲，主要是去飞利浦公司参观学习。

飞机飞到法兰克福，飞利浦公司的经理自己开车到机场接他们，驱车三个多小时到了一个小镇参观飞利浦的汽车音响工厂。工厂的事业部总经理接待了中国的客人。欧洲工厂管理风格和日本完全不同，车间也很整洁，但工作气氛很轻松，工人可以随意到车间的咖啡座喝咖啡，生产线自动化程度很高，质量管控很严格。飞利浦的总经理介绍说，当时欧洲的生产成本已经太高，他们要把这个工厂现有的业务都转到中国去，这里再转产其他产品，这就是欧洲正在兴起的"二次技术转移"浪潮。

在荷兰阿姆斯特丹的一个小镇上，来自中国的访客参观了飞利浦和索尼合作的光电技术研发中心。这一次他们所受的震撼与参观日本企业相比有过之而无不及。李东生虽然是华南理工大学电子专业的高才生，但是来到飞利浦的研发中心后，发现自己对人家研究的很多新产品技术还一无所知。比如他在研发中心第一次接触到了 CD 技术，而国内市场上出现 CD 产品，还要等到四五年之后。后来他才知道，飞利浦做的是超前的创新研究，比如当时市场上还没有 CD 唱片产品，飞利浦就已经在研究后续的 DVD 视频产品了。这种对产业趋势的把握和引领，正是飞利浦能历经百年而不衰的秘诀。

这次参观让李东生对构成一家国际级的高科技企业的核心要素有了初步的概念，对跨国企业有了一些了解。这次合作，也为以后 TCL 和飞利浦多年的业务合作打下了基础。临别时，飞利浦方面向访客赠送了纪念品——一个女工做灯泡的雕塑，这也成为李东生珍藏至今的礼物。这个雕塑见证了飞利浦由100年前做灯泡的小作坊成长为跨国巨头的历程。拿着这个小小的纪念品，即将三十而立的李东生忽然萌生了一个信念：自己人生的使命，不也是要在国际舞台上做一番事业吗？

生逢大时代

1988年，广东省进行“地改市”的行政改革，惠阳地区被分为惠州、东莞、河源和汕尾4个市。新市政府成立不久，原在电子工业部任职的李鸿忠到惠州挂职当副市长。组织的用意很明显，经过20世纪80年代的积累，惠州的电子工业已经有了一定基础，让李鸿忠接替林树森主抓工业，就是要把惠州的电子产业进一步做大做强。

一开始，李鸿忠刚到地方工作，需要全面接触、了解众多部门与企业，因此，还在引进部做招商工作的李东生并没有太多机会接触李鸿忠。而李东生在经过了三年的锻炼之后，也来到了人生的关键时刻。这一年已是李东生毕业的第7年了。这7年中，李东生从一个普通的大学生走上工作岗位，又顺利地走到了企业管理者的位置。从一开始想着自己要买一台彩电和冰箱，到参观飞利浦树立自己的人生理想，7年时间让李东生变得成熟起来，也让他开始寻找更高远的人生使命。

但是，就在李东生兢兢业业努力做企业的时候，他经历了1989年春夏之交的一场政治风波。这场风波从北京也影响到惠州这样的地方，很多人的命运就此改变。作为知识分子的李东生也在这一年，感觉到了前所未有的迷茫，他对自己的未来失去了目标，不知道是应该坚守岗位继续发展事业，还是去国外留学一段时间再找方向。幸运的是，这时候他与李鸿忠相识了。

1989年夏天，李鸿忠带团赴日本考察，主要目的是参观访问在惠州投资的多家日本企业。由于这些企业李东生都很熟悉，因此行程由他来安排。当时政府财政抓得很紧，规定所有出访人员都必须两个人一个房间。李鸿忠因为是副市长，可以住单间，但他却提了一个要求：李东生和他住一间。因为这样一方面可以省点钱，更主要的是，他想借此机会与早有耳闻的李东生深入谈谈。

李鸿忠大李东生一岁，两人经历相似，都是中学毕业下乡后再考上大学的。但李鸿忠在国家机关工作多年，老成稳重，对政治和社会有着更加深刻与长远的认识。十多天时间里，他们每晚都谈至深夜，话题从白天的参观访问感受体会，到对日本经济前景和企业竞争力的分析，再到中国的改革开放战略和经济发展前景等，无所不包。

图 3–2 1989 年，李东生陪同政府领导出访日本与日商的合影。前排左起分别是：李欣、范品魁、信和电子会社社长、李鸿忠、李东生

李鸿忠是学哲学和历史的，他向李东生分析介绍了日本近代经济的发展历史，日本企业管理文化的形成过程，令李东生折服。而当话题转到当时的政治风波，以及个人的前景和理想时，李东生坦言了自己的迷茫，以及自己想去国外留学发展的想法。听完李东生的表述后，李鸿忠既不诧异也没有批评，而是从历史发展的角度谈了对这次风波的看法。他对李东生说：如果过几年再回头看，这次风波也许只是中国发展过程中的一个小旋涡。他建议李东生不要把这次风波看得过于负面，更不用悲观绝望，而应该尽快从这种迷茫和失望的心态中解脱出来，在经济领域推动中国改革。

李鸿忠分析完现状，又谈起了中国的未来。在他看来，中国的未来发展首要取决于经济，而经济的发展动力一定是来自企业，因此，必须有一大批中国企业和企业家肩负起历史的使命。唯有如此，中国经济才能复兴，国家才能真正强大。他鼓励李东生抛弃成见，坚定信心留下来，努力在企业领域做出一番事业。李东生只是默默地听着，不反驳也不赞同，但是内心的乌云已经开始慢慢消散。这可能是第一次有人明确地向李东生指出他应该去努力的方向，那就是做一个未来中国的成功企业家。

访日回国后，李鸿忠又多次找李东生谈话，并且以多种方式帮助李东生恢复对未来发展的信心，鼓励他坚持原先的抱负和志向，在广东这片改革开放的热土上做一番事业。而李鸿忠那一番产业报国的谈话，也令李东生开始系统地思考怎么去做一家大企业。李鸿忠也被李东生亲切地称为生命中的第二个贵人。

正如李鸿忠说的那样，个人也好国家也罢，在前进的路上，难免会遭遇旋涡，如果胆小畏缩止步不前，就可能会被旋涡吞没；如果鼓足勇气闯过去，就能海阔天空。1989 年，中国遭遇了旋涡，李东生也经历了低潮，庆幸的是，他们最终都回到了主干道上。

李鸿忠主管工业后，重新梳理了惠州市的工业发展思路，更倾向于加强对本土企业的发展与培养。他敏锐地意识到，中国改革开放的战略目标是，通过改革开放，引进外资来培育自身的竞争力；而国家经济竞争力首要是建立在本土企业竞争力的基础上，沿海地区通过引进外资已经有了一定的现代工业基础，已经到了加大力度整合及孕育自己的企业和品牌的阶段了。为此，他选定了第一个目标——两年多前分家的惠州电子工业公司和惠州电子通讯工业总公司。两年来，张济时带领的通讯工业总公司依托 TCL 通讯将电话机业务做到中国第一，而惠州电子工业公司下属的多项业务（包括 TTK 磁带）却日渐衰落。李鸿忠决定将两家企业整合，让张济时领军，树立“TCL”品牌。

李鸿忠找到张济时，张欣然接受，但提了两个条件：一是要有人事权，即领导班子由张济时组建；二是要将李东生调回来帮他。当时，因为李东生的出色成绩，惠州市主管领导已决定提拔李东生做工业发展总公司副总，但李鸿忠在考虑了张济时的要求后，认为李东生回 TCL 的作用更大，便同意了张济时的意见。

重组后的惠州电子通讯工业总公司由张济时任总经理和党委书记，李东生担任第一副总。征得李鸿忠同意，李东生还将刚刚成立的作为自主品牌和经营试点的通力电子带回新组建的电子通讯工业总公司，所生产的家庭音响也换上 TCL 商标。

不过在决定重返 TCL 之前，李东生还有点犹豫，因为结婚几年了，他一直都还没房子，只能跟父母住一起。当时惠州工业发展总公司已经建了一栋新宿舍，给李东生留了一套，但如果李东生离开的话，房子便没他的份了。对于 30 岁的年轻人而言，不管是当时还是现在，房子都是个不小的诱惑，但人生要追求更高的目标，就要不断地拒绝其他的诱惑，这或许也是李东生能够成功的一种信念。一直到重返 TCL 一年多后，李东生才分到了一间 93 平方米的旧宿舍。

最终，李鸿忠的决定与开导让李东生找到了人生的新方向，要干一番大事的信念支持他在 1989 年年底回到了阔别三年的 TCL。这一年，张济时成为了声名显赫的中国“电话大王”，而李东生一边忙于往返惠州与香港之间处理公司的对外业务，一边还精心打理按照新经营思路组建的通力电子公司，并兼任了 TTK 的董事长。

从 1990 年起，一个新时代就要来了。

第四章　渠道为王

地域的辽阔和人口的众多，让中国成为一个独一无二的市场，在这里取得成功，首先需要的是勇敢和想象力。

——托马斯 · 弗里德曼

当时间进入20世纪最后一个10年时，中国计划经济的铁幕已被彻底打破了。空气中到处弥漫着商业的气息。这时期最潮的方向是南方，最时髦的一个词叫“下海”。而通过前10年的累积，中国的能量就要释放了。

从1992年长虹成为最大的彩电企业开始，中国电子制造业的兴起已初露端倪。康佳、海尔、创维、海信陆续走向舞台中央，从而让“短缺”的中国市场快速进入“过剩”阶段，紧接而来的便是营销方式的彻底改变。这一时期，谁能创新谁便能迅速崛起，大创新又会干掉小创新，中国正迅速变成一个统一的市场，而TCL也变成了将中国整合起来的一股力量。

从1991年开始，李东生便嗅到了在家电产品销售渠道中传统的“五交化”[①]（当时各地都设有国营的“五金、交通、电工、电子和化工产品”公司）与供销社（乡镇和县城）模式行将崩溃的味道。同在惠州生产彩电的康力公司被供销社“拖死”的案例让他印象深刻。于是，邓小平号召的“摸着石头过河”的精神在TCL得到了发扬——在没有任何先例参考的情况下，李东生决定要建立一条适应新的市场格局的营销渠道。同一时期，联想的杨元庆也在CAD（用于电气设计领域的CAD软件）事业部里尝试代理制，但步伐明显没有TCL大。而巨人的史玉柱则要在几年以后才开始同样的尝试。

这一时期，在中国很多“厂长”、“总经理”的办公室里都上演过同样的一幕：

---

① “五交化”是商业界和民间对同人民日常生活紧密相关的某些生产、经销领域的综合俗称，其范围很广。简单说，就是生产、供应和销售“五金类”、“交通类”、“化工类”或与其相关的行业的产品和服务的商业单位。——编者注

白墙上高挂一张中国地图，上面用插红旗的方式来标志公司的领地。再过10年，中国地图则会被世界地图代替，当然这已是后话。

李东生显然又属于最早觉醒的一批人。

TCL舰队起航

自1987年从惠阳地区电子工业公司分离出来成立惠阳地区通讯工业总公司后，TCL通讯的发展可谓突飞猛进，每年的电话机产量、产值和利润三大经济指标的增长速度连续翻番，1989年登上中国电话机销量冠军的宝座，风头一时无二。

就在TCL电话机业务快速发展之时，当时的电子工业公司及其下属若干企业却陷入了困境，几乎濒临破产。甚至之前做得风风火火的TTK也露出了疲态，做录像带的东日公司则出现了亏损。为尽快扭转被动局面，1989年年底，李鸿忠拍板决定，由张济时和李东生牵头重组成立惠州市电子通讯工业总公司，将原来分开的通信和电子两个业务板块重新整合起来。当时，随着国内通信基础设施的快速发展，通信板块的TCL电话机业务如日中天，当年就摘取了“中国电话大王”的桂冠。而随着CD等新的影音产品技术的快速发展，TTK的空白录音磁带却销路大减，刚起步的通力电子的家庭组合音响产品则成为电子板块的主要增长点。

这次重组的目的很明显，电话机的成功，使得重组后的惠州电子通讯工业总公司利用已有的“TCL”电话机品牌优势，扩大和延展产业规模。

回到TCL担任惠州市电子通讯工业总公司第一副总的李东生，一面负责总公司的对外业务，担任驻港的“TCL通讯（国际）有限公司”总经理；一面分管电子板块，兼任通力电子和TTK董事长。李东生看到磁带业务很难再有大的作为，就将主要力量放在了通力电子的家庭组合音响业务上。音响是当时中国家庭“四大件”之一（彩电、音响、冰箱、洗衣机），它替代早期的台式收录机，成为中国家庭的新宠。

通力电子的音响业务和香港长城电子公司的蒋志基合作，当时蒋志基已经从TCL通讯退股，自己在惠州另外建厂生产家用音响，产品全部外销。蒋志基希望通过和李东生合作打开国内市场，通力电子就是在这样的背景下成立的。几年前，李东生任TCL通讯总经理时，和蒋志基有过严重的冲突。张济时接掌TCL通讯后，双方曾有很好的合作，合资公司效益也很好，后来由于大家对业务发展方向有分歧，而蒋和张两人个性都很强，几次争论之后，最终张济时以香港“TCL通讯（国际）

有限公司”出价收购蒋志基持有的30% TCL 通讯的股份结束。蒋志基则按照自己的设想另外组建香港长城电子公司，转而生产经营家用组合音响，并将工厂设在惠州，从商人变成企业家。在李东生驻港招商引资期间，蒋志基和李东生常有联系。李东生也意识到当年的矛盾，主要是自己缺乏经验，处事不当，而蒋志基内心很敬重李东生的能力和为人，对“告状”之事心有歉意，主动修好，双方冰释前嫌。李东生在蒋志基筹建音响业务和惠州工厂时，给过他不少意见和帮助，后来，双方重新在音响业务上携手合作，蒋志基也主动给了通力电子很多的支持。电子通讯工业总公司重组后，张济时也非常支持李东生发展音响业务。

惠州电子通讯工业总公司重组后，李东生做的第一件事是将通力电子音响改名为“TCL”，录音磁带也同时改名“TCL”，并将总公司的所有产品统一使用“TCL”商标。“TCL”舰队就此正式起航。

通力电子早期的骨干来自几个合资企业，后来从外部又招聘了一些“南下”干部，李洪志、袁信成、赵忠尧、史万文等就是在这时加入公司的（前两位已退休，后两位现任 TCL 集团高级副总裁）。李洪志来自湖北武钢集团，担任过车间主任和分厂厂长。他太太吕忠丽原是武钢的一位财务科长，先被惠州日资企业惠信精密部件惠州有限公司（SPG）招聘为公司财务经理，后李洪志决定举家南迁，落户惠州。李东生筹建通力电子时，李洪志义无反顾加入当副手。公司重组后，李洪志接任通力电子总经理，带领这支朝气十足的团队继续开拓新的业务。

万事开头难，通力电子业务开始就遇到挑战。首先当时外商对中国投资环境不放心，投资减少，国内经济放缓，市场需求疲软，音响业务的状况并不乐观。国内市场受经济环境紧缩的影响，并没有预计中那么大，而当时市场上又充斥着大量走私进口的商品，国内产品要打开局面非常困难。

其次，产品设计需要改善。早期通力电子的音响产品使用长城电子公司针对欧美市场的产品设计，产品的功能和外观不太符合国内消费者的要求。业务人员将这些情况如实反馈给李东生后，李东生亲自作市场调研，并买回许多进口的产品和国产的样机进行对比研究，根据市场需求改进设计。当时进口产品性能较佳，外观设计很洋气，但价格很高；而江苏盐城“燕舞”这样的国产音响产品性价比有优势，虽然有点土气，但装上许多花花绿绿的闪灯在乡镇市场很受欢迎。李东生决定将“TCL”音响定位在城市中高端市场，外观和功能设计参照进口产品，但调整了产品外形结构，特别是加大了音箱和输出功率。不久，功能和款式新颖的 TCL“海王星”、

“天王星”和“霸王星”音响产品先后投放市场，性价比较进口产品有明显优势，逐步打开了销售局面。

1990年年初，李东生带几位同事跟着蒋志基第一次到美国参加拉斯韦加斯电子产品展销会。这是全球最大的消费电子产品展，日本、欧洲、韩国、美国等国家及地区的厂商齐集。当时在李东生眼中已经很有规模的长城电子、金山实业集团、王氏电路等香港企业只能在香港展区占两三个摊位，接待各国买家。李东生和同事们花了几天时间，到每一个展位，特别是日本和欧洲公司的展位仔细观摩，认真研究新的产品技术趋势。就在那年的展会上，索尼和飞利浦同时发布了CD音响产品。回忆起几年前在荷兰飞利浦实验室看到的技术研究成果，李东生很感慨，深感中国企业的差距。这次展会让李东生他们大开眼界，学到很多东西。1991年，TCL通讯（国际）有限公司和TCL电子香港公司就开始参加香港展团到拉斯韦加斯电子展推广产品，TCL开始只有一个摊位，但慢慢积累客户，出口生意越做越大。逐步增加的出口订单，使TCL产品依靠国内外两个市场将规模做得更大。

通过参加拉斯韦加斯电子展和香港电子展，TCL外销业务渐有起色。李东生分管香港业务初期非常困难，原来TCL电话机出口和进口原料采购是由蒋志基负责，他从TCL通讯退股后，出口业务就交给了新成立的TCL通讯（国际）有限公司。当年张济时和蒋志基业务分歧的原因之一是产品外销业绩不佳。电话机业务在国内市场发展很快，效益很好；而外销业务却一直亏损，也没有达到计划销售量。TCL通讯是合资企业，按照当时法规，企业超过一半的产量必须外销，否则不能取得内销进口材料许可。而电话机是国际市场最简单和低价的电子产品，门槛很低，过度竞争，外销业务很难赢利。李东生接掌香港TCL通讯（国际）有限公司后，加大外销推广力度，主动参加国际展会，以开拓更多的客户。针对国际市场需求，他改善产品设计，减少成本，增加规模和销量，提高竞争力，使产品外销数量达到合同规定总销量的60%，并做到出口业务有微利。同时，通过降低采购成本、提高效率来增加香港公司的赢利。

为增加TCL通讯长远的业务发展能力，李东生先后引入几个通信产品项目。一个是与日本NEC合资的寻呼机项目，当年国内寻呼机业务快速发展，寻呼机市场增长很快，项目初期获得很好的效益。另一个项目是和台湾东讯集团合资的集团电话（小交换机）产品。后来还参股了香港航天科技在惠州的南方通信程控交换机项目，该项目起步略早于华为交换机，初期势头也很好。

“干将”加盟

作为负责通讯工业总公司重组后电子板块的副总，李东生将更多的精力放在改善原电子公司的业务和发展通力电子的新业务上。通力电子新的音响性能和外观都很有竞争力，但产品销量还是没有预期理想，特别是外省的市场基本空白。李东生考虑要加强销售的力量，组建专责国内市场销售的机构和队伍。这时，一个叫杨利的人浮现在李东生的脑海里。

杨利是从基层“浮”出来的一员“干将”。1982 年的某一天，在广州郊区外的一个仓库里，年轻的保管员杨利独自守在仓库门口，望眼欲穿地等待前来提货的车辆。汽车的喇叭声一响，杨利就兴奋地冲出门外，像迎接多年未见的亲人一样迎接自己的同事。这样的心情也许一般人很难理解，但是，如果我们知道这个仓库是由一座位于荒山野岭的破庙改建而成，而且守仓库的只有一个人，每天晚上，哪怕再小的风吹草动，都会叫人脊背发凉，就一定可以体谅他。当时的杨利正值血气方刚的年纪，面对孤独和恐惧，难免焦躁不安。另外，仓库保管员的工作相对单调和枯燥，对于有心到大环境中接受锻炼、做一点事情的杨利来说，此地实在不宜久留。

一年前，杨利从部队退伍回到家乡。由于其父是惠阳地区机械局的干部，按照当时例行的社会分配制度，当兵回来的人一般都是分到父母单位，因此，杨利也就顺理成章地被分到了机械局下属的电子科。

当时的电子科已经转制为电子工业公司，张济时、郑传烈等人正在挖空心思地寻找商机。杨利由最初的仓库管理员后来被安排到公司所属的商场当了一名营业员，主要卖一些电子元器件产品，勤快精明的杨利很快表现出了做业务的天分。而随着业务知识的积累和提高，杨利开始逐渐产生了走出“三尺柜台”的渴望。

杨利的机会终于来了。1983 年，迅猛发展的 TTK 急需销售精英，精明能干又能吃苦耐劳的杨利成为公司重点培养的业务尖子。行伍出身的杨利一边跟着前辈们努力学习推销 TTK 生产的录音磁带及无线电收音机、稳压器等电器产品，一边不放过任何学习成长的机会。1984 年，杨利成为全国第一批报关员中的一名。对于没受过高等教育的杨利来说，这个成绩足以引以为豪。之后两年里，杨利又做起了以电话机、电风扇、黑白电视机为主要商品的进出口贸易。几年实战积累的经验，加上勤奋好学，杨利已经成长为全公司公认的营销骨干。

有一天，杨利如往常一样骑着单车去上班，在路上遇到同样骑着单车上班的李东生，两人寒暄之后，边走边聊。虽然同属一家公司，但是之前两人并不熟稔，不过谈起市场和营销等话题却分外投机。于是，李东生向杨利提出了关于开拓新市场的想法，并且似乎早有“预谋”地问道：“杨利，你到公司来做销售业务怎么样？”

李东生和蒋志基讨论过，想成立一家合资企业专门在国内市场销售TCL音响和其他自己生产的电子产品。中外合资的销售公司属于商业企业，在当时是很难通过审批的。李东生跑了省外经委多次，终于以只能销售自己企业生产的内销产品为条件获得了批准。这也是国内最早审批的中外合资销售公司。这样，TCL电器销售公司成立了，TCL占51%的股份，长城电子占49%。李东生想让杨利来当销售公司的总经理。

起初，杨利有些顾虑。虽然他做了近10年的业务，但是在20世纪80年代计划经济的大环境中，当时做业务的模式总体来说依然属于守株待兔，业务基本是在各种各样的订货会上进行的，只要抓住几个大客户，一年的订单就差不多了。尤其是当时的电话机业务，由于邮电器材的产销体系尚处在由计划经济向市场经济过渡的过程中，具有垄断性质，系统采购是绝对的大头。而通力电子的音响产品却主要是卖给百货公司、“五交化”供销社这些地方，这也就意味着要完全靠企业自身去打市场。

李东生认为，杨利工作勤勉，善于沟通交际，愿冒险，为人又忠诚，是块做销售的好材料，就鼓励他说：“我相信你能行，有问题还有我呢。”不久之后，李东生正式任命杨利为TCL电器销售公司总经理。也许杨利当时并没有意识到，这次选择以及接下来发生的事情，不仅改变了他自己的人生轨迹，也成为TCL发展过程中极其重要的转折点。

新官上任，杨利立刻带着业务员和产品奔赴全国各地。在当时那种相对封闭的计划经济体制下，地方保护主义还很严重，加上TCL音响本身只是一个不起眼的新产品，要想得到客户的青睐，难度可想而知。杨利和他手下的一批业务员虽然长期出差在外推销产品，历经千辛万苦，但是收效甚微。甚至总公司内部也开始有人说风凉话，觉得他们很快就要完蛋了。面对压力和冷嘲热讽，李东生不为所动，只是尽自己所能给征战在市场前线的将士们支持和鼓励。

当通力电子音响在省外成功接下第一笔大单时，杨利几乎喜极而泣。20年后，回忆起当时的情景，杨利的激动和感慨并没有随着时间的流逝而淡化：“我和当时的杭州照明器材百货公司签下了40多万元的订单，这相当于今天的五六百万元呢！那几天我感觉心里特别舒畅！”

省外市场的成功来之不易，也让李东生和杨利坚定了此前就已经达成的一个共识：市场不是等来的，而是大胆地走出去找来的。这种不固守“三尺柜台”，大胆走出去，主动出击的理念也成为 TCL 日后果断走出国门的基因。

“干一个分公司试试看！”

就在李东生和杨利准备再接再厉，进一步扩大音响市场占有率的时候，另一个问题开始凸显出来，那就是货款的回收。当时国内的银行制度还不健全，涉及异地业务的结算方式只有两种，一种是供货方直接在客户所在地拿支票；另一种是货物发出后，通过银行向客户托收承付，由客户异地汇款给供货方。

在与异地客户打交道的过程中，杨利的团队对与客户的联系、了解、控制等环节有了更清晰的认识。大多数客户往往会要求厂家先发货，客户收货后凭托收承付再汇款。对客户来说，拿到货，确认没有问题后再付款是理所当然的事情。但是对厂家来说，一旦客户账户没有资金或是有意拖欠，就无法收到货款。由于银行不对货款支付承担责任，这样很容易造成厂家资金链的断裂。可是，对于想在省外市场有所收获的企业来说，市场上同类产品比较多，竞争也激烈，客户的选择余地比较大，如果企业一味要求一手交钱一手交货，客户根本不买账。所以，明知道货款托收承付的方式有风险，但很多企业只能按照签合同、发货、托收、付款这个约定俗成的流程来开展业务。正常情况下，企业在发货和付出托收单后，客户收到货很快就会将货款汇过来。但是总有一些客户会以各种各样的理由拖延付款，甚至出现将应付的货款用来抵其亏损，或去填其他窟窿，最终赖账的情况。这就给厂家带来很大的压力和风险。

大的商业机构信誉好一些，当时有几个省会城市的大百货公司和“五交化”商场是 TCL 的大客户，这些客户收货后都会先打一部分预交款给厂家，余款就要厂家主动催收。如果追得不紧，款子就会拖延。当时在业务员中间流行一句话——“喝多少酒拿多少钱”。每次去客户那边收款，对方都会半开玩笑地说：“兄弟我还欠你一百万，要拿钱就喝酒，喝一杯多少万。”实际上他会给，只不过以此作为喝酒的一个由头。很多生意都是酒桌上谈成的，很多款子也是喝酒收回来的，这也是中国商业文化中的一大特色。杨利和他的团队就这样将酒量练得非常好，李东生常和他一起去拜访客户，酒也没少喝。

时隔多年，TCL 创业元老之一的戴家兴依然清楚地记得，一次他与郑传烈一起，冒着零下 30 多度的严寒，去东北黑河收取一批货款。刚上饭桌，几个东北大汉二话不说，倒上满满一杯东北“土炮”（一点就着的高浓度白酒）说：“要收款可以，喝了这杯再说。”这对于东北人来说，可能是小菜一碟，但对于长期生活在广东的人来说，一次喝下一大杯“土炮”是需要极大勇气的。可是戴家兴知道，如果不喝下这杯酒，款肯定收不回来。为了公司的利益，他只能鼓足勇气，端起酒杯，一饮而尽。

有些回款，多跑点路，多喝点酒最终就可以解决。而在路途遥远的省外，有时候费尽心思才谈下的单子，货物发给客户后，却因为客户本身经营出现问题而形成烂账。这样一来，企业的损失就会很惨重。

20 世纪 90 年代初期，“三角债”已经成为全国性的问题。很多企业因为纠缠于剪不断理还乱的债务问题而直接影响了正常运转，甚至关门大吉。直到中央政府重拳出击，才使得这一问题得到缓解。

发货怕收不到钱，不发货，货又卖不完，这是当时令很多企业左右为难、纠结头痛的难题。为了解决传统业务模式存在的种种弊端，李东生提出了一个大胆的思路：在异地设一个点，开个账户，同城结算。比如说在某市开一个分公司或经营部，货物送到就让客户开支票，然后由厂家直接在当地银行兑现，这样就能从源头杜绝坏账等现象的发生。

这个思路无疑令杨利耳目一新，因为当时还很少有企业在异地设点。而且，在异地设点，除了能解决货款问题，还能解决供货量的问题。之前在发货量的问题上，杨利一直很头痛。因为到省外的运费昂贵，如果不凑足一车货，扣除运费等成本后，产品利润很微薄。对于一些只订一二十台产品的小客户，有时会造成交货延迟。打个比方，上海某客户要 20 台货，但是一车明明能装 50 台，如果只拉 20 台，空出的 30 台成本就要厂家负担，显然不划算。

李东生提出的在异地设点的办法，一下就把这个问题解决了。在当地设一个小仓库，无论客户要多少货，都能及时供应。有了速度和效率的优势，与客户做生意也更方便、更主动，可谓一举多得。

不久之后，杨利便亲赴华东市场重镇上海，考察落实设点的可行性。在经历了又一次清欠债务的周折后，杨利大胆向李东生进言：要占据上海市场，仅仅设办事处或仓库还不够，一定要办分公司，否则还会碰到赖账事件。

李东生问：“在上海办分公司的成功概率有多大？”

杨利实事求是地说：“50%。”

李东生沉思片刻，果断地说道：“那就先干一个试试看！”

在 1991 年，生产企业在外地设立销售机构还没有先例，李东生心里也没有底。他将这个设想向主管工业的副市长李鸿忠汇报，李鸿忠很支持这个想法。作为主管工业经济的政府领导，他一直很关注在经济体制改革时期，如何解决困扰企业经营发展的“三角债”问题。他对李东生说：香港中国航天科技公司在惠州有个彩电厂，生产康力牌电视机，为解决产品销售问题，他们引进全国供销社作为股东，通过全国供销社系统，产品很快便销出去了，但部分货款无法回收，不断积淀形成坏账，严重影响了企业资金链。因为全国供销社对下属省、市、县的供销社机构已经无法有效地管理，而部分机构经营亏损，货款常常就会被吃掉。客户作为股东都无法保证货款安全回收，看来是需要在销售方式上有所创新突破。

李鸿忠的意见，坚定了李东生创新销售模式、建立企业营销网络的决心。

“TCL 不发工资的？”

作为中国内地第一大城市，上海也是全国的经济、金融和贸易中心。对于想把产品销往全国的 TCL 电器销售公司来说，上海市场显然是必争之地，也理所当然地成为第一家分公司的首选之地。

开设上海分公司之前，为开辟省外市场，杨利带着业务员几乎跑遍了全国各大中小城市，对全国不同省份的商人所念的生意经也理解颇深。杨利对上海商人的评语是 8 个字：“点到为止，细细品尝”。在与上海客户打交道的过程中，杨利发现，精明谨慎的上海人最怕库存积压，所以每次向厂家要货的量都很小，这就导致厂家的运输成本大大增加。而上海又是华东乃至整个全国市场的风向标，得上海就能得天下，不可以放弃。

李东生提出的在异地设点的办法完全可以解决上海客商单次要货少的问题，同时上海市场总量庞大，只要能服务好一批客户，日积月累，细水长流，就能聚沙成塔。

在筹建上海分公司的过程中，李东生多次与杨利一起到上海调研，他们对在异地设立分公司的优点又有了进一步的认识。除了能解决收款和仓储中转的问题，成立分公司，以门店的形式存在，还能更好地宣传企业的品牌形象。虽然 TCL 电话机在邮电通信市场名声在外，但是在消费电子市场，品牌知名度还很低，很多顾客不知道TCL音响和其他电子产品，商场也因此不愿意进货。要想进入这个市场，首先就要向客户证明，在市场上，TCL音响是受欢迎的。分公司的任务首先是要做好在当地的产品和品牌推广，要让更多顾客了解和认同公司的产品。这样的工作需要扎实持续推动，在当地没有机构是不可能做好的。如果在上海能够成功，对周边地区就会有很大的影响。客户得知TCL的音响产品在上海卖得不错，而且可以实地观摩，也就会更愿意尝试进货。这样一来，分公司就不仅是一个产品销售的终端机构，也成为企业品牌形象的宣传窗口。

认准了，想清楚了，哪怕成功概率只有50%也要去干。李东生的眼光和胆识不仅增强了杨利一定要把上海分公司搞好的决心和信心，也吸引了一个名叫沈大伟的上海人的加盟。

进TCL之前，在中国康华实业有限公司工作的沈大伟就与香港长城电子的蒋志基有业务往来。1990年，在蒋志基的引荐下，沈大伟又认识了李东生。精明干练的沈大伟给李东生留下了不错的印象。

决定在上海成立分公司后，李东生又约见了沈大伟。沈大伟不仅在商业上有天赋，而且是上海本地人，对分公司的创办和业务开展肯定有帮助。所以，李东生再次诚恳邀请沈大伟加盟。此前一直在犹豫的沈大伟，对TCL要在上海成立分公司颇感兴趣，第二天就向李东生提交了个人简历和创办上海分公司的可行性报告。

签订劳动合同的时候，李东生力劝沈大伟签5年，不过，上海人骨子里的谨慎让沈大伟只想签一两年，最后双方定下3年合约。这是一份甚至连基本的薪酬待遇都没有明确的合同，沈大伟对此也没在意。此前他在深圳工作，月薪几千元，还包吃包住，这让他想当然地认为，广东的收入应该都差不多，没有必要跟李东生谈待遇问题。

加入TCL之后，沈大伟开始全面协助李东生和杨利创办上海分公司。不过，工作一个多月后，沈大伟有点奇怪，怎么还不发工资呢？李东生到上海后，沈大伟揶揄道："李总，TCL是不是不发工资的？"没想到，身边的同事却抢先答道："发了呀。"沈大伟问："什么时候发的？"对方答："前两天。"沈大伟这才想起自己前两天的确领过800元钱，但是他怎么也没有想到那就是工资。看着发愣的沈大伟，李东生宽慰道："大伟，我们是国有企业，工资的确只有这么多，但是年底有20%的提成，你要对公司有信心。"当时，李东生自己也只拿着1 000多元的月薪。沈大伟每天要抽一包烟，每月买烟要花去 300 元，加上其他的一些开支，他几乎再没有多余的钱交给家里。沈大伟的妻子得知后很是不解，并劝他尽快另谋出路。月薪从几千元锐减到 800 元，着实令沈大伟心里非常不平衡，他想，既然当初自己没有谈待遇问题，现在也只能忍了，等把上海分公司引上路以后，就马上离开 TCL。

受了委屈的沈大伟在李东生面前诉苦："工资少一点，我还能忍受，但是难以忍受同事们对我的误解，希望同事们对我多一些理解和信任。"原来沈大伟是典型的上海商人做派，非常重视公司的形象，自己每天上班也穿戴得很整齐，和客户交际注意排场，尽量让客户有好感和信心。而杨利和惠州来的同事对这一套颇不以为然，老担心他多花钱。他们更习惯和客户拍肩膀，称兄道弟喝酒套近乎，亲自押车送货上门收款。李东生知道，这些做法在内地市场其他地方好用，但在上海却不行。当时上海人很崇洋，洋品牌、洋做派在当地才吃得开。既然 TCL 电器销售公司是来自广东的合资企业，就得给当地客户外资老板的印象。听了沈大伟的抱怨，李东生拍拍他的肩膀说："我会把这些问题处理好。"李东生多次找杨利谈话，要他转变观念，多支持沈大伟的工作，为沈大伟创造适宜的生存与发展环境。沈大伟后来感激地说："李总对我很信任，如果不是李总支持和鼓励，我早就离开 TCL 了。"不久，沈大伟就接任上海公司总经理，后再担任华东区总监，成为创业早期 TCL 最优秀的销售精英之一，至今他已经在 TCL 奋斗了 20 个春秋，现担任 TCL 环保科技公司董事长、集团专务。

上海经验

由于公司给的预算总共只有 30 万元，包括租金、装修、工资、启动资金等一切开销费用，所以在偌大的上海城里，杨利和沈大伟只能沿着街道一路找过去。好的地段租不起，比如繁华的南京路。从租金最贵的西边到租金逐渐减少的东边，随便一打听，价格都贵得令人咋舌。偏僻的地段又不想租，毕竟要开门做生意，没人气不如不开。

正所谓皇天不负苦心人，就在大家快要绝望之时，在上海闸北的天目东路，一间面积 130 多平方米的门面房引起了杨利和沈大伟的注意。他们仔细观察了一下周边环境，虽然整个区域相对偏僻，但是由于靠近上海老北站，这间门面周边还算人气颇旺。

找到业主后，双方经过谈判敲定，年租金10万元，另外免费赠送一层阁楼和一个地下室，这样一来实际可利用面积就达到了300多平方米，刚好符合李东生既能做门店又能做仓库的要求。

接下来就是搞装修。一楼当然是用来开店，阁楼则是用于办公，其中一间小屋杨利和另一位同事晚上就在里面睡觉，条件之艰苦可见一斑。李东生每次到上海出差，除了从精神上鼓励大家，行动上更是以身作则，吃的是路边摊、小面馆，住的是附近小旅馆。有时候谈工作谈到夜里十一二点，李东生干脆就在店里住下。在杨利的记忆中，就曾跟李东生在一张小床上挤过好几次。

图4–1　1997年之前的上海分公司原址

沈大伟对外注意排场，但自己很节俭。有次李东生看到沈大伟穿的衣服很高档，一问价钱却不高，原来沈大伟是找专门销售出口成衣尾货的商店买的，他还带李东生到那家商店买了不少衣服。

房子和人员都落实后，杨利去银行办理业务的时候才知道，必须得先去工商局、税务局注册登记，才能够到银行领支票。

杨利和沈大伟只好又马不停蹄地忙活起办理公司注册的事情。由于工商部门规定，中国企业不能注册英文名称，所以TCL三个英文字母不能直接注册为公司名称。任凭沈大伟磨破了嘴皮子，工商局就是不同意，最后干脆直接告诉他，根据国家有关规定，公司名称只能用汉字，凡是公司名称是英文、阿拉伯数字的，就别来白费工夫了。

来来回回折腾了五六趟的杨利和沈大伟，最终想出了一个折中的办法，既然不能直接用英文字母，那就用谐音的汉字来代替，于是他们开始寻找与“TCL”对应的中文汉字。除了读音符合，还要讲究字面。在上海开公司都习惯在店门外挂一个牌匾，沈大伟要求牌匾做得尽量洋气一点，所以对汉字的选择极为考究。经过反复讨论，“梯西爱尔”这4个字被确定下来。

1991年9月28日，“上海梯西爱尔电器有限公司”正式开业。时任惠州市副市长的李鸿忠特意赶到现场为上海分公司揭幕。市政府领导亲自为一个并不起眼的分公司剪彩，这让李东生和杨利既感到振奋又平添了几分压力。李鸿忠建议李东生将上海分公司作为试点，大胆探索企业自营销售网络的方式，并推广到其他区域。

分公司一开张，迎接李东生和杨利他们的便是开门红。音响业务迅速就上去了。沈大伟带人到上海每一家电器商场推销，并根据商场的信誉和经营情况，以铺货销售月度结算的方式吸引大商场加入。商家看到 TCL 音响产品款式新颖，性价比又好，又能在本地供货服务，都乐于经销。而沈大伟则懂得商家心理，擅长推销，配合商家做了很多市场促销活动。TCL 音响在上海市场的销量上升很快，货款回收也很及时。

图 4–2　上海分公司成立之初，音响是主要产品，电视后成为拳头产品

由于分公司门面位置不错，自身零售业务也锦上添花，不大的门店里常常人头攒动，生意格外兴隆。开张第一个月，上海分公司零售额就突破了 30 万元，当地批发业务也超过 100 万元。捷报传来，李东生心里一直紧绷着的弦终于放松下来。上海分公司试点成功，为全国销售网络的建设树立了一个标杆，这种前店后仓的分公司结构后来也成为各地分公司的样板。

上海市场的启动，同时也影响和带动了周边地区的销售，上海分公司逐步将业务扩展到周边城市，对周围地区的客户，也能送货后直接用支票结算，既快捷又安全。中国有一句老话叫"跑得了和尚跑不了庙"，大家面对面做生意，以往的那种互相猜疑和不信任也不存在了，生意做起来就更踏实。随着业务的发展，沈大伟"香港上海人"的风格也得到上海商圈的认同。业绩上去了，收入也增加了，他自己也更有成就感，信心十足地干了下去。

沈大伟接任上海分公司总经理后，积极探索新的业务模式。虽然门店的批发和零售业务都做得不错，但是沈大伟并不满足于现状。在对上海各大商场的电器专柜进行调研后，沈大伟发现商场里的营业员都是商场的员工，而且一个电器柜组的营业员同时要销售多个品牌的商品，由于拿着单位的固定工资，卖多卖少都一样，所以她们对销售根本没什么热情，听到顾客说需要什么，才简单介绍一下。这种情况下，企业的产品进了商场后，根本不知道会有多少顾客选择自己的商品，也难以确定自己的产品到底卖出去了多少。厂家和终端信息不对称的结果是：一方面，销量上不去，货物大量积压；另一方面，存在很大的资金风险。看出这种销售模式存在的弊端后，沈大伟决定向传统的销售模式发起挑战。他想出了一个向商场派驻自己的促销员的办法。于是，他组织招聘了一批因单位效益不好而下岗的纺织女工，对她们进行业务培训，分派到各大商场，推销TCL的产品。

往商场派驻导购员，这在今天看来十分普通。但是在当时却遭遇了商场的强烈抵触："你们为什么要来抢我们员工的饭碗呢？"

在多次沟通交涉之后，商场终于同意TCL上海分公司尝试性地推行这一崭新的营销模式。当TCL第一批促销员被派驻到"五交化"公司，中国市场营销史上前所未有的一幕出现了。不久之后，TCL的促销员又进入了上海第一百货公司。

TCL这一崭新的营销模式的效果很快便立竿见影：品牌知名度和美誉度显著提高、销售额直线增长、资金回笼加快……与此同时，其派驻商场的经营业绩也有所提升，真正实现了共赢。

李东生对上海分公司的成功实践给予了很高的评价，并要求全国其他分公司迅速进行复制。不久，向商场派驻促销员的模式也在整个中国家电行业推广开来。

此后，沈大伟还相继推出了一系列创新举措，譬如，率先提出"保修三年"的口号，率先推出售后上门服务等。在不断创新中，沈大伟的职业道路也越走越宽，1998年他成为TCL第一位大区总监。他总是意味深长地说："一个人要在TCL有所发展，就一定要创新。没有新突破，就没有新发展。"

先人一步的全国布局

上海分公司正常运转了大半年后，李东生决定在全国范围内推广这个经验，全国布局终于开始了。第二家分公司确定在东北，黄万全奔赴哈尔滨。

黄万全是广东惠州人，1989年研究生毕业于浙江大学半导体物理系。李东生招揽他加入公司时，原打算投资一个半导体项目，后来项目没上，黄就留在了通力电子搞技术。但黄万全并不满足于只做一个技术员，因此当他看到TCL要做营销网络时，主动请缨到东北打天下。1992年，他带着加入公司不久的东北姑娘崔爽，到哈尔滨筹建分公司。黄万全个性比较斯文，可在东北做业务必须先能和客户喝好酒，他酒量不大，又不善于与人套近乎，经常被弄得很狼狈。幸好崔爽酒量大，人又豪气，帮他解了不少围。哈尔滨离总公司很远，各项支持工作时常延误，区域文化差异也较大，打开局面非常不易。

设立分公司前，公司在东北的业务货款拖欠是最多的。要开拓业务，首先就要找到好的客户。那段时间，李东生和杨利都常跑东北，亲自拜访客户，培育关系。几经努力，东北市场逐步打开，TCL 先后在沈阳和长春也建立起了分公司，并将东北区总部放在了沈阳，黄万全也成为首任东北区总监。1999 年，黄万全在销售公司华南区总监任上被调 TCL 移动通讯公司，负责中国区业务，现任 TCL 移动通讯中国业务总经理、集团常务。

前两家分公司的开张，李东生都是自己亲自去跑。通过这两个点摸索了一点经验之后，就慢慢铺开了，之后是西安和成都两个点的开设，然后是长沙和北京，之后是郑州。就这样，一张销售大网徐徐铺开。

西安和成都两个点的开设获得巨大成功，是 TCL 销售网络开始成型的关键点。

从西安到惠州工作不到一年的赵忠尧奉命前往西安，开始筹建西北分公司。

赵忠尧原是西北工业大学电子专业教研室的党支部书记、讲师，1991 年南下加盟 TCL，先在通力电子搞生产。一次偶然的机会，李东生到工厂时见到赵忠尧，感觉他性格外向，思路敏捷，是块做业务的材料，就鼓励他改做业务。赵忠尧回忆他在通力电子第一项业务工作就是到内蒙古乌海市收欠款 。

1992 年，赵忠尧被派往西安筹建分公司。他先在西安百货的大楼里租了一间小屋做办事处，然后积极拓展客户，发展业务。据说，西北分公司的开张只花了 7 天时间。在 7 天时间内，杨利和赵忠尧紧锣密鼓地把 TCL 的产品摆上了西安五大商场的货架，同时在西安鼓楼大街找到店面，还招聘了营业员。1993 年 4 月，TCL 西安分公司顺利开业！

西安市场打开了，销售业务快速扩展到周边地区，随后，TCL 又在兰州和乌鲁木齐开了分公司，赵忠尧之后担任西北区总监。

同样到惠州本部待了不到一年的石碧光则奔往成都，开始筹备西南分公司。杨利和石碧光在成都四处踩点，终于在成都小北区学校围墙外找到了一家还算合适的门面。1993 年 7 月，TCL 成都分公司顺利开业！

石碧光，四川雅安人，当兵出身，当时他姐姐在 TCL 通讯工作。1991 年石碧光搭顺风车到惠州探亲时遇见李东生，李东生发现他脑瓜灵光，就动员他加盟。他对广东改革开放的环境和 TCL 的氛围也很认同，当场就决定加盟公司。经过短时间实习和培训，石碧光被派回老家四川开拓业务，先以成都为据点发展客户，后来按照公司的规划筹建成都分公司，然后将业务扩展到云、贵、渝。他被任命为首位西南区总监。石碧光的营销点子很多，率先探索彩电以旧换新的促销模式，取得成功，并在全公司的网络里进行推广。

此间还发生过一件趣事：石碧光的父亲是一个从团级干部退下的老军人，在石碧光加盟 TCL 后非常欣慰，于是每天也都到成都分公司上班。石碧光开会时，石父也会跟着旁听，有时一言不发，有时还会说上两句。有人见后提异议说："老伯你不是公司员工，不能参加会议。"不料石父一板脸说："我儿子是总经理，我是总经理他爸。"于是继续堂而皇之地参加会议。甚至李东生每次去成都找石碧光谈事情，石父也不请自来。其实石碧光的父亲每天到公司并无他意，他只是怕石碧光没做好事情，要监督石碧光。所以石碧光的父亲在见到李东生时常说："李总你放心，我会帮石碧光管好公司，我会盯着他，不会出什么问题。"这让李东生既感动又哭笑不得。

赵忠尧和石碧光之后也顺理成章地分别成为 TCL 的"西北王"和"西南王"，并在 TCL 工作至今。前者是公认的"救火队长"，如今是 TCL 多媒体电子 CEO（首席执行官）、集团高级副总裁；后者则是 TCL 进军白色家电（冰箱与洗衣机，下文简称白电）等新业务的拓荒之臣，先后担任白电事业部总经理、家电产业集团副总裁，现担任集团投资部副总、TCL 资源开发公司总经理集团专务。

两个人来 TCL 之前，都做过老师，受过正规的高等教育，综合素质出众，既善于学习，又能频出点子。西北和西南市场在他们的带领下，不断出现新的销售招法，市场很快打开。同时这两个人的性格中又有江湖的一面。石碧光当过兵，有一手好枪法，性格豪爽，好几次都是他身上的江湖气息帮助他与客户先做朋友后做生意的。而赵忠尧也有同样强大的外联能力，他很早就展现出了自己经商的天赋和社会交往能力。尽管两个人加盟 TCL 有一定的偶然性，但在那样的大时代里，他们内心对自己强大的期许必然会推动着他们做一番大事情。因此在 TCL 品牌还没有崛起时，他们便敢孤身一人打拼天下。

当然，李东生的用人方式在这时也渐显独到的一面。不管是派赵忠尧去西北，还是让石碧光去成都，部分都是因为他们的本土性。赵忠尧是在西北念的本科与硕士，又在西安当了几年老师；而石碧光本来就是四川人。李东生很早就明白一个道理：分公司能否开设成功，跟能否在当地生根密切相关，"空降部队"是不可能取得

图4–3　1997 年销售公司年度会议上，当时 TCL 销售公司“四大金钢”赵忠尧（右二）、石碧光（右一）、沈大伟（右三）、黄万全（左一）等获得公司嘉奖

战争的根本胜利的。这个道理在日后还将为更多的中国公司，甚至外国公司所体会。

事实也证明，李东生的这个判断是对的。TCL 先人一步，率先在中国建设全国性渠道的前后，中国的商业渠道体系刚开始萌芽，衰落的“五交化”体系还死而不僵，新兴的中小经销商则还在成长中。新公司要想构建全国网络，就必须借助地头力的帮助，需要接地气。

对于 1993 年前后的中国工商业环境而言，TCL 能够下决心自建销售机构是一个巨大的突破。此前，常是销售人员背着产品的简介全国跑，或上门推销，或参加产品订货会摆摊向客户推销，很少在当地注册公司做业务的。这种蜻蜓点水式的业务方式，对没有明显竞争优势的企业来说，往往效果不佳，而且容易产生业务纠纷和货款拖欠，客户的关系也不牢固。企业设立了分公司，就可以更好地在当地作市场调研，协助客户进行市场推广。在当地自己的品牌店面销售也能有效地提高品牌影响力。设立销售分公司的同时，在当地设立仓库和售后服务机构，能直接服务客户和用户，有效地提高销量。

由此，南国的 TCL 又尝了鲜。这张遍及全国的销售网，对销量增长和品牌地位的提高起了巨大作用，更重要的是为 TCL 在其后的发力提供了可控的重要臂膀。这种 TCL 模式也在之后被另外的家电企业争相效仿。

第五章　“王牌”出世

战争是在人的大脑里进行的，真正的战场不在火线，
而在人的大脑里，战争的实质是智力战。

——克劳塞维茨

公司是逐利的生物，生存则是让公司前进的最好动力。因此，比尔 · 盖茨会说，微软离破产永远只有 18 个月；而英特尔的安迪 · 格鲁夫则始终相信：只有偏执狂才能生存。20 世纪 90 年代时，这些商业思想尚未传到中国，但也许是本能的驱使，在 TCL 成为中国电话大王的同时，李东生就开始焦虑着要寻找第二个增长点，这一方面是基于利润与生存的驱动，另一方面也是企业家意识的觉醒。

回望 30 余年的中国本土企业史，我们会发现，几乎所有的企业都在不断地调整自己的产品和市场战略，寻找新的增长点。那些作出了正确决策、与时俱进的企业，成为幸存者，而大多数企业则被残酷淘汰。

从做磁带的 TTK，到生产电话机的 TCL，张济时、李东生们完成了“惊险的一跃”，然而，这显然不是竞赛的终点，他们必须要找到一片更为广阔的海域。

“到家电产业的主战场去。”1993 年前后，这是摆在 TCL 人面前的一道新课题。

“你就是企业！”

在广东沿海，“80 年代看深圳，90 年代看惠州”的口号曾广为流传。这句口号的来源主要是因为在 1989 年启动的、名噪一时的 50 亿美元投资的南海石化和 200 万台产能的熊猫汽车两个项目。这两大外资项目在 1989 年中国改革开放的“倒春寒”后落户惠州，确实给当时的严寒添了两把火。虽然后来的事实并非想象的那么美好——因为投机和泡沫的缘故，两个项目都无疾而终，但由这两个项目催生的房地产和进出口贸易热却影响深远，也让无数企业产生了赚快钱的冲动，身在惠州的TCL也不例外。

眼看大大小小的房地产企业和进出口贸易公司在极短的时间内大发其财，TCL内部对公司的定位有了分歧。一些人被外部高薪吸引，干脆跳槽到房产公司或贸易企业。

TCL通讯业务没有受到1989后经济紧缩的影响，依托国家通信网络持续发展的机遇，业务继续快速成长。1990~1992年，TCL销售保持高速增长，进一步巩固了自己在中国邮电通信市场“电话大王”的龙头地位。1993年，TCL通讯设备股份有限公司在深圳上市，总公司高管和管理团队都分到了股票；电话机团队士气很高，绩效很好，队伍稳定。而通力电子、TTK、东茗电子公司、升华工业等收入不太高的企业在外部环境短线赚快钱的氛围下，稳定员工的压力很大。

从1981年电子科改制成为惠阳地区电子工业公司后，虽然公司名称结构变过多次，但当时的惠州市电子通讯工业总公司依然保持着政府行政管理的职能，在企业管理的许多方面仍然受制于政府机构的一些限制，包括干部的任命都是由政府来执行的。这种模式也被称为“带着尾巴的体制改革”，企业吸引和激励员工的方式受到约束，对企业的发展很不利。

于是，李鸿忠找张济时和李东生商量，建议成立完全企业化的TCL集团公司，全力将企业做强做大，相应可撤销惠州市电子通讯工业总公司，行政管理职能交给惠州市经委。听到李鸿忠的建议时，李东生存有一丝犹豫，因为这意味着他将彻底跟行政体系绝缘。虽然说TCL的事业做得很不错，但政企合一有利于他在仕途上的作为。李鸿忠看出了李东生的顾虑，他像在日本时一样，跟李东生阐述了自己对于现代公司的理解，并判断未来的趋势一定是独立企业。到最后，李鸿忠坚定地说了改变李东生一生轨迹的一句话：“你就是企业了！”

最终，张济时和李东生都认同了这个更有利于企业发展的方案，随后便立即着手研究重组方案。

重组并不复杂，因为电子通讯工业总公司一直运作良好，只是将政府行政管理职能上交，专心做企业即可，但在企业组织架构上需要作一些改变。成立集团公司就会有董事会，要设立董事长和总经理。张济时提议他只担任集团董事长和党委书记，不兼总经理，并向李鸿忠提议由李东生担任总经理。李鸿忠同意这个方案，并要求起草公司章程和管理制度。李东生和郑传烈带人研究了一通《中华人民共和国公司法》（以下简称《公司法》），写出集团的章程和管理制度。写完之后李东生心里犯嘀咕，不知道这按照《公司法》中总经理和董事长各司其职的要求写出来的章程张济时是否满意。但交给张济时看了之后，张济时没有提出反对，就这样集团挂牌运作了。

集团成立了，下属企业的运作需要更多的协调和配合，但 TCL 通讯更愿意按照自己原来的做法，它的效益好，担心被别人吃大锅饭。张济时对李东生的一些做法也有保留，他认为搞自己的销售网络虽然能提高销量，但这么多的经营实体建在外地，独立账户和财务，管理上很容易出问题。以前李东生只是管音响、磁带业务和海外业务，在这些企业实现新管理方式他能够接受，但李东生要作为集团总经理全面推行这一套，他认为风险太大。张济时当时已经 58 岁，这个年龄的特殊心理也让他考虑了许多其他因素。张济时不发话，各种经营计划都无法落实，李东生挂个集团总经理的名只能干着急。

李鸿忠看出张济时另有想法，就主动找张济时谈。此时张济时提出了电子、通信再分为两个产业集团的设想。李鸿忠明确反对 TCL 再分家，但考虑到企业的现状和张济时的心态，如强力要求张济时执行原定方案难以达到预期效果，他就提出了折中方案：TCL 集团整体不能分，品牌不能分，但电子业务和通信业务可分为两个企业运作。张济时接受这个意见，提出保留 TCL 集团，张济时任董事长兼总经理。将属下 20 多家企业组成三个集团：通力电子、TTK、东茗电子、升华工业等十多家企业组建 TCL 电子集团，由李东生当总经理，郑传烈任副总。将 TCL 通讯、东讯、NEC 传呼机等组建为 TCL 通讯集团，由黎建生任总经理。另外注册 TCL 云天集团，将 TCL 的大部分土地和物业资产注入，专营房地产开发业务，张济时自己兼任总经理。三个企业集团将资产和负债也各自背走。按照这种业务划分，电子集团经营压力最大，如前所述，因为电子集团企业多，人员多，规模大，但负债高，效益不好——当时电子集团赢利还不到通讯集团的 1/10，还有几个亏损企业。

但李东生接受了这个方案。他认同李鸿忠的决定，只有这样做，大家才都能放开手脚干，才能把握住发展机会。而 TCL 整体不分家，也为以后的整合预留了空间，哪个产业更有竞争力，该产业也就能成为 TCL 的主导。这多少有点让两个产业“赛马”的味道。

集团拆分时，副总吴科原是留在集团总部。他 1988 年从部队转业到惠州市电子工业公司任副总，为人公正，工作勤勉，人缘极好。吴科同意拆分方案，但他提出希望到电子集团任副总。他找到李东生，李东生当然欢迎，不过也对他明言，电子集团经营困难和风险会较大。但吴科很有激情地说：“我还能帮你拼几年。”他信任李东生，对搞好电子集团的业务有许多深思熟虑的想法，愿意参与这个团队再创业；更重要的是，他觉得在这边工作更舒心。郑传烈、黄平初、廖振凡等一批创业元老和李洪志、袁信成等资深管理干部都信心十足地力挺李东生带领 TCL 电子集团二次创业。当时李东生 36 岁，是核心团队中最年轻的。大家的信任和支持，让他增添了信心。许多老员工回忆起当年的业务重组，还有一种哀兵必胜的情怀。确实，分到电子集团的干部职工，心里都憋了一股劲儿，一定要做出个样子来，一定要超过通讯集团。

于是，1993 年年初，李东生在自己的本命年当上了名副其实的 TCL 电子集团总经理，带领 5 000 多名员工开始了新的征程。

瞄准大屏幕彩电

对于全面执掌新的 TCL 电子集团的李东生来说，分灶吃饭的好处在于能自己掌勺做菜，全权负责企业的经营发展。但是当时包括通力音响在内，另外十几家企业的规模都比较小，效益也不是太好，因此，TCL 电子集团更为迫切地需要新的利润增长点，否则，灶虽分了，却很可能没饭吃。

首先，李东生想到的是加强高管团队。他认为财务管理是 TCL 的弱项，他已经有了目标，就是力邀当地大型日资企业 SPG 的财务主管吕忠丽加盟。吕忠丽原是武钢的财务科长，到惠州 SPG 已经工作 5 年多。李东生担任 SPG 中方董事期间，对她很欣赏，吕忠丽对李东生也很了解和敬重，但当时她在外资企业工资很高，过来就会减少一半的收入，她有些犹豫。李东生就多次约谈她做工作，并请吕忠丽的丈夫李洪志帮忙游说，吕忠丽最后下决心加盟，担任 TCL 电子集团财务部长。

吕忠丽业务素质好，还有很强的管理能力，她到任后将财务系统整理得非常有效率。更可贵的是，她有很强的事业心，做事积极主动，关键时候敢担当，在企业经营困难时，她总能找出解决的办法。李东生可以完全放手财务资金的事务，大大减轻了压力。TCL 财务结算中心的资金管理模式、筹建集团财务公司都是吕忠丽努力推动成功的，使 TCL 财务管理体系后来成为企业重要的竞争优势。吕忠丽后担任 TCL 集团高级副总裁，培养了一批优秀的财务主管。

同时，李东生还通过各种方式和渠道广招人才，于广辉、张建武、温尚霖等都是在这个阶段加入公司的。

业务增长点上，李东生看好的是大屏幕彩电，虽然当年中国家庭“四大件”中包括音响，但彩电的销售额远超过冰箱、洗衣机和音响。彩电产业，无疑是个巨大的商机。当时国内彩电企业虽然很多，但大部分竞争力不强，特别是大屏幕彩电基本被外资品牌垄断了市场。而合作伙伴蒋志基已经将长城电子在香港上市，并进入彩电领域。他在惠州建立了来料加工的彩电厂，并开发出性价比很有优势的大屏幕彩电。蒋志基一直想进入国内彩电市场，基于在通力音响项目的良好合作，在李东生执掌 TCL 电子集团后，双方在彩电业务上的合作一拍即合，利用 TCL 电器销售公司同时做音响和彩电业务。李东生委任黄平初负责彩电业务。黄平初“文革”前毕业于中山大学，原是惠阳地区机械局电子科的老工程师，也是创业元老之一。TCL 电子集团重组后，他雄心勃勃地决心在退休前再为企业发展建功立业。他不辞劳苦，主动要求到一线承担开拓新业务的责任，这让李东生非常感动，就将彩电业务的“帅印”交给了他。

但要做彩电业务，首先要解决生产许可证问题。自 1978 年从国外引进第一条彩电生产线开始，中国的彩电产业进入飞速发展期。短短数年，全国共引进大大小小的彩电生产线 100 多条。北京、熊猫、金星、牡丹、飞跃、凯歌、长虹等都是 20 世纪 80 年代红极一时的国产名牌，外资企业在国内也大都设有工厂，所以 1991 年后，国家就不再审批新的国内彩电项目了（产品全部外销的来料加工厂不受限制）。没有生产许可证就无法经营国内彩电业务。李东生就提出通过与国内彩电厂互利合作的

图 5–1　右起：李东生、郑传烈、李鸿忠、蒋志基、黄国荣、吴科

方式将业务开展起来。

李东生和蒋志基开始联手进入国内彩电产业。香港长城电子的彩电成本低、性能好、有竞争优势，而TCL能够解决显像管和电子零件进口问题，有国内经营和销售能力，双方联袂，优势互补，基于长城电子以出口彩电为基础，与之合作设计出来的彩电产品符合国内彩电标准，竞争优势明显，TCL决定首先以ODM（原始设计制造商）的方式为国内彩电厂商生产有竞争力的彩电产品。经过多轮洽谈，TCL先后为牡丹、熊猫和北京贴牌生产彩电产品，迅速打开业务局面。业务做开后，李东生进一步和这些公司商议，有偿租用它们的生产许可证，自己生产和在国内销售"TCL"品牌的彩电。

当时国内彩电普及率不高，城市市场不到50%，农村市场只有15%，而且大都是21英寸以下的产品。大屏幕彩电市场刚起步，基本被外资品牌垄断，而且价格很高。

经过市场调研，李东生下了一个大胆的判断：未来国内大屏幕彩电的增长将高于普通彩电，利润也高于普通彩电。而国内彩电企业当时大都不具备大屏幕彩电的生产技术能力。

所以李东生决定让TCL品牌的彩电业务先从大屏幕彩电切入。1993年，第一台TCL28英寸大屏幕彩电下线，这个寄托了TCL团队希望的产品一炮打响，首批一万台产品很快被客户抢购一空，生产计划连续增加，销售势头很好。产品种类也扩大到21英寸、25英寸、29英寸和34英寸四种，市场销量快速提高。初战告捷，给新组建的TCL电子集团上下很大的激励。

小马拉大车

TCL彩电项目迅速取得突破的主要原因有以下几点：

一是战略上判断正确。事实证明，当初李东生对进入大屏幕彩电的三点分析判断是完全符合市场和产业实际情况的。这个项目决策把握了国内彩电市场转型的机遇，取得了很好的经营绩效。

二是灵活有效的业务模式，发挥和蒋志基合作的优势，用ODM的方式迅速切入市场。李东生没有按传统的做法，先向政府申请彩电生产许可证，而是利用国内产业政策的空隙，以代工方式先将产品销路打开，再寻机推广自己的品牌。在TCL 28英寸大屏幕彩电投产之前，TCL已经为多家国内彩电企业贴牌生产了大量的21

英寸彩电，特别是替当时国内彩电老大熊猫代工生产，积累了大量富有价值的符合国内标准的产品技术和生产能力，并积累了资金。

三是国内彩电业务推广和国内营销网络扩张良性互动。通过音响业务建立起来的 TCL 家电全国营销网络在启动彩电国内业务推广中发挥了关键的作用，覆盖主要省会城市的营销网络将彩电产品迅速推向各大商场。同时，彩电业务的快速成长又加快了家电营销网络的扩展和完善。音响市场总量不大，难以支撑家电营销网络的规模；增加彩电产品，销售额大增，营销网络也得以快速扩张。至 1995 年年底，TCL 已经在所有省会城市建立了分公司，在各省主要的地、市建立了经营部，有员工 6 000 多人，成为当时国内家电企业中自营销售网络最有规模和竞争力的。彩电业务和营销网络互动发展，获得最佳效果。

TCL 彩电业务的成功还有另外一个重要因素就是在产品技术上的创新。

20 世纪 90 年代初期，大屏幕彩电（定义为 25 英寸及以上）刚进入中国市场，主要为外资品牌垄断；松下的“画王”，东芝的“火箭炮”和索尼的“低音炮”都是当时备受市场追逐的大屏幕彩电。这些产品设计新颖、性能优越，但线路设计复杂，成本和售价也非常高。由于当时市场购买力较低，国内大屏幕彩电市场份额增长较慢。

在作了详细的市场和产业调研后，特别是对几个日本名牌产品拆解分析后，TCL 彩电决定采用香港长城电子外销机型的单芯片方案开发国内产品。该方案技术的特点是线路结构简单、可靠性高，性能指标能达到客户要求，成本也很有竞争力。TCL 按照国内的彩电标准，进行了优化设计，在符合质量性能标准的基础上，以用户实际感知为标杆简化了一些功能，加强了另一部分功能。例如，日本产品设计要用三个芯片，成本很高，产品设计大都使用色彩补偿电路，但实际上该指标只能在特殊信号图像上才能看到差异，用户实际观看电视节目时没有什么差别。当时国内企业大都购买日本企业的设计方案，成本居高不下，而单芯片方案就优化了彩电功能设计，大幅降低了成本。同时，根据国内市场的特点，TCL 在设计中额外加入了宽电压设计，并提高接收灵敏度。因为当时国内电网落后，大部分地区电压不稳定，电视广播信号也不好（当时还没有有线电视服务）。TCL 产品投放市场后，由于性价比优，质量性能可靠，大受消费者欢迎。

TCL 彩电的迅速崛起，引起国内外同行的关注，不久，媒体上就出现：“为什么 TCL 彩电能够如此便宜，是因为用小屏幕彩电机芯做大屏幕彩电？”所谓“小马拉大车”的报道一时大大影响了用户和经销商的信心。针对这些说法，TCL 一方面请权威的专业机构对市场销售的产品做性能指标测试，证明TCL大屏幕彩电指标符合国家标准，一些性能还优于外资品牌；另一方面对用户进行抽样回访，现身说法，口碑传播。李东生还在媒体发表专访回应："小马能够拉大车，就是一匹宝马。"敢于如此大力推广大屏幕彩电的单芯片方案，是因为李东生对单芯片方案是有底气的。TCL已经在美国市场销售了大量使用该单芯片设计方案的产品，证明性能质量是可靠的。他认为单芯片简化设计是未来大屏幕彩电技术发展的趋势。后来，国外彩电厂家也逐步转到性价比优势明显的单芯片方案。"小马拉大车"创新应用技术的成功，使TCL大屏幕彩电在国内市场获得产品技术先发优势，很快奠定了自己的产业地位。

在产品外观和功能设计上，TCL走的是快速跟随、局部创新的路线。当时日资品牌领导市场，中国企业技术能力很低，不但生产线是引进的，大部分产品设计（包括模具）也是从日本引进的，而日本企业往往将淘汰的产品转移给中国。李东生认为要走模仿、借鉴、创新的道路，必须自己设计产品。他带着团队参加每年的国际电子展，并经常到日本东京秋叶原电器街观摩新产品，收集资料信息。日本企业每年都推出新一代的产品设计，这些产品到中国市场往往要一年以后，如能快速跟随，在中国市场推出自己的类似风格和功能的产品，往往能获得很好的效果。如TCL2938型彩电的设计，就是李东生在日立公司访问时看到一款新产品的底座设计线条非常流畅，征得主人同意后就拍照带回，移植到自己新产品设计中，因而大获成功。索尼"低音炮"背挂式音箱设计概念也被移植到TCL的音响彩电产品设计中。

一张准生证

虽然通过租用生产许可证暂时解决了彩电经营资质的问题，但随着销量增大，李东生感到非常困扰。首先租用许可证额外增加了一项成本，另外，没有许可证就没有显像管进口配额，所有进口配额都要设法找关系购买。而国内其他彩电厂商能分配到部分进口显像管配额，不足部分才购买。当时一只显像管进口配额为120元，增加了很大的成本。更重要的是租用生产许可证是将自己的命脉放在别人手中，非常被动。虽然通过和多家彩电企业合作授权租用许可证可以降低风险，但这种做法很难持久。

TCL也努力尝试过申请一张新的彩电生产许可证，但政府已经明确停止审批新的彩电生产项目，虽经多方努力未有结果。这时候，李东生听说国内最大的彩电显像管生产厂家彩虹电子集团公司（以下简称彩虹集团）有一条彩电生产线和许可证，但已经停产。能否利用这个许可证，李东生将此想法向李鸿忠作了汇报。李鸿忠原在电子工业部工作，对彩虹、熊猫等这些部属企业很熟悉，之前就帮助过李东生他们打开过熊猫彩电的代工业务。

1993 年年中，李东生陪同李鸿忠一起来到陕西咸阳的彩虹集团参观学习。当年作为国内第一家技术引进的彩电显像管厂，彩虹集团的业务非常红火，显像管产品供不应求。李东生先请求彩虹集团多供应一些计划外的 21 英寸显像管，虽然价格要比计划内供应的高一些，但比起进口显像管还是有优势。在参观工厂时，李东生要求看一下已经停产的彩电生产线。到了车间，李东生看到厂房很大，但生产线已经停产多时，设备闲置在车间。之前这条彩电生产线是作为显像管配套彩电后工序组装的试验生产线，并配有彩电生产许可证。彩虹集团的彩电显像管（以下简称彩管）投产后工艺质量稳定，销路一直很好。而彩电业务和彩管业务完全不同，面临着激烈的市场竞争。彩虹集团短暂生产了一段时间彩电产品后，发现销售和顾客服务工作不好做，也不赚钱，管理上对其也无暇顾及，就将配套的彩电生产线停了下来。

彩虹集团董事长张文义是个很爽快的人，看到李鸿忠亲自带队到来，便非常热情地接待了他们，对 TCL 显像管供应需求答应尽量在超产计划外的彩管中给予支持。因为计划内彩管已经分配给国内彩电厂家，而计划外彩管能卖更好的价钱，也能增加彩虹集团的业务收入。

李鸿忠和李东生提出将彩虹集团闲置的彩电生产线搬到惠州，双方成立合资公司经营彩电业务的建议。张文义很开明，他认为闲置彩电生产线设备价值不大，还占地方，搬到外地和彩管客户合作投资也是好事，当场就表示愿意积极考虑这个方案。

很快，彩虹集团派出的工作小组就来到惠州考察，分析了市场情况，研究了 TCL 和香港长城电子合作的业务竞争力后，认为这种业务模式可行，很快作出决定：双方在惠州合资成立惠州彩虹电子公司（以下简称惠州彩虹），并将彩电生产许可证也申请转到新公司。新公司的总经理由 TCL 电子集团方面的黄平初担任，彩虹集团方面委派一位副总经理和一位会计，分别负责技术支持和财务监管。按照双方达成的协议，彩虹集团将自己的那条旧生产线作价 320 万元，另外再出资 40 万元，TCL 电子集团则出资现金 360 万元，双方各占 50% 的股份。就这样，在李鸿忠的支持下，通过组建合资公司，TCL 取得了一张彩电业务的“准生证”，得以名正言顺地开展彩电业务。

后来他们才知道，TCL 在惠州的彩电许可证是电子工业部发给国内企业的最后一张彩电生产许可证。因为是异地迁厂，在电子工业部拿到这张许可证也是靠李鸿忠的大力帮助取得。李鸿忠不但帮助李东生把握好 TCL 的发展方向，还在多个关键发展节点给予了不少帮助。1992 年 TCL 通讯设备股份有限公司上市时遇到困难，李鸿忠带张济时到北京找中国证券监督管理委员会（以下简称证监会）和国家经济体制改革委员会（以下简称体改委），推动体改委修改和完善相关规则，解决上市审批的困难。当时他生病发烧，机场不让他登机，但他坚持，最后是签了责任自负的声明才得以登机，这些都让 TCL 团队非常感动。

彩虹集团原有的旧生产线并没有实际价值，不仅设备老旧，而且整条生产线本来就主要是用来测试彩管性能的，彩电生产效率不高，所以旧的生产线搬过来后也一直没有安装使用。彩虹的 40 万元现金投入加上 TCL 电子集团的 360 万元，惠州彩虹的实际启动资金只有 400 万元。这点钱别说上马全套的彩电生产线，就是盖间厂房都不够。但李东生早就想好了，资金就投在市场和营销上，产品及生产和香港长城电子合作，用销售能力和品牌战略撬动 TCL 的彩电产业。

省去生产许可证租金，减少显像管进口批文代价，无后顾之忧地大力进行市场推广，使 TCL 彩电业务竞争力大大提高，市场份额逐步上升。

但是合作三方的背景和体制差别太大，内部协调非常吃力。彩虹集团是副部级的大央企，正值彩管业务鼎盛阶段，对在惠州的这项小投资并不重视。而合资公司业务拓展初期投入大，利润不是很高，彩虹集团总部管理部门对惠州彩虹的经营也多有质疑。而彩虹集团派来的主管又是位临近退休的二线干部，思想比较保守，想按照国有企业的那一套来管理，对李东生的经营决策有诸多掣肘和限制。

在经历了多次争论和分歧之后，一次借款事件最终成为双方分手的导火索。李东生急需一笔货款采购大屏幕显像管，但这位彩虹集团派来的副总说此款项没有列入预算，需开董事会批准。李东生提出先以 TCL 借款的方式支付出去，然后再补办手续。时任惠州彩虹总经理的黄平初也签字同意以借款方式支付货款，但是彩虹集团派来的会计却拒绝支付，理由是 10 万元以上的款项必须经由董事会批准。李东生只好先向长城电子借款应急。

李东生对此十分恼火，以往合作中出现的种种困难与不愉快也涌上心头，他不想将时间和精力浪费在无谓的争议上，不如回购惠州彩虹的股份，自己放开手脚大干。1994 年初夏，李东生与黄平初一起前往陕西咸阳的彩虹集团总部，向对方提出了由 TCL 电子集团回购惠州彩虹股份的建议。

彩虹集团董事长张文义很友好地接待了李东生一行，之前他已经听了彩虹集团投资部门的介绍，知道李东生的来意。在会上，彩虹集团投资部主管说他们内部已经讨论过 TCL 的建议，提出希望 TCL 以 560 万元回购彩虹集团原来价值 360 万元的股权。李东生听后没有还价，立即表示接受，并很快就在会上确定了主要交易条款。之后张文义与李东生共进午餐，向他了解国内彩电市场的趋势和李东生对彩电业务前景的看法，并介绍了彩虹集团正在投资建设 25 英寸彩管生产线以及论证 29 英寸彩管项目的可行性。李东生力主彩虹集团加快大屏幕彩管投资，表示愿意率先采用彩虹集团的大屏幕彩管。

午餐后，股权转让协议也打印好了，双方就在餐桌上签了协议。李东生再三感谢张文义的支持。张文义笑着对他说，这是他签过的谈判时间最短的协议。他鼓励李东生好好干，认为 TCL 的体制和管理比大部分国内彩电企业更有效率，有机会发展成为最有竞争力的中国彩电企业，他希望双方可以继续在彩管业务上合作。张文义后来担任电子工业部副部长以及国家芯片项目上海华虹（集团）有限公司的董事长。李东生对他一直心存感激。

回购了彩虹集团的股权之后，TCL 和香港长城电子合资，重新组建了惠州王牌视听股份有限公司，双方各占一半的股权，公司的运作模式不变，仍旧由 TCL 负责原料采购和进口、产品的设计，销售则由 TCL 电器销售公司负责，长城电子的惠州生产基地负责生产。

“王牌”诞生

取得彩电项目的完全经营自主权后，TCL 电子集团在运作彩电项目时更为灵活，也更能迎合市场需求，并能及时制订生产计划和营销策略。由于在产品技术和生产上能够得到合作伙伴香港长城电子的支持，李东生就将精力主要放在了产品设计和品牌战略、渠道网络建设、产品销售及服务上，并逐步积累产品技术开发和设计能力。

当时，国内企业大都品牌意识薄弱，不重视自我包装和推广。企业内部标志系统也没有规范，连最简单的名片也是五花八门，职务、地址、电话不错就行，产品资料也是业务员自己想怎样设计就怎样设计。但跨国企业就不一样，名片、业务简介和产品介绍资料都是规范统一的。李东生请教了外企的主管，知道大企业都有自己的"视觉标志系统"，简称CI，一般由专业公司设计，规范企业所有对外的标志图案。当时在广州刚有一家公司开展此项业务，李东生将该广告公司老总请来，给自己讲解CI的知识和用途。听完介绍，李东生决定给TCL品牌做一个CI。对方提出先在10个城市对TCL品牌业务抽样调研，并作市场同行企业品牌的调研，同时会和TCL团队讨论沟通，然后用三个月的时间完成CI设计，项目报价30万元。

因为CI系统能够覆盖TCL所有产品，李东生就此事专门向张济时进行了请示。张济时对企业CI不太感兴趣，但他也不反对李东生的想法，示意李东生可以先在TCL电子集团试一下。

在TCL电子集团内部讨论时也有很大分歧。30万元对刚起步的电子集团来说是一笔不小的资金，用这笔钱只换回20本CI标志设计小册子，许多人难以理解。但李东生权衡利弊，最后还是拍板签下了国内企业最早的CI制作协议，同时要求对方给团队作CI培训。这也是该广告公司的第一笔CI业务，他们非常重视，总经理亲自参与市场调研和设计，并和TCL团队多次沟通讨论。李东生希望通过CI项目，将一些新的营销推广理念引入企业。

TCL第一本CI设计做好了，标志图案是一个红色的椭圆，寓意旋转的电子轨迹；椭圆左下方嵌入一组黑色往上冲的星星图案；椭圆下面是方正坚实的TCL黑体字母。

图5–2　当时的标志图案

李东生对这个设计很满意，又加印了100本CI手册，发到TCL电子集团各企业和销售公司及各地分公司，要求按照CI的规范，立即统一企业的标志系统。

CI观念的引入，使企业标志系统很快得到统一和规范，收到了很好的品牌推广传播效果，企业形象和销售业绩都得到了提升。看到实际的销售成果，大家都认为这30万投资值了。

引入CI的同时，销售人员又发现，作为彩电品牌，与长虹的"红太阳"，康佳的"彩霸"等耳熟能详的牌子相比，单是"TCL"三个字母叫起来有些拗口。尤其是在三、四级市场，对于受教育程度不太高的农村和县乡消费者来说实在不容易记住，更难留下深刻的印象。为此，TCL电子集团决定为彩电产品取一个既响亮又符合中国老百姓喜好的中文副品牌。

为此事企业内部上下讨论过多次，虽然提了几个名字，但是与外资品牌的"火箭炮"和"画王"相比，总显逊色。在一次会上，时任TCL电子集团副总经理的郑传烈忽然想出“王牌”这个名字。“王牌彩电、彩电王牌”，在座的人念了几遍，精神都顿时为之一振，大家一致认为这个口号不仅通俗易懂，而且霸气十足，正好暗合了 TCL 人的雄心和抱负。牌子足够响亮，而且叫起来顺口，很符合国情。李东生决定立即注册“王牌”商标，作为 TCL 彩电的副品牌，并请广告公司设计一个有特色的“王牌”图案。

日后登顶国产彩电冠军宝座的“TCL 王牌”就此诞生。

从 1985 年合作电话机项目算起，蒋志基与李东生合作的历史已有 10 年之久，在长期与外商打交道的过程中，李东生对如何维护合作双方的利益颇有心得，而蒋志基对李东生也是格外信赖。

王牌彩电生产之初，想在彩电业务中更上一层楼的 TCL 方面再次面临资金难题，这时，蒋志基对李东生说：“你们多出力把生意做大，我多出钱。”然后一下子就借给合资公司 6 000 万元。虽然蒋志基是合资公司的董事长，但是公司日常经营管理都完全交给了李东生。在与长城电子集团的合作过程中，双方关系也越来越密切，开始的时候可以赊货 8 000 万元，到后期便允许赊货 1.5 亿元。

合资企业许多重要的文件是需要双方签字的，每次李东生拿着公司文件找蒋志基签字，他看都不看便签下大名。身边的人开玩笑说：“你不怕李东生把你卖了？”蒋志基答道：“如果不是能信任的朋友，就不会这样合作。我相信朋友。”

当然，李东生也没有辜负合作伙伴的信任，在 TCL 彩电团队的运作下，TCL 王牌彩电利用产品、价格，尤其是自建的渠道网络优势，将业务越做越大，实现了异军突起、后来居上的发展目标。而长城电子也利用 TCL 的 OEM（代工生产）订单做大了彩电的生产规模，获得了加工费，并通过合资公司分享中国业务收益。这次彩电业务的成功合作，给双方都带来了巨大的效益和发展机遇。

有计划的市场推广

自 1992 年联合彩虹集团和长城电子开始做自主品牌彩电后，TCL 王牌彩电能在短短几年中迅速崛起，除了对市场判断准确、产品定位明智、物美价廉以外，“有计划的市场推广”、“区域市场推广”等新的经营观念的形成和战略的制定实施也是成功的关键。

20 世纪 90 年代初期，国内企业的市场营销观念很是落后，准确地讲，是大多企业都还没有市场营销的概念。当时很多企业设有供销科，负责采购和销售，被称为供销科长和“供销员”。张济时就是搞“供销”出身的。在计划经济时代，家电企业会按照国家生产计划将产品卖给各地的“五交化”公司和大百货商店，各地的“五交化”公司再将产品批发给县级零售店。企业只要将产品按照质量和时间做出来，销售就完成了。

随着改革开放的深入，家电产业已经从计划管理转变为国家计划指导，以市场竞争机制为主。这种经济体制的转变对企业经营的影响是巨大的，特别是国家定点的国有企业，它们虽然还能得到国家分配的显像管和进口电子零件，但产品销售需要企业自己找销路以获得资金和收益。这种经营方式就是市场经济的基础，它要求企业能够经营业务而不是只做制造者，不但要管理好工厂，还要管理好市场和客户，服务好顾客。很多企业一时难以适应这种转变，特别是在市场供过于求的彩电产业，牡丹、红梅、黄河、天山等一批老牌的国内彩电企业经营均陷入困境，其主要原因不但是技术和生产落后，更是业务经营和产品销售能力不强。

TCL 本身就是市场经济的产物，没有任何计划经济的痕迹，也得不到任何计划经济的资源优势，一切要靠自己争取和创造。李鸿忠常说，这种在市场竞争中打拼出来的能力是 TCL 最大的优势。确实，TCL 的录音磁带和电话机都不是国家定点产品，是 TCL 人凭着自己的努力打出了一片天地。而到了 TCL 音响和彩电时市场情况又发生了变化，市场需求由整体短缺的卖方市场，变为大部分产品供过于求、过度竞争的买方市场。在这个阶段，要为一个新产品打开销路就更有挑战了。

TCL 的营销网络基础是从音响产品销售建立起来的，当时组建销售网络的方式还很传统，由李东生亲自选好一个区域销售负责人，将其派到其所熟悉的地区筹建销售机构，招聘队伍，建立营销网络，培养客户基础。总部并没有具体的规划和指导，也没有确定的经营目标和战略，全靠这些“军区司令”自己发挥，最多是可以借鉴一下先行的其他分公司的经验和做法。赵忠尧、石碧光都是这样打出来的。赵忠尧是陕西人，被派回组建西安分公司；石碧光是四川人，就被派回组建成都分公司；杭州分公司总经理和北京分公司总经理，李东生则亲自面试分别聘用了当地的一个客户。显然，这种业务模式是建立在分公司负责人的能力、素质和良好的客户关系建立及维护的基础上，依靠关系进行营销，并没有清晰的产品及品牌定位，没有市场调研和业务推广策略，销售计划和预算也无法准确制定，大家只能跟着感觉走。

作为销售公司的负责人，杨利清楚地记得李东生第一次和大家做彩电销售规划时的情形。在上海的虹桥宾馆，李东生对大家说要做彩电销售，让大家报年度销售计划。由于之前没做过彩电，时间也只有半年多，杨利保守地报了 6 万台。蒋志基觉得少了一点，李东生就又增加了 2 万台任务。但在实际执行时，市场反响很好，当年销量就达到了 20 万台。但各地分公司差异很大，销售好的分公司一再追加补货，而销售不好的分公司却有大量产品积压。同时一些分公司的坏账风险加大，财务数据失真。

在推广彩电业务时，李东生感到这种营销方式风险很大，将一个区域的业务成败系于分公司总经理的能力和品行上，过多依靠客户关系和信誉，这当中任何一项出了问题，对业务都有很大的影响。赵忠尧、石碧光是成功的案例，但也有不少失败的。每一次失败换分公司总经理，都会带来很大的损失。李东生在考虑要探索新的营销模式和完善营销网络管理机制。

1994 年，在公司的销售大会上，李东生正式提出了“有计划的市场推广”的观念，并将其提升到战略高度大力贯彻实施。“有计划的市场推广”是建立在对市场充分调研，对竞争品牌详细分析的基础上的。李东生他们借鉴做企业 CI 的经验，先对目标区域市场作大量的数据收集和分析。当时公开的市场数据很难找到，他们就请广告公司协助，然后再根据这些数据资料，结合自身的竞争优劣势，制定相应的市场推广策略和销售目标，使企业在自身实力、知名度不高的情况下，分阶段选定目标市场。本部和分公司成为一个统一的作战团队，审时度势，制定阶段性的市场销售目标，集中投入资源，以发挥最大的市场效应。

在新的区域市场开拓时强调计划性，预先作好规划和准备，先易后难，先重点后一般，先集中优势兵力强攻重点目标市场，夺取局部胜利，然后逐步扩大市场区域。配合每一次重要的市场推广战役，总部都会投入力量支持，从加大市场品牌广告推广到提供性价比特优的适销产品。李东生还经常亲自带队上阵督战，以确保快速决策，解决问题，实现预定销售目标。

在西方企业界，产销观念也经历了几次转变：从以产定销到以销定产，再到强调产销间的整合，强调销售生产的计划性和前瞻性。TCL 推出的“有计划的市场推广”，既反映了开发、生产、销售环节的计划性、有序性，又反映出企业自身的能动性，显示出 TCL 在业务营销观念上的进步。

1995 年，袁信成担任北京分公司总经理期间，对“有计划的市场推广”理念的实践和完善作了很大的贡献。袁信成原是湖南邵阳无线电厂厂长，1991 年到惠州加盟 TCL，后来接替李洪志担任通力电子总经理。袁信成学历虽然不高，但有丰富的企业管理经验，而且勤奋好学，逻辑思维清晰，善于沟通表达。袁信成在1995年担任北京分公司总经理和TCL电子集团驻京代表。当时TCL在北京市场的业务表现不佳，他到任之后作了深入的市场调研，向总部提出了提高北京市场品牌形象和产品销量的方案。北京是全国市场的制高点，企业品牌形象和市场地位对全局影响很大。李东生深知北京市场的重要性，对袁信成给予了全力的支持和帮助。

袁信成在按照"有计划的市场推广"的理念重组北京业务的过程中，首创了引入"外脑"的方式，他聘请了包政等几位潜心研究市场营销的教授组成顾问团队，协助作市场调研和竞争力分析，制订推广方案。这些教授深入市场销售一线，研究客户的需求、市场的趋势和国内外竞争对手的动态，提出许多创新的营销方式，并对销售网络组织变革也提出了许多建设性的意见。北京的业务市场推广取得了很大的成功，并很快将经验推广到天津、河北地区。TCL在中国市场制高点北京站稳了脚跟。

在TCL进入彩电产业后，国内彩电业也面临着重组和洗牌的局面。一方面，国内彩电企业大部分规模较小，技术和生产工艺水平较低，市场营销能力也不强。在市场产品供大于求，外资企业又步步紧逼之下，许多企业的经营陷入困境。而TCL借助中外合资体制的优势，以及在经营观念和业务模式上的创新，快速发展成为彩电产业的"黑马"。1995年TCL的彩电销售额达10多亿元，利润8 000多万元，超越了许多国内老牌彩电企业。TCL王牌彩电在整个集团公司的各主要业务中凸显出来，锋芒直逼当时赢利能力最强的TCL电话机业务。

请刘晓庆"站柜台"

1995年夏秋之交，中央电视台播出的一则广告迅速吸引了全国观众的眼球：女皇武则天的登基大典上，武则天正策马驰骋，只见她忽然从腰间拔出宝剑，剑光闪过，宝剑顿时化做电视机的遥控器，而随着一束电波的射出，一台20世纪90年代的高科技产物——29英寸大屏幕彩电犹如卫星发射一样，喷着长长的火焰冉冉升空，电视机上"TCL"几个大字在武则天面前缓缓闪过。在文武百官的欢呼声中，武则天走进彩电屏幕之内。此时，电视画面定格，雍容华贵、气宇轩昂的武则天从彩电内走出来向观众招手说："我选择TCL王牌彩电！"这样一个带有穿越色彩的故事，就是TCL王牌彩电的电视广告片。

自 1993 年 TCL 王牌彩电问世，李东生就立志将“王牌”打造成彩电名牌，为此不惜重金在国内率先引入了 CI。1994 年夏天，李东生产生了请当红明星代言拍广告宣传片的想法，以便让“TCL 王牌彩电”家喻户晓。他把这个任务交给了时任 TCL 王牌视听公司副总经理、负责品牌市场的屠鸣皋。

在与来自惠州、深圳、广州、上海、北京、香港等数十家广告公司接触后，屠鸣皋一一对比了这些公司提交的创意，却没有发现一个足以在瞬间打动人心，引起轰动效应的方案。

1995 年 3 月，李东生、屠鸣皋与上海神兵影视广告有限公司（以下简称神兵公司）经理傅敏一起吃饭。傅敏讲到的一则名为“后宫慈禧篇”的广告创意给李东生和屠鸣皋留下了深刻的印象。这个创意的核心在于，用皇宫做背景，从慈禧和光绪小皇帝的视角向观众呈现 TCL 王牌彩电的神奇和先进。

李东生看过《火烧圆明园》和《垂帘听政》这样的电影，对当时中国的影坛巨星刘晓庆饰演的慈禧太后印象深刻，于是他提议请刘晓庆来拍这条广告。这样就能让最好的广告创意、最好的电影演员和最好的彩电三者完美融合，达到相得益彰的效果。

20 世纪 90 年代初期，明星代言还是新鲜事物，不像现在铺天盖地，泛滥成灾。而像刘晓庆这样的大牌，从没接拍过企业的广告片。当时国内国外也有不少知名品牌请她代言，结果都遭到了拒绝。机缘巧合的是，刘晓庆当时正好在拍电视连续剧《武则天》，她的化妆师毛戈平与傅敏是好朋友。于是傅敏通过毛戈平，很快找到了刘晓庆。让傅敏大喜过望的是，当他说明来意后，刘晓庆不但没有一口回绝，而且还主动索要广告创意脚本。

看过“后宫慈禧篇”的脚本后，刘晓庆称赞道：“写得不错，这才叫真正的创意。”随即答应了合作。

1995 年 4 月 18 日，李东生委托屠鸣皋与傅敏飞赴北京，准备与刘晓庆签署购买其肖像权及拍摄电视广告的合约。抵京后，双方约好当天晚上 10 点在五洲大酒店的咖啡厅会面。赴约前，屠鸣皋不但带着合约文本，而且还特意带上了一台 29 英寸的 TCL 王牌彩电。

见面寒暄后，刘晓庆首先主动说起自己与惠州的缘分，听得屠鸣皋心里热乎乎的，让他万万没有想到的是，刘晓庆忽然话锋一转：“本来，我曾答应过为你们拍摄一个广告，你们的广告创意也很好。不过，我后来细细一想，我是中国电影界的知名人物，拍广告容易引起社会的猜疑，说我刘晓庆是不是个老财迷呀，赚了那么多钱还不够，还要去拍广告。况且，我对你们的企业又不了解，所以，我今天来，是为了向你们道歉，并为这件事自圆其说的。"

眼看着奔波了大半年的事情就要告吹，屠鸣皋心急如焚，但是就此放弃，实在不甘心。屠鸣皋也顾不得刘晓庆的大明星身份，连珠炮似的向对方介绍起了TCL的情况："TCL不仅是中国电子行业中排名第11位的企业，而且是中国的电话机大王。另外，在国内大屏幕彩电市场上，TCL王牌彩电一直处于领先地位，在北京，TCL王牌大彩电销量已超过了进口名牌产品……"

听完屠鸣皋的介绍，刘晓庆惊讶地问道："是真的吗？""当然是真的！"屠鸣皋底气十足地回答道。

这时，刘晓庆微笑着说："说心里话，我刚才主要是对你们的企业不够了解，做了广告，万一你们的企业砸了锅，我怎么向观众交代？过去，日本的几家大公司都曾想请我做广告，我都没有答应。我想，要做就做我们中国人自己的品牌的广告。"

屠鸣皋知道对方已经动心了，于是顺水推舟地说道："刘小姐，我最钦佩你的，就是你这种爱国精神，就是你这种支持发展民族工业的境界。我们公司是国有企业，我们很希望得到你的支持，用你的知名度为中华民族的电子工业作宣传。"

一番话说得刘晓庆心花怒放，合作也就不在话下了。签好合约后，屠鸣皋还将自己特意带来的彩电送给刘晓庆，让其亲自体验一下TCL的彩电产品，这无疑进一步加深了刘晓庆对TCL的好感和信任。临别前，刘晓庆郑重其事地对傅敏说："这个广告，要么不做，要做就得做好它。"

1995年5月26日，在河北省涿州市中央电视台的外景地，TCL电子集团与刘晓庆联合召开了一个规模盛大的TCL电子集团首购刘晓庆肖像权暨广告开拍仪式新闻发布会。应邀出席的有新华社、人民日报、中央电视台、中央人民广播电台、中国电子报等40多家新闻单位。

发布会上，李东生简要介绍了TCL集团公司的情况后说："TCL集团虽然起了个洋名字，但它却是地地道道的中国人自己的企业。这次请刘晓庆小姐帮助做商业推广，是希望通过这一活动，使TCL品牌在消费者中得到更多的认同，也希望通过新闻界朋友的帮助，把这一中国人自己的品牌向消费者作广泛的推广。"

在接下来的媒体提问环节，记者的问题五花八门，但问得最多、最集中的则是关于刘晓庆为什么一改不做广告的初衷，把自己的肖像权卖给了TCL电子集团。刘晓庆答道："第一是我现在想做广告，第二是我觉得他们的产品比较好，第三是因为价钱比较可观。"她微微一笑，然后补充道："我只为最棒的企业做广告，他们的企业是最棒的。"

广告片还没拍，刘晓庆已经在全国媒体面前为 TCL 做了活广告，这让李东生颇为自得。

按照原来的广告创意，刘晓庆是饰演慈禧太后的。但是在正式拍摄前，神兵公司觉得慈禧的形象不太适合，为了更好地实现李东生提出的"最好的创意，最好的演员与最好的彩电"的想法，他对广告创意作了大幅度的改动，最终变成前文提到的那一幕场景。

为了营造出大唐盛世帝王登基的宏伟场面，TCL 和神兵公司原本打算以北京故宫为外景基地进行拍摄。听人说，中央电视台为了拍摄《三国演义》，曾花费 3 000 多万元巨资在河北涿州兴建了一座雄伟壮丽的铜雀台。因为工程量过大，直到《三国演义》拍摄完成，铜雀台才刚刚建好，所以还从未使用过。拍摄团队的人员立刻赶到涿州察看，这座铜雀台非常宏伟，气势非凡，正是大家心目中的理想之地。

整个广告拍摄团队中，摄影、美工、发型师、服装师等都是当时国内一流的。刘晓庆在电视广告拍摄时非常认真，每个镜头都像她拍电影时一样精益求精，稍有瑕疵就要求重新拍摄，连续几天都在摄影棚拍到凌晨两三点钟。

电视广告及帝王妆平面广告拍摄完毕，刘晓庆还要到深圳拍摄一辑现代装的平面广告。那天刘晓庆飞深圳的飞机晚点，直到晚上 8 点多才到深圳香格里拉酒店。刘晓庆在李东生的陪同下草草吃过晚饭后，就进入摄影棚作拍摄准备。化妆师毛戈平、发型师杨树云等齐齐动手，直到差不多晚上 12 点钟，才梳妆打扮完毕开始拍摄。按照导演的要求，刘晓庆拍了两组照片，中间她和导演为拍摄方案多次争执，但最

图 5–3　刘晓庆代言王牌

终妥协，按照导演的要求拍好了这两组照片，这时已经深夜3点了。但刘晓庆对李东生说，这两组照片效果肯定不好，“就像生产队长的老婆卖电视”，她主动要求按照她自己的设计再拍两组。李东生对她的敬业精神非常感动，请摄影师配合按照刘晓庆的要求再拍两组。刘晓庆从衣箱拿出自己的衣服，自己设计场景，补了妆后又拍了两组照片，这时天已经亮了。后来，广告公司选用的确实是刘晓庆自己设计的那组照片。其中有张照片在北京刊登广告时被管理部门叫停，原因是刘晓庆形象太有“诱惑性”。这次合作让李东生真正认识了刘晓庆敬业负责的精神和率真的个性。

1995年9月，刘晓庆主演的《武则天》和TCL王牌彩电电视广告在中央电视台先后播出，立刻引起了全国观众的巨大反响，广告又接连在各省市电视台播出。与此同时，印有刘晓庆肖像的平面广告也相继在全国各地的报刊刊出。最有意思的是，一张张真人大小的刘晓庆站立像，被摆在全国各地出售TCL王牌彩电的商店两侧。人们纷纷戏称：难怪王牌彩电好销，原来刘晓庆在为王牌站柜台！

客观来看，王牌彩电之所以畅销，核心竞争力在于产品质量好、价格便宜和在国内首屈一指的渠道网络销售能力。然而，不可否认，刘晓庆的广告确实功不可没。据TCL电子集团统计，1995年8月份之前，TCL王牌彩电每月销售收入一直徘徊在5 000万元~8 000万元，但9月份刘晓庆主演的电视广告播出后，10月份回笼资金就突破亿元大关，11月份达1.5亿元，12月份达1.8亿元，不少地方都出现了王牌彩电供不应求的局面。

改造“诸侯文化”

随着TCL王牌彩电在市场上的表现有如芝麻开花节节高，围绕TCL各地销售组织的争议也多了起来。

TCL电子集团的销售渠道建设，除最开始的上海是重兵压境外，其他区域的拓展更多是撒豆成兵的逻辑，看到哪个市场广阔，没人占领，就派个人，给笔开办费过去打江山，赋予其在当地的人权、财权、物权。败了，收兵回朝，李东生和杨利自认遇人不淑，看走了眼；成了，则继续在当地拓展二级乃至三级市场，高歌猛进。

这样做的好处不言而喻，对TCL来说，通过充分授权的方式，投入资源较少，能快速地推进和占领区域市场。对被选派的人来说，也有广阔的空间可以施展自己的聪明才智，由此也涌现出诸如沈大伟、赵忠尧和石碧光这样素质全面、敢打敢拼、有勇有谋的地方干部。

他们被李东生总结为一群有企业家精神的人，是把企业当成自己家的人。这样的一群人，正如熊彼特所说的，是能整合资源为己所用、把企业当成自己的去发展的人。但由于外放在外，大权在握，总部缺乏有效管理和监督，久而久之，企业家精神是得到了弘扬，但也开始产生一些新问题，那就是管理上的任人唯亲。总部对这些区域的管理也开始变得晦涩起来，虽然还没有到将在外君命有所不受的地步，但确实出现了除李东生外其他人都指挥不顺畅的情形。

以西南区域为例，“西南王”石碧光在成都开拓业务，为确保资金安全，他尽量找自己能信任的人，大多都是他的朋友、同学，还有一些亲戚。石碧光为此还找李东生解释过，说外人自己信不过，这些都是他信得过的人。这有一定道理，因为这些人都掌握着公司的物资或者资金，必须值得信赖。当时，TCL 的人财物权都是下放的，责任都由该区域的总经理一个人背，出了问题，总部也只能收拾总经理一人。但这样也存在一个问题：财务、出纳、经营部经理、业务员、仓库保管员，这些人贪污或盗窃公司的资产怎么办？石碧光想出的解决办法就是，找自己能够信得过的人帮自己管。

这种情况，在其他区域也出现过，特别是业务发展不断高歌猛进的区域，出现得比较多。销售机构筹建初期，这种做法往往是很有效的。业绩达不了标的区域，领头人经常被替换，反而不会出这些问题，管理上倒是顺畅，但业绩却又不好。

很显然，简单粗暴地下一个命令禁止这种行为是不可取的，但让这种情况蔓延下去终究会出大问题，这无疑给李东生出了个大难题。

首先，李东生想到的是通过制度建设，加强总部的管控。

诸多管理专才的加入，让李东生能够有序地在销售组织中完成由亲情管理到规则制度管理的跨越。其主要措施是财务下管一级，亲属任职回避。最开始，TCL 推行分公司财务统一管理，但分公司财务经理还是由总经理在当地找，但随着吕忠丽推行财务体系管理规范后，分公司的财务一定要总部任免，接受总部和分公司双重领导；经营部的财务由分公司派，要受分公司财务的管理和辖制。

其次，李东生明确提出，在强调“企业家精神”的同时克服“诸侯文化”，也就是说既保证区域大员个人的主观能动性，同时也积极建立业务的流程和规则。

再次，李东生还作了一个影响深远的决定——虽然当时并没有取得预期效果——那就是在西安分公司试行股份制改造。

选择西安分公司做股份制试点李东生也是有多方考虑的。一方面是赵忠尧所负责的西安分公司在销售业绩上一直名列前三，另一方面是赵忠尧是整个销售团队里教育背景相对较好，学习能力相对较强，接受新事物能力也快的一个。还有一个考虑是赵忠尧本身也提出过类似的想法：当时 TCL 大屏幕彩电很畅销，谁拿到货谁就能赚到钱，但当时惠州总部对这些分公司发货的前提是谁先打款先给谁发货。因此，赵忠尧向李东生提议说西安分公司自己集资，以便更快更早地拿到货。李东生想了想，这样做还不如直接改制。于是，西安分公司拿出 20% 的股份让员工们认购，少则 5 000 元，多则两三万。

这个试验推行下去也取得了一些成效，员工的精神面貌变得大不一样，业绩稳步提高。

不过改制试点很快又产生一些新问题，原因是这种局部改制的方式使分公司和总部有太多的博弈，企业长远战略和分公司短期利益难以平衡。李东生后来让销售总公司溢价回购了这些员工股份。但这次改制试验为日后的整体改制提供了诸多可借鉴的地方，这也是之后李东生对单纯分红权的改制并无太大兴趣的根源所在，而是希望能彻底地从股权激励上去改。

不得不承认，李东生身上天然有着居安思危的气质，在 TCL 上下都为销售业绩节节高升而欢欣鼓舞的时候，李东生却敏锐地发现了其中的问题并进行了积极改进。没有想把 TCL 做成一个大公司的宏愿，李东生是断然不会在销售业绩刚刚起来的时候就有怎么样让其成为 TCL 未来长大的竞争力和基石的念头的。有人称之为进取，但进取这个词又不够准确，在这件事情上，李东生身上的隐忍，以及知道在正确的时候做正确的事情的节奏感其实也体现出来了。这些铺垫，为日后袁信成和赵忠尧的两次销售体制的内部改革奠定了基础，也为 5 年改制的高增长提供了一个体系保障。

进取和隐忍，这两个看上去不搭调的气质在李东生身上，总是适时出现。很多人认为这只是运气，但这其实是李东生之后成为一位真正的大企业家的修养体现。

第六章　彩电初定乾坤

创业家必须主动确定未来目标，并乐意接受挫折的考验。

——本田宗一郎

关于销售和生产的关系，松下幸之助曾经讲过一句非常到位的话：大的生产是以大的销售为前提的，如果厂家不能有效地对销售过程进行控制，那你的生产线就得不到有效保护，它的产能威力就发挥不出来。

在松下幸之助看来，事业成功的关键，在于销售和生产（制造）之间的配合，两者相辅相成。

松下幸之助大概算是最早被中国企业家们群体推崇的国外企业家之一。张瑞敏就说过："一开始在企业质量管理的办法上，我借鉴的都是松下的东西。"1995 年，四川长虹提出"以产业报国、民族昌盛为己任"的口号，让人在购买其产品的同时备感爱国。想必倪润峰不会否认，他的老师正是松下幸之助。

李东生也是松下幸之助的信徒之一，他在微博中曾数次引用松下幸之助的经营观点，家电企业销售和生产一体化的观念也很早就在李东生心中扎了根。

然而，TCL 彩电销售和生产两条腿走路格局的形成要远比其他彩电企业来得曲折和跌宕。这不仅是因为 TCL 一开始切入中国彩电江湖光有渠道没有工厂，还在于制造业本身就是一个需要积淀的行当，但 TCL 所处的中国彩电市场竞合的情势又要求 TCL 在短短的一两年内形成相对强大的制造能力，而且这种制造能力还要与 TCL 的渠道相匹配，并最终成为 TCL 与长虹、康佳等强敌一决高下的竞争力所在。

你可以说这其中有机缘巧合的因素，也可以说自助者天助之，但不得不承认，从 1996 年合作伙伴意外辞世导致 TCL 几近断粮，到 1997 年年底形成数百万台彩电的年生产能力，这其中只花了两年的时间，实在是一件很让人提气的事情。这也为 TCL 在第三次彩电价格大战中得以占领先机，最后登上中国彩电王者的宝座奠定了良好的基础。

我们今天回述起这段充斥着恩怨，弥漫着争斗，夹杂着运气的往事，依然能感受到其中的惊心动魄，荡气回肠。

半路杀出个高路华

1996年元旦后，李东生参加电子工业部组织的企业代表团访问台湾。在行程过半时，一个噩耗传来：香港长城电子的蒋志基在广东中山遭遇车祸身亡。

接到消息的那一刻，李东生几乎怀疑是自己的耳朵出了问题。对于李东生来说，无论在公在私，这个消息都不啻为晴天霹雳。虽然早期合作电话机时两人发生过一些磕磕碰碰，但是自李东生调任惠州工业发展总公司以及重回TCL后，双方合作愈发紧密，关系也早已超越商业层面。李东生眼里的蒋志基为人豪爽，敢想敢做，在生意上可谓亦师亦友。如今，老友罹难，李东生如失臂膀，难以抑制内心的悲痛。但是作为企业负责人，肩上的责任又要求他尽快走出伤痛，直面现实。在TCL王牌与长城电子独特的合作模式中，李东生和他的团队犹如在前线冲锋陷阵的军队，而长城电子则像在后方的炮兵及后勤支持。现在后方不稳，前途未卜，一旦出现变故，李东生和他的将士们就将沦为一支失去炮兵和后勤支持的队伍。

片刻不敢耽误的李东生，立即终止在台湾的活动，赶到香港善后。在帮助老友料理后事的过程中，李东生发现，虽然蒋志基在商场拼杀有年，近年来又逐步由贸易转到制造业，生意规模日渐壮大，但是长城电子在股票市场上的投资却遭遇惨败，损失了大量资金，因此当时长城电子的财务状况并不乐观。而蒋太太一直都是相夫教子，没有参与过长城电子的运营管理，所以在蒋志基意外过世后，便打算出售蒋家拥有的长城电子股份。

李东生最担心的莫过于长城电子的股票被另外的企业收购，那样一来，自己原本与长城电子合作时的主导权就有可能丧失，TCL王牌的命运也将充满变数。因此，他必须想尽一切办法买回股份。在办理好蒋志基先生的后事之后，李东生就和蒋太太商量收购其股权的方案。蒋太太希望股权交易能够收回现金。当时长城电子股价虽然较低，但蒋家所占的长城电子的股份按照市价折算下来也有3亿多元港币，这对一直以轻资产方式运作的TCL电子集团来说显然很有压力。因此，李东生连夜将企业的现状向李鸿忠汇报，并提出了具体方案：先筹1.5亿元港币购买蒋太太持有的 50% 股权，并取得长城电子的实际控制权；蒋家其余股权由 TCL 给她两年单向的回购担保，她可以选择两年后按照保底价（即当期股价溢价 20%）出售给 TCL，或者按照当期市场价格出售。购股所需的 1.5 亿元港币资金请政府支持协调银行借出 6 000 万，李东生设法融资自筹 9 000 万。

在和李东生认真讨论和分析之后，李鸿忠认为这是 TCL 加快发展、提升竞争力的机会，当即同意了这个方案。惠州市政府决定出手相助，李东生心头悬着的一块大石总算落下。有政府的支持，李东生同时利用自己多年在商场上积攒的信誉和人脉资源很快筹集到 1.5 亿元港币资金，并和蒋太太及长城电子的另一股东长城电子总经理王国荣商议。蒋太太见李东生提出的方案合理且可行，自己能够先收到一笔现金，剩余的股票两年后有机会得到更高的溢价，表示愿意接受。双方很快就达成原则协议，约定春节后办理股票交易手续。

1996 年春节，李东生带着家人到东北过节，顺便放松一下紧绷了一个多月的神经。常年生活在南方的李东生，带着 10 岁的女儿在哈尔滨学滑雪，心情逐渐放松。这是答应女儿很多次的旅行，父女俩穿着厚厚的羽绒服学滑雪，一丝寒冷的感觉也没有。

但李东生假期结束回到广东后，事情却发生了很大的变化。半路杀出了一个程咬金，一家名叫高路华的香港上市公司加入争夺长城电子的股权。

高路华以贸易起家，产业范围包括摩托车、彩电、家电等产品。高路华的老板黄仕灵是改革开放初期由内地到香港经商的佼佼者，为人精明能干，不仅在资本市场嗅觉异常灵敏，在企业经营上也有很大的野心，做事不择手段。高路华通过并购进入彩电市场虽然较晚，但其雄心勃勃，在彩电产业投资力度很大。TCL 和高路华已经在许多市场直接竞争。而且黄仕灵在资本市场长袖善舞，当时高路华公司市值远大于长城电子，资本实力很强。

得知蒋志基在车祸中罹难，蒋家有意出让长城电子的控股权，黄仕灵认为这是个千载难逢的好机会。他想通过收购长城电子进而控制合资的 TCL 王牌电子（深圳）有限公司，这样，高路华就能充分利用长城电子的彩电制造优势和 TCL 的营销优势，在内地彩电市场一战定江山。如果 TCL 不就范，高路华也能利用控股长城电子从源头切断 TCL 王牌彩电的粮道，这样就能不费吹灰之力消灭一个劲敌。

有了这样的战略意图，在收购长城电子的股份这件事上，黄仕灵当然志在必得，而且上市公司的背景，也让高路华有足够的资金实力与 TCL 电子集团展开竞争。高路华第一次报价就已经让李东生感到压力，他开出高于市价20%的价格，全部收购蒋太太的股份。更让李东生绝望的是对方的姿态，高路华放话：无论TCL电子集团再多出多少钱，高路华都会在此基础上加价10%。

选择股权退出变现的蒋太太无法拒绝黄仕灵高价的收购，这样就将李东生逼到了墙角。

黄仕灵跟李东生约谈了两次，两次交谈下来，李东生更加心灰意冷了。黄仕灵表达很直白，意图也很明显，高路华要通过控股长城电子来控制TCL王牌视听公司的彩电业务。虽然TCL王牌视听公司长城电子和TCL各占50%股份，管理权也在TCL那里，但TCL王牌彩电全部由长城电子生产，如果断了货源，TCL彩电业务就得崩盘。黄仕灵提出TCL王牌视听彩电业务须服从于高路华整体经营规划，实际是要吃掉TCL王牌彩电业务。按照黄仕灵的计划，TCL电子集团将彻底失去彩电业务的主动权，完全受制于对方。对致力于打造自主品牌，一心想要做大做强的TCL来说，这样的合作显然毫无意义。而且，在两次深谈后，李东生对黄仕灵为人处世的风格心存疑虑。

眼看收购长城电子的股份无望，与高路华的合作之路也行不通，TCL王牌究竟何去何从，李东生心急如焚，一时却又无计可施，只能把自己关在香港办事处的房间里，不辨昼夜地苦思冥想。李东生也想过多个阻击高路华收购的方案，但由于各种原因，最终都无法实施。记得有一晚李东生半梦半醒之间想出一招，第二天一早他就找王国荣商量，李东生建议王国荣出让TCL王牌视听1%的股权给TCL，换取TCL将“TCL王牌”彩电商标和彩电生产许可证注入TCL王牌视听公司。李东生确认黄仕灵收购长城电子的股份意在TCL王牌彩电，如果让他无法控制TCL王牌，他可能就知难而退了。王国荣虽然不愿黄仕灵收购，但他顾虑太多，最终这一方案没有得到落实。

“那时候人很恍惚，做梦都在想事，早上可能要刷几遍牙。经历那场博弈之后，就落下了经常失眠的毛病。”多年后，李东生对自己当时的状态还记忆犹新。

峰回路转牵陆氏

就在李东生感到绝望、几近崩溃之时，TCL王牌的销售前线却传来一个消息：他们从广州一家代理“佳丽彩”牌彩电的经销商处得知，由于国内彩电大战烽烟四起，一直经营不佳的佳丽彩已无力招架，准备退出市场，其老板也有心卖掉位于深圳蛇口的彩电生产基地。

闻听这个消息，李东生原本犹如死灰的内心突然闪过一点火星，希望之火再次被点燃。在当时的国内彩电市场，佳丽彩只是个不起眼的小牌子，但是佳丽彩的老板陆擎天却是商界赫赫有名的人物。

作为最早进入内地的港商之一，早在 1981 年，陆擎天就在深圳蛇口建成国内第一家外资电视机厂，生产佳丽彩牌彩电，内销与出口的比例基本是 3∶7，业务曾经非常红火。不过，随着国内彩电业的竞争日趋白热化，国内产业市场的变化，陆氏的彩电生意每况愈下，每年亏损额达 1 000 多万元。陆擎天认为作为港资企业，他们在彩电产业很难和国内企业及日韩企业竞争，他想退出彩电业转战其他领域。

李东生得到这个消息后，马上托香港商界的朋友帮忙联系陆氏。让李东生大为感动的是，老朋友金山实业集团的罗氏兄弟不但帮助他联系约见陆老板，还召集几位行家为李东生并购陆氏蛇口工厂出谋划策。罗氏兄弟当时与 TCL 和李东生并没有直接的业务关联，他们之所以鼎力相助，是因为在他们眼中，李东生是个值得信赖的合作伙伴和朋友。他们也很感谢早年在惠州投资时李东生给予的帮助。

经罗仲伟牵线，李东生到香港土瓜湾陆氏大厦拜会陆擎天。第一次见面，李东生就开门见山地向对方表达了收购的诚意。陆擎天也开诚布公，表示可以按照企业净资产出让蛇口陆氏实业公司。企业账面净资产是 1 亿多元，审计后照价收买即可。作为上市公司的资产，陆擎天还提供了蛇口陆氏实业公司的基本财务资料。

李东生认真研究了蛇口陆氏实业公司的经营和财务资料，并通过胡秋生了解了蛇口陆氏运作的详情。

胡秋生和李东生是大学同班同学，早期在蛇口陆氏工作多年，管过生产和技术，对企业的情况了如指掌。他离开陆氏后辗转在创维等多家企业干过，一年多前在李东生的力邀下加入 TCL，负责深圳地区的业务。通过胡秋生，李东生进一步了解到，尽管陆氏的彩电业绩不佳，但是陆氏的蛇口工厂却拥有完整的科研和生产能力，模具厂和彩电生产线都运转正常，只是因为佳丽彩在国内打不开销路，设备只能闲置。而且这个工厂最早是请日本人管理的，整套系统的完善性和先进性，在当时并不输于任何国内彩电厂，也不输于长城电子。很显然，这是一个很有价值的工厂。

这笔钱李东生刚刚筹到，陆擎天出价也算公允，但问题是，如果李东生全价收购蛇口工厂的话，TCL 就没有运作资金了，经营流动资金将压力巨大，公司的后续发展也会因此缺乏后劲。于是，李东生开始认真考虑用合并重组而非现金收购的方案。

第二次见面，李东生首先表示对方的报价自己能够接受，然后，他提出了他的新思路。虽然 TCL 之前为收购长城电子的股份筹集了 1 亿多元资金，但是如果所有钱都拿来买厂，就没有流动资金了，企业想要扩张发展也就成了无米之炊。如果能双方合作，把陆氏蛇口工厂折算成股份，交给 TCL 操盘，本来用于收购的资金就可以用来扩建新的产能和开拓市场，这样就能一起将蛋糕做大。他对陆老板说，有信心两年就将投资赚回来，5 年内在香港上市，这样做对 TCL 和陆氏来说，都能达到利益最大化。

李东生这番话说得言辞恳切，情理交融，他对彩电业务的未来前景满怀信心。而实际上，李东生也提前作了最坏的打算：万一陆氏拒绝 TCL 提出的合作方案，TCL 也将不惜代价用现金买下工厂。因为在当时的情况下，这无疑是王牌彩电最后一根救命稻草。为此，当时的惠州市政府已经决定以惠州大剧院作抵押为 TCL 贷款担保。

虽然陆擎天极为欣赏李东生的远见和魄力，但是在商言商，李东生的如意算盘看起来打得不错，但是实际操作起来效果如何却有待验证。所以，陆擎天并没有当场同意，而是委婉地表示要考虑一下。如今看来，陆氏的谨慎是可以理解的，TCL 当时还是完全的国有性质，陆氏却是私人的，公私合作一向敏感，何况陆氏在彩电行业苦心经营多年却不见起色，正打算转型。如果没有足够的吸引力，陆氏很难愿意再在彩电项目上投放资金和精力。

李东生焦急地等待答复，令他意外的是，陆擎天很快打来了电话，邀请李东生到香港再谈一次。从对方的态度和语气判断，李东生预感到即将大功告成。

在陆氏的香港办公室，陆擎天直言不讳，他告诉李东生，自己已经在业界走访打听过，TCL 和李东生的实力与信誉都有口皆碑，所以他同意双方合作经营，希望蛇口工厂能在李东生手里起死回生。

这次会谈进行了不到一个小时，双方就达成了共识。

陆擎天握着李东生的手半开玩笑地说道：“就跟你赌一把！”

李东生则信心十足地攥着对方的手说道：“你要相信我才行！”

按照李东生提出的并购框架，双方团队经过进一步细致讨论后，于 1996 年 4 月 19 日在香港草签了协议。TCL 以在港注册 1 亿 5 千万元港币的 TCL 电子（香港）

有限公司，增发1亿元港币的股份，兼并陆氏实业（蛇口）有限公司的彩电业务和资产，同时，TCL全面接收陆氏的彩电研发机构及员工。合资公司总资本2.5亿元港币，其中TCL电子集团占60%的股份，陆氏以蛇口彩电厂的资产折算成的1亿元港币入股，占40%的股份。原陆氏实业（蛇口）有限公司改组为TCL王牌电子（深圳）有限公司，注册资本为1亿元；原陆氏的佳丽彩品牌停止生产和销售，合资公司生产的彩电都用TCL的品牌。此外，新建注册资本为1.2亿元的惠州生产基地，以及在香港成立一个注册资本为3 000万元的合资公司专门负责材料采购及产品进出口贸易。

与陆氏草签协议后，李东生将这个消息第一时间通知了蒋太太，并提醒蒋太太尽快按照原定的条件和黄仕灵签订合同。他担心黄仕灵得知收购长城电子的股份并不能控制TCL王牌彩电业务之后，可能会变卦。蒋太太也担心TCL收购陆氏的消息公开后，会对高路华的收购造成影响，希望李东生晚点再正式签约。当时蒋太太认为和黄仕灵的交易肯定能成，只是谈细节需要时间。

为了老友辛苦积累的资产顺利变现，李东生同意推迟一个月签约。后来，应蒋太太要求又延期了半个月，相关准备工作继续紧锣密鼓推进。

不料，TCL与陆氏正式签约的前两天，蒋太太匆忙来惠州找李东生，原来黄仕灵并没有信守承诺，在得知TCL和陆氏合作的消息后退出了收购。蒋太太无奈只好提出由TCL按之前谈好的条件收购长城电子的股份。此时的李东生已爱莫能助，因为已经与陆氏草签了协议，而且和陆氏合作的方式对TCL彩电业务发展非常有利。经过几个月的交往，他对和陆老板的合作也很有信心。另一方面，TCL的资金也只能做一个并购重组项目。李东生只能安慰蒋太太，以后TCL可以和长城电子继续业务合作。4个月后，蒋太太将长城电子的股份低价卖给了吴少章先生，TCL

图6–1 TCL与陆氏宣布彩电项目签约合作，陆擎天发言，时任广东省副省长张高丽前排就座

和长城电子又继续合作了几年。如今李东生回忆起这段往事时，尽管有些遗憾，但是想到自己对蒋志基家人算是仁至义尽，问心无愧，也就坦然释怀了。

1996 年 6 月 13 日，TCL 电子集团和香港陆氏集团在惠州举行了正式签约仪式，陆老板和李东生联袂出席，李鸿忠等惠州政府官员站台。在惠州参加广东外经工作会议的副省长张高丽一行也出席了签约仪式，代表省政府力挺 TCL。消息传出后，各大媒体争相报道，之前在国内企业界并不引人瞩目的 TCL 一下子成为全社会关注的焦点。

为支持新公司业务重组，尽快取得成效，陆老板给了李东生最大限度的信任和支持。

陆老板给原陆氏彩电的香港雇员发全额遣散补偿，然后让 TCL 和这些香港员工双向选择，使 TCL 得到能力合适而又愿意留下来的核心团队人员。总工程师黄凯华是陆氏的老人，也是香港电子业界的资深专家，有多项彩电技术专利，留下来后在 TCL 干了 15 年，近 70 岁退休后还留在企业当顾问。

陆老板还支持将彩电香港总部搬到 TCL 在荃湾新购的工业大厦，这些香港员工很多成为 TCL 彩电业务的骨干，直至今天还在 TCL 工作。为了业务更好地交接过渡，李东生和陆老板商量，请原总经理蔡先生留任一年，一年后胡秋生接任总经理。

《易经》有云：否极泰来。经过几个月炼狱般的生活之后，李东生和 TCL 王牌终于迎来了曙光。

然而，就在大家对 TCL 并购陆氏蛇口基地这个经典案例津津乐道之时，却很少有人知道，亲手执导了这场并购大戏的李东生，前后经历了怎样的生死考验。谈判签约的关键时刻，李东生劳累过度，大学时患的肝炎病复发，但李东生硬是坚持撑到最后，协议一签完就住进了医院。

吴少章接手长城电子之后，艰难经营多年，业务未有突破。2002 年，长城电子惠州基地资产最终由银行以 1.8 亿元人民币的价格拍卖给 TCL。

而黄仕灵在国内产业界依然非常活跃。2001 年，高路华以 5 800 万元的天价摘得央视新闻联播的广告“标王”，销售额突破 18 亿元，排名在短短一年内蹿升至全国第 6。不过，黄仕灵与职业经理人陆强华的潜在矛盾也很快被激化，假账风波更直接导致了高路华的崩盘。2002 年 4 月 5 日，陆强华被董事会停职，同时对其进行财务审计，同年 7 月底，黄仕灵因涉嫌商业诈骗被上海警方拘留。曾经辉煌一时的高路华，如今徒留一声叹息。

彩电业并购的范例

1992 年，一块写有“空谈误国，实干兴邦”8 个大字的巨幅广告牌出现在深圳蛇口港的工业大道边。这块位置醒目、内容震撼的广告牌很快成为深圳乃至整个中国的风向标，极大地鼓舞和鞭策了一批又一批改革开放的弄潮儿。

离这块广告牌不远处就是蛇口陆氏的彩电生产基地。

1996 年 7 月，李东生带着 TCL 电子集团的 40 多名管理人员正式进驻蛇口基地。这个已经经历了 15 年风吹雨打的工厂，外表看上去略显破旧。斑驳的外墙和大批闲置的机器，似乎想提醒外人，生意并不好做。

但是，李东生和他的管理团队并非外人，他们的进驻完全带着一种主人的心态。面对暮气沉沉的工厂，他们暗暗发誓，一定要通过自己的智慧和双手使自己的这个新家焕发生机。

“以诚待人，诚信共赢”一直是李东生与外商合作的不二法门。鉴于 TCL 王牌之前从未涉足过彩电的生产制造，为了最大限度获得陆氏的支持，TCL 仍旧聘请原陆氏蛇口工厂的总经理蔡洪业担任新合资公司的总经理，留用陆氏工厂所有想留下的员工。李东生意识到企业合并磨合期，主导方必须用公平和诚意以及实际行动赢得对方的信任。李东生特别要求 TCL 员工在工作中展现兢兢业业的作风，通过一言一行将“爱厂如家”、“精诚合作”等理念传递给原陆氏员工，并尽快取得经营业绩，增强团队信心。

TCL 表现出来的诚意也赢得了陆擎天的信任，他毫无顾虑地将整个厂子完全交给李东生打理。在用人等问题上，也一切以企业的发展为根本，并不拘泥于协议本身。当李东生提出解雇少数不符合公司要求的香港员工时，陆擎天也大力支持。在接到自己的老员工“投诉”时，陆擎天总是会说：“这个企业我已经交给李东生了，有事你找他。”初期还常有人向陆擎天告状，说 TCL 做事不公平，损害陆氏利益。陆擎天从不找李东生讨论核实这些投诉，他不无幽默地说道：“卖崽莫摸头。”

陆擎天的力挺和李东生的悉心推动，让陆氏原有的团队很快转变了心态。这些人大多受过日本管理模式的专业训练，职业素质高，但许多人有打工的心态，不愿主动承担责任。在与 TCL 员工的碰撞磨合中，他们逐渐感受到 TCL 人身上那种积极向上、勇争一流的态度，精神面貌也大为改观。

现任 TCL 多媒体执行副总裁、全球生产主管的张山水，和现任 TCL 多媒体研发中心副总经理的杨福忠都是当年陆氏工厂的员工。大学毕业后他们就到蛇口陆氏彩电厂工作，TCL并购陆氏后，他们一直留在自己的岗位，兢兢业业，伴随企业成长，并为企业发展承担起重要职责。这些人日后大都成为TCL彩电生产制造系统的骨干力量。

要真正赢得别人的信任，首先必须证明自己值得别人信任。尽管陆擎天在合作之初将企业的经营管理权完全交给了李东生，但是如果合资公司长时间不见起色，陆氏的信任能持续多久可能也是个未知数。

不过，李东生最终用事实和数据向陆氏证明，自己和TCL都是值得信任的。自1996年7月1日正式进驻蛇口工厂，李东生和他的团队不仅在极短时间内理清和完善了工厂的管理流程，而且不到半年时间，就将月产量从几千台提到近10万台。截至1996年年底，深圳TCL王牌电子有限公司半年净赚了5 700万元。看着TCL交出来的成绩单，陆擎天大喜过望，不住地感叹："TCL比我们厉害，比我们厉害！"

除了眼前实实在在的投资收益，更让陆擎天激动和兴奋的是正在新建的TCL王牌惠州基地。在这个新生产基地的建设过程中，陆擎天切身体会到了TCL的速度和效率。

正式签约几天后，位于惠州仲恺开发区的新基地也于1996年6月18日正式打桩开建。

其实早在1992年进入彩电行业之初，李东生就一直想拥有自己的生产研发基地，不过早期受制于资金、人才、技术上的欠缺，TCL彩电一直采用的是轻资产的模式，主要依靠自建渠道的优势在市场中攻城拔寨。这种模式虽然能让TCL暂时抛开生产制造的束缚，专心致力于市场营销和品牌推广，在一段时期内具有一定的优势，但是要想真正打造一个能让消费者有口皆碑、值得信赖的实力品牌，单靠做营销和贸易还远远不够。从蒋志基意外身亡所引发的"长城电子股权之变"中，李东生更为清醒地认识到了这一点。如果没有自己强大的生产和研发基地，TCL王牌很可能会在之后彩电业惨烈的市场大战中销声匿迹。

与陆氏的合作，让TCL有了新建自己的生产基地的契机，李东生当然不会错过这个来之不易的机会。因此，在惠州基地的整个厂房设计环节中，李东生全程参与和监督，甚至每一张平面设计图都要亲自审核。李东生还请了原陆氏工厂的总工程师黄凯华负责新基地的生产流程布局和工艺设计。李东生虚心求教，认真与其讨论厂房建设的每一个细节，而且明确要求对方不能单纯从节省成本的角度考虑，更要从未来彩电产业的发展、技术升级等角度来综合考虑。

后来发生的事情证明，李东生在当时提出来的这些看起来近乎苛刻的要求和考虑，让 TCL 惠州生产基地从一开始就具有了前瞻性的竞争优势，也奠定了 TCL 彩电飞速成长为国内一线品牌的基础。

为抢时间，新基地边设计边施工，工厂方案也在建设过程中逐步调整完善。8 个月后，第一条生产线投产，陆老板大为赞叹。

为了确保新的工厂生产技术流程和工艺的领先，企业内部组织团队反复研究论证方案。同时李东生还带队前往日本、韩国同行企业和国产彩电的霸主长虹、熊猫参观学习。

倪润峰是当时国内彩电业无可争议的执牛耳者，名声响彻寰宇。在他眼中，当时和自己竞争的 TCL 还仅仅是个“小弟弟”。当李东生虚心登门求教，倪润峰也展现出大家风范，不仅亲自接待，还派出当时专门负责长虹生产制造的赵勇陪同李东生参观工厂，为其答疑解惑。

当时，李东生正在为惠州的新工厂究竟是全部采用自动插件机，还是用一部分人工插件的问题犹豫不决。因为当时的人工很便宜，自动插件机成本较高，立式元件用自动插件机成本不合算。李东生自己拿不定主意，TCL 内部也有不同的意见。在参观长虹工厂的时候，李东生发现当时长虹有一部分是自动插件机，有一部分用人工。但是当李东生向倪润峰提出这个问题时，倪润峰建议新工厂一定要全部使用自动插件机，因为用自动插件机生产出的产品质量好，而用人工生产的产品质量却很难控制。李东生认为他的建议很有道理，回到惠州后，李东生决定在新的工厂全部采用自动插件机。

图 6–2　惠州王牌基地开业及基地全景

陆老板也亲自陪同李东生访问了日本东芝、日立、松下和韩国的 LG。因为陆氏做彩电业务多年，每年都要向日韩企业采购大量显像管，陆老板和很多日韩企业的主管很熟，他将这些业务关系介绍给了李东生。在访问了显像管厂之后，李东生又要求参观电视机厂。他发现日韩彩电厂规模都大，产业配套能力也很强，采用了许多新的生产工艺和技术。后来他将这些生产技术优势都放在了新的彩电基地设计方案中。借鉴日韩工厂的生产工艺设计，对 TCL 新的基地设计帮助很大。

惠州基地的厂房面积相当于当时陆氏蛇口工厂的 4 倍，按照年产 300 万台产量设计，并配套模具和金属塑料结构件加工能力，是当时国内单体规模最大的彩电厂。惠州基地的生产系统采用了很多先进的自动化设备，这样的硬件投入，使 TCL 彩电制造能力出现了一个质的飞跃。1997 年年初，惠州基地建成投产后，生产效率和产品质量都大为提高，并很快率先设计出第一条快速彩电生产线，效率速度超过了日本企业的水平。这种新的生产线工艺设计，为许多国内厂商模仿。1997 年，TCL 彩电销量大增，并实现净利润 2.5 亿元，也就是说 TCL 仅用一年时间就收回了新生产基地的建设成本。

图 6–3　惠州王牌基地生产出第一台彩电，意味着 TCL 拥有了当时国内最先进的彩电生产线

如今，把 TCL 1996 年收购陆氏蛇口工厂放在 TCL 30 年的发展史中来看，的确是一个重要的战略转折点。通过并购蛇口陆氏，TCL 拥有了完整的彩电生产和产品设计能力，在当年国内市场彩电价格战中站稳了脚跟，并同时启动了惠州新彩电工厂建设，很快形成产业优势。对这桩兼并案，李东生自己作过一个总结：“从投资角度看，当时双方投的一块钱变成了三块钱，甚至超过三块钱。我们赚了钱，陆老板也赚了钱，更重要的是奠定了 TCL 彩电的竞争优势地位。”

李东生能够在生死存亡的关头，大胆提出对企业发展至关重要的新思路，足见其过人的胆识和智慧。根据当时的情况，建一个年产 100 万台彩电生产能力的工厂，起码要投资 2 亿元，而通过并购，TCL 仅用 1.5 亿元资本就建立起了年产 400 万台生产能力的工厂，TCL 兼并陆氏彩电工厂被媒体誉为并购经典案例一点儿也不夸张。

收购美乐，逐鹿中原

并购陆氏和新建惠州王牌彩电基地之后，TCL 彩电销售量快速增长。如何能在短时间内迅速实现做大做强，进入彩电第一集团？李东生认为，在传统国产彩电行业格局被打破和国家鼓励资源重组的大背景下，利用 TCL 自身的品牌、速度、成本、效率等优势，对那些不能适应市场经济运作模式的企业进行并购重组无疑是成本最低、见效最快的扩张方式。

几乎就在康佳一口气兼并了牡丹江电视机厂和西安如意电视机厂的同时，TCL 也挥师北上，进军中原，重组了位于河南新乡市的美乐电视机厂。

古语云，得中原者得天下。对于雄心勃勃、志在全国的 TCL 来说，河南为必争之地。地处中原腹地，又是京广、陇海、京九三大铁路干线交汇处，河南对周边省份的影响非常深远。

在完成了武汉、西安、北京、淄博等地的布局后，1995 年 4 月，TCL 郑州分公司成立。虽然长虹、康佳、熊猫、创维早已盘踞于此，各家为争夺市场份额使尽浑身解数，河南市场已成为当时全国竞争最为激烈的区域市场之一，但是由李东生一手提拔的干将杜健君、杨伟强进驻河南后，利用 TCL 渠道建设和市场推广方面的成熟经验，加上独辟蹊径的营销手段，很快杀出重围，站稳脚跟。1995 年当年就完成了 7 000 多万元的销售额，1996 年更是以 1.8 亿元的辉煌战绩荣登销售业绩榜榜首。这些成绩不只说明 TCL 在营销上的确具有不凡的实力，也反映出河南市场的巨大潜力。

郑州分公司的表现令李东生十分满意，不过李东生似乎并不满足于眼前的利润，1996 年的“长城电子事件”已经让李东生充分意识到，单纯靠营销并不能一直保持竞争优势。如果能在河南拥有自己的生产基地，既可以提高 TCL 彩电的总体产能，为逐鹿中原增加砝码，也能节省大笔的运输成本，如此一来，TCL 彩电在河南市场的竞争力将显著提升。

回顾 TCL 发展中的重要节点，不得不承认，李东生有时的确是个运气不错的人。就在他筹划河南基地之时，河南当地的彩电制造商美乐抛来了橄榄枝。

河南美乐电视机厂（国营 706 厂）是一家位于河南新乡的老牌彩电企业，隶属于美乐集团。美乐集团原是电子工业部部属企业，军转民后上了两条彩电生产线。美乐彩电主要面向农村市场，产品在中原、东北、华北的农村市场拥有良好的基础，工厂的技术力量和基本硬件也有一定优势，而且拥有完整的销售体系，情况最好时，年销售额近 7 亿元，利润 1 300 万元。然而，20 世纪 90 年代中期之后，在国际品牌大举进犯和国产品牌相互厮杀的双重挤压下，美乐彩电每况愈下。1997 年，美乐因一起电视机故障处理不慎，被中央电视台的“3 · 15 晚会”曝光。元气大伤的美乐销量骤降，已经到了生死存亡的危险境地。

美乐的没落立刻引来众多觊觎中原市场的竞争者。这些企业大多抱着“趁火打劫”的心态，不是报价过低，就是条件太苛刻。在一次次钩心斗角的洽谈之后，美乐将希望寄托在了进入河南市场相对较晚的 TCL 身上。

接到美乐有意合作的消息后，李东生大为惊喜。在进行具体合作谈判前，深谙合作共赢之道的李东生为谈判小组制定了两大原则：一，不要让对方有被“乘人之危”之感；二，可以采用双品牌策略。

有了这样的合作基础，双方经过短暂的谈判后，于 1997 年 6 月 21 日正式签约。美乐彩电资产作价 5 500 万元，占新成立的“河南 TCL– 美乐电子有限公司（以下简称 T– 美）”48% 的股份，TCL 注资 6 000 万元现金，占 52% 的股份并控股。

图 6–4 1997 年 T– 美公司开业

TCL 成功并购美乐让竞争对手既羡慕又妒忌，媒体则推波助澜地将此次并购形容为“开创了国企‘强强联合，互创双赢’的经典模式”。

不过，在此前已经有并购经验的 TCL 看来，签约成功仅仅是开始，并购双方如何进行有效磨合，从而达到 1 加 1 大于 2 的并购目的才是关键。美乐经营状况不善，内部存在的一些问题不容回避，倘若不能及时解决这些问题，完成对美乐的再造，TCL 的并购计划将功亏一篑。

“事为先，人为重。”尽管 TCL 留用了原美乐的彩电业务的干部和工人，但是“T–美”毕竟是以 TCL 为主导的企业，由 TCL 的人来主持重组理所当然。派谁去？李东生斟酌再三，最终选定了史万文。

1989 年就加入 TCL 的史万文，是四川绵阳人，毕业于华南理工大学，是李东生的同门师弟，现为 TCL 集团高级副总裁，掌管着系统科技事业本部。

不过，回忆自己最初在 TCL 的角色，史万文说自己“就像一块砖，哪里需要往哪搬”。忙忙碌碌，但前景似乎并不乐观，他甚至有过离开 TCL 出去创业的打算。1996 年的某一天，在惠州大学举行的一次 TCL 销售会议上，史万文听到李东生讲了这样一段话：“在这个世界上做老板的人毕竟是少数，而且是少之又少，其实就是领袖人物。大多数人的成功都是依附于一个群体，在群体中间寻找到自己最佳的个人定位，从而在这个定位上最大限度地发挥个人的能动性，那你也就能成功了。如果有一天在这个行业中间，大家都能认可你、了解你，或者都知道你，你其实就已经很成功了。这就是说你自己努力成为产业的专家和行家也是一条成功的路径，未必一定是去做老板。”

很多年后，史万文依然认为这段话对自己影响很大，甚至改变了自己的人生轨迹。史万文自此树立了自己的人生目标：成为最优秀的职业经理人。

有了清晰的人生规划后，史万文开始跟随胡秋生学习彩电的生产制造流程和运营管理，不久便成为 TCL 为数不多的精通研产销的全能型人才。

尽管李东生相信史万文的能力，但是 TCL 毕竟是第一次去省外建立生产基地，事关重大，只许成功，不许失败。因此，李东生亲自带着史万文走马上任，以便让对方感受到 TCL 对并购重组的重视。

但是，史万文第一次召集原美乐管理人员开会就蒙掉了。会议一开始，底下坐着的人就问史万文是什么级别的干部。史万文愣了半天，没敢出声，几分钟后才想起当时国有企业都是有级别的，TCL 集团虽然也是一家地方国有企业，公司级别曾经定为处级，在 1990 年左右好像也对在职人员作过级别评定，但几年前已经明确取消行政级别了，按当时的标准史万文大概就是个股级干部。得知站在台上的新领导仅仅是股级，底下人哄堂大笑，因为美乐集团原是部属企业，级别是正厅级，这些人的级别都比史万文高。面对奚落，天性随和的史万文依然微笑着说道：“对不起各位，我实在不懂这个东西，我只是个做企业的人，希望跟大家一起把这个企业干好，我希望到明年的这个时候在座的诸位都还在这里，但是我相信肯定也会有人掉队。”

这种略显赤裸的威胁，使会场顿时安静下来。史万文趁热打铁，表达了不惜一切代价搞好 T- 美的决心。这次会议给原美乐的管理人员留下了深刻印象，也为合作双方快速磨合达成共识开了个好头。

重组的目的在于优化人员和资源配置，因此裁员在所难免。由于工厂采取的是两班倒的作息方式，一天晚上史万文值夜班，一个即将被辞退的工人深夜两三点钟跑到办公室说想跟领导谈谈心。员工主动找自己谈心，史万文觉得很高兴。他们走到离工厂不远的路边时，史万文发现对方手里拎着两把菜刀。吃惊之余，史万文没有退却，反而热情地走过去。经过一番动之以情晓之以理的谈话，这名下岗的员工最后成为了史万文的朋友。

按照计划，T–美将在9月1日正式投产。为此，TCL对美乐的旧厂房进行了紧张有序的改造。然而TCL除旧布新的做法却引来了非议，有人还特意将T–美的情况上报到河南省纪律检查委员会（简称纪委），说T–美还没赚钱就开始乱花钱，单是装修厕所就花了十多万元。河南省纪委派人来调查，史万文带他们去看新装修的车间，特别是清洁明亮的卫生间。史万文对他们说，他在合资企业和日方厂长一起工作过，他们非常关注工厂的整洁，包括卫生间和更衣室，他们认为整洁的工厂才能做出高质量的产品。当T–美厂房车间焕然一新地出现在大家面前，诸如此类的谣言也便不攻自破了。

新厂投产后，一家此前专门为美乐彩电做配套纸箱的企业感受到了工厂的变化。以前为美乐做的纸箱最多验收两次就行了，但是为T–美做的纸箱却被打回来10次，最终都没能过关。当这家企业质疑TCL是不是过于挑剔或者故意找茬时，TCL的回答斩钉截铁："必须要符合我们的质量标准。"TCL在产品质量上一丝不苟的精神影响力极大，从此之后，T–美产品质量一直比较稳定，几乎没出现过什么重大的质量问题。

不管磨合期发生什么情况，TCL始终坚持"成事不坏事，人心换人心"的原则，以诚相待的态度和合作共赢的理念最终赢得了原美乐员工的信任和支持。

从1997年8月27日第一台T–美彩电出厂到当年12月底，T–美生产了近12万台彩电，创造税后利润1 100万元。美乐没有注入一分钱，却盘活了此前濒临绝境的资产。1998年T–美更生产了彩电56万台，创造税后利润近5 000万元，而此前美乐历史最高的产量也没有超过过26万台。

对美乐来说，产量翻倍，带来的是可观的经济回报。而对TCL来说，TCL通过并购美乐，不仅自身的产能扩大了100万台，而且利用对方在生产制造上和品牌认知度上多年积累的优势，成为河南市场的领军者。

有了强大的制造生产能力做后盾，有了具有旺盛生命力的销售渠道在前线拼杀，问鼎国产彩电冠军的梦想在李东生和他的伙伴们心中也从此变得清晰起来。

第七章 少帅的变革与创新

检验创新的并不是它的新奇、它的科学内容或是它的小聪明，而是它在市场中的成功与否。

——彼得·德鲁克

1996年开始时是李东生的“苦命”之年。

这一年，先是有蒋志基意外辞世，长城电子股权有可能被黄仕灵拦截，生产基地可能旁落，后又有长虹彩电发起价格战，可谓两端受制。之后虽然得以牵手陆氏，死里逃生，但李东生本人却大病一场。

但这一年又是李东生否极泰来、大展宏图的一年。

这一年，并购陆氏整合顺利，TCL在当年国内彩电价格大战中连削带打，取得不俗的业绩。新的生产基地加快建设，业务势头强劲。

年底李东生也正式接任TCL集团的董事长、总经理和党委书记。

在20世纪90年代的中后期，中国企业开始学习西方的公司治理结构，尝试建立现代企业制度，TCL也不例外。在这个时期，李东生从经营和管理的角度进行了深入而有益的探索，从而为TCL的发展寻找方向。

李东生的管理思想也从此时逐渐成形。在这一年，李东生通过系统研究一些西方管理学的经典著作，对如何解决影响企业未来发展的短板作了更多的思考。那时候，李东生已经意识到，TCL若要百尺竿头更进一步，完善企业治理结构应是下一段的重点，所以推进企业体制改革就成为李东生接掌帅印之后的最重要的工作。

李东生后来回忆说：“那个时候，想得比较多的是，董事长要对企业的发展承担主要的责任，企业到底应该怎么办？”

有惊无险接帅印

在中国企业史上，尤其是国有企业中，企业领导者的交接，一直是个很敏感而且带政治色彩的问题。很多企业因为接班人问题造成企业内耗，使企业陷入混乱和无序，从而影响了企业的发展，严重的甚至造成企业的衰落。TCL 集团在 1996 年年底新老班子交替时，也因种种原因横生了不少枝节。

在集团分拆之后，张济时放手让李东生经营 TCL 电子集团，他自己管理通讯集团和云天集团；分拆几年后，电子集团的规模及赢利能力都超过了通讯集团，按照当初“赛马”的规则，张济时退休后李东生接班应是顺理成章的。已届退休年龄的张济时主动来敲自己的门，李东生多少有些诧异。更让他诧异的是，张济时提出了一个让他很为难的建议：张济时提出支持李东生担任 TCL 集团的总经理，但他自己希望留任 TCL 集团董事长的位置上再干两三年，也就是说，张济时希望延期退休。

对于张济时，李东生的感情极其复杂，有感激，有钦佩，也有惆怅。

李东生对张济时是心存感激的。在李东生的很多次重要的人生转折点上，张济时都给予过李东生机会。最开始做磁带工厂的时候，是张济时起用了李东生；李东生接替郑传烈外派香港做业务，当上 TCL 通讯首任总经理，是张济时力荐的结果。惠州市电子通讯工业总公司重组时也是张济时力邀李东生回归担任 TCL 第一副总。

李东生对张济时是很钦佩的，经常说张济时是他的商业启蒙老师，这话确实发自肺腑。在如何销售电话机、维持大客户关系的能力上，张济时教会了李东生很多东西。TCL 品牌是在电话机产品业务上树立起来的，TCL 通讯设备股份有限公司在 1993 年 A 股市场上市，奠定了企业在产业市场的地位；是张济时创立了 TCL 通讯和成就了 TCL 品牌。

对于这样的要求，李东生在情分上难以拒绝。但李东生深知这样的做法是很难行得通的。李东生表态说：“张总您可以继续当董事长、总经理、党委书记，我还是做 TCL 电子集团总经理好了。”

李东生为什么不愿意呢？因为四年前组建企业化的 TCL 集团时就是这样的安排。但由于张济时的经营思路和李东生差异较大，李东生认为张济时原来的一些成功的经营方式在现阶段必须改变才能适应市场发展和竞争，但张济时是很强势的领导，要他作出改变很难。加上其他的一些因素，这种搭班子的安排很快就走不下去，最终拆分为三个集团业务独立经营。

李东生主管电子集团的业务，这几年蓬勃发展，证明其经营思路是正确的；而通讯集团和云天集团发展停滞，必须要尽快改革。如果重新回到张济时当董事长，李东生当总经理的格局，矛盾就会再次产生，会有很多的内耗，这样还不如继续保持现状，李东生自己专注于电子集团的业务。

当然，李东生的这番表态显然不是张济时想要的。因为按照当时的国有企业干部管理制度，不作任何调整改变，张是很难留任的。张的本意是要李东生一起游说政府领导接受这个建议。

这一年，在惠州当了 8 年副市长的李鸿忠已升任市长，他不同意李东生保留原状的意见，他清晰看到，TCL 集团到了要加快改革的时候，不能因为张济时个人的意愿影响企业的发展。张为了留任，在政府领导做了很多游说工作，但李鸿忠在惠州书记办公会上，坚持原则，据理力争，把李东生接任 TCL 集团董事长一事，按正常程序决定了下来。就这样，在年底李东生终于有惊无险地接过了 TCL 集团帅印。

TCL 二次创业

李东生出任 TCL 集团董事长兼总经理做的第一件事情就是将原来的三个集团又合并成一个集团。

三个集团，在 1993 年分拆后，产生了截然不同的命运。

TCL 通讯集团在重组后几年里，几乎全部集中在 TCL 通讯的电话机业务上，原来建立的传呼机和集团电话（用户交换机）业务经营日渐式微，也没有其他重要的新业务发展计划。这其中，还包括 TCL 通讯上市后募集了 1 亿多元的资金这一大利好。但即便这样，TCL 通讯的 1996 年和 1993 年相比并没有太多增长，空费了大好时机。

TCL 云天集团则生不逢时，公司重组后，确实圈了不少地，想在房地产业务上有所建树。但是不久之后，随着 1993 年国家宏观调控政策的实施，一切又回归了理性。此前风光无限的大部分房产企业只能关门大吉，TCL 云天集团的房产业务也停滞不前。

而 TCL 电子集团则靠着大屏幕彩电业务连年翻番，不论利润和销售收入都超过 TCL 通讯，成为 TCL 集团的主要增长点。1996 年与 1992 年相比，电子集团销售增长了35倍，收入增长了25倍，利润增长了17倍，而这一切都是在最初700万资金加下属企业资产投入的基础上获得的。

TCL通讯集团撤起来相对简单，当时TCL通讯集团除了股份公司外，其他的业务已经难以为继，合资的传呼机业务和集团电话业务已经考虑清盘；投资参股的程控交换机也没有做起来。从这个意义上说，TCL通讯集团实际上就是一个空壳。黎健生找李东生谈，他同意撤并通讯集团，他自己专管TCL通讯设备股份有限公司的业务。并提出希望集团给予他充分授权，他和团队承诺实现业务增长的目标。黎健生是TCL的创业元老，工作非常勤勉尽职，但经营观念有些落伍，并没有意识到国内通信市场已经有很大的改变，TCL电话机业务虽然还有赢利，但已面临很大的挑战。他只是希望保留经营自主权，努力将业务做好。李东生了解他的想法，就同意了黎的意见，只是再三提醒他要注意市场环境的变化，推动业务改革，寻求新的增长。

图7–1 TCL集团惠州总部旧址

云天集团的整合就相对费事一些，因为那几年房地产市场不好，投资的项目大多效益不佳，一些项目又是和别人合作开发的，梳理起来很是纠结。经过整整一年时间，对云天集团进行审计清理后，李东生对效益不好的企业和项目，坚决清理止损。

集团重组后，李东生开的第一刀是加强资财管理，即对集团所属全资、控股、参股子公司的投资、资金、财产、财务的管理和核算进行规范、控制、监督、服务。在吕忠丽的全力推动下，于1997年9月成立集团财务结算中心，建立集团内部的融资和企业间资金拆借调拨功能，加强主要企业的资金管理，提高资金使用效率。资金的集中管理，还提高了TCL集团及成员企业的信用等级和融资能力，避免成员企业发生任何信贷违约行为。通过有效的资金管理体系，提高了集团对下属企业的财务和业务的管理能力。

首提“变革创新”管理理念

1998 年新年伊始，李东生进一步提出了经营变革、管理创新的口号，并发表了《推动经营变革 管理创新 建立竞争优势》的讲话。在这篇讲话中，李东生系统提出了未来企业的经营思路，在诸多地方让人耳目一新。

第一点是，李东生在阐述为什么要进行企业的经营变革时，提到整个国家的经济体制正在发生根本性的变革，对应地，企业的经营环境也在发生巨大的变化，企业若不能适应市场竞争的要求，主动变革创新，提高管理水平和竞争能力，就难以生存和发展。

> 在市场方面，我们从计划经济过渡到市场经济，形成买方市场已有多年，但近年市场有效需求的增长正在下降。据国内贸易部主管领导介绍，我国消费市场高速增长一直是带动我国经济增长的主要动力，但近年消费市场增长逐年下降：1997 年市场增长是 13%，预计 1998 年市场增长将降至 10.5%，接近 1998 年国民经济预计增长 8% 的水平。过去由高速增长的市场带动起来的经济增长的格局已发生变化，大部分消费品供过于求，造成许多产品领域过度竞争。彩电、VCD、电话机都面对供过于求的过度竞争市场，这必将强制性地淘汰一部分企业，而且这种淘汰的趋势正在加快，市场竞争将更趋激烈。

这是李东生第一次全面阐述整个国家改革开放和企业自身发展之间的关系，也由此得出 TCL 朴素的发展观：那就是跟随着整个国家经济体制变革的大浪，积极行动，主动求变，用经营变革和管理创新来帮助 TCL 站在中国经济的潮头浪尖。

此时的李东生朦朦胧胧地开始触及中国公司的概念，也悄然把自己和 TCL 的命运与中国的命运捆绑在一起。这正是 TCL 能够迅速崛起和持续长大的大背景所在，也是李东生本人内心如此强大，能够在逆境中坚持，在顺境中隐忍的根源所在。

这篇文章的另一个亮点是，李东生在这篇文章明确提出怎么样进行管理创新：从企业长远发展战略着眼，从具体的经营管理问题着手，推动企业经营变革，管理创新活动。

> 我们提出的企业经营变革、管理创新要达到以下四个目的：

1. 根据国内外市场发展的趋势、外部环境的变化和我们企业自身条件，重新确定企业的发展目标，并由此制定详细的近期、中期和远期发展战略。各企业和部门要根据集团的整体发展战略，制定自己的工作目标及近期、中期和远期的工作计划，并确保企业的发展战略、工作目标和计划为全体员工，特别是各级管理干部所理解和认同，并使全体员工为此共同努力。

2. 根据企业发展战略，改革经营机制和管理机制，建立更高效率的组织结构和管理程序，从上到下建立更清晰明确的经营目标责任制和工作目标责任制。

3. 在企业经营各个环节，包括产品设计、成本控制、生产工艺、生产管理、质量保障、市场营销、售后服务、品牌管理等各个环节，对比国内外企业成功的经验和失败的教训，以优秀企业的最佳水平为基础制定赶超目标，不断改善我们的管理，提高效率，提高竞争力。

4. 通过经营变革活动，采取多种有效的方式，鼓励全体员工参与企业经营管理活动，全面提高员工队伍素质，从基层培养企业竞争力，增加企业凝聚力，不断提高经营管理水平。

经营变革、管理创新并不完全是一种新的观念。1997 年年初，我们在集团工作计划中提出“二次创业”，实质上也就是一种经营变革的行为，我们许多企业主管也在主动不断地改善自己的管理，如彩电厂从 1996 年推行提高质量、降低成本活动，销售公司在 1997 年也在大力推行提高经营效率、降低经营成本活动，但我们并未能从更深层次、从企业发展战略的高度来认识这个问题，未能全面提出经营变革的目标和计划，未能全面动员企业员工参与。集团把经营变革、管理创新、重建企业文化作为 1998 年的重点工作，是希望通过经营变革、管理创新活动，改善管理，提高工作效率，增强竞争力，实现企业可持续发展。

这是李东生首次系统提出企业“变革创新”的管理观念，“变革创新”到现在一直都被作为 TCL 的核心管理观念。在当下的企业管理理论和实践中，变革和创新经常被提及，但在 1998 年，能够系统思考和推行这种管理管理观念的中国企业还不多见。

要使经营变革、管理创新取得好的成效，得给自己的工作树立一个标杆，这个标杆当时主要是参照日本企业。要主动找差距，要让 TCL 上下处于一种追赶的状态。李东生还提出：“边做边改，边改边干，先易后难，积小胜为大胜，争取尽快取得成果，加强变革信心。”这正是李东生这一代企业家的聪明和慧黠之处，一方面要建立起高标准来激发斗志和战心，另一方面则是要尊重中国企业的现状：早期中国企业的从业者们都缺乏职业训练，也不具备良好的教育背景，很难让他们做到自动自发变革，需要他们循序渐进。

这篇文章同时明确提出了TCL的经营目标，那就是“创中国名牌，建一流企业”。必须指出的是，这个时候的 TCL 虽然茁壮，也进入了中国电子工业百强公司的行列，但整体规模还稍嫌不够。比起长虹，当时 TCL 的产值还只有其四成之量，而作为主要业务增长点的彩电正处于水深火热的价格战中。但此时的李东生，已经有了让 TCL 成为中国一流企业的愿景。

我们不知道李东生是何时开始有做一家好的中国公司的期许，但之后的李东生，一次一次完成自己的期许，又一次一次地拔高了 TCL 的期许。

在这篇文章中，李东生还归纳总结了 TCL 的宗旨，那就是“为顾客创造价值，为员工创造机会，为社会创造效益”。李东生开始系统性地讨论顾客、员工和社会三者之间的关系。直至今天，这依然是 TCL 的核心价值。

为员工创造机会

李东生清楚地认识到，TCL 是从惠州发展起来的企业，虽然占了临近香港的地利以及政策相对灵活的天时，但在人和上，特别是优秀人才的吸纳上，并不占据什么优势。也正因为如此，李东生在 TCL 的宗旨中明确提出为员工创造机会，并开始加大力度强化 TCL 的人才引进。李东生知道，唯有聚集全国的人才来 TCL 一起创业，TCL 才能有持续发展的动力。

李东生不仅加强人才引进，还加强员工的学习和培训，以提高团队的能力。1996 年 6 月，首期营销培训班在惠州大学开班，来自全国各地分公司和经营部的 35 名主管集中参加了 65 天的培训课程，李东生、袁信成等高管参加授课；从大学和管理学院请来老师系统讲授现代营销理论知识，并安排部队的军事教官进行军训，强化团队精神。这次培训收到很好的效果，被内部戏称为“黄埔一期”。之后又继续办了多期各种形式的管理和营销培训班，提高队伍的素质，培养后备干部。

TCL 还很重视企业管理思想的交流和传播，鼓励学习和讨论。自 1998 年起，TCL 每月都出版一到两期《TCL 动态》，鼓励管理干部和员工发表管理文章、读书笔记以及心得感言。TCL每年都会精选这些文章编纂一本TCL文集，到2010年年底，已经出版了14期文集，每期少则20万字，多则30万字，总字数达到300多万字。这些文集，其实是TCL开始由一家更多只是追求规模的地方性公司开始向一家有使命感、有竞争优势、有愿景的中国公司蜕变的一个重要见证，也是李东生们基于自己多年的实践对怎么在中国做一家好的中国公司的思想结晶。

第八章　存量与增量的历史探索

如果你让我说出优秀企业家的标准，也许有很多条，不过在战略学的意义上，最重要的是制度规划的能力。

——丹尼尔·卡尼曼

如果要给李东生30年的企业家生涯作一个梳理总结，有两件事是无论如何都绕不过去的：一个是日后TCL的跨国并购，另一个就是发生在1997年的产权改革。

对中国企业界而言，TCL在产权改革上所进行的探索，无疑具有标本式的意义。

一直以来，困扰中国企业的一大问题便是产权归属问题。中国企业的成长从来都伴随着企业家产权意识的觉醒，而企业家们也在实际经营过程中发现国有体制不可能让企业在激烈的市场竞争中保持持续的生命力。国有体制导致的管理混乱、效率低下、激励缺失，使得企业行动笨拙、反应迟缓。等中国企业来到20世纪90年代中期，船至江心时，产权改革已刻不容缓。

当时一批知名的中国企业，都渴望通过改制让企业摆脱束缚，焕发新的活力。然而尽管急迫的心情相同，选择的路径却千差万别，这也造成了企业日后沉浮荣辱各不同的命运。

这其中，TCL的改制称得上最阳光、最成功的个案。为此，李东生一开始就选择了一条困难的道路，从而避开了日后可能出现的政策或法律上的问题。在改制过程中，地方政府的支持与企业领导者自身“大智若愚”的智慧成为改制成功的重要保证。TCL“动增量，不动存量”的模式也给众多深受体制改革困扰的企业带来了深刻启发。

TCL和李东生无疑是幸运的，他在1997年幸运地找到了改革的“时间窗口”，而政府也愿意为其打开这个窗口。日后李东生回忆说：“假如过了那个阶段，或者5年以后再签这样的协议，我也不敢签了，因为已经没有这种机会了。”

话语中分明是万般的侥幸。同期的许多企业，如春兰、长虹、海尔、海信等都有改制的想法与动作，但之后均纷纷铩羽。中国企业的命运往往如此，机遇稍纵即逝，是非成败系之一线，造化无常，让人欷歔不已。

体制改革不能“碰红线”

要改制，首先要取得当地政府的认可。而时任惠州市市长的李鸿忠对国家改革开放战略和中国经济发展趋势有深刻的认识，对推进企业体制改革和由此产生的巨大发展动力有过认真的思考和研究。

李鸿忠和李东生是同龄人，下过乡，还当过生产队党支部书记，1978年考入吉林大学历史系。有这样的知识背景，李鸿忠习惯于站在更高的角度看问题。1988年，作为中央机关下放的挂职干部，李鸿忠从电子工业部来到惠州市任副市长，长期主管工业和经济工作，一直是TCL的主管领导。早在1989年的特别时期，他就帮助李东生从历史发展的更高远的视野去看待当时中国的问题，使李东生摆脱迷茫和动摇的心态，坚定对国家发展的信心，留下来继续自己的事业。后来他一直支持李东生在企业经营和管理上的改革与创新，放手让企业家大胆尝试，鼓励其主动承担责任。

从国务院部委到地方政府工作多年，李鸿忠深知对规模和实力都很弱的地方国有工业企业而言，只有推进体制改革，才能建立起企业持续发展的内源机制，有效防范经营风险。他看到在当时有许多地方的国有企业经营困难，最后成为政府的沉重负担，企业到那时再想改革就非常困难了。他希望在惠州作企业体制改革的尝试，用改革促发展。但国有企业体制改革又是一项风险很高的工作，当时国内成功的案例不多。这当中原因很多，既有政府管理体制掣肘和法律法规不完善的因素，也有企业本身的问题，包括企业竞争力的优劣、企业资产的形成和积累背景，企业家的人品、能力和观念等。1996年李鸿忠担任惠州市市长之后，就开始认真考虑在惠州推进企业体制改革试点。

从创办企业至1996年，虽然TCL集团主要业务都分布在不同的合资企业，但集团本身还是个百分之百的地方国有企业。与一般国有企业的组建和发展路径不同，惠州市政府并未实际投资到企业，也不参与TCL具体的经营管理，而是利用TCL为地方国企的背景，通过银行贷款等优先资源配置手段支持企业发展。在TCL每一个具有里程碑意义的发展节点上——无论是 1981 年创办 TTK，还是 1985 年上马电话机，再到 1992 年进军彩电业——惠州市政府的支持都起到了极其重要的作用，包括产业政策支持、银行信贷保障、项目土地优惠等在内的支持，使得 TCL 能在惠州这样一个二线城市迅速崛起，并成为当地的工业标杆和城市名片。

TCL 也充分利用政府创新、宽松、灵活的机制，取得了连续多年的高速增长，成为当地缴税最多、经济贡献最大的企业。政府与企业实现了经济效益和社会效益的共赢。

可是，在具体的企业经营中，李东生也意识到，TCL 能在较短时间内取得不俗的市场成绩，主要建立在企业和政府之间的一种立足发展、协同互助的共识基础上。政府领导人是否具有开明开放的观念和意识极其重要，如果政府能一直保持这种观念和心态就没有问题。不过，就体制本身来说，依然存在诸多不确定因素。

如果将 TCL 比做一个家庭，政府是婆婆，以李东生为代表的管理团队则是媳妇。婆婆放心地把家交给媳妇来管，媳妇通过自己的聪明才智把家建设得像模像样，婆婆自然很高兴，也就没有道理对媳妇横加干涉甚至指责。但是如果这个婆婆思想守旧，凡事都要自己说了算，对媳妇的一些做法心怀不满，故意刁难，这个家就很难搞好。

李东生明白，有一个开明的婆婆固然很重要，但是完全依赖婆婆的开明，不能从体制上形成保障，企业发展的潜在风险依然很大。因此，必须建立一种更符合市场经济规律的经营制度，也就是说婆婆和媳妇的关系不能单纯依赖于“人”，而要受到法律契约的约束，从体制上确保企业和企业家的合法利益。唯有如此，才能保障企业持续稳定发展，也才能真正确保政府股东的利益。

关于企业体制改革的想法也一直在李东生脑海中萦绕，并在二级公司作了一些尝试。这些想法得到了李鸿忠的鼓励和支持。

实际上，早在 1992 年，在出任 TCL 电子集团总经理后不久，李东生就在其主管的华通工贸公司进行了产权改制的试点：通过增加注册资本的方式，让华通工贸公司的经营者和员工参股认购公司 49% 的股份，既保证了集团的控股地位，增加了公司实力，又将企业利益与员工利益紧密结合在一起，激发了广大员工的积极性，让企业焕发了无限生机。

随后，李东生先后在 TCL 电器销售有限公司、升华工业有限公司、TCL 国际电工有限公司等企业进行了员工持股试点工作，取得了较好的效果。这种内部员工持股制度，将利益与风险、权利与责任紧密结合在一起，是体制上的根本改造，使员工与企业形成了新型的产权关系，与企业结成了利益共同体，增强了员工对企业的认同感、归属感以及对企业资产和经营的关切度，营造出了TCL新的竞争优势。

这些试点改革的成功，无疑为1997年开始的TCL大规模企业改制打下了良好的基础。

在李东生接任TCL董事长之后，李鸿忠就找李东生长谈了下一步推进企业体制改革的设想。他欣慰地看到TCL这些年的快速成长，认为企业有很好的体制改革基础，但当时企业的规模和竞争力还处在地方性中型企业的水平。企业要把握机遇，加快发展才能做大做强，适应未来的竞争。李鸿忠认为企业体制改革对未来发展至关重要，他和李东生分析了许多地方国有企业成败的案例，认为体制和机制是企业成功最重要的因素。他希望通过企业的体制改革，让管理者真正成为企业经营责任的承担主体；通过强化激励和约束，建立企业持续发展的内源机制；通过改革加快企业的发展和资本积累，增强企业抗风险能力。他让李东生全面调研一下，研究国家和省政府的相关文件政策，先搞一个方案。

关于如何做方案，李鸿忠也提出了几个要求：

第一，改制方案合法合规。当时相关法律法规不健全，要敢于创新和突破，但不能碰“红线”，确保改制过程不可逆转。

第二，改制要有利于促进企业发展，在发展中实现各方多赢，具体目标是：企业实力和竞争力快速提升，对当地经济贡献增大，国有资产保值增值，管理团队激励和约束机制到位。

第三，改制方案要有实际承担责任的主体，激励和风险承担对应平衡。这几点日后被证明对TCL改制成功至为关键。

动增量，不动存量

李东生随即开始紧锣密鼓地进行整体改制前的调研和准备工作。

首先，他把目光投向了广东省内的企业。当时，广东一些企业也正在进行产权改革尝试，但更多是采用企业利润分红权的方式，也就是所谓的“红股”。李东生认为，这种方式更像是企业承包经营，并不能从根本上解决国有企业的体制问题。由于企业的所有权并没有改变，这种和利润挂钩的激励方式很容易产生短期行为，不利于企业建立长远竞争力。

与这种相对保守的做法相比，联想的改制似乎更符合李东生的胃口。由于联想在惠州大亚湾有个生产基地，柳传志经常来惠州，与李鸿忠也很熟悉，双方也针对国企改制的问题进行过多次交流。因此，当TCL准备改制后，李鸿忠就带着李东生专门去向柳传志请教联想的改制经验。

1993年，外有洋品牌围剿，内有倪柳之争，内忧外患的柳传志老谋深算，将联想股权中的30%分给了管理团队，从而激励了以杨元庆、郭为为代表的联想子弟兵，并解决了一批创业元老的激励问题，使联想进入了一个高速发展期。但是，在听完柳传志关于联想改制方案的介绍后，李东生发现，联想的管理团队在满足一定条件的情况下获得的这一部分股权属于存量资产，涉及存量资产所有权的转移问题。这个问题当时在法律上很难界定，也颇有争议，以至于联想虽然很早启动改制，但是不得不缓慢推进，直到多年后，柳传志才利用其“拐大弯”的智慧完成华丽转身。为此，柳传志当时还特意提醒李东生不能急于求成。在国企改革和绩效奖励制度改革中，红塔集团褚时健等人都是前车之鉴。

在对联想改制方案作了深入研究后，李东生觉得联想模式可能会给未来留下很多不确定性。因此，他不打算照搬联想，而是继续商讨最适合TCL的改制方案。

按照李鸿忠提出的改制目标要求和需要遵循的三项原则，在研究改制方案时，李东生考虑到，首先方案必须不违反当时的政策法规，但不能说TCL的做法都能在当时的法律法规中找到根据。因为改制本身就是体制创新，如果局限于当时的法律法规，只能裹足不前；但底线是政策明确规定不能做的事情，就一定不要做。在企业产权改制中，存量资产的分配和处置是最为敏感的问题，很容易触动“国有资产流失”这根红线。虽然政府没有直接在TCL投资，但是企业在国资性质下形成的资产就是国有的，用存量资产做激励的任何做法都可能违背政策法规。所以改制方案就立足于建立一种公平的考核激励机制，在新创造的增量资产中拿出部分做激励。按照这个思路，TCL首先对企业的资产作了一次彻底的清核，总计有3亿多元的净资产（不包括职工宿舍等已分配的福利资产），这些资产全部界定为国有资产，以此为基础制订企业改制方案。

“不动存量资产”，这正是TCL改制之后经得起检验的一个坚实基础。如果动存量资产，将涉及很多敏感问题。TCL在改制之初就明确主动地提出，虽然国家没有直接投资，但是TCL当期积累的资产是完全属于政府的，谁也不能分占，否则就有侵吞国有资产或者导致国有资产流失之嫌。这样的方案，显然更能获得政府的认可和接受。有了这个共识和基础，企业改制后形成的新资产就有了重新定义的依据。

此外，不动存量资产还避免了分配上的尴尬。因为当时TCL已经经营了15年，一些创业元老都已经退休。如果动存量资产，不仅在产权归属上容易出问题，就算能分，那么是分给老人还是分给新人，也没有明确的依据。

与TCL几乎同时进行、声势更为浩大的春兰改制半路叫停，原因之一就是他们要动存量资产。李东生显然看得更远，他想通过改制激发企业活力，在创造更多增量资产那里动脑筋。因为国企改制最敏感的问题是国有资产有没有流失，只要没有动现有资产，那何来流失呢？如果改制有助于创造更多的增量资产，各方就都能接受。

改制方案的基本思路是在界定净资产总额的基础上考核每年资产增量，期限为5年，考核基数环比递增。资产基本增量作为企业资产的合理收益，全归政府；超额增量部分作二次分配。在增量资产的分配上，TCL改制方案极力体现国家股权利益优先，有利于企业发展的原则。虽然当时并没有明确的法律要求究竟多少比例分配才合理，但是李东生认为，如果要获得政府和社会的认可，必须做出一个能够得到政府及社会各方最大限度认可的方案。新增资产应该让国家得大头，个人得小头。也就是说，在5年改制期间所产生的资产增值，国家是最大的得益者。

经过4个多月的紧张筹备，在多次研讨、数易其稿之后，TCL“授权经营，增量奖股”的改制方案终于出炉。细考这个改制方案，不难发现，这个方案的核心在于明确定义了“存量资产”和“增量资产”。李东生将不动存量动增量的方案交给李鸿忠后，李鸿忠对方案高度认同，特别赞赏李东生作为承担责任主体个人提交50万元风险保证金的做法。

首先这个方案对政府来说绝对有百利而无一害，不仅不动存量资产，而且在增量资产中，基数部分政府可以全部拿走，超额部分也拿大头。而以李东生为代表的经营团队在完成考核指标后得到的利益却不能立刻兑现，而要转成公司股份。

其次这种做法也杜绝了短期和投机性。当时在一些企业中实施承包经营，按规定，承包经营的团队在实现超利润后当期就可以把钱拿走。这种做法的结果往往是承包经营的团队不考虑企业的长远发展，在承包期内，尽量把利润最大化，然后拿到奖金，只能使个人得益，企业和政府的长远利益得不到保障。

面向未来的契约

1997 年 3 月 28 日，李鸿忠和主管工业的副市长林惠纯主持召开由市体改委、经委、财政局、工商局、国税局、地税局、国资办等部门领导参加的专题工作会议，听取了 TCL 集团的汇报，讨论研究了 TCL 集团国有资产授权经营的有关问题。

根据《关于加快惠州市大企业集团发展的通知》（惠府 [1996] 67 号文）的精神，会议决定以 TCL 集团公司为进行国有资产授权经营的试点。会议决定，经清产核资后，由市国资委与 TCL 集团公司签订《国有资产授权经营责任书》；由市国资办、市经委与 TCL 集团公司签订《授权经营责任考核奖惩细则》；同意 TCL 集团公司设立监事会，成员由市政府按有关规定指定的有关职能部门代表与 TCL 集团公司职工代表组成。

会议认为，国有资产授权经营是惠州市国有企业深化改革的一个新突破。会议要求 TCL 集团公司抓住国际国内发展机遇，敢于开拓创新，强化企业内部管理，营造新的竞争优势，促进企业发展，为市国有企业授权经营树立良好的样板。

1997 年 4 月 11 日，惠州市政府以惠府函 [1997]36 号文批准了 TCL 集团公司作为国有资产授权经营试点及国有资产授权经营实施方案。TCL 集团公司作为国有资产授权经营的主体，其董事长李东生作为被授权主体的代表承担责任和享有权利。TCL 集团公司董事长与市政府签订《国有资产授权经营保值增值责任书》，对授权责任人采取奖惩制度，实行年薪制，年薪由基本工资、企业股份、现金奖励三部分构成。

1997 年 5 月 12 日，TCL 集团公司与市政府正式签订了《TCL 集团公司国有资产授权经营试点责任书》；TCL 集团公司及其董事长李东生与国资办、市经委签订了《TCL 集团公司国有资产授权经营试点奖惩责任书》。

根据相关文件规定，市政府核定 1996 年 12 月 31 日的国有净资产总额为 42 305 万元，其中包括，经营性国有资产 25 829.69 万元，非经营性国有资产 7 703.37 万元，逾期未收回应收账款 7 097.72 万元，未处理存货损失、固定资产损失、投资损失 1 674.67 万元。

基数确定和考核办法如下：

1. 国有资产基数为 32 010.87 万元，包括以下三部分：

（1）经营性国有资产基数 25 829.69 万元。后在 1997 年扣除了云天集团的损失

1 522.19 万元，最终确定的经营性国有资产保值增值基数为 24 307.50（25 829.69–1 522.19）万元，市政府以此为基数进行授权经营奖励测算。

（2）应收账款 7 097.72 万元。三年内收回，实行回收率指标考核。截至 1999 年大部分已收回，逾期无法回收或做坏账处理。市政府按责任书进行了考核，扣减当期奖励。由于未全部完成回收率指标，扣减了 1999 年度的奖励 94 万元。

（3）未处理各项损失 1 674.67 万元。1997 年按规定全部进行了账务处理，市政府同意将其中云天集团的资产损失 1 522.19 万元调减经营性国有资产基数。

2. 非经营性员工福利资产为 7 703.37 万元（主要是宿舍）。

这两份责任书详细规定了对责任人李东生和经营层的奖励办法。

主要奖罚内容包括：若经营性国有资产没有增加，对责任人只发给基本工资的 50%；若经营性国有资产增加幅度在 0~10%之间，每增加 2%补发基本工资的 10%，增加值达到 10%时，则补发全部基本工资；若经营性国有资产增加幅度达到 10% ~25%、25% ~40%、40%以上，分别从增值部分提取 15%、30%、45%作为对责任人的奖励；若经营性国有资产减少，则每减少 1%自责任人预缴的 50 万元保证金中扣罚 10%，直至全部扣完；若经营性国有资产减值达到 10%，还应对责任人进行行政处罚直至免除职务。

按照李鸿忠的建议，作为承担企业授权经营责任主体的李东生个人承担了风险，原来他可以得到奖励的一半，但李东生考虑要凝聚团队的士气，就将分配方案定为主要奖励董事会成员的核心团队，他自己得团队份额的 1/3，另有部分奖励业绩优秀的骨干。

这份协议还规定，奖励金额不以现金形式发放，直接转为受奖人员对本公司的出资，分别由受奖人员持有出资所形成的本公司股权。原则上，考核当年董事会成员以个人直接持股方式对本公司增资和持有股权，其他受奖人员通过工会的员工持股会以间接方式对本公司增资和持有股权。

在签协议的那一刻，李东生忽然觉得手中的笔重达千斤。回首自己在 TCL 的职业生涯，他知道这一刻是自己人生最为重要的时刻。在这样的时刻，李东生忍不住重新审视自己殚精竭虑争取授权经营的目的。改制方案得到批准之前，李东生踌躇满志，对未来满怀信心，但是，当为期 5 年的授权经营即将开始，李东生也知道，谁也无法预知接下来的 5 年究竟会发生什么。而协议是白纸黑字、清晰无辩，做好了，皆大欢喜，如果做不好，自己也许将一无所有，这样究竟值不值？然而，这样的想法稍纵即逝，对于长期以来想通过做一番事业以实现人生抱负的李东生来说，能拥有 TCL 这样的舞台的确是一种天赐机缘，而遇到惠州市政府则更是一种幸运。李东生的内心不禁生出感恩之情，而他的脑海中则清晰异常地呈现出自己曾多次与李鸿忠等惠州市政府领导在改制和企业前途上达成的共识：

通过实现企业制度上的创新和经营机制的转换，使 TCL 集团真正成为社会主义市场经济的法人实体和市场竞争的经济主体；实现组织结构和资产结构的调整，把 TCL 集团组建成为一个以产权联结为主要纽带，以电子通信产品系列化、多元化、国际化为发展战略，技、工、贸等方面综合发展的大型集团公司；实现企业经营方式的根本性转变，着力提高经济增长的质量和国有资产的增量，把 TCL 建成一个以消费电子为主的、多元化协调发展的大型企业集团，以加快国有资产的规模扩张，提高国有资产的经济效益；建立现代企业制度，在 TCL 集团实行权责分明、科学管理、激励和约束相结合的内部管理体制，并建立起国有资产代表人格化制度，以使国有资产经营责任能落到实处，并逐步将公司改组成国有控股的产权主体多元化的有限责任公司。

当一个崭新的、强大的 TCL 呈现在眼前，李东生顿时义无反顾地签下了这份后来被著名经济学家周其仁赞誉为“面向未来的契约”的协议。

为改制押上父母的房子

在当时制订的增量资产分配方案中，TCL 提出以经营资产每年的回报率为参照：资产年回报率如果在 10% 以内的部分，就 100% 归政府；在 10%~25% 的，企业家得 15%，政府得 85%；达到 25%~40%，企业家能得到 30%，政府得 70%；超过 40% 的，企业家得 40%，政府得 60%。考核基数环比递增计算，为期 5 年。

这个契约类似于对赌，对赌的核心点是 10% 这个关键点。

可以参考的一些数据是 1996 年全国 3.6 万家企业净资产利润率水平：大企业为 2.7%，中小企业为 1.6%。而 1997 年，深、沪两市上市公司上半年平均净资产收益率为 4.39%；1997 年 10 月国家统计局企业调查总队对全国 2 343 家建立现代企业制度试点企业的调查结果显示，全部试点企业平均净资产收益率为 4.8%。TCL 集团公司的奖励基数（10% 以上）比全国平均净资产收益率高出 4 倍，比全部试点企业高出2.1倍，并高于上市公司的平均市盈率。

很显然，李东生定10%这个相对较高的基准点是有自己的考虑的。要想让改制这件事情形成不可逆转之势，必须有个相对高的基准点，这样就会营造一个相对好的外部环境。后来惠州市的其他国企看到TCL的标杆作用后也开始改制，也都是以不超过10%作为基准点。

但将回报率的基准点定在10%，会不会让李东生及其经营团队压力过大，从而使改制本身的激励初衷无法达到呢？

惠州市政府主管领导因此询问李东生是不是要把门槛降低点，李东生却坚定不移地说自己有信心完成这样的目标。实际上，李东生早就算过一笔账，按照TCL那几年的资产回报率，制定这样的标杆有一定的事实依据，并非信口开河。

在方案制订过程中，李鸿忠给予李东生很多建议和帮助，但是在1997年正式签订协议后，李鸿忠就不再参与具体的执行过程，而是委托主管工业的副市长林惠纯协调相关政府部门严格按照规则来考核履行这个合同。李鸿忠的超脱做法也使得TCL的改制无可非议。

这份契约对于李东生本人也是有约束的，那就是李东生要先行支付50万元的保证金。

李东生现在已经是亿万身家，但在1997年时，却差点被这50万元的保证金难倒。李东生当时的月工资只有几千元，每年年底完成任务还会发放几万元的年底奖金，因此，几年下来，李东生本人的积蓄只有30万元，还差20万元。

之前李东生分得过一套房子，于是李东生拿自己的房子去银行作抵押，但银行根据这套房子的资产情况给出的评级认为它只值10万元，还差10万元。

怎么去筹集这剩下的10万元呢？李东生想来想去，想起了父母的房子，但改制这个事情尚属先例，李东生觉得这个事情和父母解释起来蛮费劲的，于是先斩后奏。

李东生家的祖屋，是一幢单门独院的两层小楼，地处闹市区，离惠州西湖只有数百米，是父亲作为县供电局局长辛苦了大半辈子才分到的房子，也是家里最大的资产，可谓父母的命根子。起初，李东生还有些犹豫，毕竟是拿父母的命根子去冒险，万一做砸了，自己可真没脸回家了。

1997年的一天，李东生的母亲在收拾屋子的时候，发现家里的一件很重要的东西不见了，起初她并没在意，以为放在了其他地方。不过就在她四处寻找的时候，忽然想起前一阵李东生曾带着两个政府公务员模样的人来过家里，而且谈话声音很小，似乎有什么事情想瞒着自己，心里顿时一惊。

晚上，李东生下班回到家里，看上去心情很不错。不过，吃饭的时候，李东生明显感觉气氛有点不对劲儿，平时有说有笑的父母，此刻却一声不吭地坐着。

是不是家里出了什么事？李东生刚要问，母亲却先开口了："东生，你老实说，你是不是出了什么事啊？"

"没有啊。"李东生丈二和尚摸不着头脑。

"家里的房产证是你拿了吗？"

"是啊。"

"拿去做什么了？"

"公司要用，我拿去抵押了，放心吧，会拿回来的。"李东生尽量试着用若无其事的语气说道。他原本以为这样轻描淡写地一说，母亲就能安心，谁知却适得其反。

在母亲的观念中，"抵押"可不是什么好事，一般都是情况不好才要拿东西抵押。一些私人老板做生意亏掉了，最后不得不拿出房子财产抵押还债，落得个倾家荡产的结果。但是 TCL 是国有企业，就算李东生经营不善，企业亏损了，也不至于要拿自己家的房子赔偿吧？那么多国有企业亏损倒闭，也没见哪个厂长经理要拿出自己家的房子抵押啊！

于是李东生的母亲心急如焚地追问道："是不是因为你贪污犯罪，被政府查了啊？"

听到母亲怀疑自己贪污犯罪，李东生有点哭笑不得，于是一五一十地和父母说起原委。

知道真相后，父母终于不再像之前那样担心和激动，反而劝李东生不要把房子的事情放在心上，好好办企业就行，反正他们两人退休工资够用，万一房子没了，大不了租房子或者住宿舍，日子苦点没关系，只要一家人平平安安就好。

听完父母的话，李东生的眼眶不知不觉有点湿润。他暗暗发誓，一定要把房产证拿回来。如果自己不能把企业做好，赔上了父母的房子，不如直接跳进东江算了。

为期 5 年的授权经营

在授权经营一年后，核定 1997 年度 TCL 集团有限公司国有经营性资产保值增值考核基数为 243 074 924 元，国有资产保值增值率为 63.75%，折股价格为 1997

年年末每股经营性净资产值 1.8354 元。在此基础上实施 1997 年度经营业绩奖励，奖励责任人及经营班子 42 384 530 元。按照 1：1.8354 的溢价比例对本公司进行增资，合计增加注册资本 23 092 803 元，其中李东生等 14 名主要管理人员合计增资 20 697 601 元。

按照授权经营的协议，这些奖励并不能及时兑现，而是直接转成股份。但是，正是这些纸上财富给李东生和他的管理团队带来了一个问题，那就是这些奖励要不要扣税？

根据当时广东的文件，“转增红股”是不用缴税的，但这个文件是对分红权作的规定，和 TCL 所实行的不动存量动增量的模式形似神不似。

在 TCL 改制方案出来前，广东也有一些企业进行分红权的改革。这些企业的情况大多与 TCL 相似，也就是说，创业之初，国家和当地政府并没有直接投入或投入很小，等企业发展壮大，积累了一定的资产后，政府会拿出一部分股份，以分红权的形式奖励给经营管理团队，从而起到激励作用。但是企业本身依然是传统意义上的国有企业，产权本质并没有发生变化。这种改制的好处是政府和企业双方都不需要冒很大的政策和经济风险，所以这种方式在当时被大多数企业所采用。这种情况下，奖励给经营管理团队的红股，是不需要缴税的。广东省甚至为此专门发了一个文件。

起初 TCL 管理层提议用这个文件就可以规避掉金额颇大的个税，因为如果要缴税的话，不是个小数字。TCL 当时的管理层并不富裕，一年辛苦下来得到的奖励还是股权而非现金，最好就不缴税了，从管理层的短期利益来看，是有想避税的强烈驱动的。

确实，TCL 管理层得到的这笔钱只是理论上的钱，按照李东生的话说，只是趴在账面上的，并没有揣进腰包。钱没拿到，只拿到公司股份，还得为这笔账面上的股份缴纳相应的税，听起来蛮不合理的。

但是按照当时的文件，只有红股才可以不缴税，这样做就在事实上自我认定这笔奖励的股票是转增红股，在企业所有权改制的关键环节，就会说不清楚，有可能前功尽弃。

李东生找到李鸿忠征求意见。李鸿忠明确提出，要改制就不能搞红股，也就是说这些奖励必须变成实股，而要体现管理层持股的这部分资产的合法性，就要从税收环节体现。缴了税就合法了，没缴税可能就不合法。他要求在这个环节上一定要完全合法合规，才能确保改制成果不可逆转。

而关于实股要不要缴税，当时也没有明确的规定。要缴的话，怎么缴是个问题。

为此，李东生写报告给惠州市税务局，结果市税务局不敢定，汇报到广东省税务局，广东省税务局也不敢定，最后只好请示国家税务总局。最后，国家税务总局专门为TCL转增收益的扣税问题下达了一个文件。

最后的操作是，这笔奖励的钱在理论上归管理层之后，先要按照标准扣税，比例是20%。扣完税之后，再转成公司的股份，最后李东生他们拿到的是公司增资认购的凭据。

多年以后，这个文件成为李东生及其管理层控股资产具有合法性的最重要依据之一，也成为TCL面对产权改制质疑时最有力的证据。

虽然在授权经营那几年，李东生并不是惠州赚钱最多的人，然而他缴的个税却是最多的。

李东生把改制成功的原因归纳为两点：首先是各方面利益得以保障，改制促进企业发展，税收和就业都大幅增长，国家和社会得益；国有资产快速增值，政府股东得益；管理团队获得股权，员工收入增加。其次是没有踩政策、法律红线。李东生说："有些规定可能不尽合理，但在那个时候你必须要遵守，去争论合不合规、合不合理是没有意义的。"

不触及政策和法律底线，同时用政策和法律来保障自身权益，李东生以其隐忍谨慎的智慧成为国企改制的典范。

5年的授权经营期，许多国内同行纷纷遭遇"成长天花板"之时，TCL以"不可思议"的发展速度震撼了世人。5年之中，国有资产增值率高达261.7%，等于再造了两个TCL。

2001年年底，TCL结束了为期5年的授权经营，交出的成绩单远远超出预期，李东生也顺利拿回了质押的房产证。

TCL的股份结构也变成国有占据58%、管理层和员工持股会占据42%的新结构，其中李东生持股比例为10.02%。李东生和他的同事们开始成为TCL的主人。

产权改革的进行为TCL的经营发展提供了有效的制度支持，使包括李东生在内的管理团队得以大刀阔斧地进行市场竞争而无后顾之忧。从此，TCL在市场上一路高歌猛进，连创佳绩，迎来了TCL发展历史上的又一段黄金时期。

图 8–1 1997 年惠州市国资局局长、经委主任与李东生签约，开始 5 年资产授权经营

第九章　彩电争霸战

存活下来的物种，不是那些最强壮的种群，也不是那些智力最高的种群，而是那些对变化作出最积极反应的物种。

——达尔文

1996~2001年，是TCL发展最为迅猛的一个时期。在这个阶段，TCL从籍籍无名的彩电小品牌做到了排名全国第一的彩电王者。

而这期间也正是中国彩电行业最为繁荣的一个时期。首先国产品牌齐发力，一举打破彩电市场“洋强国弱”的局面。其次，以长虹为首的国产品牌大打价格战，导致整个行业重新洗牌。5年间，风起云涌，精彩异常。

这是一个群雄混战的时代，也是家电行业从草莽走向规范的时代。在这个过程中，企业涤荡，犯错者衰，做对者兴，老旧者被淘汰，革新者则留下。就在这样一个“乱战”的环境中，TCL抓住了崛起的机会。作为一个后起之秀，TCL不仅没有在长虹等行业巨头价格战的攻势下败退，反而紧紧跟上，直至后来实现反超，成为销量排名第一的彩电王者，TCL上演了一出精彩的以弱胜强、后来居上的商业之战。

而事后看那场彩电大战，我们能发现TCL宛如长跑选手，能够在不同阶段采用不同策略，贴身跟随、小步快跑、弯道超越，大开大阖，张弛有道，显示出令人惊叹的战术素养。

同时，这一段中国彩电业的“王者争霸战”，因其显现出的激烈和戏剧性而不断被后人提及。

彩电江湖的恩怨

在接受媒体采访时，李东生多次谈起倪润峰。

有人说，李东生和倪润峰之间相互竞合的故事，就是半部中国彩电业历史。这话有夸大的成分，但也有其依据，至少在1996～2004年的8年间，倪润峰和李东生在中国彩电市场上的竞相博弈，既有刀光剑影，又有相忘江湖，很是精彩。

坊间传说，1996年7月前后，李东生躬身去绵阳拜会倪润峰。在他离开后，倪润峰对身边的人下了一句断言：长虹未来真正的对手将会是TCL。

不过，当时大家都认为这不过是句玩笑话，此时的TCL只能说是崭露头角，而长虹则如日中天。

谁也不曾想到，事情还真被倪润峰说中了。到2001年，TCL取代长虹成为中国彩电王者。再到2004年，倪润峰因年龄和海外巨亏彻底退休，而李东生则因收购汤姆逊让TCL一跃成为世界彩电王者。一进一退，两人以这样的方式就此别过。

回到1996年，此时倪润峰领导的长虹正值巅峰，确实无人能在彩电行业望其项背。在当年的4月，长虹彩电的市场占有率已达到27.43%，销售量排名位居第一。在利润最高的大屏幕彩电市场，长虹彩电的市场占有率也达到了31.64%，已是无可争议的民族品牌彩电旗手。

对于有志在彩电市场大展拳脚的TCL来讲，长虹当然是他们真正需要重视的对手。也正是如此，TCL对长虹保持了紧密的关注和极为仔细的分析，几乎做到了知己知彼，因此后来每一次“遭遇战”，TCL都能有的放矢，有效制敌。

在李东生看来，长虹之所以在很长一段时间内称雄国内彩电行业，主要是因为两点：第一是长虹的彩电生产能力最有规模和竞争力，第二是长虹很有效率的营销方式——支持大户代理的政策。生产和销售两点上的优势确保了长虹可以傲视群雄，而后来长虹被TCL赶超也是因为在这两方面所积攒的优势与TCL相比已沦为劣势，这个后面细表。

生产能力——倪润峰入主长虹，军转民后开始彩电生产。在此之前长虹多头并进，而倪润峰把宝压在了彩电上，推行“独生子女”政策，将全部资源集中在彩电业务上，长虹彩电快速做大。

倪润峰向来雷厉风行，在他的主导下，1993～1996年期间，长虹大量引进彩电生产线，在绵阳建立了全国最大的生产制造基地。此外，长虹对其上游供应链除显像管外都进行了整合，很多元器件自己生产。这样，长虹在生产能力上已具备了强大的产业制造优势。

大户政策——绵阳位于西部内陆，这个地理位置一开始就给长虹制造了流通上的麻烦，面临更多的应收账问题。为了规避这个劣势，长虹采取了销售上培养大户代理的政策，即在各地扶植销售大户，利用这些大户找到一个规模效应的出口。而且倪润峰为了解决货款问题，天才般地想出了利用金融市场这个杠杆来做“承兑”。

什么叫承兑呢？那个时期朱镕基正推进中国金融体制改革，收紧银根以压制过高的通货膨胀。由于股票价格和商品价格都上涨很快，银行信贷资金非常紧张，融资困难且成本很高。而承兑汇票是银行开具的远期保付凭证，期限从一个月到一年不等，不需占用银行当期的信贷规模。视客户信用状况，银行一般收取5%~30%的保证金即可以代客户开具远期承兑汇票，到期客户归还资金。在当时，一般厂家和经销商资金都很紧张，厂家不愿让经销商拖欠货款，而经销商也没有足够的资金到厂家进货。通过各地的大代理商做融资平台，用承兑汇票方式扩大销量是长虹在销售模式上的成功创新。

大代理商一般自身有较强的实力，但彩电业务资金量大，要有很强的融资能力才能将销售业务做得更大；利用“银行承兑”是一种有效增加代理商融资能力而又确保厂家货款安全的方式。比如长虹把10个亿的产品给其大代理商，代理商不需要付现金给长虹，可以用银行远期承兑汇票支付货款，承兑汇票到期时再把货款还给银行。这期间代理商早就将产品低价迅速销售出去并回笼资金，还可以利用还款的时间差拿这些资金再做短线股票金融或其他投资，赚取高额利润。

当时长虹在全国主要区域市场培养了一批有实力的代理商，包销了其大部分产品；而代理商利用大额采购获得的价格优惠条件，再快速分销给各个经销商。代理商不需要自己直接销售产品，主要也不靠产品分销业务赚取利润，而是利用资金还贷时间差赚取短期金融投资收益。承兑汇票是银行远期保付的凭证，当时长虹资金实力雄厚，收到的银行承兑汇票可以到期再兑现，并无任何应收账风险。长虹这种代理商承兑汇票付款再由其分销的方式，使代理商给经销商的折扣点远远超过了其他的彩电厂商，使其产品价格在市场很有竞争力，因此吸引了很多经销商争相经营长虹的产品。

早期长虹能够快速崛起，跟它的扶持大户代理政策息息相关，因为大户代理商价格条件好，吃货量大，可以在很短时间内把一个品牌的产品卖得到处都是。厂家无须在各地建立自己的销售机构，就可靠市场利益的驱动快速提升业务，长虹业务发展便受益于此。郑百文（河南郑州百文股份有限公司）就是长虹当时最大的代理商，长虹在全国各地还培养了多个类似规模的代理商。

然而和长虹不同，TCL营销方式是自己在各地建立销售机构，进行市场推广，支持服务终端经销商。虽然前期投入大，很辛苦，但自己能切实掌握市场和客户，几年的努力已经看到了很好的成效，也培养了一大批终端经销商。

李东生认为，这种大户代理制的方式长期来看风险很大：厂家和大代理商完全是利益关系，如果市场环境变化，无法满足代理商的利益，这种方式就不能为继。厂家不能有效管理市场、联系经销商，就会对市场变化反应迟缓。代理商以当期销量最大化为目标，经常低价抛货，扰乱市场价格，损害终端经销商利益。另外金融管理政策规则和市场环境的改变，会使得代理商短期金融投资收益有很大的风险。况且，TCL 也没有这样的资金实力，在货款中大量收取不能马上变现的银行远期承兑汇票。

在 TCL 与长虹正式交手之前，便在经销渠道上与大户代理商狭路相逢了。由于长虹奉行的大户政策，TCL 与大户代理商的博弈预示了日后两者必将兵戎相见。

而与 TCL 在河南发生碰撞的正是长虹在中原地区最大的经销商郑百文。

在国内传统的“五交化”批发渠道崩盘的时候，郑百文是最早通过改革转型，实现跨地区大批量分销、订购的批发商，并成功改制上市。郑百文当时风光无限，一次订货动辄十几亿元。它不仅在自己的区域销售，还设置跨地区的分公司；它以大额承兑汇票提货，商品几乎以平价快速出手，有时利用“返利扣点”，出手价格比厂家的出厂价还要低，能快速回笼资金。如果存货过多，郑百文会用低价把

图 9–1 TCL 借助营销网络在全国落地生根

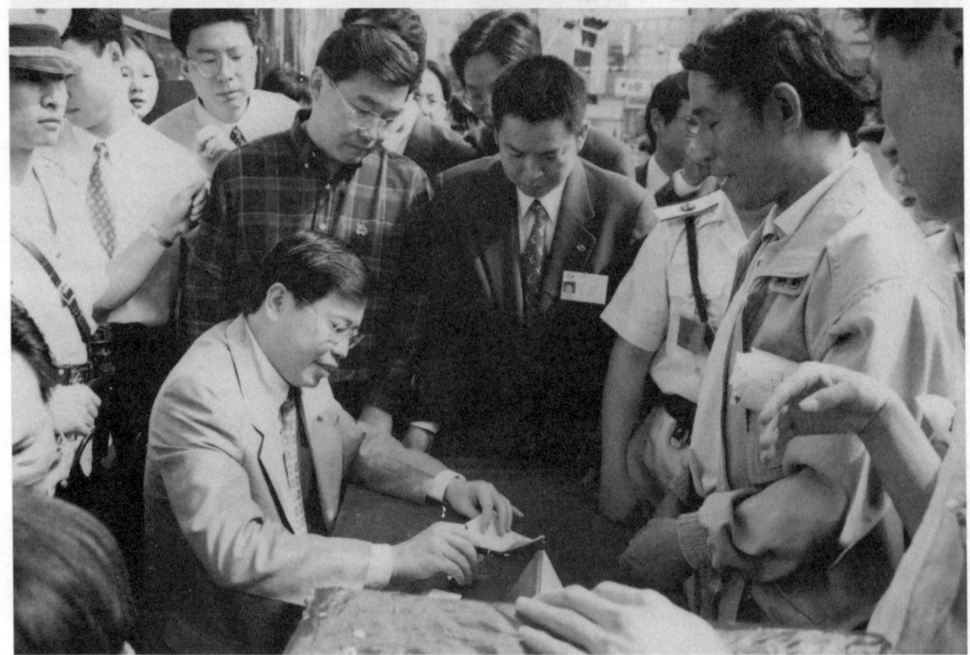

图 9–2　李东生亲自签售彩电

货物跨地区批发给中小渠道商，造成市场价格非常混乱，常常会损害终端经销商的利益。而郑百文利用提前回收货款的巨额资金做很多短期投资，一时获利颇丰。

郑百文模式对当时很多厂商来说是个两难的选择。郑百文确实有很大的分销能力，但若要和郑百文合作，郑百文就会要求最大让利，实行渠道霸权，同时还会要求厂家对其要有一定比例的货款赊账铺底。很多企业为了快速提高销量给郑百文赊货，结果造成大量应收账款无法回收。更重要的是，如果按照郑百文的条件合作，常常会损害客户和经销商的利益，最终丧失客户。但对没有自己的销售网络的厂家来说，郑百文的代理模式能够短期大幅增加销量，还是很有吸引力的。

而TCL从一开始就是自建销售渠道。

TCL这种营销模式注定要与郑百文式的粗放分销发生冲突。1995年TCL进入郑州市场。分公司开张两周后，TCL大屏幕彩电的销售就占据了市场第一位。郑百文见状便来谈判要求接手TCL的河南业务，郑百文当时的总经理卢义德还亲自到惠州会晤了李东生，但李东生表示河南的生意还是得和河南分公司谈。

回河南后，双方意见分歧很大，谈判破裂。于是郑百文开始对TCL市场进行制裁，把TCL彩电低价在市场销售，严重冲击了TCL的郑州市场。总部不给它供货，郑百文就拿大额承兑汇票去找TCL各地的分公司进货，然后低价倾销，以打压TCL中原市场，逼其就范。

为此TCL在全国发布封杀令，紧急发文要求各地分公司一律不允许给郑百文供货，一经发现，对分公司经理“格杀勿论”，就地免职。二者关系更加紧张。

1995年11月1日，李东生二上河南，和郑百文高层会面，以妥善解决此次争端。1995年11月2日上午，李东生拜访郑百文董事长李富乾，出现了精彩的“二李对话”。

李富乾说，他很看好TCL彩电业务的潜力，希望能够按照长虹的合作模式，做TCL彩电的总代理。他介绍说，曾经和倪润峰认真讨论过，认为销售代理制在世界上是很发达的，是必然趋势，郑百文建立渠道专注做销售，对方专注做制造生产，分工明确，可大大降低成本。他建议TCL重点把产品做好，产品销售交由郑百文凭借强大的资金流把市场做大；郑百文可以承诺给TCL包销很大数量的产品。

李东生说企业的发展各有自己的套路，TCL已经决定自建营销网络，直接掌控市场，服务客户，不会将一个大的区域市场给一个代理商垄断，更不要说全国市场了。李东生明确表示TCL愿意和郑百文在业务上合作，但不能将河南市场交给它独家经营。李东生认为郑百文的经营方式风险很大，他坚信企业自己扎实做好市场基础工作才是长远发展之道。

双方理念不同，最终不欢而散。但郑百文同意不再介入 TCL 彩电的销售业务，终止了恶意的市场攻击行为，由 TCL 郑州分公司收回其手中的彩电存货。

当 TCL 和郑百文角力市场渠道时，其彩电业务正在起步，实力与行业老大长虹相距甚远。而郑百文已成为电器销售渠道老大，业务如日中天，各厂家都趋之若鹜，与郑百文主动联姻；李东生却坚持自建渠道销售网络，不惜与郑百文决裂，也凸显了 TCL 和长虹在经营思路和方式的差异。

几年后，郑百文由于经营不善和投资亏损，黯然陨落，和其做业务的厂家大都损失惨重。长虹以其强势的产业地位，虽然没有遭受直接损失，但其依赖代理商的经营模式，导致其在自身渠道建设方面落后了几年，这也许是长虹输给 TCL 的第一仗。

借价格战进入三甲

1996 年 4 月 8 日，TCL 以“拥抱春天”为宣传口号，开始彩电大降价。TCL 为此专门设计的广告主题是“召唤、拥抱”，李东生站在海边，面向远方，拥抱春天，轰动一时。很长时间以来，彩电企业的总裁们都表现得很低调，还从来没有一个老板像李东生这样，表现得如此高调。

李东生之所以如此高调，事出有因。就在两周前的 3 月 26 日，长虹彩电全线降价，宣布其所有品种彩电在全国 61 个大中城市的 150 家大型商场中一律大幅让利销售，幅度高达 18%~30%。29 英寸的彩电零售价一次下调了 1 000 多元，随后又连续降价，累计达到 1 500～1 800 元。

这次降价其实也并非长虹的心血来潮，而是有着特殊的时代背景。

1995 年年底，为了打击日益猖獗的彩电走私以及为加入 WTO 铺路，中国政府宣布将于 1996 年 4 月 1 日把彩管的进口关税从 35.9%降低到 23%。这个消息让一干外资品牌喜出望外，日本的松下放出豪言，“不惜 30 亿美元也要占据中国彩电市场的绝对份额”。

当时整个中国彩电行业的格局是：经过十几年的发展，以熊猫、长虹为代表的中国彩电企业虽具备了较强的制造能力，但是，核心技术缺乏和品牌影响力薄弱，使得国产彩电在面对国际品牌的冲击时，往往处于下风。中国彩电市场大半壁江山被海外著名品牌统治，索尼、东芝、松下更几乎直接垄断了国内大屏幕彩电市场。

如果让海外品牌发起价格战，本土彩电品牌将万劫不复。

在此背景下，以长虹为代表的民族品牌主动出击，避免坐以待毙，成为无可争议的选择。作为当时国产彩电的领头羊，长虹更是责无旁贷，舍我其谁。长虹高举民族工业的大旗，当时的《中国青年报》用《(东芝）火箭炮能否打下（长虹）红太阳？》等大篇幅煽情文章，为民族工业唱起了“救亡进行曲”，对老百姓的购买倾向影响很大。

为了引起媒体关注，倪润峰亲自站柜台当营业员，身披红绸带的他俨然成为民族彩电工业的旗手。而长虹彩电的宣传册上更是自信十足地写着：“凡是国外产品有的功能，我们都有；凡是国外产品具备的品种，我们都具备；凡是国外产品提供的服务，我们都提供；但是，在同等功能和同等质量下，我们的价格比国外产品低30%。”

一时间，价格战烽烟四起。

由于渠道的敏感性，TCL 在长虹降价一周后即作出反应，李东生紧急召回全国各地销售公司的“封疆大吏”，开会讨论。

最终，李东生一锤定音：与其被动等待，不如主动出击。这是因为，李东生得出长虹绝对不是盲目降价的结论，如果这个时候错误判断形势，就会被甩掉。一个“快速跟进让利争市场”的策略马上被制定推出。

时任 TCL 郑州分公司总经理的杜健君清楚地记得当时的情景：“我当时还在郑州，任郑州分公司经理。4 月 3 日被李总召回本部，研究对策。次日会议开得非常激烈，就像曹操大军压境，孙权面临是降是战是和的处境。会上观点分为三派，一派认为时不我待，宁可让利润也不可让市场；一派是力主保住利润，认为市场不会丢；还有一派则认为等等看，当时的巨头熊猫等还没动呢，我们这么积极干吗？这时我站起来说，我们要行动，不要等待，市场给先知先觉者的是巨大的机会，再说失去利润对所有人是一样的。我们不妨来一次狐假虎威，我们不是老虎，但我们可以当狐狸，这是弱者的智慧，跟随强者就能走过危险的丛林。”

事后证明这次跟进策略是及时有效的。自长虹降价开始，TCL 各大区域的销售起初都受到明显冲击。尤其是在长虹的大本营四川省，TCL 成都分公司 1996 年 4 月份的销售回款不到 300 万元。但由于 TCL 跟进及时，一个月后，销售额回升到 2 000 多万元，基本恢复正常。倘若 TCL 没有采取及时跟进策略，整个市场就可能被吞噬。

另外值得一提的就是康佳的紧随其后。相比之下，康佳的反应整整滞后一个月。事实是，当时康佳是具备和长虹对抗的实力的。

时任康佳总裁办主任的沈健当时正在惠州参加省电子局的会议。当时康佳内部很多人都建议降价，但时任康佳总裁的陈伟荣最初的反应是顶住不降。一天，陈伟荣打电话给沈健，想听听他的看法。沈健不敢乱说话，只是从大的原则上认为"市场的规律不是人力可以改变的"。这期间康佳观察了两个月，开了两个会，然后选了一个吉利的日子，6 月 6 日宣布降价。

沈健认为如果只是单纯的降价，收不到广告的效果。康佳的策略和 TCL 正好相反，想借此机会和长虹一争高低。于是康佳新的策划案出笼，其中包括三大措施：一是降价的幅度，长虹降价幅度为 18%，康佳就拿出一款降 20%，超过长虹；二是显像管保修 5 年；三是搞了一个康佳宣言，宣布永不拒绝挑战，提出口号"谁升起谁就是太阳"。陈伟荣看后批了四个字：绝对绝密！紧跟着康佳召集各分公司经理回来开会，白天讲一些营销上的事情，到了晚上近 10 点，才把新的价格发下去，同时寄出广告胶片，各大媒体的广告版面已经提前预订，第二天同时登出。一直到年底，各媒体都自发地对此事进行了炒作。康佳把一种被动式的跟随降价变成了企业的一种理念、公关形象和市场营销的综合策划。当年康佳的销售额扩展了 1 倍，达到了 72 亿元人民币，利润占到了大股东华侨城集团当季利润的 90% 以上。康佳因这场战役形成了精品品牌的代表形象。

这一场价格大混战，各具实力的彩电厂商八仙过海，各显神通。当媒体对 1996 年国内彩电市场进行盘点之时，却发现，除了长虹以高达 35%的市场占有率傲视群雄，牢牢地坐稳了霸主宝座，成为价格战的大赢家之外，康佳排名也从战前的第五名跃升为第二名。而 TCL 在 1996 年借助兼并陆氏扩大产能和在彩电价格大战中快速跟进，彩电销售量达到 130 万台，实现销售收入 26 亿元，比上年增长 80%，十多个分公司的回款超过 1 亿元；次年借助惠州新的生产基地投产和兼并河南美乐彩电业务再上一个台阶。经此一役，在国内彩电市场占有率上，TCL 一举超过牡丹、熊猫、金星等传统名牌，逐渐与长虹、康佳呈三足鼎立之势。

内外齐发力

单纯从表象看，外界会感觉 TCL 在价格大战中崛起多少有幸运的成分，或者说是巧合。然而事实上，TCL 能够第一时间作出判断，及时跟进，第一缘于李东生对时机的判断，第二是 TCL 长期埋头下苦功，已经在彩电的产品设计、生产制造能力和自建销售渠道上有了自己独特的竞争力。

1997 年，李东生一方面把并购陆氏彩电后的生产制造体系交给胡秋生整合，迅速提高陆氏蛇口彩电生产基地的能力，同时惠州仲恺新的王牌彩电基地年初也告量产，到年底并购的河南“T–美”经营也达到预期，整个 TCL 的生产制造体系也从无到有，从有到强，形成超过年产 500 万台的生产能力。另一方面，李东生从北京调袁信成回惠州，加强销售公司管理，形成更加有效率及系统更完善的销售体系。

TCL 彩电业务由此形成了“胡秋生 + 袁信成”的产销业务班子。

胡秋生是李东生的大学同学，早期在 TCL 并购的陆氏工厂也工作过多年，对彩电生产有着深刻的理解。在胡秋生的主持下，TCL 在新工厂自己设计了当时最先进的快速生产线，大大提高了生产速度和效率，这是一个相当大的突破。按照当时平均的生产标准，每条生产线单班大概能生产四五百台彩电，而 TCL 的快速生产线却能达到 1 200 台，最多时甚至达到过 2 000 台。

而 TCL 之所以能达到如此高的效率，不仅需要在生产工艺技术和设备流程上创新，还需要建立一整套新的管理系统。例如这么快的生产线要求产品的生产直通率要很高，要是坏机多了就会将生产线全部堵死，因此对整体的流程管理有着极高的要求，产品设计可靠性要高，生产供应链响应速度要快，每个工序的产品和备料配置合理，工人技能培训要达到要求等。高标准的流程管理规范，才是 TCL 真正的过人之处。之后很长时间内，其他厂家纷纷前来取经，也多有仿效者，但产量最多也只能达到 1 000 台，与 TCL 的最高水准相差甚远，着实说明了技术只是第二位，人和管理才是最关键的。

快速生产线当时在彩电行业里面非常著名，几乎改变了整个行业的生产制造标准。

现任液晶模组事业部总经理的蔡劲锐当时是一个刚进 TCL 的大学生，为了做这个快速生产线，胡秋生不惜把刚毕业的大学生蔡劲锐派去做线长，看重的就是蔡劲锐身上具备的工程观念。蔡劲锐也不负胡秋生所望，快速生产线的生产指标在他手上实现了。

生产能力和效率的突飞猛进，为 TCL 日后的大决战准备了充足的弹药，并将一般的彩电厂商远远甩在身后。

在数量上有了一定优势之后，TCL 也加快了产品款式的变化速度。毕竟与长虹、康佳相比，TCL数量还是处于下风，并无优势。因此，TCL必须在款式上加快更新，以此来冲击市场，消除长虹和康佳的数量优势。

人的本质是喜新厌旧的，如果款式不变，消费者没有购买欲望，经销商也不愿花力气推销。但问题是，变款式需要模具，一套模具就得300万元人民币，万一这款卖不动呢？何况有这么多可变的款式吗？TCL的解决之道很简单，就是去模仿国外的经典机型，然后加以变化，创造性地推出多款自己的机型；同时统一产品的后壳和结构件设计，每款新产品只是设计新的前壳，使模具成本大大降低。

日后来看，TCL的方法多少有些"山寨"，但实在是囿于时代局限，不得已而为之。而从深层次上讲，TCL产品技术和设计是采用快速模仿跟随，局部创新策略，更多从消费者的需求和感知的角度去考虑自己的创新点。当时彩电的基础技术多年没有改变，竞争的重点在于应用功能的创新和产品外观设计。TCL时尚的外观设计，外挂音箱提高音效，针对农村市场的宽电压和高接收灵敏度技术，得到了消费者的极大追捧。

1998年后，TCL每年都能出70款以上的彩电，这让对手多少有些应接不暇。TCL先发制人，借此抢占先机，进一步缩小了与长虹、康佳的差距。TCL在数量不占优势的情况下，使用小步快跑，以速度对抗规模，实为极高明的策略。

TCL在1996年并购陆氏蛇口彩电工厂之后，产品技术和生产能力大幅提升，1997年、1999年、2000年又先后并购了河南美乐彩电、内蒙古天鹅彩电和无锡虹美彩电，生产能力和产品技术能力已经赶上长虹。

此外，TCL也是很早就践行品牌策略的企业。除了在广告宣传上不遗余力地引导之外，TCL的售后服务也让消费者印象深刻。TCL首次提出三年保修，并开风气之先地提出"开箱如有坏机，奖励一台电视机"的举措。这些措施在当时的商业环境下，无疑具有极强的震撼性。

而除去上述措施，TCL最值得大书特书的便是其销售体系的系统化完善。这一点是TCL最终问鼎彩电王者的关键所在，而首功之臣便是袁信成和其销售团队。

袁信成，1990年加入TCL，一直在生产制造体系里打拼。1995年，因为个人原因，袁信成希望离开惠州一段时间到外地工作，他找到李东生说希望能去祖籍杭州开拓市场。李东生觉得袁信成能力很强，建议他前往最重要的TCL北京分公司拓土，并兼任集团驻京代表。

袁信成有着很强的经营观念，当时其他的分公司更看重销售业绩，但北京分公司更看重回款和应收账管理。在客户的遴选和维系上，袁信成也有很多心得，他更追求营销网络的健康和长期发展。在很多次和李东生的交流中，袁信成都主动谈起当时 TCL 销售系统内部存在的问题和可能遇到的风险，认为一味地追求快速发展不注重内功的建设，有可能会让整个网络最后不能为 TCL 所用。

李东生认为袁信成可堪大用，因此毅然将其调回惠州总部担任销售公司总经理。袁信成的到来，推动了整个 TCL 销售体系的系统化进度。

首先，袁信成找到当时的 ERP（企业资源计划）国内最早的开发商开思软件公司（以下简称开思），请开思帮 TCL 开发了一套 ERP 系统。这套最开始计划花费 6 000 万元的 ERP 系统最后虽然缩水到 2 000 万元，但也开了中国家电企业利用信息技术提升自己管理能力的先河。

如前所言，到了 1996 年，TCL 的销售终端迅速在全国范围内建立起 7 个大区、28 家分公司、150 个经营部的庞大销售网络。单靠原有的传统数据统计方法根本无法解决 TCL 面临的巨大市场压力和适应企业快速成长的要求，从而产生了自下而上的管理需求。

利用这套信息技术系统，TCL 推动了一种矩阵型结构，横向有“研发、制造、销售”三个平台，纵向则以产品打通。以往研发、生产网络和营销网络是不通的，这种打通让 TCL 的反应速度提升不少。

其次，袁信成开始推动对回款的要求，当时 TCL 对分公司的考核标准是 75 天实现一次资金周转，超过 75 天会被罚息。如此推动下，一些分公司可做到一年转 6 圈，有的分公司甚至可以做到 9 圈。TCL 推动回款的另外一个撒手锏是帮客户做库存管理。当时 TCL 的客户都是中小经销商，没有库房或库房一下子装不下这么多货，于是，TCL 的分公司就帮客户租库房，客户那里放展示样品和少量的周转货品，卖得差不多了就从 TCL 那里调。这样做虽然库存的成本上去了，但 TCL 能有效地掌握市场上到底哪些是真正的库存，哪些是在卖的，对于退货做到了很好的控制和管理。

袁信成不仅借助信息技术和财务手段对 TCL 渠道进行管控，他还找到在北京结识的人民大学教授包政，邀请他当 TCL 营销渠道的顾问，帮助对 TCL 的渠道精耕细作。

在包政的建议下，TCL 从 1998 年年初起砍掉了一些批发商，大力支持终端经销商，支持搞品牌店中店和品牌专卖店，并在县级市场寻找核心网络经销商。到 1998 年年底，TCL 建成了 1 万个可控制的终端销售点。此时，郑百文那种大代理制模式已经开始走下坡路，而 TCL 自建的营销网络日益凸显其优势。1998 年，TCL

的销售收入增长了 98%，销量增长了 110%。

TCL 也和“五交化”等传统渠道做生意，对于这些渠道，TCL 无法要求它们先款后货，但也对应建立起一套回款时间要求，对于那些能在约定时间内把货款结清楚的“五交化”客户就紧密合作，反之则敬而远之。从此，TCL 的渠道变得更加健康起来。

经过一系列的改造工作，TCL 在彩电业务上已是风生水起，虎虎有生气。李东生运筹帷幄，落子布局，TCL 有攻有守，阵仗分明，已有枕戈待战之势。

他们已然准备好，而一场大战也已在不远处等待着他们。

彩管大战

在 TCL 和康佳不断挑战长虹彩电霸主地位的同时，精于谋划的倪润峰明修栈道暗度陈仓，企图通过一种极端的方式来打压竞争对手。

1998 年的 11 月 18 日，倪润峰突然高调宣布了一个让康佳、TCL 大跌眼镜的消息：长虹已通过签约采购的方式几乎垄断了 1998 年下半年的彩管市场供应，其中 21 英寸占 76%，25 英寸占 63%，而 29 英寸几乎全部买断。

彩电业的淡旺季非常分明，所有的彩电厂家年年都是淡季产品有库存，到旺季加班加点不够卖，在春节前一两个月内会出现爆发性的销量增长。而长虹资金雄厚，能在淡季加大生产量，囤积库存，每年都能在年底大捞一把。

1998 年夏中国出现了水灾，很多彩电厂家对年底旺季市场有顾虑，不敢过多备货，显像管厂有较多的库存。倪润峰判断，天灾是“旱季一大片，洪水一条线”，当年的洪水不会影响年底旺季的市场销售状况，他预计农村彩电市场的销量增长依然会非常大，加上当年经济表现不错，城市市场也应有好的表现，他于是大胆把宝压到了年底。

往年长虹先大量生产彩电压在库里，资金代价很大，1998 年倪润峰决定出奇招，大量订购显像管，垄断国内显像管供应。趁显像管厂库存大，价格低，长虹从当年七八月份起悄悄先后和国内 7 大彩管厂家签约，先支付货款定金，锁定其下半年可供应的产量和工厂库存。进口彩管是国家严格管制的商品，长虹通过垄断上游国内彩管资源，可釜底抽薪，一举控制国内彩电市场。

当年旺季到来时，市场果然很好，但此时国内彩管资源大部分已被长虹锁定，供应短缺，价格上升。长虹仓库囤积大量彩管，有些还放在彩管厂的库房里，而国内很多彩电厂却买不到彩管。

长虹此招一出，整个彩电行业一片哗然。

然而，在当时垄断法规尚未完善的条件下，其他厂商也只能徒呼奈何。长虹高调宣布已经控制大部分彩管资源，因此一时订户纷至。从1998年的报纸上可以看到如下报道：长虹订货会，“生怕订不上货的山东、河南商家包乘波音飞机赶赴绵阳”，倪润峰盛情款待，“手端盒饭与他们签订合同”……

但人算不如天算，倪润峰的如意算盘最终没能成功。

当时各家彩电企业都与当地政府形成了利益上的联动关系，无论从地方利益还是全行业利益，政府都不会允许长虹把所有厂家挤垮，自己一家通吃。

在当时的中国，许多彩电企业都是当地的缴税大户，一旦这些企业利益受损，就会连累当地政府的财源。当长虹囤积彩管的时候，这些企业联合当地政府向信息产业部、外经贸部要求增加进口彩管数量，商务部很快增加进口批文，国外彩管一下子蜂拥而入。

而市场需求增大，价格又高，国内彩管厂纷纷增加生产。此外，长虹买下的彩管大多留在彩管厂的仓库里，这些彩管厂受利益的诱惑，暗地里放水卖出大批彩管，让长虹垄断彩管的美梦成为泡影。

结果1998年年底，彩管市场最后并未出现供应短缺。

长虹大量囤积彩管，并未掐断国内彩电厂家的上游资源，增加自身市场销量；到年底长虹自己的库存就急剧上升。当时彩电行业非常担心长虹“炸坝放水”，低价倾销库存。电子工业部多次找长虹要求其自律；而倪润峰当时是中央候补委员，他需要顾及政府的意见，如果放量倾销势必引起大幅降价，会导致上百亿元的产业利润和税收损失，长虹自身也无法幸免。在各方的压力下，垄断资源造成自身大量库存的长虹最终没敢“炸坝”，结果造成长虹旺季后的库存积压状况非常严重，21英寸彩电的库存就达200万台。长虹本来充裕的流动资金变成了仓库里堆积如山的库存彩电和彩管。

倪润峰变招囤积彩管，反过来却给自己造成了几百万台彩电的库存和巨额资金的积压。他兵行险招，最后计谋成空，苦果自吞。

这次长虹囤彩管事件以及后续的发展，在媒体和业内引发许多争论。有人认为倪润峰的做法并不违规，不应受到批评指责，倪润峰对此也理直气壮。

李东生认为虽然国内尚未有反垄断法规，但长虹将企业竞争模式定位在直接损害其他同行的基础上是不应当的。他撰文《市场经济讲竞争也讲规则》向企业界直陈利害，劝长虹悬崖勒马。其文在尚未规范的混乱商战中，发出了难得的理性声音，难能可贵，其言谆谆，其理中肯。摘其中段落，以飨读者：

长虹作为内地一个军转民企业，它过去的成功有目共睹。在改革开放的20年中，长虹创造了一个军工国企改制成功的范例。我们对长虹经营者和员工的开拓创业精神深表敬佩。1996年长虹降价时，我们认为长虹的主流是顺应市场的，TCL第一个站出来表示支持并积极跟进。当年我们专程前往长虹参观学习，我们对长虹彩电工业的高效规模量产、成本控制及倪总的胆略和魄力印象深刻。但近年长虹整体竞争力已有下降的迹象，去年虽继续保持彩电行业老大的地位，但销售收入和利润都已下滑。我们认为市场竞争格局有了变化，沿海新型国企和合资企业竞争力的提高，使长虹以往单纯靠在产品制造能力的优势，已不足以支撑其持续高速发展。而长虹又未能适应市场竞争新的要求，及时调整经营战略，从而使其竞争力相对下降。

在市场营销和服务网络建设方面，长虹已落后于主要竞争对手。长期以来，长虹在产品销售方面过分依赖大户批发，产品市场价格波动很大，服务网络也不够完善，影响到许多基层经销商的利益，使其产品销售终端受阻。去年发生在济南的商家集体罢卖长虹彩电事件，表面上看是由产品质量问题引发，实际上销售商利益得不到保障才是其中最重要的原因。长虹多年执意追求在单一产品市场上的垄断，也是限制其发展的一个因素。长虹近年力求获取国内彩电市场50%以上份额的做法，不仅有违市场经济规律，对其自身的发展也不利。以长虹目前彩电900多万台的年产量来看，长虹不仅是国内最大的，也在彩电这个单一产品上超过了大多数国际大企业，而且这些产品几乎全部集中在国内市场销售。在国内彩电市场供过于求的情况下，长虹要进一步提高销量自然非常困难。国际上成功的大型电子企业几乎全都是相关产品多元化经营的，国内的一些企业也通过相关产品多元化来保持企业持续发展。而长虹过分的单一产品规模和只依靠国内市场的经营方式使其进一步发展受到制约。

从去年囤积彩管到今年的大降价，长虹的经营方式似乎走入了一种误区。在市场经济的条件下，企业必须不断提高自身的竞争力才能保持持续发展。一个企业经营者，应该常常考虑如何不断提高自身的竞争力，如何比竞争对手做得更好，而不应老琢磨如何让竞争对手不能做好。退一步说，长虹囤积彩管的战略真能成功，把国内对手都挤垮了，也还会有外国竞争对手。事实上，长虹这种做法不但没有达到目的，反而使自己陷入被动的处境。

市场竞争将会优胜劣汰，但是这个过程是由进步快的“优胜者”去淘汰进步慢的“劣质者”。在企业经营中自然有投机因素，有时候投机还是企业经营获利重要的因素之一，但是一个企业要在竞争中常胜不衰多年保持领先位置，主要应依赖于自身竞争力的提高和对手的相对落后。遗憾的是，长虹仿佛没有正视所遇到的经营困难，把重点放在提高自身的核心竞争力上，而是通过一定的垄断来扰乱同行，并置客观上会造成的种种严重危害于不顾。长虹不是通过自己在产品开发、经营管理或市场营销上的革新进步来淘汰没有进步的同行，而是试图通过投机手段来打击对手以弥补自身的缺陷。这不能不说是长虹经营思路上的大误区。

由于当年旺季长虹无法销售其巨大的库存，次年4月长虹还是被迫大幅降价清库，遭受巨额的损失。囤积彩管的决策失败，是导致其最终丧失国内彩电霸主地位的导火索。从此事件中也可以看出李东生和倪润峰经营观念的差异。倪润峰作风强势，敢于冒险，善于捕捉商机，经常不按常理出牌。1992年国家增加彩电特别消费税时，他判断这种做法难以为继，长虹一家坚持彩电不提价，结果当年销量超过老大熊猫。当后来国家取消彩电特别消费税时，长虹已经雄霸市场。此次囤积彩管明显也是违反规矩的险招，以损害行业对手的方式竞争，几乎和所有人树敌，自然难以成功。而李东生做事谨慎，强调自身基础能力建设，关注长远战略和发展，构建互利稳定的产业价值链，故业务能够保持持续增长，最终超越对手。

问鼎彩电王者

当长虹试图通过规模的优势压制对手的时候，TCL在完善了自身产品设计和制造能力之后，开始把竞争重点从生产制造转移到营销创新上。

1998年纯平彩电崛起，TCL提出了“精耕细作”市场和“以速度冲击规模”的营销策略，强化渠道建设，增加售点数量，大力发展专卖店；同时提升内部管理水

图 9-3　银佳系列彩电

平和供应链效率。依托更有效率和竞争力的营销网络，TCL 在这轮长虹垄断彩管的国内彩电业生死大战中，通过可靠的生产供应链体系和高效的营销网络，进一步提升市场份额，取得了竞争优势。

到 1998 年年底，中国彩电企业重新排队，TCL 从第三名跳到了第二名的位置上。在总销量上，长虹、TCL、康佳仍是前三甲，但 TCL 和康佳互换了位置。而在 2000 年 TCL 借彩电业务在香港上市的声势，一举超越长虹，夺得国内彩电龙头地位。

1999 年年底，TCL 将彩电业务重组后在香港上市，融资 10 亿元港币。此举为 TCL 在香港资本市场搭建了一个重要的融资平台，为彩电业务的进一步发展和后续的国际化拓展奠定了很好的基础。

香港资本市场毕竟是个国际化的市场，彩电业务在港上市也给李东生进行国际化业务提供了一个更大的平台。李东生之后收购汤姆逊彩电项目，依靠的正是 TCL 多媒体电子这个上市公司平台。

在 1998 年的中国电子信息百强评选上，长虹以 160 亿元的总收入傲视群雄，比 TCL 的 54 亿元多出整整 2 倍。而 4 年后，以 2001 年企业营业收入评定的 2002 年中国信息百强企业评选，TCL 集团以 211 亿元排名第 6，长虹的营业收入只有 106 亿元，排名第 12，四年时间，两者的位置已经颠倒过来。

TCL 如愿登上了中国彩电王者的宝座。

第十章　手机的崛起

营销是关于企业如何发现、创造和交付价值以满足一定目标市场的需求，同时获取利润的科学和艺术。

——菲利普 · 科特勒

尽管TCL在彩电业务上一路攻城拔寨，做到了国产彩电第一的位置，然而彩电业的利润也已经在持续不断的价格战中越来越微薄，TCL迫切需要找到一个新的商机来维系持续增长。

而与其他老牌家电企业相比，TCL幸运地抓住了手机市场这块新蛋糕。

当时正值中国移动通信市场刚刚开放之时，手机日渐取代笨重的固定电话，成为人们日常交流的必备工具，而庞大的消费人群也支撑着手机行业一路走向高峰。国产手机借此机会迎来了一个属于自己的春天。

数据显示，1998年国产手机的市场占有率几乎为0，1999年为3%，2000年为7%，2001年为15%以上，2002年超过30%，2003年上半年国产品牌的国内市场占有率达55.28%。短短几年时间，国产手机从无到有，再一次显示出强大的本土作战能力，而冲在最前者正是TCL。

而TCL手机的成功得益于李东生对市场形势的精准判断，也得益于他大胆起用万明坚。在2000~2003年的几年中，万明坚凭借在营销上的一系列创新，带领TCL手机取得了令人匪夷所思的成功。TCL手机销量稳居前列，傲视群雄，成为TCL集团的另一支柱产业。

国产手机的春天

1998年年底，吴邦国在广东视察时对当时主管工业的广东省副省长钟启权建议说：“国家正研究支持国内手机产业发展的政策，像TCL这样的公司应该鼓励进军移动电话机业务。”

接到钟启权副省长的电话后，李东生连夜从香港赶回广州，在钟启权办公室里讨论了两个多小时，TCL 进军手机行业的计划初步敲定。

国家领导人的建议让李东生深受鼓舞，也让 TCL 成为第一批拿到手机生产制造牌照的本土公司的概率大大增加。

这是 1998 年年底发生的一幕，此时正是整个中国的国产手机崛起的前夜。

当中国的手机产业在萌芽之时，摩托罗拉、爱立信、诺基亚、西门子等国外巨头借助它们在局端设备的系统优势则早已在中国扎下根来。有人曾戏言：中国手机市场就如老外的自留地，他们想进来就进来。这句话有玩笑的成分，但也有几分道理。

相对于彩电，手机更像高科技产品。当时模拟技术手机和 GSM（全球移动通信系统）数字技术手机专利都掌握在少数几家外资企业手里，产品生产工艺技术它们也不愿输出。国内企业当时没有生产手机的技术能力，而外资手机厂商只需获得投资所在地政府及外经贸部批准，就可以设厂生产手机，最后再向信息产业部申请一张入网许可证即可。这造成了在 1998 年之前，洋品牌的手机一统整个市场，并很自然地赚得盆满钵满。

1997 年，东方通信股份有限公司（以下简称东方通信）建立了中国第一条手机生产流水线，标志着国产手机开始起步。1998 年 10 月，中国第一台国产手机科健 KGH-2000 型上市，国产手机正式进入市场，但市场份额低得可怜，1998 年的市场份额几乎可以忽略不计。

于是，中国政府开始从资金扶持和政策保护上支撑国产手机产业。1999 年 1 月，国务院办公厅颁发了国办发［1999］5 号文件，明文规定：对移动通信产品生产企业严格监管，移动电话的生产要纳入国家指导性计划，信息产业部根据产业和市场指导计划，经国家计委和外经贸部联合审批批准后实施。“5 号文件”不仅规定中国对手机生产实施牌照制，而且从 1999 年开始停止审批外商合资、独资的手机生产企业，这就给了本土企业进入手机市场强力的倾斜和重大利好。

1999 年，有关部门决定从手机入网费中拨出 14 亿元支持国产手机产业的发展，国家还成立了 4 个研发中心，每年把电话初装费的 5% 拨给研发中心。在此之前，有关部门还从国债中拿出 4 亿元扶持手机生产企业。

此时，国际上 GSM 手机产业技术已经基本成熟，产业链也已经成形，技术更新，进入一个相对平缓的阶段，切入手机生产已经不存在技术障碍。因此，在国家不遗余力的扶持下，许多企业牵手三大巨头之外的国外手机厂商，加入了手机阵营。其中除了原先给外资品牌加工的厂商外，很多是家电、通信产业的企业，在本行业遭受价格战之余希望靠手机实施多元化突围。

TCL 有通信终端产品的研发生产基础，与其他没有通信产业背景的家电企业相比，TCL 做手机优势明显。做手机既是向高技术产品发展的必然延伸，也是 TCL 通讯走出困境的新的利益增长点。反之，如果 TCL 通讯总是局限于普通电话机，势必难以支撑和适应通信产业的未来发展。

不论历史传承还是本身的实力，TCL 都属于通信产业“优等生”，况且，还有国务院领导的支持。因此，在第一批本土手机牌照发放的时候，TCL 赫然在列。不过，最终发放的时候出了个小插曲，那就是，当时信息产业部某领导想照顾广州的一家部属企业也要拿到牌照，但当时广东省（不包括深圳）只有一张牌照，因此，发放的时候发生了 TCL 与这家企业共用一张牌照的状况。

于是，在最开始的一段时间里，TCL 移动通信业务的人不断地跑广州，不断地与这家企业进行协商。好在这个时间不是很长，TCL 最终独立拿到了手机生产许可牌照，成为首批拿到国产手机牌照的 12 家企业之一。

牌照在手后，考虑到手机产业技术工艺的困难，李东生决定找一个国外手机厂商合作。他找王道源商量，王道源自己愿意投资，还承诺帮助找一家欧洲的手机企业共同投资。

王道源是香港电子业界的元老，早期建立了香港港华电子公司，有 30 多年电子产品行业的工作经验。王道源也曾投资国内深圳康佳和中山小霸王等多家内地电子公司，并担任康佳集团第一届董事会董事。李东生和王道源相识多年，也有过一些业务交往，但还没有合资做过企业。

王道源交游广阔，曾在欧洲待过几年，与意大利特灵通手机公司（下文简称特灵通）之前有贸易往来。特灵通原是意大利的军工企业，私有化后转型做民用产品，是当时欧洲的一家中型规模的企业，手机是其主要产品。王道源建议和特灵通三方合资一起做手机业务。

在实地考察了意大利第二大电信产品公司特灵通后，三方很快达成协议成立了一家合资公司——TCL 特灵通移动通讯有限公司（下文简称 TCL 特灵通），整个公司资本金 1 000 万美元，其中 TCL 出资 400 万美元，占 40%，负责生产和业务经营；

而特灵通投资400万美元，占40%股权，负责设计和开发产品；王道源的捷讯公司出资200万美元，占20%。

事为重，人为先，发展思路清晰后，选谁来当TCL特灵通的总经理，李东生颇是踌躇。这个时候，他想到了万明坚。

万明坚出生于川滇交界处的四川宜宾地区。17岁那年，他到成都电子科技大学读书。刚进大学时，面对见多识广、趾高气扬的城里孩子，这个乡下青年感到一种深深的不安，于是一头扎进了书堆里。读书让他找到了自信，万明坚以全年级第二名的成绩，完成了四年本科学业，被保送读研究生。紧接着他又在这个学校拿到了博士学位，成为中国的第一代通信博士。

1994年8月万明坚进入TCL，在TCL通讯当工人的时候，“万博士”烙铁的焊接水平曾让老师傅们赞叹不已。后来他升任研发部部长，成了公司里攻克技术难题的高手。他给同事们留下的最深的印象是，一个在深夜还光着膀子挑灯奋战的科研专家。

凭借技术实力，万明坚在强手如林的TCL站稳了脚跟，并在两年后出任股份公司的开发部部长。但万明坚意识到，光凭技术不足以成就大业，于是他于1994年起开始参加MBA（工商管理硕士）函授学习，并于两年后取得毕业证书。

1998年，TCL通讯主管研发的副总万明坚开始不断“骚扰”李东生。万明坚的专业背景和天生的商业直觉让他看到了手机市场广阔的前景，他认定手机市场可能有大机会。1998年前后，国内电话机行业的年销售额为60亿~70亿元，而手机行业的销售额却达到了400亿~500亿元。移动电话销量增长明显超越了固定电话，而且手机更新换代快，无疑是通信这块大蛋糕中最诱人的部分。

万明坚的论述思路清晰，见解深刻，而且激情四溢，完全不像搞技术的。此外，万明坚对手机的热爱也为他加分不少。当时万明坚每次开会都像江湖游医一样从口袋里掏出好几部TCL手机向与会者推销。

不过，李东生起用万明坚，也并不是一帆风顺。万明坚向来个性张扬，在为人处世方面乏善可陈，因此，内部对其评价不一。在任命万明坚之前，李东生就收到多封内部举报信。这些举报信都是实名举报，反对用万的人都是站在维护公司的立场上说事。就连黎健生也找到李东生，力陈用万明坚的后果会很严重。黎是TCL电话机和通信业务的创始人之一，很长时间都担任TCL通讯设备股份有限公司的总经理，也曾担任TCL集团的董事，还是万明坚的老上级，他的话是很有分量的。

李东生了解万明坚的毛病，但更看到了他的优点，最后还是力排众议，让万明坚担任了这个总经理。李东生的逻辑是要打开一个新的局面，就一定要有激情和开拓精神。在李东生看来，万明坚虽然个性上有些张扬，但其对专业的理解是很深刻的，而且他当时有非常强烈的欲望要做事，这也是李东生所看重的。

从这个意义上说，万明坚成就了 TCL 手机，而李东生成就了万明坚。

"钻石手机"引爆流行

TCL 特灵通成立后，由特灵通出面，从国外先后拿回了几款产品试销，并借势相继推出了 9910、9920、9930 系列手机，但市场反应平平。当年，TCL 特灵通亏损 2 000 万元。

当时特灵通在欧洲市场也不太好，新产品 9980 销售没有达到预期，在欧洲有一批存货，希望清库，所以给 TCL 特灵通开出了很具诱惑力的价格，但要求 TCL 必须一次吃下 20 多万台的存货，这让万明坚多少有些犹豫。吃下吧，消化是个问题，不吃吧，价格很诱人。和万明坚一起到欧洲的李东生不赞同一次购买这批存货，建议万明坚分批购买，不要贪便宜；但万明坚还是没有经住对方再次降价的诱惑，将这批产品全部买了进来。

2000 年下半年，TCL 特灵通在国内市场推出 9980 新品，结果这个产品推向市场以后却出现滞销，造成 17 万台产品积压。情急之下万明坚带领队伍亲自到成都、武汉等地摔手机、比信号，通过这种方式进行市场推广，但效果不佳。直到 2001 年上半年，TCL 自己设计的新品马上就要上市了，9980 的库存还很大，李东生直接下令减价清货，腾出通道。

这件事摊在谁身上都会让人大为恼火，但是李东生并没有指责万明坚，毕竟万明坚也是立功心切。他让万明坚坚决降价清库，为自己设计的新品腾出空间。李东生了解大幅减价会有很大的亏损，万明坚自己决定减价会无法向董事会交代。李东生对此事的处理，让万明坚非常感激。

由于双方合作没有达到预期效益，且特灵通自身经营不佳，2000 年 8 月，TCL 与特灵通协商分手，由 TCL 和王道源一起收购意大利特灵通的股权。TCL 特灵通移动通讯有限公司改成了 TCL 移动通讯有限公司。

国产手机市场的突破口在哪里，成为各大国产手机厂商最为头痛的问题。

由于技术起步低，国产手机当时的经营思路大都是走低端手机的路线，意图以更低的价格冲击市场，走农村包围城市的路线，但并没有取得预期效果。这是因为手机是一种时尚产品，消费者购买时除了价格因素外，还会考虑产品的外观和功能设计。

国产品牌当时都挤在低端市场，要想破局，真的不那么简单。

不得不承认，万明坚性格中虽然有着偏执自傲等因子，但也正是他身上的偏执劲儿让他有机会打破这种两难的困境。当所有的国产手机同行都抱持着自己的成本优势直攻中低端市场时，万明坚找到了自己的市场突破点——用新颖时尚的产品设计，并将珠宝概念引入到手机。

万明坚提出在小巧精美的 TCL 999D 手机上，嵌上一粒粒贵重的钻石和宝石。他的意图是不以功能而以情感利益来凸显 TCL 手机的高端价值，进军一直被认为国产手机禁地的高端领域。这个方案一摆到桌上，几乎遭到了公司所有人的反对，他们认为这不是创意，根本就是工业设计的一大“败笔”。这似乎与消费者习惯不符，根据当时的市场调查，在消费者眼中，手机不过是个用于通信的电子产品，款式大同小异，各大手机厂商也都把关注点放在了技术和功能上。

一位曾经参与那次讨论的 TCL 通讯的中层管理者回忆起那次决策会的情景说：当时会议室里一下炸开了锅，说这个点子别出心裁也好，说它怪也好，反正业界从未有人有过这样的想法，已经有的国外手机品牌也从没有过这种路子。等大家安静下来，万明坚慢条斯理地进行了解释：“手表上镶一颗钻石就显得光华四射，档次一下子提升了许多，如果给手机镶嵌上珠宝又会怎么样呢？手持一款镶有宝石的手机，可以彰显机主的品位，象征一个人的身份、地位。珠宝所具有或能够产生的社会心理价值、审美价值、文化价值和保值价值，可以向手机平移，大大提升 TCL 手机的附加值。”

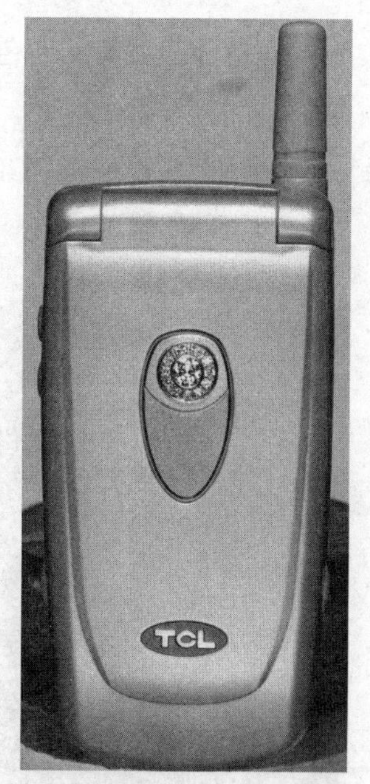

图 10–1　自主研发的 TCL 999D 钻石手机

万明坚是聪明的，既然低端彻底走不通，就不妨试着进入利润更高、更有想象空间的高端市场。

要进高端市场，单纯靠手机本身的功能卖出个好价钱，并不现实，也无法做到。万明坚的逻辑是，国产手机首先要强调它（手机）的价值，不能把它看做劳动力成本加原材料二者合一的东西，不然国产手机就没有活路。而应该像一幅画一样，画的价值绝不是由原材料来决定的，是由艺术价值构成的。而采取镶嵌钻石的做法，能让用户感觉到很值，同时感觉到有面子，从而引领消费者购买 TCL 的钻石手机系列。万明坚针对低端人群卖高端手机的策略虽然有些混搭，但确是一种营销创新。

令人耳目一新的 TCL 钻石手机不仅甫一问世就立刻吸引了消费者的眼球，TCL 999D 销售价竟高达 4 600 元，而且广为用户接受，成为第一款杀进国际品牌长期垄断的高端市场的国产手机。在首款镶钻手机成功推向市场后，TCL 一发不可收拾，又推出了专门针对女性和男性的数款镶钻手机。业内人士称，镶了钻的手机身价至少要高出 1 000 元。钻石手机之后，TCL 接着又推出性价比更有吸引力的宝石手机，大量推销。TCL 手机当年销售开始高歌猛进。

TCL 还给宝石手机每一款产品都配上了宝石的鉴定证书，这个营销的噱头让人津津乐道。尊贵的气质，加上出众的外形设计，拥有一部 TCL 宝石手机顿时成为很多人的梦想。而对于讲面子的中国人来说，特别是在中国的二、三线城市，TCL 宝石手机无疑是赠送给亲朋好友的最佳礼品，被戏称为“乡长太太手机”。

万明坚本人则到处宣扬宝石文化：蓝宝石比较适合男士，女人比较适合红宝石；红色代表激情，蓝色代表理性；既有审美价值，又有比较好的质感，还能保值增值；即使技术过时了，宝石还会有用处的……

为了进一步提升 TCL 手机的品牌影响力，万明坚决定请明星为 TCL 手机代言。2001 年 7 月，中国大大小小的媒体都在登载一个消息：“国际导演张艺谋和国际影星金喜善将在北京为 TCL 手机共谱中韩巨作，合演 TCL 手机大戏——TCL 以 1 000 万元人民币重金聘请金喜善出任 TCL 手机品牌形象大使。”最具明星效应的两位国际巨星与 1 000 万元人民币的天价，制造了中国手机史上最成功的传播效果。

图 10–2 金喜善签约代言 TCL 手机

金喜善的广告一出

来，就有不少的专家坐在一起论证该广告“错位”，混淆了代言人与目标消费者的定位，无法体现科技诉求。“TCL还打出了‘国产手机新形象’的广告语，但这么艰巨的任务单凭一个金喜善就能体现得出来吗？”

图10–3　金喜善广告形象

包括著名的整合营销传播的创始人唐·舒尔茨也质疑启用金喜善作为企业代言人能否对企业的销售有帮助，万明坚对此回应道：“广告一出，我们一周的销量就达到30万部，二级城市的存货几乎销售一空。”显然，事实战胜了雄辩。正如当年TCL王牌借助刘晓庆的明星效应一样，这则广告同样起到了推波助澜的作用。

严格地说，同国外手机相比，国产手机缺乏品牌效应，且市场上已有了摩托罗拉、诺基亚这样的世界级先入者，提高品牌的认知度，将消费者的注意力引向自己是国产手机的首要任务，于是这也成了TCL等国产手机广告策略的制定依据。

万明坚借助全国范围内的大小媒体，展开了一场密不透风的宣传攻势。其中的金喜善广告，成为万明坚传播网中最亮丽的部分。

“金钻俱乐部”和“保姆式营销”

当TCL手机的宝石系列大放异彩的时候，中邮普泰通信服务股份有限公司（以下简称中邮普泰）这样的大代理商也主动找上了门。2000年10月，双方就签署过一次性包销某款手机10万台的合作协议，这种做法无疑启发了万明坚。

TCL移动的“金钻俱乐部”（优秀经销商联盟），其实也是这种做法的延续。由于“金钻俱乐部”会员一年要交20多万元会费，一开始参加的分销商寥寥无几，后来要求加入的却几乎挤破了门槛。据说在最疯狂之时，大大小小的经销商提着现款等着万明坚的接见。

金钻俱乐部对经销商的激励政策、对简单的契约性合作向战略合作伙伴关系的转化非常重要。

虽然要交20多万元的会费，万明坚向这些金钻俱乐部的成员开出的条件也足够诱惑：可以做区域总代理，独家经营部分型号的产品；优先拿货，卖不完可以退货，但必须要承诺一定的基本量；销量越大，折扣越低，利润也就越大。这样的模式让代理商没有丝毫后顾之忧，只管放开去做。这种做法和当年长虹的彩电大户代理有些相似，但 TCL 移动的代理商数量更多，而且分型号授予代理权，厂家话语权更大，且全部收现金。虽然李东生也提醒过万明坚，承诺无条件退货责任重大，有潜在风险。然而，2000 年之后那段时间，TCL 手机如日中天，在万明坚眼里根本没有退货这个概念。

除了金钻俱乐部这招外，万明坚还做了一件事情，那就是渠道下沉。

在 TCL 手机入局以前，摩托罗拉、诺基亚以及爱立信这样的国际手机巨头以及它们在中国的代理商简直就是最幸福的人。那时候家电行业正打得昏天黑地，而手机行业就清静高雅多了，就那么三家自己跟自己玩。每个品牌都有着自己的强有力的全国代理，比如诺基亚有 7 个全国代理商，分兵把守全国几个大的区域，各不相扰。他们直接从厂家拿货，一手交钱一手交货，厂家的销售就完成了，剩下要做的事情就是品牌推广，比如广告、公共关系等更加高雅的商务活动。

渠道里的事情自然由各层经销商来完成，无须促销、无须搞活动，无须笼络零售终端，自己就是大爷。那时候，诸如 TCL 这样刚刚萌起的国产手机，就像一棵不知死活的小苗，代理商对它们根本就不屑一顾。也恰恰是因为这种被轻视甚至忽略，才促成了中国手机渠道的根本变革。

TCL 绕开了全国代理商，直接与区域代理商合作分销产品，并通过在各省设置的分公司或办事处，直接在市场终端发力促销，渠道的长度大大缩短。扁平化最直接的效益是渠道的运营成本下降，渠道重心下降、层级减少也给经销商带来了更大的利润，对促销人员的奖励也更高等。这些使得国产手机在市场竞争上更加具备竞争力。

图 10–4　TCL 宝石手机在香港上市

各地代理商承担了资金平台和物流配送的职能，代理商要做的是进货和分销，终端卖场的促销活动、POP（店头陈设）、奖品等项目统统由厂家负责支持，在手机利润很高时，厂家将部分收益再投入支持代理商和经销商扩大销量。有人称国产手机的这种销售为“保姆

图 10–5　2003 年 8 月，胡锦涛视察 TCL 工厂

式的营销”。这种方式更能够帮助代理商和经销商赚钱，很多没有拿到外资品牌代理权的企业，纷纷加盟 TCL 移动“金钻俱乐部”，万明坚到各地，经销商红地毯列队迎接，犹如众星捧月。

TCL 移动的这一战役，就如同赛场上杀出了一匹黑马，将外资品牌处于绝对垄断的中国市场格局打乱。波导、夏新等国产手机同行趁势而起，短短两年时间，国产品牌便在中国市场占据了半壁江山。

此后业务的发展速度让人难以相信，1999 年 TCL 移动的销售额才 3 000 万元；2000 年变成了 3 亿元；2001 年，TCL 手机销量为 150 万台，销售收入为 30 亿元，3 个多亿的利润。2002 年 TCL 继续高歌猛进，手机销售收入 82 亿元，赢利超过 10 亿元。

市场占有率方面，到 2002 年年底，TCL 手机以 10.2% 的市场占有率居国内手机品牌第一、国内手机市场前三强，打破了国外品牌在中国垄断的格局。

2002 年 3 月，万明坚宣布了“1335 计划”：1 年内做到国内手机市场第 3，3 年内做到世界第 5。在 TCL 移动通讯有限公司 3 周年庆典大会的发言中，万明坚公开宣称：“洋品牌”手机已经是西边的太阳了。也就是在这个会议上，万明坚满怀激情地宣布：TCL 将在未来 3 年内跻身世界移动通信企业 5 强。

但万明坚过分热衷于市场炒作，没有在企业基础技术能力提升和内部管理上下更大的工夫，也没有在企业经营效益好时切实改善自身核心竞争力，埋下了许多地雷，导致在产业市场发生变化时潜伏的问题爆发，业务几乎崩盘，这是后话。

第十一章　多元化的尝试

多元化是企业经营中最迷人也最具分歧性的命题。

——罗伯特·卡普兰

1997年，李东生刚担任TCL集团总经理时，一位教授向他提问：“TCL是因为电话机业务好才开始多元化，还是因为电话机业务不好才开始多元化的？”

多元化，无疑是一个让许多中国企业犯难的问题。中国企业走上多元化之路，多是因为有了一个赚钱的业务之后，开始想做更多赚钱的业务。中国企业受困多元化，也多是因为最赚钱的业务不赚钱了，投资其他业务也没做起来，于是身陷绝境。

但TCL的多元化，更多来自李东生长期坚持的观念：在电子和家电产业，不可能靠单一产品成功。所以有从磁带到电话机再到音响和彩电，这是围绕传统黑电产品的相关多元化。

李东生1996年开始主政TCL集团后，借鉴日本和韩国创业的经验，希望将TCL建成综合性的电子电器产业集团。他关于多元化的思考开始变得更系统起来，将目光投向电工、照明、白电产业、电脑及信息产品。

妙手偶得国际电工

TCL国际电工业务的开展是个非常偶然的事件，然而却出人意料地大获成功。

李东生决定做TCL国际电工，很大程度上是因为温尚霖这个人。温尚霖还在奇胜电器从事电工业务时，就听说时任TCL电子集团总经理的李东生有魄力、干实事，内心倾慕之下，温尚霖托朋友引见，建议李东生投资做面板式开关插座项目。

1993年年底，李东生在惠州西湖大酒店咖啡厅与温尚霖见面。在此之前，李东生就通过引见人委婉地提醒过温尚霖，由于他本人对温尚霖不了解，即使决定投资这个新项目，温尚霖也只能担任技术副总，他会另派别人担任总经理。温尚霖居然同意了，而且在与李东生两个小时的会谈中，没有提出任何过分要求。

最后，会谈的结果是：李东生改变初衷，拍板决定上马这项新业务，并把 TCL 国际电工总经理的位置交给温尚霖。

然而 TCL 国际电工的起步并不顺畅，因为当时李东生的精力和资源几乎都投在了新上马的彩电项目上，温尚霖领导的 TCL 国际电工除获得了 2 000 万元的投资，以及李东生派来的一位副总经理、一名财务主管外，并没有得到集团其他更多的支持。在开始几年，TCL 国际电工虽有赢利，但业务成长不快，市场份额也不大，品牌影响力不高。TCL 集团里一度有声音传出要放弃这块业务，但李东生坚信电工产品国内产业技术很落后，TCL 国际电工按照国际标准设计的产品未来市场潜力很大，他全力支持 TCL 国际电工业务的发展。为使企业有更强的活力和竞争力，李东生 1995 年在 TCL 国际电工进行管理团队持股 20% 的体制改革，极大地增强了企业发展的内生动力。

后来的事实证明了李东生的远见。因为 TCL 国际电工直接切入的是国内高档市场，前期的市场培育需要一定的时间，如果只凭眼前的收益好坏就作取舍，无疑是非常短视的行为。除此之外，李东生也很清楚地看到温尚霖在 TCL 国际电工所施行的一系列举措，他相信只要做正确的事，市场一定会给予回报。

而 TCL 国际电工不负李东生的期望，经过几年不懈的努力，超越奇胜，做到了国内行业第一，让业界刮目相看。

如此成绩与 TCL 国际电工一开始所奉行的宗旨是分不开的。在 TCL 国际电工总部办公大楼的正面，清晰地写着这样几行字："研制最好的产品，提供最好的服务，创建最好的品牌。"

TCL 国际电工面对的是高档市场，产品质量就是其生命线，如果质量无法保证，其余全都是空话。为此，温尚霖设计了整个电工行业最详细最完整的手册，还给予品质主管一票否决权，以此严把产品质量关。温尚霖是个温文尔雅的人，但在质量问题上却毫不讲情面。但凡有质量问题，温尚霖必然火冒三丈，暴跳如雷，甚至把质量不合格的插座直接扔向质量管理人员。正是凭借这样极端近似冷酷无情的做法，TCL 国际电工上下形成了对产品精益求精的统一认识：但凡 TCL 国际电工的产品，都必须采用国际上最好的原材料，经过最好的工艺流程，由最好的生产设备打造而成，一个螺钉、一个弹簧也是如此。对于 TCL 国际电工来说，就算是专业人士才能鉴别出来的微小瑕疵，也是一个重大失误。正是有了质量上的保证，TCL 国际电工才得以在市场上攻城拔寨而无后顾之忧。

沿袭整个 TCL 集团重视工业设计的习惯，TCL 国际电工从一开始便在研发上投入了极大的热情和精力，也研发出了许多行业内的经典产品。当中国消费者还在大量使用黑色的拉线开关时，TCL 国际电工便开发出了具有革命性意义的 T 系列开关插座——白色拇指式开关，开关由屋顶挪到了墙壁上。这就是今天已司空见惯的墙壁开关。TCL 国际电工凭借这个开创性的产品，由业界新秀迅速跻身行业三甲。

在这个产品被同行相继模仿后，TCL 国际电工又推出了 K 系列豪华开关——大面板琴键式开关，这个系列开关插座从结构、外观和色彩等方面相对以前的产品均发生了翻天覆地的变化，结构上由不可拆卸发展为可根据需要任意组装，外观上由仅能承受一个指头的小按钮发展为相当于整个开关的按钮，色彩上由单一的乳白色发展为可以根据需要任选色彩，让业界为之瞠目。TCL 国际电工 K 系列开关插座的诞生，为追求生活品质的人和那些要求高档的场所提供了选择机会，TCL 国际电工由此奠定行业龙头地位。

为了更加贴近市场，更好地给消费者提供服务，TCL 国际电工也逐步完善了自己的营销网络。到 2003 年，TCL 国际电工已经在中国境内设立了 35 个办事处、近 400 名销售工程师，在海外市场也设立了多个办事处和联络处，而且还建立了一整套完善的办事处管理规范，是中国电工行业网络最健全的企业。

图 11–1　TCL 国际电工巡回展

TCL 国际电工还是中国电工行业最早开始实施连锁店计划的企业，从 2000 年开始，TCL 国际电工便在国内大量建立连锁专卖店，并推出了“百城千店树形象工程”。而过硬的产品质量也为其各地的营销布局带来了极大便利，因为全国各大城市的标志性建筑，例如：天安门城楼、九运会主会场、上海八万人体育场、深圳高交会展馆、上海浦东国际机场、中华世纪坛等，采用的都是TCL国际电工的产品，这无疑对当地消费者起到了极好的说服作用。

就这样，经过4年艰难的市场开拓期后，从1997年起，TCL国际电工稳步成长为年销售额过亿元、年投资回报率100%的优质企业，并保持持续增长，在2001年超越奇胜成为行业龙头，并在此基础上发展智能楼宇业务和低压电器业务。李东生为此倍感欣慰。

2001年，李东生带领TCL集团总经理以上的高管进行为期3天的“卡内基培训”。其中一项是要大家发言说出内心的感谢，李东生站起来说他要感谢3个人，一位是每天准时安全送他到目的地的司机，一位是把TCL销售公司发展到如此高度的袁信成，一位就是“从来没让他操过心”的TCL国际电工的总经理温尚霖。

2002年，李东生提拔温尚霖为TCL集团的副总裁，并把电工业务与智能楼宇业务一起安排进“龙虎计划”，这是一个当时李东生确定做大TCL的产业提升计划。

然而在2005年，为了弥补TCL在海外并购所造成的亏损，李东生迫不得已将TCL电工业务和智能楼宇业务出售给法国罗格朗集团以解集团财务困局。这一转让为TCL带来了17亿元的现金收入，帮助TCL渡过了难关。

在此交易中，TCL还将品牌授权“TCL–罗格朗国际电工”使用，并收取品牌使用费。这是TCL向外资企业中国市场品牌授权的第一个项目。

TCL国际电工从零起步，不到10年做到业内第一，实属不易，即便一朝易手，也帮助TCL集团渡过了难关。如此过往，确实让李东生日后提及时满是感喟，但话语间也分明难掩他对TCL国际电工的那份自豪。

PC业务的沉浮

如果说TCL国际电工业务是李东生妙手偶得的话，那么，TCL的电脑业务则是李东生有意推动的产物。

20世纪90年代中后期，随着电子工业部对PC（个人电脑）生产制造许可的放开，以及联想、方正等本土IT企业在PC市场特别是家用电脑领域的高歌猛进，海信、海尔等家电企业也抢先进入PC制造行业，TCL自然也看到了这个机会。李东生认为刚刚兴起的电脑行业将是另外一个类似于彩电行业的黄金市场，这对于饱受价格战煎熬的家电企业来说，无疑是未来希望所在。从日后发展的形势来看，李东生的预判是正确的。

尽管电脑和彩电存在一定的差别，但李东生认为电脑进入普通家庭的浪潮已经开始。而 TCL 品牌在家庭用户层面有较高知名度，按照这个逻辑，TCL 进入家用电脑领域应该大有机会。

此时，关于 3C（计算机、通信、消费电子产品）融合的话题已成热议，在 TCL 高管决策上马电脑业务的时候，自然也会讨论彩电、电脑以及手机之间的相互融合。

1997 年初夏，李东生带领袁信成等一干销售高管在北京西山大觉寺召开著名的“西山会议”。这次封闭会议决定 TCL 上马电脑，至于起步方式，TCL 还是选择与外部合作，并且把目光放到了有电脑代工经验的台湾企业上。此种方式 TCL 已驾轻就熟，从电话机到彩电都屡试不爽，开始电脑业务，这条路子应该是最合适的选择。

TCL 一开始曾考虑台湾的宏碁，但最终放弃，因为宏碁是自做品牌的，跟 TCL 无法进行有效互补。李东生亲自带队去台湾考察过几次后，最后选定与致福（GVC）合作。致福当时在台湾立足不久，但雄心勃勃，也愿意通过与 TCL 合作开辟大陆市场。

TCL 找致福，是因为觉得电脑是制造业，而致福具有自己所欠缺的电脑制造能力。致福一直为惠普等国际知名品牌代工，并且在东莞设有工厂。在致福看来，TCL 拥有的庞大家电销售渠道，可以很自然地嫁接到 IT 产品上来。这个认识基于致福在美国的一个大客户 PACK BELL 就是利用其原来的家电销售渠道做成 PC 的。

双方你情我愿，各取所需，迅速达成合作意向。这看上去将会是一桩很美满的婚姻，一个有技术、有制造，一个有品牌、有渠道。

1998 年 1 月 22 日，TCL 与致福联合成立 TCL 致福电脑有限公司，该公司一共投资 5 000 万元，双方各出资 2500 万元，各占 50% 股份。按照双方的约定，TCL 需要选派一人担任总经理的职位。

李东生把目光瞄向了杨伟强。

杨伟强 1989 年 7 月毕业于郑州工业大学计算机自动化专业，随后分别供职于广东多家企业，1995 年 2 月应新任河南郑州销售分公司总经理的杜建君力邀入职 TCL 集团，任郑州销售分公司业务经理，曾经在河南市场与同伴创下了半年时间超额完成全年任务 1 倍多的战绩，并使 TCL 王牌彩电在中原地区市场占有率稳居第一。

之后杨伟强被调回总部任销售公司市场部经理，同时身兼华东区市场总监、合肥分公司总经理等要职，策划了众多的市场推广方案。由于业绩突出，杨伟强很快被提升为销售公司副总经理，主管市场推广工作。

李东生决定点将杨伟强的原因有三：一是杨伟强大学学的是计算机，这在 TCL

当时的干部里并不多见；二是杨伟强是个很优秀的销售人才，TCL 和致福合作做家用电脑，致福管生产制造，需要的是杨伟强这样有销售能力的人帮着把产品卖出去，杨伟强也熟悉彩电的销售渠道，可以借力上力；三是杨伟强学习能力强，很有抱负，这也是李东生很欣赏他的地方。

然而，1998 年 3 月 2 日，杨伟强到新公司上任的第一天，就发现水比想象的要深。

TCL 原本是希望借助致福的代工能力，为 TCL 提供好的设计方案，但致福最终能为 TCL 做的，只是提供欧美客户挑剩下的设计，而且这些设计还必须是和欧美客户所挑设计差异比较大的，因为差异小会带来法律上的一些麻烦。致福绝对不可能为 TCL、为中国市场量身定做产品。而更糟糕的是，致福不仅不能给 TCL 提供性价比更好的配件，而且不愿意 TCL 使用非致福生产而价格更低的配件。矛盾就此产生。

双方如此的争执一直延续到 1999 年年初，致富受其美国大客户 PACK BELL 业绩下滑的影响，股票暴跌、现金流紧张，希望退出合资公司。TCL 同意以高于投资额 35% 的价格回购了致福的股份，从此 TCL 全资拥有电脑业务。

之后，杨伟强很快借着长城电脑当时搞的低价电脑的飓风行动，跟风策划了“非常行动”。这个策划让 TCL 电脑在行业中赢得了关注，也让 TCL 电脑的月出货量从以往的 1 000 多台跃升为近 2 万台，TCL 家用电脑凭此进入国内品牌前 5 强，也成为家电厂商进军 PC 领域的领头羊。之后杨伟强又屡有大手笔策划，让 TCL 电脑很快成为行业的一股新生力量。

由于这些成绩，李东生也不由得对杨伟强高看一眼。每年电脑公司的年会和一些大的活动，李东生每场必至。一方面，李东生认定电脑业务的成长空间会很大，有可能复制彩电的成功，支撑起数以十亿甚至百亿的产业规模。另一方面，相对彩电，电脑是个新兴的产业，产品技术发展很快，商业模式创新、供应链营运速度远高于家电，介入电脑产业对企业整体竞争力提高会有帮助；而且电脑业务的平台，能够集聚一支年轻和专业能力强的团队。早期电脑公司的团队确实年轻有活力，组织氛围很好。李东生在公司内部多次要求其他产业向电脑公司学习，虽然当时它的业绩不算太好，但它表现出来的激情冲劲和积极进取的特质，让李东生很是喜欢。

然而，杨伟强过于关注市场营销炒作，追求表面成绩，没有认真下力气将企业的基础能力做实。到市场进入艰难竞争的时期，TCL 电脑业务就逐渐落后，被挤出主流一线品牌的队列。2005～2006 年，电脑公司连续亏损，且留下巨大的经营潜亏风险。那时正值 TCL 国际并购艰难阶段，集团无资源增加投入，李东生也认为，国内电脑业务市场格局已经形成，TCL 电脑很难再有机会。

2007 年 7 月，杨伟强辞职。2007 年 11 月 30 日，李东生将 TCL 电脑业务控股权出售，一度是 TCL 集团支柱产业的电脑业务就此成为历史。

至于 TCL 电脑为什么未能取得持续成功，李东生后来也有总结和反思。一盘好棋，竟至于斯，李东生谈及时不免惋惜。

第一是杨伟强是营销出身，因此在电脑业务上表现得急功近利。而他对这个产业的理解不够深，务虚有余，求实不足，具体表现就是杨伟强上报的计划目标总是与实际业绩不符。

第二是 TCL 电脑在几年中走马灯似的换了好几批人，杨伟强却始终没能组建一支高素质的稳定团队，这导致许多政策和措施无法得到落实。而与之可相对比的是联想电脑，联想的团队一直比较稳定，这保证了联想电脑快速而持续地增长。

第三是杨伟强执掌 TCL 电脑期间没有形成技术积累，产品和技术没有优势，同时 TCL 电脑的产品质量也一直没有达到一个高的水准。

但经营电脑业务所带来的一些新的企业文化基因和技术业务能力的积累，对企业的未来发展起到了积极的作用。后来，在电脑业务的基础上，TCL 发展起来商用系统及显示业务，由史万文领军。

吴士宏与“天地人家”

TCL 的 IT 业务相对于其他业务来说，其实起点颇高，进入也不晚，甚至在战略构想上领先于当时的产业同行。

20 世纪 90 年代中后期，互联网已经成为当时最为热门的产业。不仅新兴的企业纷纷涉足，就连传统行业的企业也按捺不住，相继投身其中。

1999 年 11 月，联想发布了号称“因特网电脑”的天禧电脑，表明联想进入互联网业务的明确态度。而香港股市给予了疯狂回应，联想股价从每股 7 元港币一路上涨，一度攀升至每股 30 元港币。仅因一个“互联网战略”，资本市场就有如此奇妙的反应，颇能显示出当年互联网所受到的追捧。

颇受鼓舞的李东生自然也不甘寂寞，TCL 相继收购了金科、翰林汇、开思等与互联网相关的企业，在 IT 领域布下了一个很大的局，但迫切需要一个有 IT 业经验的领导者来完成 TCL 的转型。

这时，吴士宏出现在李东生的视野。

吴士宏是中国 IT 界的一个传奇人物。她 1985 年加入 IBM，从最底层的蓝领员工做起，一直做到 IBM 中国经销渠道总经理。1998 年她离开 IBM，转投微软，就任微软大中华区 CEO，登上职业经理人的一个高峰。她也凭借自己不屈不挠和奋发向上的精神影响了一代年轻人。

1999 年 8 月，她从微软辞职离开。在李东生力邀下，吴士宏怀着将 TCL 转变为国际型企业的梦想，在 12 月 1 日正式加入 TCL，出任 TCL 集团董事、TCL 信息产业有限公司 CEO。差不多同一时间，吴士宏的《逆风飞飏》一书出版，引发轰动，使她知名度大涨，这也为 TCL 进军信息产业带来了诸多的便利和顺畅。

吴士宏的高调加盟，还帮助 TCL 聚集了诸多人才。现任 TCL 集团总裁的薄连明曾经是深圳航空总会计师和创始人之一，他正是在吴士宏的游说下加入 TCL 的。同时来自微软、IBM 等公司的不少高管也加入到 TCL，TCL 在信息产业领域的人才迅速增加。

经过半年的准备，吴士宏逐步形成了 TCL 的战略拓展规划：以 TCL 现有的覆盖全国的销售网络为基础，对 TCL 旗下的全部产品进行整合，推动 TCL 从传统家电制造和销售厂商发展成为信息化的国际大企业。这个规划得到了 TCL 集团上下的认可和支持。

这个被命名为“天地人家”的战略拓展规划是一个无比宏大的构想。

这一战略中的“天”是指面向广大中国家庭的互联网门户，提供网络增值信息服务；“地”则是指把覆盖全国的 TCL 销售服务网络逐步改造为公共网络物流配送系统，形成连接互联网与传统商业之间的社会公用平台；“人家”是以全线互联网接入终端设备服务于中国家庭；“伙伴天下”则代表 TCL 的战略实施将开放地寻求广泛的伙伴联盟。

图 11-2　吴士宏讲述“天地人家”计划

然而，尽管在 IBM、微软都待过，兼有硬件行业和软件行业的工作经验，吴士宏要替 TCL 打造的新战略还是面临着不小的挑战。从传统的家电企业，到新兴的互联网企业，一个是网络经济的基础设备，一个是信息网络平台，差距之大，可想而知。

而在 TCL 的内部，传统和现代的矛盾也无所不在。一边是家电、通信、电脑等传统的产业群长久以来的各行其是，一边是“天地人家”大战略需要整合调用各产业已有的资源；一边是传统产业已经取得的地位和成就，一边是尚未有实质业绩的“亿家家”后来居上要成为 TCL 的支柱产业。

传统和现代两个车轮并存，要驱动它们平衡向前难度可想而知。吴士宏没过多久就看出了理想和现实间存在的巨大的差距。

原本这个需要借助于整个 TCL 集团的资源才可以建立起来的“天”，并没有得到那么多资源的支持。但吴士宏多少对此还是有心理准备的，最终还是独辟蹊径，在集团外找到了新的“支撑点”——教育互联。

吴士宏通过和高等学府及教育机构合作，开展“电大在线”、“华大网络”、“四中龙之门”等面对不同年龄层次的远程教育项目，并且分别建立了合资公司。吴士宏意图凭此建立一个为广大家庭提供终生教育的开放的远程教育平台。虽然跟最初设想有较大出入，但在核心价值上，倒没有多少偏差。因为远程教育可以维持一群稳定的客户，有了这些客户，像“亿家家”这样的网站才有生存的价值，才有成为涵盖信息产业集团甚至整个 TCL 的“天”的可能。

在“天地人家”战略中，“地”没有什么比较大的动作。这是因为家电销售体系自身的电子化和网络化还没有完成，TCL 的产品很难协调网上商城和实际地面的销售价格。“亿家家”商城开张以后，曾经自作主张把 TCL 家电给分销商的价格放到了自己销售的产品上面，结果 TCL 分销商马上把状告到了 TCL 家电总部。网上和地面销售存在冲突，使得 TCL 原有的销售体系也不能为“亿家家”的网上商城提供支持。

在“人家”方面，吴士宏所构想的多功能家庭信息显示器——HID 彩电，似乎是唯一一个整合 TCL 传统资源的成功案例。HID 的意义不一定在它能够创造多大的利润，而在于 TCL 的 IT 部分与家电部分第一次有了现实意义上的互动合作。

然而尽管构想宏大，其具体的操作层面却一直未能思考清楚，这也是互联网企业当时普遍存在的弊端。李东生后来回忆说：“当时招聘的人都是年薪上百万，却每天都在讨论在网上卖萝卜白菜，那到底怎么赚钱呢？”

事后来看，吴士宏构想的便是现在非常流行的电子商务，她的设想没有问题，唯一的问题是她的设想太超前了。

TCL总裁薄连明后来遗憾地说，TCL步步抢先，抢先一步就成功，抢了两步就可能失败。TCL的IT起步太早了，方向是对的，但技术市场等都没有准备好。

2000年开始的全球互联网泡沫破灭，TCL的IT战略构想随之搁浅。而同期国内外抢闸发展的大批互联网公司基本没有存活下来的，包括一些知名的IT企业开设的互联网公司。而吴士宏因为工作压力过大导致身体状况出现问题，病重住院。她自感在合同期内没有完成项目责任，且看不清业务的前景，三年合约期满提出不再续约。

客观而论，吴士宏任期内的工作十分尽职尽责，为TCL的互联网转型付出了诸多心血，这点让李东生和TCL众高管都非常佩服，因此即便吴士宏离开后，她也与TCL保持着很紧密的联系。2007年，李东生又请吴士宏回来担任TCL多媒体公司的独立董事，此为后话。

家电产业厚积薄发

家电业务是TCL相对投入资源不多，发展时间也不长，但却始终具有战略意义的一块核心业务。

在20世纪90年代，随着TCL彩电产业规模的扩大，TCL也开始产生了进入白电领域（家电产业有白电和黑电之分。白电指可以替代人们做家务劳动的电器产品，主要包括洗衣机、部分厨房电器和改善生活环境、提高物质生活水平的电器，如空调、电冰箱等；而黑电指给人们带来娱乐享受的影音电器产品，主要包括电视机、DVD等）的想法。

这个想法主要基于两个考虑：一是白电利润比较高，彩电这样的产品经过长年价格战后毛利在20%以下，而空调则大不相同，即便经历过多轮价格战仍有30%的毛利；二是对老百姓来说，白电和黑电都是家电，TCL的品牌可以延伸过去。

家电厂商希望黑、白电通吃不是个案：海尔从白电进入黑电领域，长虹从黑电进入白电。这些企业除了在主业上保持着稳定增长，对于多元化扩张的新领域一直在寻找做强做大的道路。当年，海信并购科龙被认为是海信提升白电业务的解决手段，而长虹入主美菱也被认为是寻求在空调、洗衣机等业务新平台上的突围。

不仅国内企业力求黑电白电齐头并进，日韩企业也多是如此，并且做得非常成

图 11–3 2000 年 TCL 空调开业

功，这也坚定了李东生大力发展白电业务的信心。

在白电领域，TCL 布局甚早。1999 年，利用彩电销售渠道，TCL 开始外包生产做冰箱和洗衣机业务；2000 年通过收购广东中山的空调工厂开始做空调业务。初期由袁信成负责新组建的家电业务，后来从科龙招聘了王康平担任家电产业集团总裁。

同时，李东生将 TCL 销售公司的"西南王"石碧光从成都调回惠州，担任冰箱和洗衣机业务的负责人，希望利用石碧光的长袖善舞，将家电业务给带动起来。

按照李东生的"龙虎计划"，白电本来是一个新的主要业务增长点，但由于 TCL 在白电领域的基础还是很薄弱，而家电经营战略定位不准确，早期投资的几个项目也都没有达到预期，在过往 10 年国内家电产业快速发展时期错失了商机，2009 年 TCL 家电主要产品国内市场份额都在前 10 名以外，经营效益欠佳。此时集团内部和外部的投资基金对 TCL 是否应该继续经营家电业务也有许多质疑。

面对内外质疑，李东生和核心团队多次研讨之后，认为黑电和白电产品关联度很大，市场和品牌有可能联动，且家电业务市场一直增长稳定，中国已经成为全球主要家电产品的制造中心，TCL 应该有能力将家电业务做好，重要的是要改变经营观念和方式，增加投入。因而李东生开始下决心重组家电产业集团，力求开拓 TCL 家电业务的发展空间。

2010 年 3 月 2 日，李东生在惠州举办的 TCL 集团 2010 全球经理人大会上对家电业务提出明确要求，希望借国内"家电下乡"、"以旧换新"和"节能惠民"等刺激政策之机，TCL 集团计划注入新的资源发展白电产业；同时重组家电管理团队，明确提出家电长远目标要进入国内综合性家电企业集团的前5名，使之尽快成为TCL集团的另一个重要支柱。

而之后的2010年5月，赵忠尧兼任TCL家电集团（以空调、冰箱、洗衣机等白电业务为主）的CEO，TCL集团财务中心总经理李书彬调任家电集团副总，很快业务转机为之出现。

赵忠尧接棒后，其主要策略是让TCL白电业务的运行效率向彩电业务学习。他积极推动整个系统运行速度的提升，比如将之前的三个空调事业部合并成一个事业部，提高业务效率；空调主要成本铜的价格波动大，影响空调订单成本及生产计划，赵忠尧按照远期订单锁定铜的价格，很好地控制了成本风险和提高了效率。最重要的是大力提高渠道的销售能力，TCL空调、冰箱、洗衣机及小家电产品竞争力很强，但销售和服务能力不够高，赵忠尧自己重点抓了销售推广工作，并很快取得成效。而具备财务和销售背景的李书彬，在提升企业效率和周转速度方面也发挥了重要作用。

赵忠尧的妙手迭出，李书彬的长袖善舞，让TCL家电业务迅速焕发活力。2010年，TCL家电产业集团的业绩显示，其销售收入达44.98亿元，同比增长44.17%。空调全年销售190.55万台，同比增长85.62%；冰箱销量62.65万台，同比增长13.89%；洗衣机销量58.19万台，同比增长34.05%。

2011年，赵忠尧调任TCL多媒体CEO，家电产业集团改由陈卫东负责。陈卫东兰州大学企业管理专业毕业，1993年加入TCL，一直在经营部和分公司销售一线打拼，有很强的实战经验。后在多媒体销售公司总部工作，还负责过多媒体的海外新兴市场业务。2007年，他接管TCL彩电的第二品牌——“乐华”彩电业务，在不到两年的时间内，将“乐华”彩电做到年销售额近200万台，并且扭亏为盈。李东生点将陈卫东，是希望借助其多年的产业管理和市场销售的经验，带领家电产业打出一番新天地。

而在李东生看来，TCL家电的品牌已经有一定的市场号召力，在工业能力和核心技术上还需要继续加强和投入，其未来大有空间，值得期待。而陈卫东的经验和能力让TCL家电业务继续呈现增长态势，预计2011年家电业务将出现50%以上的增长。按照这个发展势头，TCL家电业务将很快成为TCL彩电和手机之外的另一个百亿产业。在TCL的最新的“4+6”组织架构里，TCL家电业务也成为4大主业之一。

第十二章　集团整体上市第一家

制度大于技术。

——吴敬琏

2001，新世纪的开盘之年，中国加入 WTO 的入关之年。如果历史存在着分水岭，那 2001 年应该算是亮丽的一道。

对于 TCL 来说，这一年也至关重要，它走到了产权改制的关键时刻：开始于 1997 年的 5 年授权经营到 2001 年完美收官。在这 5 年里，TCL 集团由一家地方国有独资企业转型为国有控股的有限责任公司；企业改制，授权经营取得优异的绩效：销售收入从 1996 年的 56 亿元增加到 2001 年的 211 亿元，集团股东权益（资本金）由 3.2 亿元增加到 15.92 亿元，集团利润由 2.47 亿元增加到 6.04 亿元，上缴税收总额由 1.51 亿元增加到 12.54 亿元；主营业务彩电和手机取得国内产业领先，公司在国内电子百强中排名第 6 位，成为中国电子企业成长最快和最有竞争力的企业集团之一。

5 年改制授权经营后，企业股权结构变为政府 53.35%，管理团队和员工 46.65%

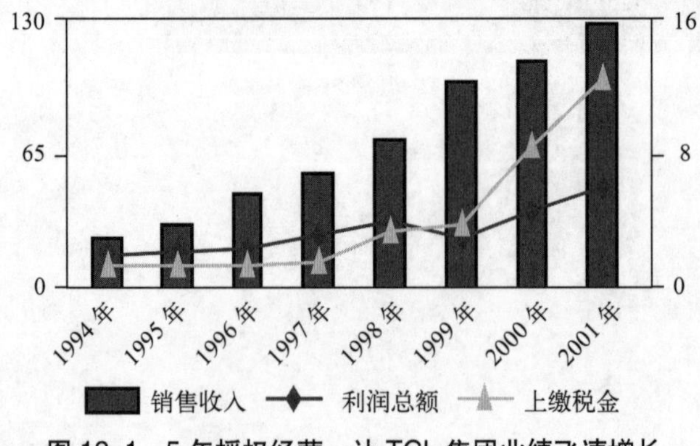

图 12–1　5 年授权经营，让 TCL 集团业绩飞速增长

（包括在1998年员工团队购买政府股份3 878万股）；5年授权经营期间，政府利润分红收回资本30 880万元，持有股权净资产值115 793.22万元。政府及社会对TCL授权经营的成效给予高度评价，广东省政府也充分肯定TCL体制改革、授权经营的模式，并将此作为国有企业改制的方式之一在省内推广。

更重要的是，TCL体制改革已经形成了实际承担企业经营责任和风险的个体——李东生和经营团队，建立起有效的激励和约束机制。这种制度化的优势，在后来企业遇到经营困难时，充分发挥了作用。

然而，李鸿忠对TCL集团进一步的改革有更长远的战略考虑。在授权经营的最后一年，他找李东生深谈，提出未来可能影响TCL发展的几个问题和如何解决的思路：

首先是股权结构单一，虽然企业已经改为国有控股的有限责任公司，但股东只有政府和经营团队及员工，应该考虑引入外部的战略投资者，将企业进一步改革为股份公司。这样可以建立现代的企业治理结构，完善经营决策和监督机制。

其次，相对于200多亿元的销售规模，TCL资本金过低。集团改制为股份公司后，可争取上市融资，增强自身实力，加快发展。

再次，关于改革，政府股份可向战略投资者出让，收回部分资金；更重要的是通过引进国际产业资本，为TCL未来发展创造更好的环境和条件。地方政府放弃控股权，能让企业在新的体制下更有效地管理和决策，提高企业竞争力。政府也能够在企业继续加快发展中获得更大的利益。

现在看来，李鸿忠的想法是非常有超前意识的。他清醒地看到，在过度竞争的家电产业，应该尽快完善企业的市场竞争机制，才能保障企业的持续发展。2002年年底党的十六大会议上，明确提出了国有资本要逐步从竞争性领域退出。李东生是十六大代表，当听到党的领导人在大会上提出这样的战略方针时，非常钦佩李鸿忠在一年多前的先见之明。

寻找战略投资人

李东生非常理解和赞同李鸿忠的意见，在授权经营期满后，开始推行下一步的企业体制改革。这时，李鸿忠已经升任广东省副省长，继任的市委书记肖志恒全力支持TCL的进一步改革。他要求李东生找到对企业发展有帮助的外资企业作为战略投资者，政府可按照净资产值加一点溢价出让部分股权。

李东生将首选的合作伙伴定义为：对 TCL 业务发展有帮助并在经营上值得 TCL 学习的企业，松下、东芝、LG、飞利浦这些世界级的巨头都列在了考虑的名单上，这些公司无一例外都是企业文化与 TCL 相近，在产品、技术、市场等主要国际经营领域对 TCL 都会有帮助的企业。为了吸引这些企业投资，TCL 甚至许诺开放渠道，为这些跨国公司提供在中国的分销服务。这是非常巨大的诚意，因为此前 TCL 最大的核心竞争力就在渠道上，而中国企业抵御外资品牌入侵的公开秘密，也无非就是依赖在本土市场的渠道优势。

TCL 抛出的橄榄枝让飞利浦等企业颇为心动，投资意向也很明显，但在具体的投资份额上，这些企业却都想占大头，意图通过控制一家中国企业形成对竞争对手的优势。但是，对于在合资合作中一向强调占据主动的 TCL 来说，显然不能接受外方独大的结果。在多次谈判沟通后，李东生毅然选择了“保持中国企业的性质、保持中国资本的控股地位、保持企业的经营自主权”，并努力争取多家外资同时入股。

经过多轮谈判，最终飞利浦、香港金山实业集团、美资的南太电子各投资购买 TCL 集团 6% 的股份，日本东芝和住友商事共投资购买 2% 的股份；飞利浦和金山实业集团各获得集团一个董事席位。李东生原想说服东芝投资一些，但森本副社长对李东生说，他有信心，但自己能决定的金额上限就这么多，如果要投大一些，就必须过董事会批准的流程，那时间会很长。

短短 4 个月内，5 个国际战略投资者顺利引入，主要购买政府股权。TCL 的股权结构发生了结构性变化：惠州市政府 41%，管理层 25%，员工 14%，5 家国际战略投资者共 20%。

图 12-2 TCL 国际业务洽谈会

国际战略投资者的引入，不仅给 TCL 带来了资本结构上的变化，更重要的是对 TCL 在技术、制造等方面的提升作用：飞利浦和 TCL 一直有很紧密的合作，飞利浦在北美市场销售的产品大部分由TCL生产；香港金山实业集团在汽车电子产品、电池制造上有着丰富的经验；美国上市的南太电子是专业的代工企业，液晶模组业务很强；东芝则是消费电子的传统巨头，技术开发实力和国际经营能力都是TCL追赶的榜样；而早在1996年TCL收购香港陆氏彩电时就曾与TCL有过合作的住友，在金融资本领域有着雄厚的实力。引进这些战略投资者，不仅使TCL的股权结构更加合理完善，也使这些公司的优势与TCL新的产业重组规划相契合，而且通过资本纽带强化了彼此之间的合作。

2002年4月16日，TCL在惠州的天悦大酒店举行了"集团股份有限公司创立暨首届股东大会"，会议要完成两项史无前例的使命：

第一，选举产生了改制重组后的TCL集团第一届董事会。李东生当选TCL集团股份有限公司董事长、总裁。新董事会由13名董事组成，以李东生、袁信成、郑传烈、吕忠丽、胡秋生、万明坚为代表的TCL管理层占其中6席；代表其他股东的董事有3名；还有包括网通集团副总经理田溯宁在内的4位独立董事。此外，还设有由著名经济学家吴敬琏和国务院发展研究中心企业研究所所长陈小洪领衔的专家咨询委员会。

第二，正是在这次会议上，TCL正式发布了一项新的宏伟计划——"阿波罗计划"，宣布将在未来的一到两年内实现"整体上市"，而这一目标将创造中国企业改革的新纪录。

差点搁浅的"阿波罗计划"

日后，各方对TCL整体上市之方案还有过激烈的争执，甚至有人质疑过上市是以李东生为主的团队设计的"套利"之举。但如果客观分析TCL整体上市的背景和诉求便会发现，如果单纯从激励或个人利益角度出发，李东生完全可以选择其他更为稳妥和功利的方式。因为以当时的情形看，引入战略投资以促进TCL股份制改造和接下来谋划的整体上市都需要冒极大的风险。

或许能够解释李东生制订阿波罗计划的理由只有一个，那就是带领TCL走向跨国企业的梦想。如何向上走？李东生从一直被其奉为标杆的索尼、三星那里找到了答案，那就是技术创新和国际化，而这也正是中国企业长期存在的致命弱点。要完成这一步，必须通过大量的资金投入以提高产品的技术创新实力。而在股份制改造完成后，经过产业重组，TCL 等待审批的新技术项目共计 20 多个，包括高清彩电、高清显示器、PDA（个人数字助理）手机、信息终端、宽带接入、网络接入，以及物流和远程教育等。根据企业粗略计算，这些项目起码需要 20 多亿元资金。但是当时 TCL 旗下两大上市公司，无论是 1993 年在 A 股上市的 TCL 通讯设备股份有限公司，还是 1999 年在港股上市的 TCL 国际控股有限公司（现名 TCL 多媒体），都不具备这样的融资能力。而顺应中国入世和经济全球化的趋势，加快国际化步伐，也需要有巨大的战略投入。

实现集团整体上市，集中优势资源，以规模效益赢得资本市场认可，从而依靠资本市场促进 TCL 集团产业规模的扩大和提升技术创新能力，成为 TCL 的必然之选。

但就在如此关键的时刻，"阿波罗计划"的整体上市方案在前期沟通中却没有得到证监会的支持，原因是 TCL 在内地资本市场已有上市公司，母公司不可以再上市，重组也不行，没这种先例，相关政策法规也无法支持 TCL 的重组方案。眼看谋划多年的"阿波罗计划"即将搁浅，李东生心急如焚。

项目转机出现在当李东生将整体上市的意义向当时主管工业的副总理吴邦国汇报后，吴邦国亲自批示支持，并将方案转交给时任证监会主席的周小川。在详细看完 TCL 的上市方案后，周小川也认为企业整体上市的确是一个方向，TCL 整体上市意味着企业没有一个藏在背后的控股公司，全部业务都将处在一种透明的监管当中。当时，国内的很多企业，都通过剥离一小块优质资产的方法上市，但由于上市公司独立性不足，反而需要承担反哺母公司不良资产的责任，这种以圈钱为目的的上市很难保障股东的权益。正是出于这样的考虑，周小川批示 TCL 可以进行整体上市的尝试，但具体方案必须符合相关法律法规的规定。

四项选择题

TCL 整体上市被证监会定义为没有先例的"先例"，这意味着很难有同类案例可参考，在操作过程中出现的很多问题就需要集大智慧来解决，而最大的障碍就是如何处理与 TCL 集团旗下已经在 A 股上市的 TCL 通讯设备股份有限公司的关系。为此，受 TCL 委托的中国国际金融有限公司（以下简称中金公司）为 TCL 集团的整体上市计划制订出了四套不同的方案：吸并上市、先上后下、反向收购和要约收购。表面上似乎没太大差异的四个方案实际上暗藏玄机。

第一种先上后下的方案是最易操作的。所谓先下后上是指TCL集团先整体上市，再通过某种方式消除下面的上市公司。但这就意味着TCL集团和TCL通讯（000542）同时上市，从而出现在一段时间内一块资产两层上市的状况，而当时监管部门的一个明确要求是，TCL集团上市必须和TCL通讯的退市同时进行。因此TCL集团必须面对一个“不得已而为之”的难题，因为“上市和下市同时进行很难，国际上也没有过这样的案例”，TCL只得主动放弃该方案。

另一个很快被排除的方案是“反向收购”，即TCL通讯不退市，通过不断向TCL集团定向增发股票来购买其资产，最终实现TCL集团资产整体上市。这个方案的弊端在于，上市公司和TCL集团之间会发生大量关联交易。而且，自1997年以来，惠州当地政府与TCL集团达成以企业增量奖励管理层的经营协议，TCL集团内部持股量由此已达到25%，这部分权益无法在这个方案中得到体现，如果是这样的话，也就违背了最开始改制的初衷。更重要的是，政策规定，上市公司每年增发新股募集资金的数量，不能超过上年末的净资产值。2002年年底，TCL通讯设备股份有限公司的净资产为4.3亿元，而同期TCL集团的总资产高达147.9亿元，净资产达46亿元，如果这样的话，即便每年不停地往里放，也得好几年才能完成，这样无疑会延误TCL在家电行业兼并收购、做大做强的时机。此外，“由于对TCL集团发行的是非流通股，反向收购方案最后可能造成TCL通讯的流通股占总股本的比例过小，达不到15%的最低要求”。当时TCL通讯的总股本为1.88亿股，根据相关法规，公众股东持有的流通股比例须超过总股本的25%，即使连续扩股之后总股本超过4亿股，公众股东持股比例也须在15%以上。

在排除掉这两个方案之后，中金公司和TCL集团只能在另两个方案——要约收购和吸并上市——之间进行抉择。

要约收购方案，就是集团向现有股东发出收购股份的要约，经过收购，使TCL通讯的流通股少于25%，这样TCL通讯就可以申请退市，从而完成“一上一下”的过程。这个方案的好处在于，TCL集团拥有发出要约的主动性，可以控制要约价格，而2002年12月出台的《上市公司收购管理办法》中，已明确规定了要约收购的具体操作程序，因此要约收购方案在操作上有章可循。但是，该方案“很可能出现仅剩1%或者0.1%的股东没有接受要约收购。在这种情况下公司可以退市，但是否可以注销？这部分股东权益将如何处理？国内的法规没有明确规定”。按照香港《公司法》规定，当90%以上的非关联股东同意要约收购，发出要约的一方必须向剩余的股东再以同等条件发出一次要约，之后，可以向法院申请判决许可注销公司，并将同等的支付条件放在银行或某机构保管，等待最后剩余的股东来“认领”。在设计要约收购方案时，中金公司曾考虑借鉴香港的法规来处理剩余股东权益的问题，虽然可以推理出一个合理的做法，但毕竟法规上没有明确的程序规定，可能会有遗留问题，也就是说，会留很多尾巴。

既然要约收购的方式无法圆满干净，那么，最后就只剩下华山一条路。TCL 集团最后上市，采取的是吸收合并子公司 TCL 通讯的创新手法，即 TCL 集团公开发行的股票分为两部分：一部分为向社会公众投资者公开发行，公众投资者以现金认购；另一部分为换股发行，TCL 通讯全体流通股股东按折股比例取得 TCL 集团流通股股票，TCL 通讯退市并注销。

不过，这个方案本身也存在着诸多问题。

首先是非上市公司吸收合并上市公司，这在当时的国内尚无先例。没有游戏规则，就只能由券商、律师和企业摸着石头过河去设计方案。其次，当时很多法规都还存在着空白。比如债权人公告，吸收合并需要做 90 天的债权人公告，而债权人公告这个日期又和证监会 IPO（首次公开募股）的审核程序有冲突，而最大的问题是 IPO 必须和吸收合并同时进行。一边吸收合并，一边做 IPO，两种同时做，却互为前提，也就是说吸收合并成功才可以 IPO，而 IPO 成功才可以吸收合并。别说国内，就连国际上都没有这样的先例。

事实上，吸收合并本质上是一种换股方式。TCL 集团要吸收合并 TCL 通讯，首先面临的问题是如何定价。这不仅缺乏可供参考的案例，而且引发了很多会计制度上的争议。因为《公司法》第 130 条第 2 款规定：“同次发行的股票，每股的发行条件和价格应当相同。任何单位或者个人所认购的股份，每股应当支付相同的价额。”但 TCL 集团 IPO 发行方案中流通股发行存在两点差异：一是发行对象不同，一部分向公众投资者发行，另一部分向 TCL 通讯流通股股东定向发行；二是认购股份的对价不同，向公众投资者发行的部分以现金认购，向 TCL 通讯流通股股东定向发行的部分以换股方式认购。也就是说，TCL 集团 IPO 发行的流通股存在同股不同价的问题。

此外，吸收合并之前，由于 TCL 通讯还有一批法人股，所以必须先收好法人股以后才能开始给流通股定价。这里就涉及一个复杂的会计问题——法人股与流通股必然同股不同价，按照当时的会计准则，企业合并只有采用“收购法”，集团资产原有股份是账面价格，收购的法人股与吸收合并的流通股是TCL集团旗下同一块业务，由于支付对价的不同，按照最后的成交价格，会出现同一股权所代表的资产有三个价格确认在账面资产上，这样的财务报表显然失去了意义，采用什么会计方法成为吸收合并的最后一个障碍。

最终，TCL整体上市项目借鉴了历史上海外市场的并购处理方法，在国内极富创造性地运用了权益结合法，合并双方都以账面历史成本计价，但是保证双方同一块业务的资产以同一个标准入账。由于国内企业并购的历史及案例较少，国内会计准则相对滞后，并未对权益结合法有明确的规定，所以这个方案在当时的国内会计学界上引起了非常大的争议。中国证监会为此还特别邀请了财政部和全国各大院校会计学的专家教授，在东北、深圳、厦门一连开了三个研讨会，TCL作为特邀代表，参加了深圳的研讨会。

据“阿波罗计划”四人小组成员之一的王红波后来回忆，出席深圳会议的有当时证监会副主席汪建熙，当时的财政部部长助理冯淑萍，证监会会计部、发行部的领导，以及国家会计学院的院长等。由于一些学院派的教授对此看法不同，研讨会现场交锋言辞激烈，大家无法达成共识。

会议的主要矛盾其实体现了企业的实践与会计理论界的冲突，学者一边倒的质疑在会议结束时才有了转机。和多数学界的意见不同，财政部冯淑萍部长助理总结说：“我看今天的会议并未达成一致意见，至少企业的代表有他的逻辑，你们没有说服他。这是第一次有大企业代表列席类似的研讨会，这个效果很好，我看国外的会计准则制定都会聆听企业界的声音。今后我们在制定准则的时候，也要邀请大企业的代表参加，因为企业的实践可能走在了准则的前面。国内的购并案例较少，我看这个方案可以试，试错了我们可以改。”随后汪建熙副主席也认为不急于妄下结论。

经过主管部门的反复讨论，最终“权益结合法”得以放行。不仅如此，根据TCL吸收合并的实践和案例研究，财政部此后进一步补充完善了会计准则，规定了“同一控制人下的吸收合并”采用“权益结合法”，为国内企业购并及整体上市明确了指引方向，最终TCL的创新方案为中国会计准则的修订作出了贡献，这是对TCL创新方案的最大肯定。

为TCL集团吸收合并TCL通讯出具法律意见书的北京市嘉源律师事务所，对此的解释是：“《公司法》第130条第2款条文中‘任何单位或者个人认购的股份，每股应当支付相同价额’的措辞，对认购股份对价的要求是相同“价额”，没有要求完全相同，否则应规定为‘每股应当支付相同的价款或金额’。因此，认购股份的对价形式可以存在差异，但其价格应该相等。”此外，“现行法律法规未有禁止同时向不同对象发行股票的规定，也未有禁止同时以现金和资产认购股票的规定。因此，TCL 集团 IPO 中股价方面的差别并未违反《公司法》中关于发行的股票必须同股同价的规定”。

一价定乾坤

2002 年年底，TCL 集团增持了 TCL 通讯股份，分别从 TCL 通讯非流通股股东惠州市南方通信开发有限公司、惠州市通信开发总公司，以及广东省邮电工程贸易开发公司手中，受让了共计约 2 872 万的 TCL 通讯法人股。至此，TCL 集团共持有 TCL 通讯 5 962.88 万股（占股本总额的 31.7%）。TCL 集团全资子公司 TCL 通讯设备（香港）有限公司持有 TCL 通讯 4 702.72 万股（占股本总额的 25%）。上述股权转让获得了证监会要约收购豁免。

时任 TCL 集团董秘陈华明亦证实：“收购 TCL 通讯是为 TCL 集团整体上市作准备。”他同时表示：“如果不能够处理好 TCL 通讯其他法人股股权的问题，那么，在换股的时候，法人股的换股定价将是个问题。不过，虽然二者有着联系，我们在前期运作、报批的时候是绝对分开进行的。为了实现集团整体上市，避免与现行法规相冲突，我们也曾考虑过增持 TCL 通讯股权后卖壳等方法。”

按照陈的解释，TCL 集团上市是一个不可逆转的战略问题，其与 TCL 通讯在资本市场内的存在只能是取其一而不能择其全。因此，从监管审批层的角度分析，只能豁免其要约收购义务。但问题在于，TCL 集团增持 TCL 通讯之举得到要约收购豁免，既然隐含了 TCL 集团整体上市的后续计划，那么，就应该考虑在信息披露方面告知投资者 TCL 集团增持与换股、整体上市安排之间的联系，否则，对于不知情的投资者又是否有欠公平？

这是一个明显的合法与合理的问题。TCL 集团增持股权获得了有关部门的批准，合法了，但获得批准的过程，合理与否却值得商榷。如果上市公司都以一定的事后未知事件作为获得某种审批讨价还价的借口，那么，所谓的法定程序只能是对弱者的同情。

按照 TCL 方面的规定：在此次合并获得有关审批机关批准或核准，且 TCL 集团 IPO 发行成功后，于换股股权登记日收市时登记在册的 TCL 通讯流通股股东所持股份，必须全部转换为 TCL 集团换股发行的股份。而且由于此次合并不安排现金选择权，对于不希望参与换股及不准备投资 TCL 集团的投资者而言，需要在换股股权登记日收市前转让其持有的 TCL 通讯股票；如果未能在该日收市前转让上述股票，则该部分股票将全部被转换为 TCL 集团的流通股股份。

照此，作为一个 TCL 通讯流通股股东，即使没有参加股东大会，但只要股东大会讨论通过，就没有权利选择合并还是不合并。"用脚投票"成为国内资本市场投资者对于参与企业管理无门时的一种无奈之举。除此之外，投资者也没有其他的办法来争得更多的话语权。

虽然 TCL 方面表现出了积极的姿态，限定 TCL 集团及其关联公司不参加投票表决，但 TCL 方面提出的换股条约仍带有一定的强制性。TCL 显然没有给 TCL 通讯流通股股东更多机会，使其能在保留 TCL 通讯股票的前提下，仍然可以作出赞成换股与否的决定。

解决了技术问题，TCL 很快便顺利完成了对 TCL 通讯的换股定价，并且赢得了各方的认可，为整体上市铺平了道路。实际上，吸并方案也会让吸收方承担很大的风险。合并方案必须获得 2/3 以上流通股东同意，而吸收方要回避表决，也就是说，TCL 集团对于吸并是否可以进行的决定完全没有发言权，这就对其提出的吸并条件提出了更高要求——既不能要挟流通股股东，又要让其能够接受吸并条件。要想让流通股股东们心甘情愿，换股价格成为关键点。最终，TCL 集团给出的换股价格是每股 21.15 元。

这里有一个前提需要引起注意，即最后 TCL 通讯的换股价格制定为每股 21.15 元是否合理？

如果前提就存在问题，那么，在探讨 IPO 时同股同价就需要重新考虑。不管以何种方式出资，同股同价原则要求标的内在价值必须相等。每股 21.15 元的换股价格是 TCL 通讯历史上某一时点上的股价，那是投资者对过去的某一时刻 TCL 通讯投资价值的认可，并没有体现出股价变化的市场趋势和 TCL 通讯两年来投资价值的变化以及大盘变化趋势，定价明显偏高。

因此，这个价格不应看做是由市场过程确定的价格，价格与价值产生了背离，由此确定的转股价格对原 TCL 通讯的流通股股东是有利的，而对按照市场寻价购买 TCL 集团 IPO 股票的公众投资者则是不利的。

在 TCL 通讯与 TCL 集团折股比例上，TCL 通讯流通股可以每股 21.15 元作为计算基础，与 TCL 集团发行的新股按比例进行置换。股东大会上，吸并方案被流通股股东以 100% 赞成表决通过。

每股 21.15 元是 TCL 集团和 TCL 通讯以每股净资产、每股赢利以及风险因素等反复推算为基础的，这正好也是 2001 年 1 月 2 日至 2003 年 9 月 26 日期间，TCL 通讯流通股最高交易价格。这里面有一定的巧合成分，也有考虑股民持仓成本的技术性处理的因素。

在外界追捧 TCL 集团上市“多赢”效果的背后，是 TCL 集团和中金公司两年中小心翼翼地操控局面。这是因为一上一下同时进行是不得已，一个在做吸收合并，一个还在二级市场交易，他们最大的担心是二级市场的风险。

在项目运作的过程中，任何时候任何原因造成的股价大幅波动，都可能导致方案运作失败。如果股价高涨，那么吸收方提出的换股价格若想要让被吸并方完全满意，就可能导致成本过高，这样吸收方可能就会“不干了”，由此会造成股价下跌。这样涨涨跌跌，股民和监管机构都会难以承受。由于各方的努力，项目做到了最大程度的保密，方案公告前成交低迷，股价没有任何异动。

敲响整体上市的钟声

2003 年 9 月 30 日，合并双方抢在“十一”长假之前发布了合并的预案公告，这显然是有备而来。预案公告锁定了换股价，没有了不确定性，市场就不会炒作。如果在没有锁定的情况下泄漏消息，市场预期变高，就会出现不理性的炒作，因此，一定要让市场尽快知道和消化这个消息。

此外，按照证监会的规定，吸收合并需要做 90 天的债权人公告，按照当时的时间表，TCL 集团把自己的上市时间定为 2003 年 12 月 30 日，这个时间点的选择显然也有这层意思。

证监会要求 TCL 通讯不能长期停牌，也是合并双方选择这一时机的原因之一。中金公司希望“十一”长假的自然停牌，可以为投资者提供较长的时间去消化信息，从而作出理性反应。在 10 月 9 日和 10 日两天涨停之后，TCL 通讯股价开始趋于平稳，并略微领先市场，这正是中金公司期待的“投资者理性反应”的情形。而在整个方案的设计和运作中，中金公司一直坚持这样的原则：宁可把项目卡在监管机构，也不要卡在市场。“要充分沟通好再推出去，一推出就是开弓没有回头箭”。

因此，在此方案从头至尾的过程中，中金公司和监管部门都进行了很密切的沟通：“当时连吸并上市公司的文件程序都没有现成的模式可以遵循，我们与监管机构有很多交流，也得到了监管机构的很多指导。”证监会、交易所等监管机构和商务部等有关政府部门对该项目的大力支持，也是方案能够得以执行的重要条件。

在 TCL 集团（000100）上市，完成“阿波罗计划”后不久，中金公司的投行部、执行部总经理、TCL 集团吸收合并 TCL 通讯上市项目的负责人滕威林在接受媒体采访时不无自豪地说道：“后来的事实证明，我们提出的每股 21.15 元的换股价格得到了流通股东的认可。在 TCL 通讯与 TCL 集团折股比例上，TCL 通讯流通股可以每股 21.15 元作为计算基础，与 TCL 集团发行的新股按比例进行置换。股东大会上，吸并方案被流通股股东以 100% 赞成表决通过。中金公司认为这个多赢的换股价，正是此方案最重要的量化指标和‘赢点’。”

与前后改了 21 次的整体上市方案相比，上市之前的尽职调查虽然对 TCL 也是一大考验，但是进行得却很顺利。

尽管经过 20 多年的发展，TCL 机构繁杂，既有集团公司，又有二级子公司，子公司下面又有各种各样的分支机构。但是，当安永会计师事务所、北京嘉园律师事务所联合在 TCL 坐镇半年，对公司的资产、财务进行了地毯式的调查核算后，并没有发现任何虚假和违法的材料。

为了实现这一方案，由 TCL 内部团队和中金公司联合组成的整体上市工作小组必须同时跟证券会上市部和发行部沟通，对每一个细节进行严密的论证和修改。他们日夜奋战，殚精竭虑，度过了无数不眠之夜。

2003 年 12 月 30 日，TCL 集团股份有限公司首次公开发行股票的申请经中国证券监督管理委员会证监发行字［2004］1 号文核准。2004 年 1 月 30 日，TCL 集团股票在深交所挂牌交易。发行价每股 4.26 元，共发行 59 000 万股，融资额达 25 亿元人民币。开盘报每股 6.88 元，收盘每股 7.59 元。上市首日股价飙升 78.18% 的业绩，不仅让 TCL 集团和 TCL 通讯的投资者们笑开了怀，也让当天在深交所敲响新股发行钟声的 TCL 集团董事长李东生高兴不已。以当日收盘价计算，李东生个人财富就达近 11 亿元，但财富的急速增长显然不是李东生最关心的。他关心的是，当 TCL 集团成为一家上百亿市值的上市公司时，会有一个怎样的平台让他和他的伙伴们去大展宏图。

图 12-3　TCL 集团（000100）整体上市，深交所挂牌，李鸿忠、李东生敲响 TCL 新股发行钟声

美国的阿波罗登月计划成功后，美国对太空探索兴起了空前的热情，并制定了包括星球计划在内的更高目标。而 TCL 整体上市之后，李东生和他的伙伴们也开始有了更加国际化的视野和抱负，由此开始了后续一系列的新举动。

第十三章　拉开国际化的序幕

他是中国企业崛起于国际市场的旗帜性人物。

——《时代》周刊和 CNN

“中国企业必须走出去，必须实施坚决的国际化战略，唯有如此，才可能成为世界级的伟大企业。而TCL，理应在这样的远征中，扮演先锋者的角色。”进入新世纪之后，这段文字如同旗帜一样飘扬在李东生的心中。在这位“敢死队长”看来，这似乎是他的使命。

这样的思考当然不只是从天而降的“梦想”，而更有着无从选择的必然性。

它首先是市场压力的结果。20世纪90年代后期，中国的家电企业逐步取得国内市场领先的优势。TCL保持了年均增长42.66%的惊人业绩，并在电视、手机两大领域成为王者。然而，国内企业都挤在本土市场，价格战此起彼伏，利润已是“薄如刀片”。如何扩展新的市场空间，成为中国家电企业的共同命题。

其次，国际化又是中国企业参与全球化竞争的必由之路。随着中国加入WTO，国内市场壁垒将被逐渐拆除，国际企业将利用国内产业市场开放发动新的进攻。中国企业如果只固守本土，势必难以打持久战，所以打到敌人的“后方”去，让中国企业形成全球化的竞争能力，似乎已是唯一的选择。

TCL是最早看到这一趋势的中国企业，同时也是最早的实践者之一。当然，李东生没有预料到的是，这条道路竟会是如此的艰难，在跨国并购过程中，他和TCL差点被拖入百劫不复的困境。

成功的第一战：越南之役

TCL国际化的第一战在1998年年底就打响了。李东生把战场选在了新兴市场的东南亚，首战的突破口选在了越南。

1997 年东亚金融风暴，使得中国的加工出口贸易企业普遍遭受严重打击。在此次经济危机中，中国企业的外销加工订单大量流失，使李东生认识到加工出口贸易模式太过脆弱，品牌、渠道、市场和客户都依赖外商，市场环境好时，利润微薄，而市场环境变化，就对订单影响很大。如果自己不能掌控前端的市场销售渠道，不能在中国以外的更多地区推广自己的品牌，很难保持稳定成长。

李东生的认识还得到华人首富李嘉诚亲身经历的印证。李嘉诚在一次与包括李东生在内的大陆 30 名企业家晤谈时说过：“中国企业的机会很多，但要做一家成功的跨国企业，你的市场必须要靠自己建立。我自己在 20 世纪 50 年代创业后不久就直接找到国外市场，摆脱了代理商，现在国内企业有自己市场的并不太多，这值得深思。”

争取掌控前端的市场销售渠道，成了 TCL 从那场危机中得到的最深刻的认识。从 1999 年开始，TCL 相继进入东南亚、中东、东欧、南非等发展中国家的新兴市场，以推广 TCL 自有品牌产品为主，并逐步形成完全由自己掌控的销售网络。

开拓越南李东生亲选易春雨领军。易春雨是 TCL 最早的博士，他原在政府机关工作，李东生大力将其招揽至麾下。他先后担任南京分公司总经理和销售公司市场部总经理，做事很有激情和冲劲，是个“拼命三郎”，适合承担开拓性的工作。

投资越南之初，大家心里都没有底。当时越南彩电市场的容量仅有 60 万台，容量有限，很多人认为越南市场已经是供大于求了。此外，还有人认为越南市场不规范，风险很大，不值得投资。

但前往越南的考察人员也发现，越南家电市场“供大于求”的根本原因是在越南市场占主导地位的国际名牌彩电售价过高。在当时市场由日韩品牌控制，产品销售价格居高不下，市场需求受到一定限制。如能开发质量好、价格低的普及型产品，将会有相当大的市场空间。TCL 在生产制造与成本控制方面有较强的优势，有机会在日韩之

图 13–1　TCL 越南同奈工厂生产线

外争得一席之地。

1999年年初,TCL收购了越南原有的一家彩电生产企业——陆氏同奈电子公司。这是陆擎天1990年在越南投资的彩电工厂，包括一条年产量约为50万台的彩电生产线，一条年产量为30万台的数码影碟机生产线。这家企业有越南市场内销的许可证。

越南家电产品进口关税很高，企业在当地要有工厂和取得内销许可，才有可能将业务做大。同时，拥有自己的生产基地这种投资形式也使得管理及营销人员在开拓越南市场时保持一种“种田心态”，而不是“打猎心态”。

然而，在进入越南市场初期,TCL遇到的问题很多。对市场的陌生、沟通的困难、文化的融合、市场的开拓、当地政策的把握、国际供应链的建立、品牌知名度低等都给他们带来了巨大的挑战。

日韩品牌已经在越南市场经营多年，由于部分中国企业不注重质量，当时越南消费者对中国的产品评价很低。作为中国最知名的电视生产商之一，TCL越南分公司很长时间内只好标榜自己是一家香港公司，拥有的是美国技术和日本零件。即便这样，前期打开销路依然非常困难，城市大商场进不去，就先从周边乡镇市场做起。由于销量不大，越南分公司前两年严重亏损。

持续亏损令不少人开始质疑当初的决定。

在易春雨回国述职的一次会议上，在是否继续加大业务投入的问题上，与会者发生了一场激烈的争论。由于连续亏损，企业内部反对继续加大投入开拓越南市场的声音越来越大。面对质疑，李东生此时也不免有些犹豫。此时，易春雨站了起来，壮实的身材由于激动而微微发抖：“我们在越南已经付出了那么多，而且我们在越南的决策是经过充分调查与研究的。我已经在那里坚守了两年，我觉得我已经了解了那里的市场，请相信我，

图13–2　易春雨带领越南公司员工进行体育锻炼

TCL在越南一定能够成功，请再给我一年的时间……”易春雨的眼中充满了泪水，他以真情和决心打动了大家。

作为国际化的第一战，李东生非常关注越南战役的进展，从项目选点筹建到经营推广。李东生也多次去到越南前线，他了解越南的市场和经营的机会与挑战，也知道易春雨的团队是国内的业务精英，但要了解和适应越南环境还需要一些时间。他决定支持易春雨的意见，继续投入越南市场。

在随后的一段时间，易春雨团队深入市场一线，了解市场的需求、消费形态、销售方式，终于摸索出一套应对市场的措施。在产品研发上，他们针对越南彩电的收视方式和多雷雨天气的特点，推出适合越南市场的具有超强接收能力、防雷等独特功能的产品。在服务上，TCL则在越南每个城市都设了24小时热线电话，别人修彩电要用户自己送去维修站，TCL一个电话维修人员就可以上门，并带上备用机，让用户先看着；别人保修期最多两年，TCL在越南市场最先提出“3年免费保修，终身维护”的承诺。

在销售策略上，易春雨采取了灵活多样的销售措施以应对市场的变化，以农村包围城市，将其他国际品牌不愿去、不屑去的边远市场作为突破口。在质量上，易春雨则强化TCL的生产品质控制，使产品质量在同行业中处于领先位置，逐步打消了消费者及经销商的顾虑。

易春雨所采用的这些竞争策略，基本上是过去在国内市场所形成的“TCL战法”。它在中国市场屡战屡胜，在特征非常类似的越南也被证明是可行的。

“战役”打到2001年9月份，在进入越南市场亏损18个月后，TCL彩电开始止亏，并逐步提高销售量，两年后跃居市场第二，成为当地的知名品牌之一。与此同时，彩电业务也带动了TCL手机、视听产品、空调等多元化产品的出口。在越南市场上，TCL成为索尼、三星、LG等国际大品牌最强劲的竞争对手。其后，TCL又尝试着进入了印度、菲律宾、印尼和俄罗斯市场，娴熟的“TCL战法”在这些地方都取得了不俗的成效。

在得知越南赢利的当月，李东生很高兴，当时就写下一篇题为《屡败屡战，百折不挠》的文章祝贺。他写道：

> 欣闻越南公司上月营业收支已基本达到盈亏平衡，令我备受鼓舞。越南是TCL开拓国际市场的第一站，也是打得最为艰苦的一仗。由于当时我们投资决

策考虑得不够严谨以及其他的各种原因，使越南项目一开始就遇到很大的困难。但令我感到欣慰的是，我们在第一线的主管及其团队在这样十分艰苦的条件下还一直保持着旺盛的斗志和信心，就如在战争中两军相持时，前方指挥员若具有一种死战不退的精神，就能稳定军心，就能鼓舞士气，就能赢得战争的胜利。企业经营也需要这种精神。

尽管越南项目一直处于亏损状态，我们也付出了相当的代价，但毕竟我们已经开始站稳了脚跟。这确实得益于我们的员工在激烈的竞争中保持着这种屡败屡战、百折不挠的拼搏精神，搞企业就需要这种精神。这就是在挫折中要坚定信心，激励自己的斗志，在关键时刻能够死拼到底，打开局面。

我们曾经几次遭受到重大挫折而身临绝境，但我们都咬牙挺过来了。如果没有当年的精神，勇于面对失败，面对挑战，就不可能造就我们今天的辉煌。

在商业竞争中，没有永恒的胜利者，挫折和失败是不可避免的。作为企业经营者要有这种心理素质，要学会在挫折和失败中汲取教训，总结经验。

我相信在企业的竞争中，决定胜负的因素是人，而人的精神状态是最重要的。一个企业的员工队伍若具备一种屡败屡战、百折不挠的精神，就能令它的竞争对手望而生畏；一个企业具有了这种精神，就能不断地开拓前进，就能在长期的市场竞争中立于不败之地。

我们要为胜利者喝彩，更要为失败者加油。我们提倡“胜则举杯相庆，败则拼死相救”的精神，在困难和挫折面前保持信心，保持动力。经得起成功和失败的考验，我想这才是一个成熟的企业经营者应具有的风范。

2002年8月，他在一篇题为《扎硬营，打死仗》的文章，再次谈到越南经验。他写道：“曾国藩创建湘军，将一批文雅的书生和务农的乡民练就成一支最具战斗力的军队，最重要的一条就是‘扎硬营，打死仗’。我们在越南开拓业务之初，危机和困难重重，多数人主张撤出，我也举棋不定，而越南公司总经理易春雨力主死战到底……企业的竞争，就是人的竞争，而人的观念、精神和勇气，往往能起到关键的作用。我们若能培养出‘扎硬营，打死仗’的队伍，就能让对手心存畏惧，就会在竞争中有更多的胜算。”

从这段文字，分明可以读出李东生当时的兴奋和自信。越南之役的成功大大提升了他的国际化信心，他很快把目光放到了真正的主战场——欧美市场。

汤姆逊：一块“有毒”的甜美蛋糕

“没有一位中国的企业家会天真地低估欧美市场的开拓难度。”这是中国学界的一个共识。在这场充满了风险的高难度战争中，中国的制造型企业走了4条不同的道路：其一是“华为模式”，以运营商渠道切入为主，靠成本优势和灵活的配销方式逐步蚕食市场；其二是“海尔模式”，自建工厂和品牌，由下而上，小步快跑；其三是“万向模式”，为终端品牌商配套生产，以产品链切入的方式赢得生存权；其四是TCL和联想的模式，以并购为手段，高举高打，主动参与产业的顶级整合。

这4种模式都是竞争的产物，各有利弊，无所谓优劣，在相当长的时间里，将是中国企业国际化并行的探索路径。

TCL与联想之所以选择投资最大、难度较高的并购模式，并不是因为李东生和柳传志更喜欢激进和冒险，而是由于电子信息产业竞争格局的逼迫。原因主要有两个：其一，自2001年之后，欧美国家相继加大对中国商品的反倾销力度，中国彩电产品在欧洲和美国先后被裁定“倾销”，被课以高额的反倾销税，这使得中国彩电无法按照传统的方式在中国生产出口到欧美市场；而通过并购拥有国外生产基地，可以避开欧美的贸易壁垒。其二，彩电、手机属科技推动型产业，中国企业在专利技术上起步晚、投入少，完全依靠自主研发，已呈“时不我待”之势，通过并购可以快速提高技术能力。正是基于这样的局势判断，李东生认为，利用中国经济高速发展的“时间窗口”，强势出手，主动展开产业并购，是一着“险中求胜”的大棋。

2003年7月，李东生启动建立跨国企业的“龙虎计划”，宣布要成为“明天的世界级企业”，建立一个全球化的品牌形象。具体的产业目标是：在未来的3~5年内，在已经取得国内竞争优势的两大领域——多媒体终端显示和移动信息终端，建立起可以与世界级公司同场竞技的国际竞争力，进入全球前5名，成为腾飞寰宇的“中国龙”。

就当TCL兵行全球之际，一个庞大的并购对象突然出现在了李东生的眼前。

2003年7月，香港，李东生携胡秋生、严勇等人与飞利浦高管洽谈业务合作之事。飞利浦成为TCL集团股东之后，双方在彩电贴牌加工业务上已经有了很好的合作，但在如何进一步加强双方的合作关系上，还无法达成共识。此时李东生接到一个邀约，正在香港的法国汤姆逊公司首席执行官查尔斯·达哈利希望与他进行一次会谈。

李东生原本以为这不过是一次礼节性的会面，然而，两人甫一坐定，达哈利就提出了一个出人意料的话题：TCL有没有兴趣购买汤姆逊公司的彩电业务？

在全球电视产业界，汤姆逊堪称彩电的鼻祖。这家成立于 1892 年的企业曾经是法国电子工业的标志，它是法国最大的电子产品制造商，并在密特朗执政期间成为第一批被国有化的大企业。整个 20 世纪 80 年代，汤姆逊公司都是法国对抗日本电子产品进入的桥头堡。1988 年，汤姆逊公司成功收购了美国通用电气公司（GE）旗下的消费电子产品业务，其中便包括著名的美国无线电公司的 RCA 品牌彩电，成为当时全球最大的彩电厂商。而正是 RCA 的原主人——爱迪生创立的美国无线电公司（在 1985 年被美国通用电气公司收购）发明了世界上第一台黑白电视机、第一只全电子彩色电视机显像管。所以，就渊源而言，汤姆逊公司是产权意义上的“彩电之母”。

就在达哈利对李东生发出并购邀约的时候，汤姆逊公司看上去仍然是一个比 TCL 大得多的庞然大物。它在 DVD 光盘复制业务生产领域占据世界首位，是最大的高频调谐器生产厂商，也是全球第二大电视机显像管厂商。在电视机业务方面，汤姆逊公司具备年产 740 万台电视机的能力，并占有 12%的美国市场和 8%的欧洲市场，2002 年销售额达 102 亿欧元。此外，汤姆逊在彩电、彩管和数字技术及影像显示技术等方面有 34 000 种专利，在全球专利数量上仅次于 IBM。

任何一个稍具算术能力的人，只要把汤姆逊公司和 TCL 的彩电产量相加起来，就可以得出一个让人眼睛一亮的结果：全球第一的彩电制造企业。

这是一个足以让任何中国企业家都亢奋不已的结果。

在李东生的眼里，汤姆逊的两块资产是难以拒绝的诱惑。

第一是汤姆逊的专利资源库和产品技术开发能力。

在彩电业浸淫数十年的汤姆逊公司拥有众多的技术专利，它在美国印第安纳的研发中心被很多人认为是一座彩电技术的圣殿，是工程师们梦寐以求的摇篮。在那里你可以看到人类发明彩电技术的历程和不同阶段的产品设计，走进去就像到了一个彩电技术博物馆。

日后，李东生多次情不自禁地讲起他进入这个研发中心时的震撼：“当我第一次走进去的时候我很震惊，汤姆逊拥有的技术历史使它拥有了深厚的技术积累和技术管理积累。它拥有一种用技术去支撑企业发展的文化，企业的核心和灵魂就在这个地方。而一直以来我们中国的企业只能讲我们的技术模仿，却没有技术文化。我们对技术的重视和产生专利的能力不够，尽管在技术商品化上我们可以通过快速的技术模仿将技术转化为产品，但在核心技术和技术管理上却相差甚远。”

汤姆逊公司在法国的技术中心也同样让人羡慕。位于巴黎的工业设计中心每年都有一到两个产品进入“全球最风行的100电子时尚产品”的排名。设在昂热的结构设计中心，在彩电结构设计及优化上处于世界一流的地位。

对于TCL来说，一旦收购完成，就立刻拥有了一个世界级的全球研发体系。长期以来，TCL都在与国内对手进行苦战，虽然形成了局部领先，但难以真正超越。TCL也在持续做研发投入，但缺乏积累也是不争的事实。在这种心有不甘、力有不逮的尴尬中，遇到一个有着丰富专利技术的主儿，能让自己完成技术创新体系构建的蓝图提前实现，李东生不可能不心花怒放。

第二是没有任何进入障碍的欧美营销渠道。

汤姆逊公司在欧洲和美国市场拥有完善的销售服务体系和生产基地，通过并购，TCL立即可进入欧美市场，那将是TCL国际化的一大步。此前，TCL的海外拓展也已进行多年，但业务领域主要集中在东南亚、中东、东欧及俄罗斯、南非等新兴国家及地区市场；欧洲市场空白，北美市场主要是为飞利浦代工生产。这种渠道整合，无论从任何角度来看都具备天然的互补性，也将会产生协同效应。TCL的最终理想，是在全球范围卖自己品牌的电视。而今，这个愿望成为可能。

同时，产业布局的互补性也很明显，TCL在中国和越南、菲律宾、印度尼西亚有工厂，汤姆逊在北美的墨西哥、欧洲的波兰有工厂，可以规避当时欧洲和美国对中国彩电产品的高额反倾销税（直到今天，欧盟和美国的彩电进口关税依然分别是14%和5%）。而在墨西哥生产和在波兰生产的产品进入美国和欧盟市场，都不用缴关税，这无疑能让TCL的产品更加有竞争力。

当然，李东生也非常清楚地知道，现在被达哈利拿来出售的汤姆逊彩电绝对不是一块优质的资产。

在过去的几年里，欧洲电子产品市场的激烈竞争使汤姆逊公司的日子变得越来越不那么好过，彩电业务成为集团所有业务板块中亏损最为严重的一部分。在阿兰·朱佩（Alain Juppe）担任法国总理期间，政府曾经谋求将汤姆逊多媒体公司卖给韩国的大宇公司。最后这一方案在社会强烈反对下没能实现，法国政府不得不向汤姆逊公司再次注资109亿法郎重组业务以缓解它的困局。

所以，在达哈利看来，环顾全球，能够出手购买汤姆逊彩电的，也许只剩下雄心勃勃的中国家电企业了，而拥有中国最高市场占有率的TCL无疑是最佳买家。

摆在李东生面前的，是一块“有毒”的甜美蛋糕。李东生拿到汤姆逊公司的基本财务数据之后，和严勇一起认真研究分析，并咨询了项目介绍人摩根士丹利的意见。严勇认为汤姆逊公司提出的收购方案风险太大。

严勇是 1978 年入校的北京大学计算机博士，后赴美国斯坦福大学深造，主修管理学，具有理工和财经双重专业背景，并在国外企业工作多年；1999 年加入 TCL，负责集团战略和投资业务。他精通英语，思路敏捷，做事严谨，基本功扎实，李东生评价他是 TCL 团队中脑瓜最好使的，他是李东生开拓国际业务的得力助手。

李东生同意严勇的分析意见，如果以现金收购其业务，会给自身带来巨大的财务压力，而且 TCL 也无法在短时间内评估清楚汤姆逊彩电业务的潜在风险。另外，汤姆逊彩电业务组织庞杂且亏损巨大，收购其业务后，TCL 要独立承担经营责任和风险，如果发生问题，也很难要汤姆逊公司实际负责。但李东生又很难抗拒收购汤姆逊彩电业务后能够掌握欧美的市场渠道，提升技术能力，拥有全球产业布局和规模的诱惑。

在和严勇、胡秋生商量后，他向汤姆逊公司提出了自己的方案：不以现金收购，而是以在香港上市的彩电业务经营主体——TCL 多媒体向汤姆逊公司增发股权的方式并购其彩电业务；双方业务资产以业务利润和现金流折现结合的方式估值，而不是以净资产为基础估值。因为虽然汤姆逊彩电业务亏损较大，但其净资产依然很高，如果以净资产为基础计价，汤姆逊公司的股份就会高于 TCL。

TCL 提出的方案用意很明显：不花现金得到汤姆逊公司的资产和业务。虽然增发股份收购会摊薄自身股权，但将汤姆逊公司留在合资公司里共同努力能够降低并购的风险，这样能大大提高项目的成功率。同时，并购的方式不同于收购，它可以增加公司的总资产和净资产，而且这种估值方式也能使 TCL 多媒体每份股权净值增加。

达哈利回应说要将 TCL 方案带回董事会讨论，同时汤姆逊公司也在积极寻找其他买家。达哈利回法国后，双方通过电话和邮件又沟通多次，他企图说服 TCL 能支付部分现金，价格条件可以让步，但李东生坚持不付现金的底线。严勇分析说估计汤姆逊公司很难找到愿意现金购买其彩电业务的厂家。

一个月后，达哈利再回到香港，同意以 TCL 提出的交易结构和估值方式为基础进行谈判。于是双方签订保密协议，中国首个大型的跨国并购项目正式启动。

彩电全球第一：被国家主席和总理见证的并购

很多年后，李东生始终拒绝承认，收购汤姆逊彩电是冲动决策的结果。

就在香港正式启动并购谈判后，双方分别聘请了全球顶级的四大投资和咨询公司参与到并购案的谈判中。TCL 聘请了摩根士丹利为投资财务顾问，波士顿咨询公司（以下简称波士顿）为管理咨询顾问，而汤姆逊公司则邀请了高盛作为投资顾问，麦肯锡作为咨询顾问。

在谈判期间，李东生和新招聘的国际事务助理郝义一起，带着不同任务的工作小组多次访问欧洲和美国。

郝义毕业于北京对外经济贸易大学，后到加拿大留学和工作多年；是在 TCL 开始国际并购项目后，启动全球人才招聘，由严勇严格考核筛选后给李东生配备的助理。现担任 TCL 多媒体 CSO（全球销售官），主管彩电业务的全球销售，并担任集团专务。

在当时 TCL 和汤姆逊的谈判拉锯中，郝义陪同李东生参加了所有的海外访问和谈判，既要做翻译和文件整理，还得驾车和安排行程，半年多飞了 20 多万公里。

李东生评价郝义英文好，业务能力强，特别是性格达观，有很好的沟通技巧。遇到谈判僵局时，他常常能够轻松幽默地转移话题，缓和气氛，对顺利完成谈判贡献很大。

回想起这次并购，郝义坦言，TCL 和汤姆逊之间虽然有着很强的你情我愿，但双方其实都异常谨慎。

与此同时，TCL 内部也对汤姆逊公司如何扭亏进行了细致的评估。

根据分析，汤姆逊公司的业务主要集中在欧美，其中欧洲业务尚有微利，北美业务是造成汤姆逊彩电业务亏损的主要原因，其他新兴市场业务也是长期亏损，但相对销售额不大。李东生和胡秋生经过对比研究发现，这个问题是有可能解决的。

当时 TCL 正在给飞利浦电视做 OEM 到北美市场，拿给飞利浦生产的整个供应链的成本和汤姆逊彩电北美业务作比较，可以看出，汤姆逊彩电北美业务的成本是非常高的。TCL 认为，如果把自己这套供应链管理方式、成本控制搬到汤姆逊北美业务去的话，可以把它大部分亏损消除掉。而汤姆逊公司在新兴市场的业务则考虑逐步收缩并入 TCL 的海外业务体系。之后的事实也证明，李东生的这一判断基本准确。

最后在并购方式上，汤姆逊公司也作出了较大的让步。

一开始 TCL 就明确了基本原则：完整地接受汤姆逊彩电业务和资产，但不接收汤姆逊法国彩电工厂。因为法国彩电工厂成本过高，汤姆逊公司正准备关闭其工厂，TCL 坚持其法国工厂由它自行处理，不放入并购计划。汤姆逊公司曾提出希望保留印第安纳数字技术设计所，但在 TCL 的坚持下也同意转移到合资公司。

在摩根士丹利的主导下，双方的咨询公司设计出了一个利于重组能顺利实施的交易结构，那就是 TCL 多媒体和汤姆逊公司将各自的彩电业务和相关资源放在一起成立一家新的合资公司——TCL–汤姆逊电子有限公司，简称 TTE；并根据大家约定的比例和放入的业务资产价值的多少来动态调整双方的股权比例。在完成彩电业务整合后，TCL 多媒体先剥离其拥有的移动通信业务资产，再发行等值的“TCL 多媒体”股权给汤姆逊的方式完成并购，汤姆逊成为 TCL 多媒体的股东。根据这一交易结构，TCL 不必出现金收购，就能获得很大的一块彩电业务资产。这与同期进行的联想集团以 17.5 亿美元收购 IBM 的 PC 事业部相比，显然风险要小得多。

在公司估值上，汤姆逊最初要求以净资产为基础估值计算。按照当时的汇率，汤姆逊的电视业务净资产为 1.7 亿欧元，TCL 多媒体的净资产为 2 亿欧元。这样折算下来，新公司里，汤姆逊将占据 45% 的股份，而 TCL 多媒体将占据 55% 的股份。但 TCL 集团在香港上市的“TCL 多媒体”中占 56% 的股权，合并后汤姆逊在 TCL 的股权就会超过 TCL 集团，显然这种估值方式对 TCL 不利。

李东生不同意这一方案，在他看来，TCL 多媒体是一家高成长性的赢利企业，而汤姆逊彩电已陷入亏损，所以应该依据对未来 36 个月的赢利能力和现金流折现作重新的资产评估。根据这一新的估值方式，TCL 彩电业务被估成 6 亿欧元，而汤姆逊公司的彩电业务估到 2.1 亿欧元，双方按照 2 ∶ 1 的比例成立合资公司。为此，汤姆逊公司同意投入 9 000 万欧元作为补偿，其中 7 000 万欧元以知识产权方式兑现，另有 2 000 万欧元的现金。TCL 多媒体在新公司中占 2/3 股份，汤姆逊公司占 1/3。当时，TCL 多媒体除了彩电业务外还有 DVD 播放机业务，并持有 TCL 移动通讯有限公司部分股权。按照并购方案，TTE 成立后，TCL 集团将 TCL 多媒体持有的 TCL 移动通讯有限公司的部分股权剥离，再将 DVD 播放机业务和彩电业务整合，使 TTE 成为 TCL 多媒体全资子公司，最终汤姆逊占 TCL 多媒体 29% 的股权，派两人加入董事会，TCL 集团占 37% 股权，并继续控制董事会。

这一系列的并购谈判是在几个月的时间内密集完成的，双方均表现出了极大的诚意和积极性。2003 年 11 月 3 日，在香港会谈的三个多月后，李东生与达哈利在广州白天鹅宾馆签署了并购的谅解备忘录，广东省长卢瑞华出席。

TCL 并购汤姆逊彩电的新闻在中国乃至全球家电界都投下了一颗震撼弹。第二天，它几乎占据了国内和国际主要财经媒体的头版，被认为是“中国企业首次在主

图 13–3　2004 年，时任法国总统希拉克向李东生颁发了法国国家荣誉勋章

要产业领域经济规模位居世界第一，对中国企业的崛起具有里程碑式的意义”。通过这笔“蛇吞象”式的并购事件，全世界看到了中国企业的雄心和能力。它也成为当年度最重要的国际公司新闻之一。

根据双方的约定，正式的并购协定将在 2004 年 1 月签署。而这一年，正是中法文化年，2003 年刚刚就任国家主席的胡锦涛将亲自赴法访问，作为中法最大的企业合作项目，TCL 与汤姆逊公司的合资仪式将由两国最高领导人共同见证。

法国方面为了表达对李东生的敬意，邀请他出任“法国文化年”中国区荣誉委员会主席。法国总统希拉克在巴黎爱丽舍宫亲自授予其国家荣誉勋章，而在希拉克访华期间，李东生受邀出席重大的国事活动……这让李东生俨然已经超越了一个企业家的地位，在迅猛而来的中法交流的政经热潮中，赢得了一份前所未有的尊荣。

然而，就当荣耀环身、掌声响彻四周的时候，李东生仍然心存疑虑。

2003 年 12 月，汤姆逊公司向 TCL 递交了彩电业务的最新财务报告。财报显示，2003 年第四季度汤姆逊彩电运营收入 5.08 亿欧元，但彩电业务全年预计亏损 1.24 亿欧元（13.06 亿人民币）。这一数据与几个月前谈判时预估的亏损 8 000 万欧元又恶化了很多。相对应地，TCL 彩电业务 2003 年在国内的赢利约为 5.3 亿元，海外赢利约 8 000 万元，合计 6.1 亿元人民币，不及汤姆逊公司消费电子业务亏损额的一半。虽然汤姆逊公司当年的亏损不会转入合资公司，但经营状况的恶化对并购之后的经营会产生持续的影响。

李东生和严勇及摩根士丹利商议后决定紧急刹车，推迟协议的草签。

他们的决定让汤姆逊公司焦急万分，香港代表在第一时间赶到惠州。很快达哈利的远洋电话也打了过来，他恳请李东生去一趟巴黎，并明确表示，有什么要求都可以提，汤姆逊公司方面会很积极地进行配合。

此时，作为投资顾问的摩根士丹利拟订出了一份可以“让汤姆逊公司主动提出拒绝”的方案，其中的很多附加条件都是在前期谈判中对方所坚决不愿意接受的内容。1 月 23 日，李东生带着这份方案亲赴巴黎。双方谈了几天，在预定签约的前一天 27 日从下午谈到凌晨三点多，多番拉锯之后，汤姆逊公司几乎接受了全部条款，双方握手草签文本，并让各自律师的团队准备正式文件。

双方最终达成的协议是：汤姆逊公司以不同形式再支付重组费用 5 000 万欧元。至此，汤姆逊公司在合资公司内投入资源总价值超过 3 亿欧元，获得 TTE33%的股份。而 TCL 多媒体没有支付任何现金，拿回了估值超过 3 亿欧元的汤姆逊彩电业务

图 13–4　在中法两国最高领导人的共同见证下，TCL 与汤姆逊正式签署合资协议

资产，其中有 7 000 万欧元的现金。当时李东生和团队对这份协议是满意的，摩根士丹利和波士顿团队也举杯相庆。

2004 年巴黎时间 1 月 28 日晚，在法国总理府，李东生与达哈利正式签署了合资协议，TCL–汤姆逊电子有限公司（以下简称 TTE）正式成立。站在李东生背后，见证签约仪式的是中国国家主席胡锦涛和法国总理拉法兰。据预测，TTE 在 2004 年的彩电产销量将达 2 000 万台，把第二、第三位的索尼、三星（1 700 万～1 800 万台）抛在后面。

双方约定，5 月前完成所有合同和协议的谈判，7 月 1 日合资公司正式运作。

第二天，TCL 多媒体的股价在香港联交所应声上涨。

在当时，没有任何人怀疑，这是一个受到政府和资本市场共同祝福的“世纪合约”。

阿尔卡特：又一个送上门来的猎物

就当 TCL 准备一口吃下汤姆逊彩电的同时，又一个“法国猎物”送到了门口，它看上去竟也是那么的诱人。

李东生在巴黎期间，汤姆逊公司的前任 CEO、时任法国电讯董事长的布顿登门拜访，他给李东生介绍了另一桩生意：阿尔卡特的手机业务。布顿是法国政商两界的能人，在汤姆逊公司任职期间和李东生见过，此次并购谈判，他也在当中斡旋撮合。他当时担任法国最大的国营公司法国电讯的董事长，是阿尔卡特最重要的合作伙伴。

阿尔卡特是一家与汤姆逊公司有着同样悠久历史的法国电子业巨头，它创建于 1898 年，是电信系统和设备以及相关的电缆和部件领域的世界领导者，业务遍及全球 130 多个国家，拥有 12 万名员工。5 年前，阿尔卡特拓展了手机业务，但作为系统设备的厂商，它的终端产品业务表现始终不尽如人意，董事会决定将其出售。

对于这项并购，TCL 内部似乎没有多大的分歧。当时，TCL 的手机业务正处在前所未有的顶峰，通讯团队雄心勃勃，早有海外并购的需求。国内的手机市场如火如荼，但是也隐约出现了成长的瓶颈，手机产品的生命周期非常短，企业要想生存或者很快适应市场变化，必须不断研发换代新产品，但每一款产品都需要巨大的研发投入，必须在产品生命周期达到更大的销量才能获得较好的收益。而要解决这个问题，通过业务国际化扩大销量是在当时最可行的办法。在过去的一段时间，TCL 已着手筛选潜在的并购对象。万明坚相中了西门子，它既有 GSM 专利，同时手机非其主业，本身也有出售的欲望，但西门子开出了令人无法接受的价码，并购一事只能作罢。

此时，阿尔卡特的出现无疑令人喜出望外，在与布顿见面时，李东生当场表示有意向考虑并购阿尔卡特手机业务。

阿尔卡特表现得与汤姆逊一样积极。阿尔卡特董事长提出，因为也有其他谈判对象已经进行，此交易必须速战速决，并给出 3 个月内谈判达成意向的时间表。李东生在了解阿尔卡特手机业务的基本情况和对方的合作条件之后，承诺两周之后就派员赴巴黎谈判。

据安永会计师事务所出具的合并财务报告，在 2001 年和 2002 年这两年中，阿尔卡特移动电话部门净亏损分别为 4 亿欧元和 1 972 万欧元；2003 年，阿尔卡特的手机产量为 770 万部，销售额为 8 亿欧元，产生了 7 440 万欧元的亏损。这让它在竞争白热化的手机市场上举步维艰。事实上，TCL 并非阿尔卡特第一个谈判对象。因为与 LG、摩托罗拉等国际巨鳄无法达成保留员工和品牌的协议，阿尔卡特才转向中国企业。

李东生回国后，立即将此计划和 TCL 移动通讯有限公司团队及合作伙伴王道源先生商量（他拥有 TCL 移动通讯有限公司约 30% 的股权）。听了李东生的介绍，他对此很感兴趣，答应自己带一个小组赴法谈判。王道源是香港最早的电子工业家，担任过香港早期最大的康力电子公司的董事，后自己创办了香港“港华电子”，投资过康佳，和李东生相交 20 多年。王道源带着郭爱平等人春节期间奔赴巴黎谈判。初步交流分析后，他们对这一项目的判断是：阿尔卡特虽然在中国市场上挤不进前 20 名，但这个品牌还有 700 万部的海外市场，而且主要在欧洲、拉美市场发展；而

TCL的市场95%在中国，渠道互补效应很明显，两家企业的年产能相加，可达到1 800万部，与LG当年的销量差别不大，有希望进入第一方阵。而更诱人的是阿尔卡特在2G、2.5G等领域的技术积累，如果单靠TCL自身发展，恐怕至少要5年才能达到阿尔卡特目前的技术水平。至于对方的业务亏损，并购之后如能利用TCL移动通讯有限公司工厂的效率成本优势及市场的协同效应，能够减少亏损，增加收益。

相对收购汤姆逊公司的多媒体业务，收购阿尔卡特手机业务这个项目交易结构比较简单。对方没有工厂，只有销售服务机构和法国巴黎、中国上海两个研发中心，雇员也较少，整合的工作量没那么大。阿尔卡特在欧美市场是一个口碑非常好的品牌，特别是在法国市场，有很高的认同感，通过收购当地企业获取成熟的产品品牌、销售渠道、研发基地，对于TCL手机的国际化发展有很大帮助。

种种分析表明，这看上去同样是一场不错的联姻。当时李东生正忙于和汤姆逊公司的正式合资合同及商标授权、技术转让、业务接收、员工雇用等协议的谈判，他就将阿尔卡特的谈判全权交给了王道源和郭爱平。

郭爱平毕业于成都电子科技大学，工程博士，后在美国斯坦福大学学习投资和企业管理并在美国企业工作多年，2001年回国就加入TCL移动通讯公司。他有良好的教育背景和海外工作经验，工作勤勉尽职。

由于双方合作意愿强烈，加之竞争对手虎视眈眈，TCL未委托咨询公司开展尽职调查，只派出自己的团队进行了业务调查，并聘请摩根士丹利和安永协助谈判。谈判进展顺利。

最终双方的协商结果是：成立一家新公司——TCL–阿尔卡特移动通讯公司（简称T&A），阿尔卡特注入4 500万欧元和2G、2.5G的专利知识产权，包括600多名在欧洲的研发人员和业务人员，以及在拉美和中国的业务团队及上海研发中心约500名工程师一起转入，并获得新公司45%的股份。按约定，这一股份可以在3年后根据当时的价值换为TCL通讯[①]的股份，上不封顶，下限为5%。当时TCL移动通讯有限公司正在筹备分立上市，原设想在公司上市之后再吸并T&A。这意味着一定时期内，将存在两个独立的法人实体：TCL通讯，以及TCL通讯附属的合资子公司“T&A”。这种安排为日后的整合埋下了“地雷”——TCL通讯和T&A依然各

① 此处的TCL通讯为TCL移动通讯有限公司的控股公司，成立于2004年2月。以下提到的TCL通讯均与此同。——编者注

图 13–5　2004 年 4 月 TCL、阿尔卡特携手建立合资公司

有自己独立的管理系统、销售渠道及两个品牌。

2004 年 4 月底，就在收购汤姆逊彩电的三个月后，TCL 与阿尔卡特在巴黎签订合作备忘录，筹建手机合资公司 TCL– 阿尔卡特（T&A）。TCL 通讯投入 5 500 万欧元，拥有 55% 股权；而阿尔卡特则付出现金及全部手机业务作价共 4 500 万欧元，占 45% 的股权。阿尔卡特手机部门的雇员全部转入合资公司。5 个月后合资公司正式成立运行，总部设在香港。

2004 年 9 月，合资公司如约正式投入运营。根据此前的谅解备忘录，阿尔卡特作价 4 500 万欧元的资产包括两个研发中心的固定资产净值作价加现金；其客户网络、经验丰富的销售与营销管理团队、知识产权以及拥有几百名成员的欧洲巴黎的研发团队、中国上海的研发团队不作价转入合资公司；TCL 通讯投入 5 500 万欧元现金，合资公司的净资产约为 1 亿欧元。

图 13–6　李东生登上美国《财富》杂志封面

交易双方都乐观预期，合资之后的 T&A 将大有可为——按照新团队提供的经营预算，从 2004 年 9 月份到年底，新公司可实现盈亏平衡，而到了 2005 年，就可以赢利。

匆匆过去的 2004 年，对于李东生而言是繁忙而快乐的。两次重大的并购行动让 TCL 的国际化战略跃上了一个新的平台，他的名声走出国门，成为最受欧洲产业界关注和欢迎的中国企业家。他被美国《时代》周刊和CNN（美国有线电视新闻网）评为“2004年全球最具影响力的25名商界领袖”；被美国《财富》杂志授予年度“亚洲最具影响力的商业领袖”称号，上了当期杂志的封面；他还被中央电视台评为2004年的“CCTV中国经济年度人物”；中国企业联合会和中国企业家协会还授予他年度“最受关注企业家”的称号。

TCL在这一年的大胆并购也同样鼓舞了其他的中国企业。2004年7月，上海汽车斥资5.6亿美元收购韩国双龙。12月8日，国内最大的电脑制造商联想集团宣布以17.5亿美元收购IBM的PC业务。

那是一个骚动亢奋的年份，世界让中国企业展开了新的想象。然而，对于李东生和柳传志等人来说，国际化的考验才刚刚开始，而未来的局势变幻，比他们想象的要严峻得多。

第十四章　李东生的敦刻尔克

唯一值得我们恐惧的就是恐惧本身。

——富兰克林 · 罗斯福

在完成了对汤姆逊公司和阿尔卡特的两次重大并购之后，李东生的心情可用两个词来形容：自信、速胜。

就在完成阿尔卡特并购的 2004 年 4 月，有“全球第一 CEO”美称的美国通用电气公司董事长杰克 · 韦尔奇来到中国。在主办机构的安排下，李东生与韦尔奇同台论道，这是一个很有戏剧性的场面。

图 14–1　李东生与杰克 · 韦尔奇共同出席上海财富论坛

TCL 的并购行动已是一个国际性的轰动新闻，韦尔奇显然对来者颇有了解，因此一开场就半恭维半幽默地说：“我们的企业成了一个具有讽刺意义的现象，李先生他们购买的彩电业务，是我 14 年前卖给汤姆逊公司的。让汤姆逊公司扭亏为盈，通用电气没有做到。今天李先生要帮助汤姆逊扭亏为盈，和三星、索尼进行竞争，李先生现在是肩负起了一个具有全球意义的重大挑战。”这番话被翻译成汉语，当即引来满场的掌声。此次论坛后的两个月，肩负着挑战责任的李东生发誓将在 18 个月内让 TTE 实现赢利。在新闻发布会上，他甚至不惜以个人信誉担保，他说：“我可以很负责任地说，18 个月后 TTE 能赢利。18 个月后大家可以来检查，我个人的信誉一向还算比较好。事实上，我觉得我们不到 18 个月就能赢利。”

自信的另外一个侧面，反应在其财务的处理上。为了实施两大并购案，TCL 多媒体向银行申请了 2 亿美元的银团贷款。日后李东生说，其实当时的资本市场非常看好并购，香港的 TCL 多媒体股票一直在涨，如果当初用增发股票的方式筹措资金，成本和风险会小得多。

当然，这些都是“复盘”时候的沉痛反思。

大大出乎李东生预料的是，跨国整合的难度竟然会是那么的大。他从自信、速胜到几乎崩溃，仅仅不到一年的时间。

内外交困的手机

在 TCL 所完成的两大并购中，汤姆逊的难度比阿尔卡特要大多得。但李东生对汤姆逊并购作了较充分的准备，危机的幽灵首先在手机战场上浮现出来。

在李东生的记忆里，2004 年 11 月底的巴黎分外冷，寒意四起，李东生、万明坚、郭爱平、王道源一行人来到阿尔卡特的巴黎总部开会。

由于是周末，阿尔卡特大楼里不开暖气，李东生等人都穿着厚厚的大衣开会，但即便如此，还是冻得发抖。不过，真正让李东生冷到骨髓的是，阿尔卡特手机业务亏损加剧的消息。之前作并购后的业务预算时，第四季度是销售旺季，计划年底能够扭亏，可在会上阿尔卡特的手机业务总经理却报出了一连串令人沮丧的销售和财务数据。由于诺基亚同时在全球市场大幅降价，使得阿尔卡特销售远低于目标，虽然已经减价促销，但手中还有大量的存货，预计将产生 3 000 万欧元的亏损。

更让李东生担心的是 TCL 国内业务出现逆转，下半年销量下降，存货上升。中国入世之后，承诺大幅降低关税，并取消所有外资企业在中国业务的限制。2003 年中国加入全球信息产品贸易协议（ITA），将手机进口关税降到零，外资品牌借机在国内市场大举反攻，国内手机企业业绩大幅下滑。同去巴黎开会的万明坚对国内市场的巨变已经感到焦头烂额，根本无暇考虑阿尔卡特的业务脱困。一个可怕的预感陡然浮上了李东生的脑海——如果阿尔卡特的亏损无法止血，而国内手机业务又崩盘，将可能在来年把 TCL 拖入整体亏损的尴尬局面，这是 TCL 创办以来不曾有过的事情。更让他感到寒冷的是，此时的他并不知道这个冬天会持续多长时间。

并购阿尔卡特的准备工作是不充分的，在 5 月签订协议后，国内业务已经开始出现许多困难的征兆。万明坚在国内全力补台救急，将阿尔卡特并购工作交给郭爱平及其带领的一个经验能力不够强的小组，他自己只到过一次巴黎。

当时的策略是并购后继续依靠阿尔卡特业务团队经营海外业务，TCL 通讯提供更有效率和成本竞争力的产品生产制造，逐步代替阿尔卡特现有的外包生产供应商，通过提高效率和成本竞争力扩大销售，实现扭亏。现在欧洲销售前端业务出现很大问题，TCL 并无相应的预案，很难作出决策。开完这个在李东生记忆中无比寒冷的会议，他又连夜飞往美国，去处理 RCA 的相关事宜。此时，赵忠尧在北美关于 RCA 的诸多改造还是颇有成效的，这让李东生多少有了一些暖意。

在飞往美国的飞机上，李东生坐立不安，想来想去，还是决定给万明坚写信。

李东生在信中说，阿尔卡特海外手机业务要迅速整合成功，甚至要短期中止亏损，不是一件容易的事情。在这种情势下，作为大本营的国内手机业务，断然不能有失。

李东生还在邮件里分析了此时 TCL 通讯存在的问题，并对万明坚的诸多委屈给予回应。很显然，这个时候，李东生还是希望，万明坚领衔的 TCL 通讯国内业务能有一个亮丽的表现，以形成对 T&A 的有力支持。这其实是 T&A 项目最开始实施的前提所在。

但是，屋漏偏逢连夜雨。TCL 手机业务乃至整个中国的国产手机们的冬天竟然也在此刻悄然到临。

从 2004 年开始，外资品牌利用中国手机进口零关税的政策，改变了以往只盘旋在高端市场的竞争策略，借助强大的产品技术能力和品牌影响力以及规模效率的优势，大力向低端手机市场切入，从而基本抵消了国产手机价格成本的优势。

有媒体报道，2003 年前后，诺基亚、摩托罗拉、爱立信三家企业就曾在新加坡密谋开会，讨论应对中国国产手机的策略。它们认为绝对不能犯之前彩电企业的错误，不能给中国企业更多的机会。最后三家达成共识，变产量、变款式、变价格。所以，它们的中国手机业务变得速度很快。

此后，它们相继改变了战略，先是摩托罗拉向市场推出价位分别为 398 元和 498 元的两款超低价手机；之后，诺基亚将两款原价在 700 元左右的低端手机也降价至 600 元以内。有人曾描述它们的新打法是：第一款新手机进入市场之后，第二款迅速跟进；第二款跟进时，主要促销第二款，第一款就提高产量，拉低售价，使销售量上升；然后，第二款价格开始回落，把第一款放掉，拉升第二款的产量，再降价，使销售量直线上升。一波一波走，变得很快，最后把对手拖进困境。

面对变局，万明坚曾放出豪言，要冲击洋品牌的高端市场，让它们没法补贴低端市场，从而造成首尾两难顾。不过，现实却是，洋品牌不仅防守住了高端市场，而且在低端市场上不断进逼 TCL 们。

让万明坚头痛的不仅仅是渠道下沉的洋品牌，还有咄咄逼人的山寨手机市场。

从 2003 年起，中国市场上就开始出现山寨手机——包括水货机、组装机、贴牌机、翻新机等，它们通过避免牌照、税费来获取利润，严重冲击品牌厂商市场。起初在信息产业部和手机厂商的联合打击下，这些山寨手机没有取得较大的进展，但这一切随着 MTK（联发科技股份有限公司）的入局而改变。

2000 年，台联电分出的 MTK 进入低成本手机芯片市场。开始，他们在大陆受到品牌厂商冷遇，但仍然找到了自己的客户——山寨手机。MTK 向山寨手机提供基带和多媒体集成的“Turn Key”解决方案，完成了手机设计的 80%，能够让没有什么技术积累的手机厂商在非常短的时间内做出新款产品。

山寨机以足够便宜的价格和各种意想不到的功能、外观，吸引着中国数以亿计的草根消费者。比如诺基亚、三星和摩托罗拉的手机不可能出现震耳欲聋的 8 个喇叭或是被某个高僧开过光，山寨机却可以。“没有做不到，只有想不到”一度是山寨机最引以为傲的特点，甚至被认为是中国人在创新上的突破，让众多国际手机业者叹服。但这些剑走偏锋的卖点的出现和被追捧，完全是因为 2G 时代手机产品形态固化太久——当 2G 手机用了十多年完成从黑白屏转为彩色屏、从单音节铃声到 MP3 功能、从图片浏览到 1 200 万像素照相功能等进化之后，唯一能够再有变化并吸引消费者的只有外形和各种偏门功能。而山寨机能以更快速度、更狂野的想象力在这条歧路上登峰造极，这恰恰抄了万明坚们的后路。

面对洋品牌的渠道下沉和山寨机的营销创新，TCL 腹背受敌。更让万明坚被动的是，TCL 产品品质接连出现问题：2004 年 8 月，TCL 一款彩屏机 Q520 一上市即出现了诸多性能和质量问题，TCL 通讯总部紧急叫停并收回所有该款手机，类似的问题也出现在其力推的 668 身上。

在这种受到前后夹击的被动情形下，万明坚想出了一个叫做“库保”的促销政策，而这成为压倒 TCL 通讯的最后一根稻草。

手机是一种时令产品，一款手机刚问世一个价，半年后一个价，一年后一个价，因此，很多经销商为了控制住成本，宁愿选择分批进货。万明坚为了刺激他们大量进货，提出了库保政策——当新款手机推出时如旧款机降价，TCL 承诺给予经销商库存的旧款手机差价补贴。

这一政策有相当的刺激性，让经销商敢于大胆进货。在手机畅销的时候，自可推波助澜，厂商双赢，然而当市场开始走下坡的时候，却成为恶化的加速器。对于厂家来说，手机一降价，不但减少了利润，相反，还要贴很多钱来补前期已销售产品的价差。对于经销商而言，卖不出去的产品没有压力，可以等着库保补价差。

在产品滞销时，厂家降价就会面临数额无法确定的价格补差；但是如果不降价，随着产品的竞争力下降，根本卖不掉。

降价不是，不降价也不是，TCL 通讯的国内业务由此进入一个死胡同。

面对跨国巨头和山寨机的夹攻，TCL 通讯在 GSM 手机市场的份额从第一季度的 8.54% 降到第四季度的 6.52%，首次出现负增长。2004 年下半年，TCL 通讯亏损超过 3 亿元，导致全年亏损达 2 000 万元，国内市场销量同比下降了 30.2%，从上一年度的辉煌顶峰陡然滑下。

“协同”为什么这么难

国内手机市场的由盛转衰，让 TCL“以内补外”的战略彻底落空。从 2004 年下半年到整个 2005 年，在对阿尔卡特海外业务的整合中，新的困难层出不穷。李东生生性不是一个冒进的人，但此刻他突然发现，在这个陌生的战场上，原有的很多经验似乎都失灵了。他不是失去了进取的勇气，而是没有找到进退的路径。

困难出现在五个方面。

第一是组织结构导致业务整合缓慢。

阿尔卡特和 TCL 合资成立一家公司的做法虽然能达到短期的平衡，但在到底谁说了算这个问题要扯半天。两家都是庞大的公司，股权分别是 55% 和 45%，虽然 TCL 控股，但 T&A 总经理和主要业务团队都由阿尔卡特手机部门团队担任，TCL 只派出几位主管参与，不足以形成一个绝对的领导方；同时责权不明确，业务运作效率很低，整个工作绩效更是大打折扣。

表面合在一起了，但是事实上还是两张皮，貌合神离。T&A 自 2004 年 9 月成立后至 2005 年一季度初期，处于磨合运营阶段，基本上仍然保持 TCL 与原阿尔卡特移动电话部门相对独立的运营模式——这是造成财务负担加重的根本原因。

也就是说，合资公司成立以来，无论是海外市场还是国内市场都仍旧在延续原来阿尔卡特以及 TCL 两套人马、两套运行体系的模式。比如广州、深圳等地，TCL 和阿尔卡特手机销售各行其道，没有达到资源整合的预期。整合 7 个月后，阿尔卡特的大部分产品还是外包生产，而 TCL 自己的工厂却产能过剩。

第二是欧洲人力成本之高大大超乎预算。

在很长的时间里，人力成本低廉是中国企业竞争的最大优势之一，这也被看成是中国经济的重要“红利”。然而到了法国，基于当地的劳工协议，人力费用成本几倍于中国。

按最初的合资协议，有 700 多名欧洲的阿尔卡特技术和管理人员整体转入 T&A 公司。以阿尔卡特原来的高薪酬福利，月支付近每人 1 万欧元，每月高达 700 万欧元，仅 8 个月就能将 TCL 并购时所准备的欧洲业务营运资金 5 400 万欧元耗尽。

而这些成本在法国很难靠裁员来削减，阿尔卡特原来与研发人员签订的是长期劳动合同。

解聘一名员工将面临三方面的考验：一是赔偿金额不菲，平均每人超过 10 万欧元；二是欧洲公司的工会非常强大，谈判难度非一般可以想象；三是社会的舆论与压力将对公司造成严重伤害。

正因如此，尽管经营业绩不尽如人意，阿尔卡特方面的人力成本却几乎保持原状。从 2004 年 9 月份运作到调整前，TCL 在欧洲不但没有减少人，还增加了几个人，这是很不可思议的。在没有足够销售规模的情况下，维持阿尔卡特原有的员工结构是不可能赢利的。

第三是两个企业的国内外资源共享难以实现。

渠道资源的共享，将两家公司的成功产品引入各自的销售平台，是最早着手之事，但却一直没有进展。

本以为 TCL 的国内产品可直接通过阿尔卡特的渠道进入海外市场，但涉及的海外运营商却有定制和很强的互联互通的要求，而 TCL 通讯的产品在品质上一直差强人意，始终不能通过运营商的审核，因此，并不能马上上量。

阿尔卡特的手机产品通过 TCL 的渠道在国内销售也问题多多：阿尔卡特手机在国内的运营是由整合后的苏州 T&A 承担的，这个原阿尔卡特的中国业务部门和 TCL 移动通讯有限公司的业务部门难以沟通。

双方公司在激励方式上的差异也导致了渠道渗透困难。T&A 沿用的是 TCL 模式，相对低的固定收入，相对高的提成，而在原来的阿尔卡特中国业务团队的收入比较平稳，卖多卖少不会有太大影响。新的业务管理和激励方式他们并不接受，而他们差强人意的销售业绩也让万明坚无法容忍，冲突导致一些人员不断流失，最终阿尔卡特中国业务部门被关闭。

第四是公司文化的磨合困难超出想象。

阿尔卡特手机业务与 TCL 相比，在经营业绩上尽管处于弱势，但是阿尔卡特作为全球主要通信设备系统厂商，在规模、技术、品牌和市场影响力上要比 TCL 强一些。而当一个弱势品牌并购强势品牌之际，强势企业的员工一般很难接受弱势企业的文化。因此，从并购的第一天起，不安全感就在原阿尔卡特手机欧洲业务中心和研发中心 700 多名员工中弥漫。他们对 TCL 文化很难认同，对未来缺乏信心，懈怠情绪像病毒般复制，他们怀念以前的阿尔卡特，归属感极速下降。

对阿尔卡特上海研发中心的整合也不顺利，该中心有 400 多名中国工程师，主管是阿尔卡特派来的法国人，早期他们许多人难以认同 TCL 的管理文化。TCL 派去了一批管理者，但这些管理者发现，他们对处于动荡期的 T&A 并没有太多的办法，也很难融合到员工中去，他们的到来在原阿尔卡特的一些员工看来更像是异物入侵。上海外资企业很多，一些重要岗位的员工不断流失，使得工作效率大受影响。

第五是技术优势的整合流于形式。

被 TCL 并购的阿尔卡特移动电话技术研发有两个部分，即位于法国的阿尔卡特移动终端产品研发中心和位于中国的上海阿尔卡特研发中心。阿尔卡特手机业务虽然亏损，但其技术研发能力很强，还拥有多项 GSM 技术的核心专利。李东生在并购谈判期间，多次参观阿尔卡特研发中心，深感其产品设计和技术能力领先于 TCL 移动，整合阿尔卡特移动通信终端技术优势是并购的主要目标之一。

按最初并购的初衷，阿尔卡特的技术优势通过 T&A 嫁接到 TCL 移动通讯有限公司中来。T&A 当时提出，采取两大策略——创新和开源节流，发挥四大协同效应——交叉销售、采购、生产及研发。TCL 会参与 T&A 手机产品的设计和制造，从而大大控制研发成本，并通过各自的销售网络分销对方的产品。

但随后的发展表明，协同作用的发挥在操作层面困难重重。

位于法国巴黎的阿尔卡特移动电话部门在收购后更名为 TCL&Alcatel Mobile Phones SAS (以下简称 T&A SAS)，包括欧洲业务组织和产品技术研究中心。但法国研发中心并没有收到期望的效果，这是因为，在并购谈判期间，法方原有员工的积极性受到影响。事实上，早在合资公司未正式营业前，双方就开始合作，但不仅没有产生协同效应，反而由于责任不清影响到士气。兼并期间外方工程师心神不定，激励和培训难以发挥作用。部分产品开发未按时完成；按时完成的，成本控制、出货时间也比预计要差；新产品性价比不高，毛利率不升反降。造成那一年间，法方基本上没有有竞争力的产品问世，而手机公司是吃产品饭的，没有有竞争力的产品，就意味着业绩的大幅度下滑。

此时，双方股东虽然成立了一个联合领导小组，但这个小组并没有达到设立初衷。法方急着出售，本身就可以不管不问，中方想努力推进，但却处于有心无力的状态。

上述的五大困难，几乎都是 TCL 方面在并购前所没有预料到的，或者说，即便有一些心理上的准备，但是在执行层面并没有形成成熟的应对措施，更没有预想到其严重程度。

在全球所有的公司并购案例中，都有一个共同的规律：如果并购发生在市场上升时期，内部的整合矛盾有可能在业绩扩张的过程中被消化或者暂时掩盖，反之，则可能被迅速地放大和激化。让人遗憾的是，TCL 陷入了后一种可怕的局势。

从 2004 年三季度开始，当时正如日中天、占据手机市场 1/3 天下的龙头企业诺基亚在全球范围内大幅度降价，部分型号降幅超过 30%。在低价竞争之下，合资公司 T&A 营收大面积滑坡。2004 年 6 月底与阿尔卡特合资前，TCL 手机业务毛利率为 22.5%，到 2005 年 3 月底，毛利率已骤降至 5%。

2005 年 4 月 14 日,TCL 集团发布业绩快报：合资公司 T&A 正式运营 8 个月后，作为合资公司下属企业的 T&A SAS 财务状况十分严峻。根据其财务报告，T&A SAS 2004 年全年及 2005 年一季度分别亏损约 2.89 亿元港币和 3.09 亿元港币，而同期 TCL 移动通讯有限公司国内业务快速下滑，亏损总额急剧扩大。

2005 年年初，光环褪尽的万明坚黯然离职。

到 2005 年年底，TCL 通讯仍然无法遏制颓势，年度巨亏 9 亿元，几乎将之前几年的所有利润全部吃光。

置于死地而后生

尽管 TCL 通讯已经陷入国际化的苦战，但是对于久经沙场的李东生来说，仍然试图绝地一搏。

2005 年 1 月，万明坚离职后，李东生召回刘飞。刘飞和郭爱平一样都是万明坚成都电子科技大学的师兄，后到美国留学。刘飞在芯片厂商美国得州仪器公司工作多年，2001 年万明坚礼聘他和郭爱平先后加入 TCL 移动通讯有限公司，2003 年刘飞因和万明坚不合而离开。在 TCL 移动通讯有限公司工作期间，李东生对其能力颇为欣赏，曾极力挽留。刘飞承诺如日后公司有需要，他随时愿意回来效力。王道源惜才，在刘飞离开 TCL 后，出资搭建一个小企业平台让其创业。在王道源的支持下，刘飞回归接棒万明坚，临危受命。

李东生召集 TCL 通讯新的高管团队开会，分析当前的严峻形势，阿尔卡特业务巨亏，TCL 国内业务也陷入困境，国内业务肯定不能再支持 T&A 合资公司，大家捏紧手头现金，好自为之。与会者对 T&A 的未来进行了细密的沙盘推演，对于脱困战略，形成两种意见：其一主张缩小手机业务，努力赢利；另一种则主张做大规模，吸引新的投资者。最终，李东生作出决定：缩小规模，锁定大运营商，生产自救，手机业务不再追求进入“第一方阵”，而是确保现金为王，赢利第一，先渡过难关。他要求刘飞、郭爱平先研究一个挽救 T&A 的方案，国内 TCL 手机业务他急调彩电国内业务的两位主管黄万全和范志军救急。

在来回法国和上海数次考察之后，刘飞团队用两个月时间做出了一份 T&A 重组报告。报告详细分析了彼时合资公司的股权资本治理结构，阿尔卡特产品的成本构成、供应链情况等。报告揭示出一个无情的结果：T&A 原有的资源已经消耗大半，整改非双方股东再提供额外的支持不可。并由此提出了一个方案：双方增加注资，阿尔卡特负责安置欧洲 T&A 富余的雇员；并将此前中外方持股比例为 55 ∶ 45 的合资公司 T&A 由当时已经分立上市的 TCL 通讯发行股份全资收购成为附属子公司。此举的目的一方面在于加强 TCL 的主导权，另一方面也希望借此来削减成本。

李东生很快同意这个方案，并组建了一个由他自己、王道源、集团副总裁严勇和刘飞组成的谈判小组，和阿尔卡特全球副总裁兼移动通信事业部总裁尹天福在香港开始了谈判。T&A 已陷入绝境，任何可能的重组方式都需要双方股东投入资源，承担责任。这和阿尔卡特出让手机业务的初衷相悖，阿尔卡特出让手机业务成立合资公司的主要目的是止损，退出终端产品业务，T&A 能否获益是第二位的，他们不愿意再承担责任，投入资源。谈判过程非常艰难，经常谈到晚上两三点。双方意识到，合资公司已经很危急，必须增加注资和削减成本。谈判的焦点是要求阿尔卡特重新安置其欧洲部分员工。

此过程中，不为外界所知的事实是，TCL 发现阿尔卡特提供的手机业务各方面数据和后来真实的情况有所出入。TCL 认为这是造成 T&A 业务亏损的一个原因。对此阿尔卡特后来也不得不承认自己有处理不当的地方，因此同意做某种程度上的补偿。此时阿尔卡特也意识到，如果不尽快进行重组，最终有可能是双输的局面。双方在增加注资 T&A 上很快达成共识，阿尔卡特同意注资 2 000 万欧元，TCL 通讯豁免债务和增加注资共 4 000 万欧元。

阿尔卡特对重新安置大部分原阿尔卡特欧洲员工的要求开始不愿接受，但李东生强硬坚持，并明确将此条件作为谈判破裂点，因为 T&A 确实无法支付高昂的欧洲员工解雇成本。李东生判断，T&A 运作只有半年多，如果公司破产，阿尔卡特是无法逃避其员工补偿责任的。李东生和严勇、刘飞商量，作好了谈判不成功，就让 T&A 破产的最坏打算。

这种置于死地而后生的策略最终迫使阿尔卡特妥协，同意在未来一年内分批接收 T&A 中原阿尔卡特欧洲富余的雇员，同时要求 TCL 承诺在重组后将 T&A 吸并进已上市的 TCL 通讯，阿尔卡特可将 T&A45% 的股权转换为 TCL 通讯 4.8% 的股权，彻底解除阿尔卡特对 T&A 的后续责任。由此阿尔卡特从最初的合资方变成了战略投资者，而 TCL 则能够开始按照自己的思路重组和经营海外阿尔卡特品牌业务。郭爱平接手阿尔卡特欧洲手机业务管理，开始重组 T&A 欧洲公司。

该结果对 TCL 通讯意义重大，方案避免了和欧洲员工工会旷日持久的裁员谈判，避免了支付数额巨大的解雇补偿。李东生对阿尔卡特负责任的务实态度非常感激。

阿尔卡特根据 T&A 业务重组的进度，在一年内先后接收了约 500 名欧洲研发和业务部门的员工，按每名员工每年 10 万欧元的平均工资计算，此举为 TCL 通讯节省了大约为每年 5 000 万欧元左右的费用。原阿尔卡特手机欧洲技术研发的功能逐步转移到上海 T&A 研发中心，欧洲只保留针对当地客户的技术支持团队。欧洲业务团队也进行了优选和精简，保留了约 100 人的业务团队，为开始下一步的计划打好了基础。

将 500 名法国员工“还给”阿尔卡特，TCL 不仅在成本支出上压力顿减，这还是优化供应链管理的第一步。可以证明的数字是，最初没有裁员的时候，阿尔卡特研发一款手机要 1.3 亿元人民币，重组之后只需要 3 000 万元人民币就可以做到了，这个数字后来下降到最低 100 万美元。

与此同时，由于 TCL 通讯的海外业务供应链很广，总部对前端的业务支持往往不能及时到位；另一方面，总部对市场、客户情况的了解也时常失真。TCL通讯需要将欧洲和拉美的业务系统，与总部的财务、业务和供应链很好地对接。

时任TCL通讯CFO的廖旭东，对海外供应链的优化发挥了重要的作用。廖旭东是TCL通讯高管中为数不多的香港人，2003年加入公司后，一直主管财务工作。廖旭东以其良好的专业能力和一丝不苟的工作精神，将业务系统的前后台打通，并高效地运作起来，有力地支持了海外业务成长。

重组后的T&A总经理由郭爱平担任，他需要常驻巴黎协调管理公司组织和人员的重组过程。他要选择好的业务经理，并说服他们留在合资公司，这是一项艰巨的工作。因为按照新的重组计划，这些雇员不愿意留在合资公司，阿尔卡特必须重新接收并安排他们的工作；他们对T&A的未来有信心才会留下来，并且尽力尽职地投入到工作中。

郭爱平发挥了他美国教育和工作的经验，保留和组织了一支很有能力的海外业务团队，为阿尔卡特手机业务的复兴打下了基础。阿尔卡特的业务组织能力和渠道基础在优化后基本保留下来。直至今天，TCL通讯在欧洲和美洲业务组织的核心团队，大都是阿尔卡特留下的雇员。2010年这两个区域销售量仍占TCL通讯总销量的80%。

技术转移是二次重组的另一项艰巨的工作，因为技术经验和能力是阿尔卡特最重要的价值。

2005年元旦，TCL通讯总工程师王激扬来到上海阿尔卡特研发中心，他面对的是迷茫不安、怀疑及不信任的情绪。他首先和研发中心的法国主管阿兰坦诚沟通，建立信任；阿兰决心留下来一起打拼，整个团队的情绪很快安定下来。

借助阿尔卡特已经建立好的产品设计技术管理平台，王激扬用了12个月时间，将阿尔卡特巴里研发中心的技术能力转移到上海。虽然阿尔卡特有部分技术能力在转移到上海研发中心的过程中丢失了，但最重要的核心骨干的技术能力保留了下来。而重组后的TCL通讯上海研发中心，在王激扬的带领下也成为了TCL通讯的主要技术发动机。阿尔卡特注入的GSM核心技术专利，也使得TCL通讯能够继续在欧美市场销售自己的产品。

如今，上海研发中心已经扩大到700多人，并在2010年并购了法国萨基姆宁波研发中心，研发团队现已达到2 000人，成为TCL最强大的产业研发队伍。王激扬用自己优秀的专业经验和兢兢业业的工作精神赢得了同事们的信赖，2006年他被任命为TCL通讯执行副总裁，2011年升任为TCL集团最年轻的副总裁。

并购后几年全球移动通信终端产业大洗牌，不但中国最早的一批手机企业退出市场，飞利浦、西门子、萨基姆等跨国企业也先后退出手机业务。而TCL通讯通过并购阿尔卡特成功整合业务，坚持了下来。阿尔卡特品牌手机海外销量不断扩大，最终成为了一个赢利的“下蛋母鸡”，成为TCL移动通信业务重建竞争力的基础。

T&A的这次大重组，在当时看来完全是被动的选择，但是就长远而言，却是积极和决定性的。就战略而言，这是一次“敦刻尔克”式的后退，虽然暂时退却，但却迎来了反击的机会。它以能够承受的成本实现了阿尔卡特欧洲公司的“瘦身”重组，并将两家公司真正地合二为一，TCL获得了新公司的完全主导权。

另外，TCL对欧洲员工的处置方式也为中国公司日后的跨国并购提供了现实的标本。一个可以与之相参照的案例是台湾明基对德国西门子手机的收购。

也是在2005年，台湾明基收购了西门子手机业务，随后陷入与TCL几乎完全相同的困境。出于无奈，明基宣布大面积裁员，结果引发了德国当地工会的大罢工，明基形象一落千丈，最终不得不全部撤出，以宣告失败而落幕。明基因此元气大伤。

汤姆逊：“局部获胜，全局失误”

如果说TCL在手机业务上“一波三折”，那么，在彩电战场上则可用惨烈来形容。李东生日后承认，对阿尔卡特的并购是“先败后赢”，算得上是“苦尽甘来”，而对汤姆逊则是“局部获胜，全局失误，陷入长期苦战”。

先说“局部获胜”。

正如之前所叙述过的，TCL在汤姆逊并购案中表现得并非外界想象的那么鲁莽和激进，相反，李东生进行了仔细计算。根据当时的情况分析，汤姆逊的问题出现在北美市场的亏损上。从2003年、2004年的经营数据来看，欧洲和北美这两个地区的销售额差不多，都在9亿美元左右，但是北美亏损巨大，2003年亏损约9 000万美元，2004年亏损1.2亿美元，而同期的欧洲业务亏损只有100万美元。因此，只要能将北美市场扭亏为盈，就可以全盘皆活。也正基于这样的判断，李东生才敢对外发出18个月扭亏的豪言。

而事实上，北美市场确实也在一年多的时间里实现了大幅扭亏。

李东生派出经验丰富的赵忠尧担任TTE的CEO，其将主要力量投入北美，使出的“三板斧”有声有色。

首先，汤姆逊拥有的 RCA 品牌在北美市场深入人心，问题出在高、低端产品都做，导致产品线过长，品牌形象模糊。赵忠尧首先调整了产品的市场定位，转向专注于大众品牌产品，同时对营销渠道进行调整，以沃尔玛等大客户为主攻对象。

其次，赵忠尧派出赵其松和陈武带领一个精干的小组赴美国和墨西哥工厂，负责改造北美的产品供应链和墨西哥工厂。赵其松是韩国人，原担任 LG–飞利浦显示器合资企业的 COO（首席运营官）（飞利浦和 LG 在 1998~1999 年将两家企业的显像管业务和液晶面板业务分别整合组建为两家全球性的合资公司），有丰富的海外工作经验和业务整合经验，在筹建 TTE 期间，李东生力邀其加盟。陈武是 TCL 培养的年轻优秀主管，有丰富的供应链和制造管理经验，工作认真负责，英文水平高。

前期调研时发现，汤姆逊彩电成本过高是造成其亏损的主要原因，而成本高是由于产品设计落后、元器件采购价格高及工厂生产效率低。TCL 已经为飞利浦设计生产北美市场彩电产品多年，飞利浦美国业务能得以扭亏为盈，TCL 提供性价比优的产品是重要原因，这也是李东生有信心并购汤姆逊彩电业务的底气。TTE 首先用自己的北美产品替代汤姆逊原来的产品，以降低成本和加强竞争力。比如，将 TCL 设计的电视机机芯用在 RCA 的产品上，其带来的成本下降让美国销售人员原本无法完成的任务变成了超额完成。这个项目也再次体现了 TCL 的速度、成本优势。自 2004 年 7 月底启动，从研发到认证再到投产，仅用了 4 个多月时间。产品上市 5 个月就卖了 100 万台，一个项目就增加收益七八百万美元。

与此同时，在北美的墨西哥工厂，一些改革也如火如荼地开展着。赵其松和陈武带领小组住在墨西哥工厂，深入调研，推进改革，提高生产效率，调整后每条生产线的操作员工从 80 人减到 40 人。美国和墨西哥当地员工的观念能够接受企业裁员提高效率的做法，许多裁员增效的建议居然是由当地的工厂主管自己提出来的，这让李东生既感到意外也颇有点欣慰。墨西哥工厂成本从 2003 年的 9 200 万美元降到 2005 年的 4 567 万美元。工厂效率的提高、产品设计和采购成本的改善，使 2005 年北美亏损大幅减少到 4 500 万美元，TCL 似乎看到了成功的曙光。

随着北美市场的局面改善，欧洲方面似乎也较乐观。并购后的 2004 年下半年亏损不大，欧洲业务主管在 2005 年年初的预算会上，信心十足地给李东生递交了一份“完美的方案”，为本财年画了一个大饼，他们计划 2005 年欧洲业务能赚到 800 万~

1 000 万美元。从数据来看，这一目标是可能实现的。李东生认为："基于汤姆逊欧洲业务以往的经营记录，我们一直认为欧洲业务不会有太大的问题，所以我们对整个欧洲的经营模式、业务模式没有花太大的力量分析。当时的想法就是先集中力量把北美搞好，欧洲放手让他们干，能够赚 1 000 万美元最好，最差也是打一个平手。"

李东生回忆说："到 2005 年年初，尽管我们在手机业务上已经焦头烂额，不过，彩电业务正在持续改善，TTE 团队信心大增。"

其实，危险在别处。它的火苗已经嗞嗞作响，并将使整个局势彻底崩溃。

在汤姆逊并购案中，TCL 最大的失误是对产品和市场发展趋势的致命误判。

进入 2004 年之后，全球彩电业开始酝酿一场重大的技术转型，之前的模拟、显像管技术向数字、平板技术快速转移，产业的转折时刻就快到来了。

作为彩电业的一位资深从业者，李东生并非没有看到这一变化，其实，他一直紧张地盯着全球同行的每一个微小变动。

关于平板技术，当时有三个技术方向，一个是 PDP（等离子），一个是 DLP（微显背投），还有一个是 LCD（液晶显示）。当时的大屏幕彩电主要是采用 PDP，价格很高；LCD 主要是用在屏幕较小的显示器领域；DLP 是美国得州仪器公司新开发的芯片技术，韩国三星、日本东芝、三菱和汤姆逊都在跟进，并设计出了 DLP 微显背投彩电。

汤姆逊是彩电巨子，甚至是欧洲地区仅有的几家能与日韩公司对抗的企业。它拥有模拟彩电技术 80% 的专利，也是显像管技术的鼻祖和主要生产商。在平板显示领域，汤姆逊专注于发展 DLP 产品技术，它认为平板电视主要是 DLP 和 PDP 技术的竞争，PDP 成本高，图像解析度受限，而 DLP 的潜力会优于 PDP。当时它已经开发出厚度为 170mm 的壁挂式 60 英寸 DLP 大彩电，产品设计和性能指标都很有竞争力。TCL 之所以最终痛下决心收购汤姆逊，在很大程度上，看中的正是这一点。

李东生当时的判断是，平板电视 40 英寸以上的大屏幕产品是主流，在欧美市场将取代传统的背投电视；PDP 技术虽然是当时大屏幕平板彩电的主要技术，但由于价格高昂，图像解析度不高，有可能被 DLP 技术取代。而由于性能和价格的因素，LCD 液晶彩电只会在小屏幕的高端市场有一些份额，短期内无法取代性能和技术都很完善的显像管彩电。LCD 最快也要 5 年以后才能成为市场主流产品。

这其实也是当时彩电业的主流性判断。在 2004 年和 2005 年的美国 CES 国际消费电子展上，DLP 产品都占据主要的展位。日本是 LCD 产业化最早的国家，基于对 LCD 投资风险的顾虑，只有夏普率先投资大屏幕液晶面板，东芝、日立、NEC 等其他企业只做小屏幕显示器和 PC 面板，而松下则压宝 PDP。

然而，它是错误的。自 2004 年之后，韩国、中国台湾企业大规模投入 LCD 领域，特别是台湾多家企业投入巨资建立了七八个液晶面板工厂，带动产业快速发展。而大量的资本投入，加快了 LCD 技术进步和成本下降，使其迅速主导了市场的消费潮流，DLP 没有跑起来，最后甚至连 PDP 都没有跑起来，而 LCD 却占据了整个平板电视市场 90% 以上的份额！

在这样的产业转折点上，法国人错了，日本人错了，李东生和他的团队也错了。TCL 冒着巨大风险所获得的汤姆逊技术优势竟然是被潮流所“抛弃”的。在 DLP 产品开发和推广上，TTE 投入了超过 1 亿美元。2004 年美国 CES 展会上 RCA60 英寸 DLP 微显背投获得最高的“美国影音产品大奖”和艾美奖，但这改变不了三年后这个产品彻底退出美国市场的结局。而在欧洲和中国市场，TTE 只试验性地销售了少量产品，这 1 亿多美元的投入颗粒无收。

这种悲剧性的误判只要发生一次，就足以让一个庞大的企业死无葬身之地。

对 LCD 彩电产品市场发展速度判断的失误和经营方式的滞后首先让 TTE 欧洲业务雪上加霜。从 2004 年年底起，欧洲彩电市场开始快速向 LCD 平板电视转型。因为欧洲家居环境比美国小，背投电视销量不大，LCD 彩电很受欧洲市场欢迎。进入 2005 年第二季度，整个欧洲市场迅速转向，LCD 产品从 2003 年年底 3% 的市场份额一跃升到了 20%，到年底更增加到 35%。

相对于欧洲市场，北美市场对液晶平板彩电接受要迟缓一点，也就是说，赵忠尧在那里所获得的成功是“滞后市场的暂时性胜利”。

2005 年“五一”长假开始前一周，TTE 所有的大佬从全球各地聚集到深圳总部，召开执委会，讨论日益严峻的全球战场局势。

在很多人的记忆中，那是一次争吵激烈而难熬的会议。面对汹涌的平板电视浪潮，TTE 在欧洲战场上跟还是不跟？怎么跟？这都是问题。

在这次会议上，TTE 的高管们围绕这些问题，出现了明显的分歧。一部分人认为欧洲不应该这么快上平板产品，迅速上新产品需要具备一定的条件，如果不具备条件而强行冒进，只会造成更大的亏损，而且 TTE 自己并没有准备好 LCD 产品线，这原本是明年的计划。而欧洲业务中心的管理者则坚持必须迅速上平板产品，否则会被市场抛弃。欧洲市场的利润高，但是成本也比较高，如果没有很高的利润支撑就会陷入窘境，平板的利润相对要高一些。自己没有产品，可以找外部代工，他们已经找好了台湾的代工厂。

会议最后作出了同意欧洲业务中心“快速向LCD平板方向转换”的决定。然而，日后的事实表明，对各种条件都不完备的TTE而言，这是一个太过艰巨的任务。而更大的危险在于当时作出这个决定时，没有人意识到LCD彩电的经营模式完全不同于显像管彩电，这种差别会带来巨大的经营风险。

LCD液晶彩电和传统CRT（阴极射线管）彩电最大的区别在于，液晶面板价格下降的速度非常快，而相应的组织结构、业务流程、供应链的系统一定要适应这种变化，要具备一定的速度和效率。简单来讲，液晶彩电更像电脑，电脑的价格波动周期很短，在2005年、2006年，液晶彩电价格贬损的速度比电脑还要快，如果你有货却卖得慢是一件很危险的事情。一旦产品研发及投放市场的时间出现延误，生产销售中转的时间过长，在这个过程中，就会出现非常大的价格贬损。一般来说，如果液晶彩电延误上市3个月，价格贬损就会超过15%；如果延误半年，价格贬损就会超过30%，而液晶产品的毛利也就是15%左右。

而TTE欧洲的整个经营系统是基于CRT产品建起来的，它的响应速度和效率根本不能适应平板产品的要求。因运转效率不够，产品周转要比对手慢两个月，加上当时产品都是外包生产，新品投放平均延误3个月，叠加之后的结果是灾难性的。当年所有产品作规划时都是有赢利的，但由于产品投放市场严重延误，加之营销组织体系和供应链的速度和效率滞后，使公司陷入巨大的亏损。同时因为外包产品质量管理失控，大量的退货和库存使得TTE欧洲情况更加恶化。

在市场巨大的压力之下，内部的管理矛盾也开始激化。

欧洲曾经是汤姆逊彩电的全球总部，当TTE把全球总部统一管理的职能从巴黎拿到中国之后，底下的人对这个定位的转换理解得并不清晰，他们还是习惯用一个总部思维去完成对欧洲的管理。

按理说，从一个全球管理中心变成一个区域销售中心，职能和角色都要进行大幅度的转换。例如总部对赢利水平和供应链都要管，但在新的角色设计中，它完全不用再去操心供应链的事情，后台的采购、产品规划、生产和研发等都不用管，只抓好市场和销售就行了，其余的由全球的研发部门和全球的运营中心来支持和配合。

但TTE欧洲的员工们从内心没有转换也不愿意接受TCL本部的管理和领导，这种思想文化冲突很大，经常出现指令执行不到位的情况。事实上，到2005年5月，虽然按照协议，并购已经进行了将近10个月，但TTE总部并没有完全控制住欧洲的采购、工厂、研发和产品，真正的操作管理一直都没有合在一处，并购只是一种形式上的联姻。

另一个大问题是，TCL集团运营中心用的是SAP的管理系统，而欧洲沿用的依然是汤姆逊原来的两套比较老的系统。当总部发出指令后，他们的研发系统和总部无法实现对接，总部实际上没办法真正从业务流程上实现管理和监控。在这个层面上，TCL在彩电战场上的局势远比手机战场要险恶10倍。

巨大的危机好像多米诺骨牌，第一张被推倒之后，强大的惯性会让它的蔓延速度远远超出最初的想象，而这一场景就出现在2005年的TTE身上。到10月，精疲力竭的CEO赵忠尧“下课”，派到美国麻省理工学院学习充电，李东生点将胡秋生火线接岗。

2005年，对李东生来说，可以说是最漫长的一年，这一年李东生48岁，是他的本命年。

李东生1993年出任TCL电子集团总裁的时候，是其工作之后的第一个本命年。36岁本命年的李东生上马彩电项目，渠道四处开花，可谓高歌猛进，几年之后，彩电业务登上王者宝座。2005年是李东生工作后的第二个本命年，他却面临人生最暗淡的时刻，这似乎应了一句古话——本命年要么大起，要么大落。

1993年的那次本命年，李东生大起；2005年的这次本命年，轮到李东生大落了。

第十五章　不是巨浪，是海啸

只有经历过两次重大危机的企业，才算得上是成熟的企业。

——彼得 · 德鲁克

TCL在国际化征途中所遭遇的一切困难，都是“空前”的。

自1870年洋务运动之后，中国才有近代意义上的“公司”概念，从此以后的100多年里，我们几乎扮演了一个纯粹的引进者角色，从技术、设备、管理模式到企业制度，无一不是向西方学习。而所有的市场竞争，又无一不是在中国本土展开。到20世纪90年代，终于有一批企业在家电、服装纺织等领域取得了一些堪称不俗的胜利。到21世纪开始的时候，中国企业还从来没有走出去作战的经历。

也就是说，在此之前，我们甚至从来还没有付过一笔国际化的“学费”。

将TCL的国际化之旅放在这样的时代背景之下，也许会让后来者有更冷静的观察和评价。日后，李东生曾说：“在一开始，我们连什么是真正的错误都搞不清。”

“苦难是人生最大的财富”，托尔斯泰的这句名言也许无人不知，可是当一个人和一家企业真正陷入苦难的时候，又会是什么让它勇敢地走出来？

一号人物亲上火线

“如果说在2005年，我们被接连而来的巨浪打得有点晕头转向了，可是到2006年，我们才发现，原来汹涌袭来的不仅仅是巨浪，它还是一场海啸！”日后，李东生讲述这段话的时候，仍然难掩曾经历的惊心动魄。

2006年3月，接任TTE的CEO之职仅仅半年，不堪重负的胡秋生就向李东生辞职了。手握一纸辞呈，李东生无比伤感。

胡秋生是李东生在华南理工大学的同学，之前曾经担任过创维集团的总经理，加入TCL后主管过TCL彩电业务的生产制造体系，是公认的业务能力超强、对供应链条整合有着超强理解和认知的干部，也是TCL彩电业务能做到全国第一的重要功臣之一。最开始收购汤姆逊彩电时，李东生也希望胡秋生出任首任CEO，诸多与汤姆逊的谈判，他们都一同在场。因此，赵忠尧去职之后，李东生推出胡秋生，希望能够出现力挽狂澜的奇迹，然而，胡竟也力有不逮。

出师未捷，帐中几员大将已相继“折”去，李东生不免深深自责。此时已无将可派，可是TTE局面已经非常危急，他考虑自己操刀。这时已经补习好英文正准备启程到美国麻省理工学院读书的赵忠尧再度请缨，他知道自己并无胜算，但总比公司第一号人物亲上火线要好，他和其他几位高管都认为李东生自己担任TTE的CEO风险太大。李东生婉拒了他的好意，鼓励他到美国好好学习国际化的本事。当时李东生已经感到TCL的跨国并购将是一场持久战，他希望赵忠尧这把宝剑能磨砺得更锋利。

李东生在5月亲自兼任TTE的CEO，“敢死队长”的本色在乱世中赫然显现。

一开始，李东生试图找外部的私募合作注资。当时全球最大的私募股权投资公司之一TPG（Texas Pacific Group，美国德太集团）看到TTE在欧洲流血流得如此厉害，知道TCL缺钱，想以注资的方式换取股权，同时要求由他们委派CEO、CFO两位高管，企业交由他们管理三年。当时TPG参与联想并购IBM PC业务重组，就曾提出类似的条件。虽然对方条件十分苛刻，但李东生对这一引入外部资源的合作方式还是寄予了很大的希望，觉得这可能是拯救公司的好办法。经过几轮谈判，双方达成初步协议，但TPG项目团队将方案上报总部后，总部因为对当时的联想并购项目进展有顾虑，最终没有批准方案。

此时的情况比所有人想象的都要糟糕，表象是欧洲业务下滑的速度很快，已经难以刹车。欧洲业务部门按照他们一年采购两次的老习惯，在2005年6月份把2005年下半年原材料的订单都下完了，12月又将2006年上半年订单确认了。一个决定的影响差不多要持续一年的时间，对2006年上半年的业务影响已然形成。于是，2006年1月到6月，TTE欧洲一直在以各种方式努力清货，以期把损失降到最低。当时的情况让所有人都觉得“很恐怖”，有大约70万台液晶彩电库存压在库房里，其中有许多是待维修的退货，价格每天都在降，客户手中还有许多存货，面对产品价格不断下降，虽然亏损还要抢着卖。库存变现损失导致欧洲业务损失惨重。

2005年，TTE欧洲亏损8 000万美元，还有许多潜亏因素转到下一年。2006年上半年，TTE 欧洲市场的亏损更扩大到 9 600 万美元，巨亏不可避免，无法逆转。更要命的是，丝毫看不到亏损减少的痕迹，亏损额每天以 50 万欧元的速度累积。

在这一危急时刻，李东生决定不能再犹豫了，必须尽快对 TTE 实施根本性的大手术。他接任 TTE CEO 后立即派严勇到欧洲，并请麦肯锡派出项目小组协助尽快摸清欧洲情况。他自己也两个月内三到欧洲，寻求解决问题之道。

当时，可供 TTE 欧洲选择的方案有三种——持续经营、协商重组、即时破产清盘。

根据严勇和麦肯锡调研和分析的结果，上述三种方案需要新投入的资金分别为 1.7 亿欧元、9 000 万欧元和 4 000 万欧元。

综合看来，持续经营将基本维持现有欧洲业务的组织结构和经营方式，投入最大、风险亦最大；即时破产清盘方案则意味着 TCL 彻底退出欧洲，由于无须负担裁员成本，因而资本代价最低，但这会引发许多劳工和业务诉讼纠纷，令企业信誉扫地；协商重组的风险和投入均位于中间，是一个温和的方案，既能在欧洲健康持续经营，又未放弃社会责任。

在李东生看来，选择第一种方案因资金需求太大，几乎不可能，而他又不甘心从此告别欧洲，让 TCL 的国际化之旅以惨败落幕，因此，选择协商重组，似乎是最为可行的。

李东生和严勇反复研究之后，决定推动协商重组。2006 年 7 月，李东生撤换 TTE 欧洲业务总经理，严勇接手危机四伏的欧洲业务，正式启动重组。而对 TTE 欧洲进行业务重组，还必须得到两方面的支持，一是法国汤姆逊公司，二是 TCL 多媒体的债权银行。

让他失望的是，这两方面好像都对协商重组不感兴趣。

当 TCL 与汤姆逊进行谈判，希望双方股东能共同担当责任支持 TTE 欧洲重组时，汤姆逊公司表现得很不积极。早在 2005 年 7 月，汤姆逊公司根据协议将其在 TTE 的股份置换为在 TCL 多媒体 29.3% 的股份，TTE 成为 TCL 多媒体的全资子公司。在直接股权责任的意义上，汤姆逊公司有理由以相对超脱的方式袖手旁观，不管不问。

李东生内心非常明白，TTE 的很多问题在合资之初就被“预埋”了下来，没有汤姆逊公司的配合，重组几无成功可能。幸运的是，他敏感地抓住了一个有利的因素——也许是当时唯一的、能够把汤姆逊公司逼回到协商桌上的因素。

李东生清楚地知道，在欧洲只有一种情况会让企业问题演变成社会和政治问题，那就是裁员。2007 年是法国总统选举年，如果 TTE 在这之前进行破产清盘，将导致所有员工失业，会对政府造成很大影响，反对派和执政党双方都会利用这个来作为选举的一个筹码。而且当时，汤姆逊公司的一位前任 CEO 布顿正担任本届政府地位显赫的财政部长。

李东生因此写信给布顿，希望他能够出面协调。在布顿的帮助下，李东生于 2006 年 8 月初专程会见了法国劳动部长波尔与工业部长卢斯，得到了支持的承诺。同时布顿也协调汤姆逊公司高管，要求他们积极支持欧洲业务重组。

在政府出面斡旋之下，汤姆逊公司终于重回谈判桌，经过一番讨价还价，双方达成了两项协定。

其一，汤姆逊公司同意资助重组计划的实施，同时也提了一些条件——要求解除并购时签订的股票禁售协议。原协议规定，自 2005 年 8 月 10 日后的三年内，TCL 集团与汤姆逊公司均不得转让所持 TCL 多媒体的股份。修订后的协议解除了汤姆逊公司的义务，汤姆逊公司从 2006 年 10 月 31 日起，可以提前抛售持有的 TCL 多媒体股票，当然 TCL 集团所持 TCL 多媒体 38.74% 的股份仍然受原协议条款约束。

其二，TTE 就现有商标特许和承包昂热工厂协议与汤姆逊重定了协议。在商标特许方面，原来 20 年的特许使用期在欧洲地区改为两年，但无须支付专利权费。原协议仍适用于俄罗斯、乌克兰及哈萨克斯坦地区。此外，在一定条件下，汤姆逊公司将以偿还 TTE 就申请及管理若干知识产权的若干预付款项的方式支付部分现金，以及豁免 TTE 欧洲部分债务支持重组。

在取得了汤姆逊公司的配合达成初步重组协议后，李东生必须再说服香港债权银行支持。

TCL 多媒体在 2004 年并购汤姆逊彩电业务期间借了 2 亿美元的银团贷款，期限为 5 年。按协议，银团对 TTE 的重大经营决策和投资行为有否决权。开始银团对重组方案提出坚决反对，他们认为在每天亏损 50 万欧元的情况下，连美国通用电气、汤姆逊公司都做不成的事，TCL 一下拿出 9 000 万欧元重做，无疑是飞蛾扑火。他们主张放弃欧洲业务止损。

李东生耐心地说服银行：TTE 欧洲即时破产清盘会引发许多不确定的风险，很难全身而退，而且会彻底丧失彩电的欧洲市场，企业信誉和品牌长期受损，对 T&A 的欧洲业务也会造成负面影响。

就在这次会议召开的不久前，台湾明基刚刚宣布了西门子手机的破产方案。此事在欧洲社会引起轩然大波，丢掉饭碗的德国人上街游行，巨大的社会和舆论压力让明基、西门子和德国政府都非常难堪。

李东生以此为例发问：第一，TCL 愿不愿意成为明基那样的公司？第二，TCL 是不是从此至少 10 年都不在欧洲做业务了？如果那样的话，那就学习明基破产走人，如果 TCL 真想成为世界级企业，就绝对不能那么做！

同时，李东生将重组方案细节向银团解释：9 000 万欧元重组费用实际只投入 2 000 万欧元的现金，另外 7 000 万欧元是用债务豁免和资产置换方式支付，这部分资金 TTE 欧洲实际已经亏掉或无法回收了。加上汤姆逊公司已同意支付约 2 000 万欧元的欧洲重组成本，预计上述资金投入将能完成 TTE 欧洲的重组和业务转型。

经过这一番理性分析和慷慨陈词，银团同意有条件支持欧洲重组方案。他们要求现金支付不得超过 2 000 万欧元，并对 TTE 经营财务指标作了更为严苛的限制，并要求提前归还部分银团贷款。

最终方案也获得了 TCL 多媒体董事会的支持。

在李东生的强势主导下，TTE 的重组启动了。严勇承担了困难复杂的欧洲组织和业务重组工作。他既要面对客户、供应商和债权人，又要面对工会、员工和清算律师，每天工作十多个小时，经常要面对突发的问题，精神高度紧张。严勇和李东生几乎每天都要用电话讨论一两个小时，虽然聘请了麦肯锡做业务重组方案，当地律师事务所做法务支持，但重要问题都需自己决策担责。有次出差在北京吃晚餐时，李东生用手机和严勇讨论欧洲重组的突发困难，说到激动处，将餐厅的酒杯和碗碟摔得粉碎，差点把手机也摔了，让同座的人目瞪口呆。

由于当时汤姆逊公司自身经营已经很困难，高管变动频繁，而该重组协议又涉及欧洲员工问题，和汤姆逊公司的谈判旷日持久。直到 2006 年 10 月 30 日，TCL 多媒体与汤姆逊公司才最终达成重组协议。这导致 TTE 欧洲业务组织和人员重组工作延误了 3 个月，所增加的费用又给重组工作带来新的问题。

为筹措资金，TCL 多媒体宣布将向特定对象非公开发行可换股债券，共募集 10.5 亿元港币资金，其中约 6.5 亿元用于 TCL 多媒体提前归还银团贷款。

而汤姆逊公司则先后通过国投瑞银基金管理有限公司出售了 3.90294 亿股 TCL 多媒体股票，将持股比例从 29.3% 降低到 19.3%。这笔资金的部分将为 TTE 欧洲重组提供财务上的支持。实际上汤姆逊公司也借机从 TCL 多媒体提前变现投资，抽回了资金。

根据TCL集团的公告，TTE欧洲从2006年10月底开始重组，主要包括终止OEM业务外的所有电视机的销售和营销活动，对大部分现有员工及6家销售公司进行重组，并“择机变现”TTE欧洲的资产及库存。所谓“择机变现”的资产主要指波兰工厂。除此之外，TTE欧洲还将逐步减少向汤姆逊公司下属昂热工厂发出的生

图 15–1　汤姆逊波兰工厂

产订单，直至 2008 年减为零。

这个重组方案，最显眼之处是导致布伦和昂热两地办事处分别有 150 名和 50 名雇员失业。同时，承接转包生产业务的汤姆逊昂热工厂 250 名雇员失业亦与此有关。

众所周知，欧洲裁员的补偿标准是世界上最高的。根据法国《劳动法》，在公司基于经济困难或技术变化原因裁员时，对雇员的补偿标准将不得低于工资总收入的 20%，在雇员工龄超过 10 年时，在前一补偿的基础上，还要再加补最后 6 年工资总收入的 2/15。在欧洲，员工除了得到法定的补偿，往往还会要求增加一些额外补偿，补偿的数额将由资方与工会谈判决定。按照法律，劳方还享有三个月的预通知期，期间资方须继续支付工资。而一旦劳资谈判时间拉长，将直接影响重组进程。

虽然有法国政府居中斡旋和汤姆逊公司的配合，但 TCL 对劳资谈判的复杂性顾虑颇多。为了避免法方员工的抵触情绪过大，TCL 就想了一个曲线办法，也就是请麦肯锡出面，以第三方的角色代表 TTE 管理层来制定并提出这个方案。

从最终执行的情况看，虽然法国当地政府和工会对这个方案的接受程度并没有 TCL 期望的那么好，但是起码没有发生强烈抵制，一切尚在可控范围之内。在不停地谈判沟通后，到了 2006 年 12 月 1 日，裁员计划基本成功，除了几个留下来收尾的员工，90% 的人都被遣散了。

经过这一轮复杂的重组手术，TTE 的“大失血”终于被遏制住了。

业务模式与团队的再造

在严勇进行重组工作的同时，对欧洲经营业务体系的全面改造也紧锣密鼓地展开着。为了避免原欧洲业务重组工作对新的业务体系造成影响，TCL 决定新成立一个欧洲业务组织另起炉灶。操盘的是新组建的 TTE 欧洲区总裁阎飞，他在很短的时间里完成了两方面的工作，一是业务模式的创新，二是新的混合团队的组建。

阎飞在欧洲比利时和德国留学工作多年，博士学位，2004 年加入 TTE。

先得描述一下当时欧洲旧的业务模式是多么的复杂。首先 TCL 在中国工厂生产机芯及部分套件，送到分别位于泰国、波兰、法国昂热（代工）的工厂，再由这些工厂供货给欧洲利润中心。而欧洲利润中心管辖了十几家分公司，由这些分公司再跟当地的众多商家联系。一般要有三次交易过程，但这样做速度慢交易复杂，在不同国家间一次次交易，税收也需要一次次变更，不仅需要大量的人员进行操作，而且还会产生很多问题。

阎飞的工作首先是改革原来的业务系统流程，转型到一个集中供货的业务模式上去。

新的业务模式最核心的一点就是精简业务流程。

TTE 在香港成立了一家公司，以香港作为交易点，直接与这几家工厂打交道。工厂和香港公司结算，打包后直接跟商家交易，由中国总部给工厂发出指令，货可以直接发到商家指定的仓库，而物流、仓储、维修则直接外包给商家。另外，在巴黎和波兰设两个办事处，不直接进行交易，只负责产品的推广等市场活动，保留比较小的对客户市场服务的团队，把后台的工作转移到中国来。

阎飞仔细分析了欧洲的客户结构：客户总数有 3 000 多个，不可谓不庞大，但是前 15 位大客户做了 60% 的业务，而前 50 位客户则做了 80% 的业务，剩下的几千个客户只做了 20%。也就是说，欧洲市场主要是经销商模式。小客户的价格虽然不错，但是把管理成本、退货等集中起来分析，利润率实际上比大客户要差很多。

所以，阎飞坚决将原先的 3 000 个客户变成了 50 个客户，抓大放小，而且尽量发展欧洲客户，主要是像家乐福、欧尚这样大的连锁超市。这样一来，业务量就有了保障，后台计划也都能做得很快。

根据新的业务模式，阎飞进行了团队组建，他拟定了一个 80 人的团队计划，其中欧洲人与中国人各占一半。

40 名欧洲员工，30 人从原 TTE 欧洲 400 人的团队中重新征募，另外 10 个人来自社会招聘。阎飞定了三条标准：

第一条就是有能力，而且肯努力，要求有与岗位匹配的职业素养。虽然 TTE 状况糟糕，但 400 个人中选出了 100 多个符合这条标准的。

第二条，在中国人看来似乎有点可笑，但却是文化差异决定的。这条标准要求员工休假中 48 小时至少看一次电子邮件，周末手机不关机。因为欧洲人很多周末手机都关机，或者他有两个号码，私人那个不告诉公司，周末基本找不到人。遇到度假，可能一个星期都找不到人。

根据第二条标准，之前选出的 100 多人就又刷掉了一小半，还剩 60 多人。怎么再从这 60 多人中刷掉一半，这就需要第三条标准。这一条也是最核心的一条，叫做文化伸缩性。具体意思就是，你不一定非要喜欢中国人、喜欢中国文化、习惯吃中国饭，但是思维必须是开放的，也就是没有种族歧视。另外，对其他文化要有开放的态度，可以不懂，而且也不可能所有的文化都懂，不过你应该觉得了解一种新文化是一件好事。

按照这三条标准找下来，阎飞发现新业务团队中很多人都是混血儿，比如研发总经理，就是法国人和瑞典人的混血儿。因为新业务团队本来人员配置就少，欧洲有 30 多个国家、20 种语言，团队中一共才 40 个当地人，这时候混血儿的好处就充分体现出来了。一个混血儿可以辐射好几个小国家，因为除了英文以外，他们还能讲至少两门欧洲国家的语言，与各国的沟通障碍就解决了。而实际上，新业务团队中很多人都能讲三四门语言。

在把 40 人欧洲团队配置好之后，阎飞在中国也招了 40 个人，选人标准差不多，都是那种比较喜欢欧洲，愿意与欧洲人打交道的人。他们要认为与欧洲人一起工作本身是一种学习、是一种收获，既没有改革开放之初对洋人的那种盲目崇拜，也没有并购后的那种狂妄自大，心态要很平和开放。

图 15–2　李东生与波兰工厂厂长座谈

队伍有了，还得把一部分岗位转移到中国来。

阎飞把后台职能放在中国，3/4 的财务人员和 2/3 的订单管理人员都留在中国。这些工作主要都是用电脑做，不需要直接和客户接触，所以只要不睡觉随时随地都能干活。

此外，他还把相当一部分的产品管理人员也放在了中国，因为总部和最高管理层都在中国，所以在研发和产品管理等方面跟总部的沟通就需要非常及时和便捷有效。

“无边界集中模式”

业务模式的再造和新的团队组建，让 TTE 顿时呈现出前所未见的朝气，这显然是一支可以战斗的、被注入了 TCL 基因的队伍。接着，阎飞着手管理模式的更新。

过去 TTE 欧洲有法国、波兰、俄罗斯、意大利和德国等五大分公司，每个分公司都有独立的人力资源、财务、销售等组成的完整体系。新业务团队果断放弃了这种臃肿、重叠的区域性组织架构，改五为一，由阎飞统一管理所有业务。

新公司下面是按部门分，比如说西欧销售、东欧销售、产品管理部、供应链部。起初，各个部门有一个主管，他可以在所负责区域的任何一个地点。后来，为了实现人力资源相对集中的要求，新公司再次进行变革，保留了巴黎、华沙、莫斯科和深圳四个点。除了个别做销售和售后服务的需要在家里办公外，95% 的人都集中在这四个点上，财务、人力资源管理都是垂直的。

曾有人问阎飞的同事：“你们总部在哪儿？总经理、总裁又在哪儿呢？”同事不知道怎么回答好，说总经理整天在天上飞。事实也是如此，阎飞回答说：“我飞到哪儿，哪儿就是总部。”

售后服务团队是这一模式的典型代表，团队一共 6 个人，经理在巴黎有一个，华沙有一个，捷克有一个，莫斯科有一个，中国有一个，乌克兰有一个，6 个人每天在一起开电话会议，一两个月见一次面。有一次阎飞跟他们开玩笑说：“虽然英语

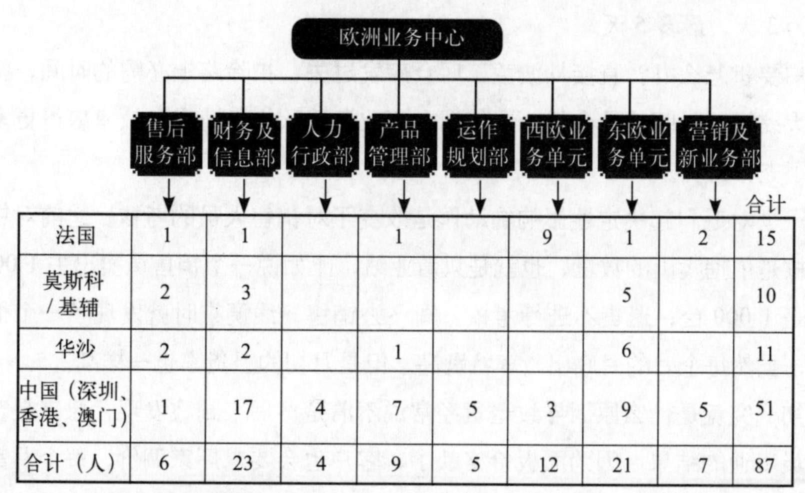

	售后服务部	财务及信息部	人力行政部	产品管理部	运作规划部	西欧业务单元	东欧业务单元	营销及新业务部	合计
法国	1	1		1		9	1	2	15
莫斯科/基辅	2	3					5		10
华沙	2	2		1			6		11
中国（深圳、香港、澳门）	1	17	4	7	5	3	9	5	51
合计（人）	6	23	4	9	5	12	21	7	87

出处：根据各类资料及采访调整编制。
注：各平台编制和总人数为 2008 年年初的状况

图 15–3　“无边界集中管理”组织架构图

不是我们的母语，大家的英语水平也都有限，沟通的准确度也有一定的问题。但是采取这种方式以后，即使你说错了对方都能懂，为什么？因为一般语言都是系统的，你老说错，同样的错误，第一次他听不懂，你给他解释我想说这个意思，第二次、第三次，你说错了他也能懂。”

通过这种深层次的文化、业务的交流，大家彼此都建立起一种完全信任的关系。比如说，虽然饮食习惯上存在巨大差异，大家都不爱吃对方吃的东西，但是他们会发现对方其他的优点。这种开放包容的心态，正是当初最基本的选人标准之一。

欧洲新业务开始的时候，阎飞和一些团队成员在深圳开会，李东生和其他 TCL 高管都参加了，对这个新团队充满了期待。阎飞颇为自信地向大家介绍了新团队，用他的话来说，这是一支由“中国的激情加欧洲的严谨和理智”组成的“梦之队”。

激情是这个团队做这件几乎所有人都认为做不成的事的原始推动力，而在做的过程中，从方案的论证到具体操作都必须时刻保持清醒的头脑，理性分析。

用 TCL 人的话说，他们采用的是“无边界集中模式”，这一模式主要有以下几个特征：

第一， 不一定要在业务当地做，离岸方式优势明显。

第二，打造一支跨文化的团队，成立真正国际化的法律组织。

第三， 实现中国激情和欧洲严谨的完美融合。

阎飞上任之后，取消了所有的中间仓库，只保留波兰工厂的仓库，产品周转库存目标为 3 天，最多 5 天。

客户要货怎么办？直接从波兰工厂仓库发过去，扣除路上必需的时间，整个供货期大大缩短。时间就是金钱，这句话在新业务团队依靠速度和效率赢得更多毛利上得到了充分体现。

另一个对毛利起决定性影响的动作是改变了对销售人员的考核。之前对销售人员的考核是依据卖出的数量，也就是只看业绩，比如说一个销售员卖出去 1 000 台，业绩就是 1 000 台，退货不进行考核。阎飞去销售一线调查时就发现了一个很奇怪的现象，虽然每个月的月底出货率特别高，但是月初的退货率也一样高。

起初，究竟是什么原因导致退货经常说不清楚，后来阎飞发现，原来是客户跟销售人员串通的结果。因为面板价格跌了，客户也会要求厂家调价，每个月都要调百分之几的价格。这样一来，比如客户上个月花 600 美元买的东西，这个月可能就是 590 美元了，上个月没卖出去的，就随便找个理由退货，然后这个月再以 590 美元的价格买回来，每一台就省了10美元，而这10美元的差价无形中就转嫁到了TCL头上。对TCL来说，损失还不止10美元，因为其中还有物流费用，还得去调查退货的具体原因，而且按照公司规定和欧洲的消费法，只要拆箱检查过的东西，就只能当二手货卖。二手卖肯定是负毛利，所以每个月因退货就凭空丢掉了四五个点的毛利。

通过取消中转仓库和完善考核制度，周转时间缩短了，客户的欺诈性退货问题也杜绝了，这两项加起来贡献的毛利率有10个点以上，这对TCL的扭亏无疑起到了决定性作用。当然如果产品质量真有问题，TCL会马上给客户更换，然后把有问题的产品发到售后服务供应商那里，拆了当备件用，对毛利的影响几乎可以忽略不计。

阎飞算了一笔账，只要工厂出货能保证12个点的毛利，别的都不管，就基本能打平。在“无边界集中模式”全面启动后，虽然销售额不可能一下子有很大的提高，但是到2007年9月份，欧洲新业务的销售额第一次突破了1 200万美元，纯利润赚了70多万美元，当月毛利率11%。

这个结果连阎飞都觉得是个奇迹！早在2007年五六月份的时候，虽然阎飞的信心从51%升到了60%，但七八月份他仍然没有百分之百扭亏为盈的把握。他只是保守地向李东生汇报业务的最新进展，并暗示了9月份赢利的可能，同时委婉地建议总部可以准备新闻稿了。

在扭亏的冲刺阶段，在团队内部，阎飞搞了一个内部项目，并制订奖金计划。如果2007年9月能够赢利，对于并购后的TCL来说就是欧洲市场的第一个赢利月，意义非同寻常。尤其在两年巨亏的愁云惨雾笼罩下，戴着ST帽子的TCL迫切需要一个赢利来拨开云雾重见天日。

怎么奖是个问题。因为欧洲只有年终奖，因此阎飞引进了中国思维。

最后的奖金方案是，欧洲的人，不管职位高低，一人奖1 000欧元。对那些高管来说，1 000欧元不算什么，但对那些只拿1万欧元的普通员工来讲，1 000欧元还是挺可观的。中国的人，同样每个人都奖，不管是秘书还是什么，奖金额也都过千。

当然，激励永远只能起到催化的作用，并不是TCL扭亏中最核心的因素，但是，有了激励，士气显然更加高涨。

赢利以后，阎飞对奖励效果非常满意，而且欧洲人也比较喜欢这种奖励方式。所以，阎飞再次作出奖励承诺：如果从9月起每个月都能赢利，那么欧洲的工作人员每人再奖励 2 000 欧元，中国员工的奖励也相应提高。

除了奖金层面的激励，阎飞还承诺请欧洲的员工到巴黎最高档的餐厅吃饭。这是家位于森林里的豪华餐厅，曾经是拿破仑三世打猎的行宫，通常只有 CEO 级别的人才能去，很多人一辈子可能都没机会去。

也许是这个餐厅的吸引力确实够大，9 月之后的几个月，新业务连续赢利，阎飞信守诺言，2007 年的 1 月份带着团队中从秘书到总经理的所有人，在那家高档餐厅吃了一顿大餐。大家一边品尝美味，一边分享胜利的喜悦，一些员工激动地对阎飞说："感谢你，我这辈子都没想到能在这样的地方吃饭。"

供应链的"革命"

2007 年 10 月，随着 TTE 欧洲业务首次实现赢利，李东生卸下担任了18 个月的 CEO 职务，取而代之的是梁耀荣。在梁耀荣的领导下，TTE 欧洲建立了一个新型的供应链模式。阎飞坦言："当时只是凭直觉做事，怎么样省钱怎么样来。直到梁先生来了，我们才开始进行系统化、正规化的供应链和流程管理。"

梁耀荣拥有 20 多年在飞利浦的高管经验，曾经成功将飞利浦 DVD 业务扭亏为盈。李东生和梁耀荣认识多年，得知其在飞利浦提前退休，就诚邀其加盟。李东生感到 TCL 多媒体的全球业务体系过于庞大和复杂，需要梁耀荣这样有丰富国际企业管理经验的主管来完善国际化业务系统。在加入 TCL 多媒体后，梁耀荣用三个月时间，走访了 TCL 遍布全球的彩电业务基地，先后与美国、欧洲、新加坡及中国的管理层进行深入沟通。他对高管们说："你们不可能改变我，就让我来改变你们吧。"

通过调研和会谈，他发现了 TCL 多媒体的不足之处。与全球顶尖的国际化公司相比，未来 TCL 多媒体更需要做的是个人能力和团队能力的建设，而建立这种能力的关键是流程，否则组织就会显得松散。只有流程建立了，才能提升能力并实现跨团队合作。

症结找到后，梁耀荣立即着手建立 TCL 多媒体的新流程，比如战略伙伴的维护、产品策略的制定等。在他看来，"TCL 多媒体每卖一台彩电，都要分析是否赢利"。

为了实现流程再造，梁耀荣对 TCL 多媒体的组织架构进行了改造，对原来的全球运营中心进行了职能的细分，将其分为全球研发中心、全球制造、供应链和战略采购、技术项目质量、新产品和业务战略等 5 个部门，以加快新品上市时间，并增强与战略合作伙伴的接口能力。将公司原有的两大业务单元改为平板事业部和CRT事业部。随着TCL集团的架构重组，TCL多媒体新增了以DVD为主要产品的家庭网络事业部和数码科技事业部，原有的4大营销部门——中国业务中心、欧洲业务中心、北美业务中心和新兴市场业务中心则保持不变。

传统的CRT产业速度慢、库存大、格局稳定，但液晶彩电时代则要求高速度、低库存、低流动资金。重建这一产业链，不仅需要对供应链、流动资金、成本的透明性进行精确管理，而且更要建立与之相适应的一整套规范流程。

2008年之后，从巨亏阴影中得以喘息的TCL多媒体，在梁耀荣的带领下导入从供应商到终端客户的"端到端"式供应链管理。这是一场"从供应商（液晶屏生产商）的供应商一直管到客户（经销商）的客户"的战役。客户的客户就是消费者，供应商的供应商就是像芯片、玻璃之类的元器件供应商。简而言之，就是经销商根据消费者需求下订单，厂家按照订单采购并生产，生产后直接发货。

为了达到这一目的，梁耀荣要求包括经销商、工厂、上游供货商等供应链的各方能够竭诚合作。端到端的供应链管理的核心之一在于加快周转速度。在液晶电视产业中，速度是和毛利密切相关的。这是因为液晶屏的价值贬损非常之快，譬如液晶屏一个月降价5%～10%，平均降价幅度就是7.5%，而液晶屏的价值又占据整机的60%～70%。也就是说，如果液晶电视生产出来后存放30天才卖出去，厂家5%的利润就没了。

"供应链37.5天"计划是TCL曾经实施的项目，其目标远低于三星的45天周期。这将意味着在供应链的环节上，TTE可以比三星多出1%左右的毛利。而欧洲地区因为是零库存，所以周转速度更快，欧洲模式和三星比可以省出5%的毛利。

而运营现金流管理则是在基于上述供应链的基础之上，尽可能缩小对公司现金的占用，以最高效率使用现金。譬如订单式生产就可以减少不必要的采购，同时减少库存，从而降低不必要的资金占用。

在"端到端"的供应链改革过程中，时任多媒体CFO袁冰和他的财务管理团队发挥了重要的作用。袁冰毕业于山西财经大学，加入TCL后一直负责财务和投资方面的业务。他为人正直，处事公正，平时言语不多，但看问题很有深度。在2005年年底的TCL财务危机时，他一手安排将TCL国际电工的资产以非常好的条件出售，帮助TCL渡过了难关。

作为财务主管的袁冰，对供应链的每一个环节都会作认真细致的分析，提出了切实可行的解决方案，这也使得多媒体的流动资产周转效率有了明显的改善。同时，袁冰对每一项业务的边际利润也看得很清楚，作任何经营决策时都心中有数，让李东生很放心。

除袁冰外，在多媒体供应链再造过程中，另一项业务 AV（音频）产品事业部在于广辉的带领下也取得了骄人的成绩。于广辉 1993 年研究生毕业后就加入了 TCL，在工厂工作多年，当过彩电的生产主管。在 2005 年接手 AV 事业部之后，于广辉将为飞利浦定制生产的 DVD 机业务越做越大，并开发了索尼、东芝、LG 等国际大客户，使 TCL AV 事业部很快成为了全球最大的 DVD 生产商，并发展了 BD 播放机和高端音响产品。

在供应链改造中，于广辉管理的业务供应链，在 TCL 集团内部最有效率。在整个产业很难赢利的时候，他依然能够创造优良的业绩，其工作能力也深得同事钦佩。

正是由于梁耀荣、袁冰、于广辉等人的不懈努力，才让 TCL 彩电业务的供应链体系完成了再造。同时，也将李东生解放出来，在 TCL 集团经历扭亏到相持再到反击的阶段后，开始进行新的战略思考。

第十六章　鹰的重生

此时的鹰只有两种选择，要么等死，要么经过一个十分痛苦的更新过程。

——李东生

从2004年到2007年，TCL在国际化远征中的经历，已不能简简单单地用“荣辱”或“成败”来形容。

在这几年里，李东生的个人声誉从顶峰跌到了低谷。他曾经被视为中国乃至全亚洲最优秀的中生代企业家之一，然而正是国际化的受挫，让《福布斯》(中文版)杂志把他列为2006年度“中国上市公司最差CEO”。在苦战最酣的2005年，李东生的体重一下子减了足足20斤，原是35英寸的裤腰，到2005年11月份的时候变成了32英寸。持续的坏消息让他连夜不寐，对自己产生了怀疑：“在那一段时间里，自己确实觉得有点撑不住，希望能找到一个人代替自己，现在的工作挑战好像已经超出了我的能力以外。”有相熟的媒体总编拜访他，形容说：“当时，他整个脸色可以说是地狱的颜色，不是人间的颜色。”

TCL团队也经历了炼狱般的煎熬，在过去的十多年里，他们在中国市场上战无不胜，几乎没有打过一场规模稍大一点的败仗，算得上是一支“常胜之师”。但是，正是在2004年之后，他们在欧洲遭遇到了前所未有的困难，在某些时候甚至被打得溃不成军。而在国内市场上，他们从“手机之王”的宝座摔下，不得不出售TCL国际电工以套现自救。在彩电市场上，他们在产业的重大转折点上出现了决定性的失误，导致相当长时间的被动。

国际化给TCL带来了什么？

这真的是一条荆棘遍布、有去无回的险途吗？

TCL到哪里去寻找重新出发的力量之源？

6月14日：《鹰的重生》

2006年6月14日，当T&A在二次重组后努力前行，汤姆逊欧洲业务还在巨亏泥潭中艰难跋涉的时候，李东生写下了《鹰的重生》。全文如下：

这是一个关于鹰的故事。

鹰是世界上寿命最长的鸟类，它一生的年龄可达70岁。

要活那么长的寿命，它在40岁时必须作出困难却重要的决定。这时，它的喙变得又长又弯，几乎碰到胸脯；它的爪子开始老化，无法有效地捕捉猎物；它的羽毛长得又浓又厚，翅膀变得十分沉重，使得飞翔十分吃力。

此时的鹰只有两种选择，要么等死，要么经过一个十分痛苦的更新过程——150天漫长的蜕变。它必须很努力地飞到山顶，在悬崖上筑巢，并停留在那里，不得飞翔。

鹰首先用它的喙击打岩石，直到其完全脱落，然后静静地等待新的喙长出来。鹰会用新长出的喙把爪子上老化的趾甲一根一根拔掉，鲜血一滴滴洒落。当新的趾甲长出来后，鹰便用新的趾甲把身上的羽毛一根一根拔掉。

5个月以后，新的羽毛长出来了，鹰重新开始飞翔，重新再度过30年的岁月！

这篇有关鹰的文章让我感触颇深，由此更加深深体会到TCL此次文化变革创新的必要性和紧迫性。

经过20多年的发展，TCL已经从一个小企业发展成为一个初具规模的国际化企业，但一些过往支持我们成功的因素却成为今天阻碍我们发展的问题，特别是文化和管理观念如何适应企业国际化的经营成为我们最大的瓶颈。其实在2002年我们已经非常强烈地意识到了这个问题，所以在7月15日企业文化变革创新的千人大会上，我大声疾呼推进企业文化创新，并一针见血地指出了我们在管理观念和文化上存在的一些不良现象，在当年的9月28日发表了《变革创新宣言书》，当时该报告在员工内部引起了强烈反响。但4年过去了，我们在企业文化变革创新、创建一个国际化企业方面并没有达到预期的目标，我认为，这也是近几年我们企业竞争力相对下降、国际化经营推进艰难的主要内部因素。

近期，我们再次推动文化创新活动，我自己也在深深反思，为什么我们——以变革创新见长的TCL——在新一轮文化创新中裹足不前？为什么我们引以为自豪的企业家精神和变革的勇气在文化创新活动中没有起到应有的作用？为什么我们对很多问题其实都已意识到，却没有勇敢地面对和改变？以致今天我们集团面临很大的困境，以致我们在不得已的情况下再进行的改革给企业和员工造成的损害比当时进行改革更大？

回顾这些，我深深感到我本人应该为此承担主要的责任。我没能在推进企业文化变革创新方面作出最正确的判断和决策；没有勇气去完全揭开内部存在的问题，特别是这些问题与创业的高管和一些关键岗位主管、小团体的利益搅在一起的时候，我没有勇气去捅破它；在明知道一些管理者能力、人品或价值观不能胜任他所承担的责任时，我没有果断进行调整。另一方面，从2003年8月份开始，我们两个重大国际并购项目客观上也分散了我和核心管理团队的精力和资源。国际化并购重组的谈判、筹建过程的复杂和艰难，及以后运作中产生的许多意想不到的问题和困难，也使我们很快陷入国际化的苦战之中，无暇顾及全力推进企业的文化变革与创新。而由于在企业管理观念、文化意识和行为习惯中长期存在的问题没能及时解决，一些违反企业利益和价值观的人和事继续大行其道，令企业愿景和价值观更加混乱，许多员工的激情受到挫伤，利益受到损害，严重影响员工的信心和企业的发展。而这些问题又对企业、对国际化经营发展造成了直接影响。许多员工对此有强烈的反应，但我一直没有下决心采取有效的措施及时改善这种局面。对此，我深感失职和内疚！从我自己而言，反思过往推进企业文化变革创新的管理失误，主要有几点：

1. 没有坚决把企业的核心价值观付诸行动，往往过多考虑企业业绩和个人能力，容忍一些和企业核心价值观不一致的言行存在，特别是对一些有较好经营业绩的企业主管。

2. 没有坚决制止一些主管在一个小团体里面形成和推行与集团愿景、价值观不一致的自己的价值观和行为标准，从而在企业内部形成诸侯文化的习气长期不能克服，形成许多盘根错节的小山头和利益小团体，严重毒化了企业的组织氛围，使一些正直而有才能的员工失去在企业的生存环境。许多没有参与这种小团体和活动的员工往往受到损害或失去发展机会。

3. 对一些没有能力承担责任的管理干部过分碍于情面，继续让他们身居高位。其实这种情况不但有碍于企业的发展，影响公司经营，也影响了一大批有能力的新人的成长。

久而久之，公司内部风气变坏，员工激情减退，信心丧失。一些满怀激情的员工报效无门，许多员工也因此离开了我们的企业。回想这些，我感到无比痛心和负疚。在去年年底，我已经痛下决心要通过重新推进企业文化变革创新来真正改变内部一切阻碍企业发展的行为和现象。

过往几个月，集团的管理组织正在发生改变，我们决心通过推动新一轮的变革创新，从而使企业浴火重生。经过集团几次战略务虚会的讨论，我们重新拟定了企业的愿景、使命和核心价值观。

TCL愿景：成为受人尊敬和最具创新能力的全球领先企业。

TCL使命：为顾客创造价值，为员工创造机会，为股东创造效益，为社会承担责任。

TCL核心价值观：诚信尽责、公平公正、知行合一、整体至上。

我们正在讨论确定这些愿景、使命和核心价值观的内涵，及怎样将这些愿景和价值观植入我们日常工作的途径和方法。我们要开展一轮彻底的、触及灵魂的文化变革创新活动，这是决定我们企业兴衰的头等大事，我们决心要把这项活动扎实地推进下去！我在此呼吁：各级管理干部和全体员工要积极参与，大家充分沟通讨论，就我们的愿景、使命、价值观达成共识，并落实到我们的工作当中。要通过这个活动凝聚人气，唤起激情，树立信心，建立共同的价值观念和行为准则。

鹰的故事告诉我们：在企业的生命周期中，有时候我们必须作出困难的决定，开始一个更新的过程。我们必须把旧的、不良的习惯和传统彻底抛弃，有时可能要放弃一些过往支持我们成功而今天已成为我们前进障碍的东西，使我们可以重新飞翔。这次蜕变是痛苦的，对企业、对全体员工、对我本人都一样。但为了企业的生存，为了实现我们的发展目标，我们必须要经历这场历练！像鹰的蜕变一样，重新开启我们企业新的生命周期，在实现我们的愿景——“成为受人尊敬和最具创新能力的全球领先企业”的过程中，找回我们的信心、尊严和荣誉！

“自我进化”的重要时刻

这篇2 000多字的《鹰的重生》，首先被贴在TCL的内部网站上，很快引来超过 2 万条的跟帖。不少员工是在后半夜和凌晨写的帖子，有的竟长达 1 万字，他们跟李东生一样，度过了一个热血沸腾的不眠之夜。几天后，它流传于世，引起了热烈的关注，被认为是改革开放以来，最有深度、最为坦诚也是文笔最好的企业家文章之一。

在这篇文章里，李东生坦率地承认了国际化苦战给 TCL 和他本人带来的困扰，主动承担了“主要的责任”，并深感失职和内疚。他反思了三大管理失误，对“无暇顾及全力推进企业的文化变革与创新”进行了检讨，最后，重新拟定了企业的愿景、使命和核心价值观。

一个值得记录的细节是，就在文章发表之前，有一份评估李东生人格能力的绝密报告递给了他，其中很重要的一条测评结果是“在管理中感性色彩太浓而不够理性”。因此，这篇自我剖析的公开信等于一场自我宣战，把自己的性格弱点暴露于众目睽睽之下，让群众监督并逼迫自己从“感性人”变为“理性人”。李东生决定改变自己的职业性格。

在 2004 年，当如日中天的李东生以无所畏惧的勇气签下两大并购案协议的时候，他一定不会想到，两年后，他将以如此沉重而充满敬畏的笔触写下《鹰的重生》。

国际化的确给李东生和 TCL 带来了全面的改变，它们有些是主动发生的，有些则是被动的。

作为改革开放之后涌现出来的一代中国企业家，李东生是从最底层一路打上来的。他是 1978 年进校的第一批大学生，他的第一份工作是技术员，当过车间主任，做过销售，搞过贸易，当过厂长，几乎在所有的企业岗位上都有过磨炼。他真正执掌 TCL 其实已是工作 10 年之后的事情了，在之后的 11 年里，他把一家偏居于南国一隅的小工厂打造成了中国最好的家电企业之一。TCL 曾经在电话机、彩电和手机三个技术背景、渠道资源都截然不同的领域同时成为全国第一。这样的纪录，在很多年后都没有被超越。

他不是一个很激烈的人，相反，他以宽容和儒雅著称，有些时候甚至被人视为“心太软”。然而，在他的内心之中，却始终有着无比刚硬的一块。

他是一个狂热的实业主义者，认定只有实业的振兴才是国家兴盛的正道，因此，他领导的 TCL 从来没有偏离这一方向。在 20 世纪 90 年代中期的家电大战中，他率先把电视机放进了北京的大商场，在那里与外资品牌展开了一场天雷勾地火般的商战，因而，赢得了“敢死队长”的称号。正是在他以及张瑞敏、倪润峰、潘宁（科龙的创始人）等一批本土企业家的浴血奋战下，中国企业才在家电领域屡获胜绩，挣得了应有的市场地位和对手的尊重。

进入2000年之后，很多家电企业都利用自己的各种优势投身于房地产业，到后来，来自地产的收入已远远大于本业，实业甚至成了圈地的借口。然而，TCL在地产方面却收获甚少，只在惠州当地开发了一些项目，李东生因此还受到来自资本市场的压力。尽管如此，李东生似乎并没有动摇，他在主导产业的技术、设备和人才上持续地投入，始终保持着顽强的战斗力。

他在2004年启动的国际化战略，是“实业报国”的又一次豪情喷发。李东生多次说明，TCL的国际并购虽然得到中国政府的鼓励，但这个决策是企业根据自己的发展战略作出的，并非政府项目；当中显然还有其理想信念的支持。在他看来，强大的经济才能支撑强大的国家，而创建有竞争力的跨国企业是中国经济强大的基础。在经济全球化的大趋势下，企业也只有走国际化的道路才能持续发展；为中国在世界经济舞台争取更高的地位也是这一代企业人的责任与使命。这种信念的力量，是李东生和他的同伴在异常的艰难中能够坚持下来的原因。在其后的几年里，他虽然为此付出了惨重的代价，甚至被打到了自信心崩溃的边缘，然而，他还是挺了过来。如果没有这场磨炼，就不会有之后的李东生，不会有《鹰的重生》。

李东生一生景仰曾国藩，视这位儒士出身、百死一生的领军大帅为偶像。他曾把曾氏的格言写成条幅挂在办公室里，他最欣赏的格言是“打落牙齿，和血吞之”。不过在2004年之前，他其实并没有遭遇过曾国藩式的绝地——曾氏在芜湖水战中两次被逼得要跳水自尽。正是在国际化之旅中，李东生才真正抵达了“绝境求生”的苦境，他的“实业之心”被打碎，散落一地，却又必须一块一块地拾起，重新咬牙再战。

“在企业的生命周期中，有时候我们必须作出困难的决定，开始一个更新的过程。我们必须把旧的、不良的习惯和传统彻底抛弃，可能要放弃一些过往支持我们成功而今天已成为我们前进障碍的东西，使我们可以重新飞翔。”当李东生在2006年6月的那个深夜写下这段文字的时候，内心一定无限感慨。他甚至听到了自己身上的“老化的趾甲”被拔下时的痛苦呻吟。

在李东生看来，TCL在国际化历练中的所得要比所失多。

跟所有近30年成长起来的中国企业一样，TCL是从草莽中崛起的企业，它的团队来自五湖四海，它的产业结构是竞争的结果，它的每一寸市场都是在拼杀中夺取过来的，所以，它从来不缺乏“战斗心”。这样的队伍，天生有着对胜利的血性渴望，也有难以避免的“山头文化”，它对速度的信仰远远大于对规律的尊敬。所以，在企业文化的基因上，它有着“闪光的缺陷”。当企业在顺风顺水中高歌猛进的时候，一切矛盾都会被掩盖和消化。甚至在战场拉到国门之外的时候，它仍然相信“中国经验”和“TCL打法”是放之四海而皆准的，正是因为这样的幻觉，让这个从未尝过败绩的团队受到了近乎毁灭的教训。这也就是为什么那篇《鹰的重生》会在内部引起那么大的震动和回应，2万条的回帖背后其实是2万双渴望和困惑的眼睛。企业文化的再造很难在一种静止的状态下发生，它其实是击打和锻造的结果，正是国际化给了TCL这种机遇。

当李东生写下《鹰的重生》时，他知道，自己正在打造“另外”一个TCL。

在企业精神和企业文化上，它应该变得更加沉稳，不再为眼前的得失和风浪所迷惑。

在团队建设上，它必须具备国际化的初步气质。在2004年开始跨国并购的时候，TCL连一个稍显成熟的谈判班子都组织不起来，对国际市场和游戏规则一知半解，如盲人摸象。而到2006年前后，它的团队成员来自20多个国家，常设机构遍及各大洲。在日后，它必定能成为能够成建制地拉出一支国际化团队的中国的跨国企业。

通过并购，在产业布局上，TCL在多媒体和通信两大产业相继实现了全球化生产和营销的目标。

通过并购，TCL在资源上基本实现了全球化配置的能力，在产品技术能力上也有质的提高。

所有这一切，在2004年是不可想象的，而到李东生写下《鹰的重生》的时候，它们都已经隐约地出现在了他的眼前。

在某种意义上，2006年6月14日这个南国的深夜，是李东生和TCL实现“自我进化”的重要时刻。

什么将让鹰重新飞翔

在2006年6月14日贴出这篇文章之后，李东生受到员工强烈共鸣的感召，又在其后的十多天内连续写出了4篇文章，一泻千里，彻底释放，淋漓尽致。

在《组织流程再造》中，李东生提出了“组织再造”的命题。他尖锐地写道：

以往我们赖以生存的机制和支持我们成功的因素，已经不再有竞争力；引以为豪的市场销售组织不再持续创新；产品研发不再有功能和外观设计的领先优势；供应链不再是最有效率和成本竞争优势的体系；组织结构变得臃肿庞大，而经营成本不断提高；对市场和顾客需求反应迟钝；企业组织的激情和活力在减退。

这次变革，要重新审视我们企业的愿景、使命和价值观，重新梳理经营战略、品牌和产品战略，要经历一次企业组织流程的再造过程。在企业组织和流程的再造过程中，不可避免会有组织结构和岗位的调整及裁减。我很同意很多员工提的建议，我们不应该简单地为了降低成本而裁员，更不应该主观地设定裁员的指标或比例，重要的是要根据产业竞争环境的变化以及我们自身的经营战略来构建最有效的组织和流程。在这一过程中，要减少那些不能为公司业务创造价值的环节和岗位，要以简化环节、缩短流程、提高效率和速度为目标，特别要注重简化管理环节和岗位，要加强我们一线业务组织的能力。

在《管理者必须为变革承担责任》一文中，李东生写道：

大家都看到，这几年企业文化被扭曲，滋生了许多不良观念和行为，形成了一些小山头、小利益群体，对企业核心价值观造成了严重损害，这些问题的根源就在于一部分管理干部自身。我在此特别强调，在这次企业变革创新中，我们各级管理干部，特别是各级高管，要从自身做起，要以自省和客观的态度反思自己在实践企业价值观方面存在的问题，要有与自己的同事、下属剖析和讨论这些问题的勇气，要有面对员工反省和改进过往那些不符合企业价值观言行的勇气。只有这样，才能获得员工的信任和尊重，才能实现脱胎换骨般的自我超越，也只有这样，我们才有可能承担带领企业持续发展的重任。

最近我和一些员工座谈，听取意见，也看到了许多员工在论坛上发表的意见和给集团写的建议。很多员工反映，我们许多企业主管并没有真正地参与和推动企业的变革创新，并没有反省自己在管理中的价值观偏离和决策失误，员工感觉不到企业的变革，对一些主管也失去了信任和尊敬。同时这次变革创新活动，要改善集团企业文化和组织氛围。长期以来，我们内部组织封闭，缺乏互相协作的精神，企业之间、企业内部各部门之间资源共享困难、内耗严重，只关注小团队或局部利益，而没有为事业的整体成功承担责任。我们要认识到，产生这些问题的根源主要在企业各级主管。“团队协作、整体至上”一直是我们倡导的管理信条，但我们一些主管在实践中并没有真正落实到言行。自己都没有这种观念，怎能要求员工做好呢？

在对中高层管理人员发出警告后，李东生仍觉意犹未尽，随后又写了一篇《员工的参与是企业文化变革创新的动力》。他认为，戊戌变法失败源于几位君子在金字塔塔尖却试图推动整个金字塔，而孙中山革命成功是因为得到草根群众的支持和参与。李东生在文章中公开说：“我们没有完全得到员工对于组织的基本信任。我已责成有关部门对员工的意见进行处理和督导整改，把不适应企业发展的人淘汰掉。”

在《国际化是中国企业发展的必由之路》一文中，李东生再次强调了国际化对中国企业和 TCL 的意义：

社会上的一些人将我们企业目前遇到的困难归结为 TCL 国际化战略的失误，我们自己内部也有部分员工持这种观点，但我并不认同这种说法。过往 10 年，经济全球化的趋势已经越来越清晰，中国市场的竞争已经逐步变成另外一种形态的国际竞争。不管企业是否走出去，都将面临经济全球化竞争的考验。事实上，我们可以清楚地看到，在我们所处的产业当中，已经高度国际化、能够生存下来的企业几乎都是成功地进行全球化经营的。中国国内市场虽然很大，但我相信，从长远的发展趋势来看，未来中国的消费电子企业（有自主品牌和经营的企业）如果不能成功跨越到国际化经营这个阶段，是很难生存下去的，所以，国际化是中国企业发展的必由之路。敢于先跨出这一步一定会遇到许多的困难和风险，但是，这也为企业持续成长创造了机会和空间。

诚然，目前我们企业主要的问题和困难，似乎都和国际化有关，但是客观冷静地分析我们就会发现，这些问题大多并不是国际化带来的，而是在我们企业内部一直存在。企业参与国际竞争使这些问题比较集中地暴露出来，面对这些问题对于我们企业的发展是必需的。最近，我们对 TTE 的现状作了全面地分析，虽然业务亏损主要来自欧美业务，但问题若要改善，有 80% 需要我们提升自身的系统核心能力。我们是能够通过国际化经营来提高竞争力的。

所以，国际化不应该成为我们业绩达不到目标的借口，相反是促进我们竞争力提高、团队管理能力提高的压力和动力！从这个意义来说，我们要通过国际化的进程解决企业内部存在的问题，增强我们的竞争力，改善我们的组织结构和业务流程，建立全球业务的经营系统和竞争能力，并在这个过程中，培养和锻炼我们的队伍，形成能够支持企业成为中国的世界级企业的文化！国际化是我们企业面临的一次巨大挑战，但也是我们实现企业核心能力跨越的一次机遇。

曾经有许多人问我，如果让我再作一次选择，我会不会做TTE和TCT这两个国际并购重组项目，我的答案是肯定会做。但如果有机会让我再做一次，我们会比现在做得更好！我们选择的国际化战略是正确的，但我们确实需要认真总结和反思在国际化进程中的失误。我们缺乏国际化经营的经验，我们对业务并购的风险和困难分析不足，我们对欧美市场的经营环境和规则以及当地员工的文化观念和习惯都不了解……我们可以为国际化的困难和挫折找出许多理由，但这丝毫没有意义。就像鹰每次的搏击要抓到猎物一样，我们要通过总结和反思，改善和提高我们的组织能力，实现国际化经营的目标。面对困难，我们不应该动摇信心，更不应该相互指责埋怨，我们要利用这次国际化经营的挑战和机遇，提高我们的组织系统能力，提高我们员工团队特别是管理团队的能力。同时，在国际化过程中我们要继续巩固我们的国内市场，要保持和发扬中国企业固有的一些竞争优势。我们要通过国际化让我们的企业、我们的产品和品牌在中国市场有更强的竞争力和更好的市场地位！

最后，李东生以总动员的口吻对全体TCL人发出了召唤：

有这样一种理论：每个人都有自己的职业生涯周期，而他所从事的产业也有自己的生命周期。如果人的职业生涯周期的黄金阶段与所从事产业生命周期的黄金阶段能够重合的话，他会有机会取得更大的事业成就。我们正处在中国走向世界、中国经济全球化的重要发展阶段，而我们这一代人的职业生涯黄金周期正赶上中国产业国际化发展的黄金周期。我们应该把握这个良机，承担起我们的责任，为TCL的国际化，为中国建立起自己的世界级企业，为通过实业强国实现民族复兴而努力。这也是我们这一代人成就自己的事业目标，实现我们光荣与梦想的机遇！让TCL走向世界，让我们赢得中国和世界的尊敬！

从“赢在中层”到“鹰系工程”

《鹰的重生》系列文章的发表让TCL新的企业文化建设有了一个很好的开端，

接下来需要更好地纵深拓展，以开花结果，落地生根。

在薄连明的建议和推动下，李东生亲自带队，组织了150位公司最高管理者共同参加“延安行”户外体验活动，率先进行了“鹰之重生”户外活动。以“恪守核心理念，成就全球领先”为主题，进行了相互关联的4个项目：黄陵祭祖——重铸

图 16–1　延安行

精神；宝塔誓师——鹰之重生；高原穿越——磨砺意志；壶口放歌——燃烧激情。

四天三夜艰辛的共同经历和感受将大多数人凝聚在了一起。李东生说：“延安行的效果非常好。共产党到延安时不到 3 万人，毛主席离开延安后不到 3 年就夺取了政权。在延安的 13 年中，共产党完成了自身组织的变革创新。”

随后，约有 600 多名高层管理者参加变革创新动员大会及企业文化变革创新系列培训，并召开了千人誓师大会。通过多位高管共同分享企业文化变革的理念，沟

图 16–2　2006 年 TCL 企业文化创新——鹰之重生动员大会

通愿景，凝聚共识。

2006 年 9 月 15 日，TCL 集团召开首次文化变革创新推进小组联席会议，时任 TCL 集团副总裁，后在 2011 年 6 月接任 TCL 集团总裁的薄连明被任命为推进小组组长。

TCL 文化的变革并不仅仅停留在口号上，而是执行到位。TCL 行动的纲领归纳为“三改造，两植入，一转化”。

“三改造”是改造流程、改造学习、改造组织。从头开始，改造 TCL 的学习，要形成学习性组织。

“两植入”是指将 TCL 核心理念植入到人才评价和用人体系当中，植入到招聘和考评体系当中，总之，要将理念植入到操作的土壤当中。

“一转化”，是将企业的愿景和个人的发展结合起来，转化为组织和员工个人的愿景，员工才拥有动力。

图 16–3　薄连明和许芳

这次文化变革带来最直接的效果是，坚定了 TCL 进行国际化的决心，公司上下员工士气得到提升。

在这次 TCL 企业文化变革中，黄伟的作用亦不可忽视。黄伟原在湖北武汉的一家国有企业当厂长，1998 年南下加入 TCL，当过彩电厂厂长。任职集团纪委书记兼监察部长期间，他对企业内部的违规违纪行为坚决制止，对个别违法行为坚决查处，担当了企业规则的守护者。曾任 TCL 集团总裁办主任，现任 TCL 集团副总裁兼党委副书记。

考虑到更多员工迫切需要了解此次文化变革的内容，黄伟带领其主管的“TCL 动态”编辑团队，及时和准确地组织了大量的文章和图片报道，将“三改造，两植入，一转化”的文化变革行动纲领和“鹰的重生”的变革思想，向全体员工进行了传达，对当时员工与管理层在战略目的上保持一致起到了积极作用。

而在薄连明看来，如果没有当时这一系列的举措，如果没有在最危急时刻重新凝聚共识，把共同愿景清晰定义出来，那TCL就真的要从先驱变成先烈了。

在经历了以前若干次文化变革后，2006年的此次文化变革更多是“重温”和“扬弃”，并在价值观上更加强调“整体至上”。TCL一直倡导创新文化，无论在管理上，还是在营销模式上，都有创新的基因。而此时，到了困难时期，TCL需要考虑如何保持和发扬这种创新精神，超越以往的成功，在低谷时重新振奋。这在TCL变革纲领的“321改造工程”中，得到了定性和厘清。

然而，文化不是空穴来风，只有通过多方面的共同作用，才能影响到每个员工。除了企业文化课程培训外，真正对文化落地起到积极作用的，还有具体经营项目和用人导向。

与其说TCL的文化变革出于其要求文化蜕变与沉淀的迫切心情，不如说TCL在直面国际化过程中比以往更需要精英的出现。而精英的培养恰恰需要从中层开始。为此，薄连明极其敏锐地提出了“赢在中层”的切入点，而贯彻这一思想最主要的执行者便是时任领导力开发学院教务长——后来被学员昵称为“鹰妈”的集团副总裁、人力资源总监许芳。

2006年10月，在薄连明、许芳等人的推动下，TCL领导力开发学院启动了面向骨干中层的“精鹰工程”培训项目，此后又将大学生培训、中高层培训一并纳入培训体系，并分别用“雏鹰工程”、“飞鹰工程”、“精鹰工程”和“雄鹰工程”命名，形成了让业内叹服的TCL鹰系人才培养体系。

因“精鹰工程”的培训对象是中层，相较高层与基层员工，他们往往最具有带动力，故“精鹰工程”项目率先运作，并被作为工作重点，旨在以中层切入，带动两头。

TCL集团人力资源管理中心经过考察提拔、审核批准，最终确定了列入培养计划的首批100名中层管理者，并同期聘请了20名高层管理者担任导师。

TCL的这次精鹰工程培养计划非常系统严格，除了开设常规的培训课程外，还实施导师培养、轮岗训练、参观体验等系列学习方式。更重要的是和升迁挂钩，参加精鹰工程培养计划的学员将在长达一年的学习培训中不断接受阶段性考评，凡是考评成绩不合格的学员，将在两年内不予提拔。

2006年的平安夜，在TCL领导力开发学院的课堂上，“精鹰工程活力营”的课

图 16–4　精鹰工程——首批百名中层管理者培养计划

程还未结束，学员们就受到触动和感染，抑制不住情绪，纷纷落泪。这是为期一年TCL 首批百名中层培养计划项目“精鹰工程”的开训课程，为之动容的还有许芳和她的团队成员。

许芳在日后接受采访时坦言，“精鹰工程”是“TCL 历史上最系统、最完整、最具有影响力，甚至是最有价值的一次培训”。

在选拔上，“精鹰工程”强调“品质、绩优、高潜质”的人，TCL 领导力开发学院会同集团组织发展室和各个企业人力资源部门一起，采用一些如 PDP（性格测试）、MBTI（职业测试）、360 度访谈，以及胜任力模型等测评工具，以品质、业绩、能力和潜质为考察维度，对学员进行推荐与甄选。与此同时，还要听取企业负责人的推荐意见。

进入领导力开发学院的课堂后，学员除了要认真听课，领会要旨，还要遵守学院严格的管理制度。比如在请假制度上，如果学员没有在截止日内请假，就会受到邮件追踪和询问，并要在下一节课堂上向全班陈述没来上课的理由。同时，各个队长还要去认领没有参训的学员，把培训内容和心得传达给他们。对于旷课情况严重的学员，还将予以退训处理。为了保证高管的到课率，领导力开发学院的工作人员会提前半年把课程表发给他们，让他们提前安排时间。

从“精鹰工程”出发，TCL 集团人才培养形成了一套较为完整的系统。不仅有“鹰”系列的培养计划，同时还有导师辅导计划、行动学习计划。

“鹰”之系列工程包括 4 个层次，即“雄鹰工程”、“精鹰工程”、“飞鹰工程”和“雏鹰工程”，是TCL集团面向高、中、初阶员工推出的系统人才培养工程。“雄鹰工程”面向高层管理者，着重培养集团和企业高管的国际化经营能力、战略思维能力、管理产业及业务群能力和带队伍能力；“精鹰工程”面向“品正、绩优、高潜质”的中层管理者，着重培养“精鹰”的企业经营能力、管理决策能力和领导力；“飞鹰工程”面向刚刚升任的基层经理人员，培养其管理能力、沟通技巧和团队合作能力；“雏鹰工程”面向新入职的大学生，进行职业化培训，着重进行企业文化和工作技能培养，培养他们融入企业和社会的能力。

图16–5 雏鹰工程

这个计划形成了不同梯次的培养系统和机制。为了薪火相传，打通各个梯次之间的界限，使人才快速成长，薄连明和许芳还商议设置了雄鹰辅导精鹰、精鹰辅导雏鹰的导师辅导制。以精鹰工程为例，学员每月进行一个模块的学习，既从外部聘请专家，也有公司高管授课，董事长李东生也是导师之一。精鹰再为雏鹰提供各种职业发展的意见和建议，辅导并支持雏鹰们在TCL成长。

带有重塑企业文化使命的“鹰”系列培训工程的引入，与集团各企业培训部门基本技能方面的培训相得益彰，使TCL的人才培养和文化传递形成不断滚动的完整链条。

而许芳带领的人力资源管理团队为建立和完善TCL人力资源系统，招聘及培养各层级的管理干部付出了巨大的努力。TCL各级员工的受训率在国内企业当中堪称最高，对企业团队素质的提升和企业国际竞争力的发挥起到了重要的作用。

其实，在进行国际化之前，李东生是深知TCL内部存在文化隐患的，但彼时的他更强调效率和速度——这也是中国企业能够迅速崛起的关键所在——他也意识到进行国际化并购最大的挑战就是文化差异，但他最初的想法更多是通过并购进行文化融合，今天看来，这更像缘木求鱼。但由于TCL是并购主导的一方，必须强化自身的企业文化，才能真正有效整合。所以，在TCL所有团队文化培训中，海外员工也同国内员工一起参加。特别是当一起努力完成团队项目后，一起声嘶力竭地高喊“We Are TCL”的时候，无论是海外员工还是国内员工，都会感到无分彼此。

让人感到幸运的是，2006年的TCL当机立断，没有在国际化并购的泥潭里越陷越深，而且将文化重建作为自己站起来的第一步，这让 TCL 开始有了重生的第一口气。

超越“速度”的系统战

速度与流程的取舍均衡，曾经是困扰所有创业型中国企业的共同难题。

在 1998 年，当时还没有成为彩电行业老大的李东生，曾经这样强调速度的重要性：“从整个电子信息产业看，技术的更新速度、竞争策略和管理思想的创新速度越来越快，现在已经不是大鱼吃小鱼的时代，而是快鱼吃慢鱼的时代，要么是快的公司，要么就是死的公司。”

事实上，从 TCL 成立到 2004 年海外并购之前，TCL 一直处于快速发展时期。其首要追求的是速度，靠的是“效率、速度、成本控制”的优势打造竞争力。

在这个思路的牵引下，TCL 的“诸侯文化”也有了肥沃的生存土壤，只要有业绩，能快速杀出来，就可以不守规矩。正面效果是极大地调动了“诸侯”们的积极性，TCL 也培养了一批很有个性和开拓精神的主管，但带来的负面效果就是容易滋生以个人为中心的小团体运作，比较容易形成“小圈子”，个人在管理上过度追求放权和自由度，不愿意接受监管，不习惯按规则办事。

而李东生的领导风格进一步让这种风气得到蔓延。

李东生作为领导者，很长时间以来的做法是“胸怀第一，规矩第二”，这让 TCL 在短时间内迅速成长，但随之而来的自然是诸侯文化引发的种种是非。而当面对国际化，他决定把胸怀变成规矩、变成制度，淡化人情和“人治”特色的时候，包括他本人在内的众人立刻感觉到了不适应。

按李东生自己的剖白，他在处理一些人事时往往过多考虑企业业绩和个人能力，特别是对一些有较好经营业绩的企业主管不加约束，从而使企业内部形成的诸侯文化习气长期不能克服，形成许多盘根错节的小山头和利益小团体。

另一方面，TCL 脱胎于国企，在大量引进职业经理人之前，李东生周围已经簇拥了足够多的创业元老，他们占据要位，而且都是有功之臣，而李东生又是一个非常感性的人，也非常重感情。实际上，过去的很多 TCL 的元老并不是职业经理人的角色，他们本身作为创业者对 TCL 也有着特殊的感情，李东生对此很清楚，他需要也信任这种感情，但这也造成了他在根据企业发展需求寻找新的管理者时下不了手，

图 16–6　TCL 誓师大会

或者下了手也往往不到位。

这导致李东生对一些没有能力承担责任的管理干部过分碍于情面，继续让他们身居高位，让 TCL 公司政治变得非常复杂。而复杂的公司政治让 TCL 每一次变革都雷声大雨点小，难以落到实处。

曾经有一年多的时间，李东生都被这样一种心魔困扰着。在他的意识中，他一直认为“变革创新，知行合一”是为了做正确的事情，为了提高公司的竞争力，而绝不是单纯为了把一批不合格的人换掉，这不是他的目的。而现实是为达到目的，他必须要下决心把一批人换掉。这种心魔让李东生感觉非常矛盾，进而对下面工作不到位的事情变得难以容忍，不能用最佳方式去表达，甚至不能控制自己的情绪。

但国际化的这一跤让李东生开始反思之前的诸多做法，李东生本人的管理风格发生了很大的变化。TCL 在 2004 年登上顶峰前李东生多次明确对企业管理团队的充分信任和授权。在他看来，信任和授权是一种有效的激励，加速了管理干部的成长，也带来了一系列的快速成功——比如手机业务。但随着规模的扩大，一些企业主管在经营中排斥约束监管、违反制度的习惯已经开始让李东生越来越苦恼。

对于 TCL 内部的“山头主义”，李东生一直有着清醒的认识。他曾明确表示，TCL 这样的大企业发展到某个阶段，要更加强调发挥协同效应，企业内部资源共享，但是企业管理的“山头主义”会阻碍这种发展，TCL 的企业文化也一直避免这种倾向。

2006 年 5 月，李东生开始在 TCL 集团内部广开言路，通过集团内部的交流平台探讨根治“诸侯文化”的方法。经过对员工建议的整理，李东生开始正式推出“回避制度”，即管理人员的亲属以及关联人员不得在企业同一部门任职。具体的条例内容就是管理干部的亲属不得在同一部门工作，从条例发布起各部门应自动申报，3 个月内通过内部调动、离职、交换岗位等形式来完成回避，内部无法协调的可以领取补偿金离开 TCL 集团。

从温情管理转到制度化生存，李东生个人管理风格的变化也是 TCL 能够三年扭亏并最终摘帽的关键所在。

我们看到，三年扭亏期间，很多老臣都因为这样那样的原因退了下来。对于重感情的李东生来说，这不能不说是一种煎熬。

很多李东生喜欢、也有前景的项目被财务部门拿下，李东生一次电话都没给黄旭斌打过。他知道，打了一次就会有第二次，所以，一次都不打，谁来求情也没用。

李东生明白，TCL 已经而且必须成为一个全球化的企业，这需要一步一个脚印来做，不能急功近利，应该从更长远的发展战略来考虑公司的计划，要更加着眼于建立公司长远的竞争力，从而优化出健康的资产质量。

在人类现代化的历史上，从来没有未尝过败绩的企业家。那些伟大的幸存者，仅仅因为在最困难的时候，没有在精神上被彻底击倒。

在全球的企业演进史上，从来没有一家企业永远保持着冲锋的姿态而成就伟业。它必须走出“青春期”，以“持久战”的理念、“系统战”的战略面对更加汹涌莫测的未来。

第十七章　三年涅槃

那些没有消灭我们的东西，将使我们变得更加强大。

——尼采

对TCL和李东生来说，2006～2008年是煎熬的三年。三年之中，TCL唯一的主题便是修炼内功。在以“鹰的重生”为主题的企业文化创新活动的带领下，TCL重新审视和定位企业价值观和管理模式，凝聚人心，提高团队能力，建立和完善国际化经营能力。

这三年，TCL加强企业管理和风险控制，成立了财务公司，垂直管控和协调集团二级企业的营运资金，以集团整体信贷资源，支持主业渡过难关。并逐个清理那些只能带来规模、不能带来利润的项目；以效益为中心，适度收缩规模，提高经营效率。通过内部资产重组，降低负债，扭亏增盈，增加现金流，让TCL的整个资产质量优化起来。

这三年，是TCL实现从中国本土企业向国际化经营的跨国企业转型的三年。三年中，TCL一方面应对业务调整和转型中的各种危机和困难，同时加快建立国际化经营的能力，努力巩固已经花了巨大代价占领下来的国际市场。忍痛求变，主动变革，在变化中寻找重生发展的机会，成为TCL这三年战略决策的主旋律。

这三年，是承前启后的三年。三年来，李东生带领TCL先站住，后望远。三年来，李东生砍了很多项目，也压缩了很多费用，唯独对TCL工业研究院和品牌的投入在持续加大，李东生知道，这是TCL迎接未来的支撑点。

这三年，也是李东生本人顿悟的三年，从温情管理转到制度化生存，李东生的个人管理风格的变化也是TCL能够三年扭亏、摘掉ST帽子并重新出发的关键所在。

李东生知道，TCL已经而且必须成为一个全球化的企业，需要一步一个脚印去做，不能急功近利，应该从更长远的发展战略来考虑公司的计划，要更加着眼于建立公司长远的竞争力，保持企业财务健康，提高资产质量，形成好的财务制度和KPI（关键绩效指标）考核体系，进行有效率的运营，在品牌和创新上进行布局，这样的TCL才能重新展翅飞翔。

财务革新：成立财务公司

2007年4月30日，TCL集团发布年报，市场一直预期的巨额亏损终于成为现实。这本在预期之中，李东生和团队对此也早有准备，但真到业绩发布的时候面对的问题和压力之大还是出乎他们的意料。

根据年报数据，TCL集团2006年亏损额高达19亿元人民币。亏损的原因，主要是集团控股38.74%的香港上市公司TCL多媒体在重组及收缩欧洲业务方面的整体成本费用（包括减值准备）远超预期，旗下的TTE欧洲的亏损高达25亿元港币（其中拨备为9亿元港币，外加重组费用等），加之新兴市场业务由过去5年的持续赢利转为亏损，导致亏损大为增加。

由于之前一年也出现亏损，因此，国内A股市场上的TCL集团被戴上了*ST的“帽子”。在国内媒体上，时常可以读到有关TCL的批评性报道，即便是最温和的评论者，也用充满怀疑的口吻写道：“不知TCL将怎样走出自己的冬天？”

但TCL的麻烦不止于此。为TCL集团担任审计的会计师事务所，此时给出了非标准的审计意见，包括对资产负债表有保留意见，对损益表无法发表意见。

财政部发布的《中国注册会计师审计准则第1502号——非标准审计报告》明确指出，会计师在“审计范围受到限制，可能产生的影响非常重大和广泛，不能获取充分、适当的审计证据，以致无法对会计报表是否公允反映形成审计意见”的情况下，应当出具“无法表示意见”的审计报告。

此时对于李东生而言，最麻烦的莫过于2003年并购法国汤姆逊彩电业务时申请的1.8亿美元的银团贷款。这笔到期贷款需要公司时时与银行谈判展期或转借。

特别是银团贷款附加的经营指标考核，是一个“硬约束”。2006年中报，TCL多媒体曾因经营指标未达标而违约；2006年年报发布后，将面临又一次违约。根据约定，一旦违约，银团随时可将贷款转为短期贷款，这使TCL的流动负债大大增加。

鉴于现金流给TCL带来的巨大困扰，TCL决定成立财务公司，强化资金安全。

2005年4月，TCL筹备成立财务公司，注册资本5亿元，其中集团及其子公司出资 4 亿元，海外战略投资人出资 1 亿元，用于集团内部的金融资源调配。18 个月后的 2006 年 11 月，在内部筹备运行 18 个月后，获中国银监会批准，TCL 财务公司开业运营，成为合资企业中拿到财务公司牌照的第一家。

在 TCL 创始元老、曾长期担任 TCL CFO 的吕忠丽看来，TCL 集团的资金集中管理有两个非常重要的里程碑：一是 1997 年 9 月组建结算中心，这为实施集团内部资金集中管理奠定了坚实基础；二是 2006 年 11 月获得财务公司的牌照。

这两个时间点也正好是 TCL 的两个重要事件点：1997 年正赶上 5 年改制，结算中心的成立有效地保证了 TCL 在 5 年改制期间的快速增长；而 2006 年正赶上三年扭亏，财务公司的成立则对 TCL 能够在外部融资渠道不畅、银行银根紧缩的外部环境下帮助形成内部的正现金流。

财务公司的成立，无疑给 TCL 的扭亏三年助力甚多。

首先，财务公司对强化内部管理提供了很好的平台支撑，能尽量让现金更加集中。三年扭亏的 TCL 强调现金为王，把现金流管理放到各项管理指标考核当中非常重要的位置。财务公司当时严格遵守“要么消灭亏损，要么消灭亏损企业”的原则，铁面无私地对一些资产质量不佳的下属企业实行断粮，向一些资产质量好、现金流持续增长的企业进行倾斜。

其次，财务公司重新梳理 TCL 的授权管理体系，分公司、子公司、孙公司、产业集团母公司各级的权限都划分得非常清楚，做了大量内部控制的指引，使每个业务都有矩可循。这也有效保证了 TCL 的资产质量逐步提升。

再次，很重要的一点还是维护好银行关系。银行和企业之间的关系，在批评者看来，多少有些趋炎附势。在企业运作好的时候，银行会给予支持；当经营不好时，特别是这种情况持续比较长的一段时间，银行就会不断收缩信贷，融资会产生很大的困难。

针对这种情况，TCL 的财务团队不抱怨，不放弃，尽量把工作做在前面。现任 TCL 集团 CFO 的黄旭斌时任 TCL 财务公司总经理，他回忆起那段艰辛岁月，感慨良多：“银行收缩信贷的时候，我们也是做好相对的预案，一是要配合，保持金融信誉；另外要尽量说明企业的实际情况，争取对方支持。在最困难的时候，我们公司也一直维持着非常好的金融信用，从来没有在金融机构那里有过违约的记录。”但在企业连续亏损时要维持这样的信用，其间的艰难，可谓一言难尽。

而在与银行打交道的过程，李东生和 TCL 仍然最大限度地保持着一贯的行事准则：坦诚。李东生知道，自己跟银行打交道不是一年两年，要把真实的情况告诉银行，取得他们的理解，只有理解才能沟通。所以TCL从2002年开始，每年都有一个重大经营情况的通报，无论是好还是坏，都会主动跟银行沟通一次，每次都是由吕忠丽和黄旭斌亲自出马，惠州、广州、北京三地，悉数跑到，把企业的情况主动向银行讲清楚，有什么困难、什么问题也绝无隐瞒。长期坚持，信用就建立起来了。

财务公司的成立让TCL人员与银行打交道也更多了底气。TCL财务人员知道，只要按时按期归还之前的借贷，银行自然会逐步调高对TCL的信用评级。

对于财务的控制也正是TCL三年扭亏期间首要集中解决的问题之一，这也是TCL在管理上从只管结果，到关注过程控制的典型体现。

近年，KPI已成为一个比较成熟的经营考核工具，TCL也用KPI作为对企业经营业绩的主要考核方式。和许多推行KPI考核的企业一样，TCL希望通过KPI考核，让企业能够明确经营目标，改善企业竞争力，增加业务收益，经营团队的绩效将和KPI挂钩。但KPI考核容易造成经营者只关注列入考核的经营指标，而忽略企业的长远发展。

为了让KPI考核与企业的经营战略和管理导向更有效地结合，2006年9月6日，TCL集团预算与绩效考核委员会下发了《关于编制2007年度经营计划纲要》的通知。虽然这只是一个简单的通知，但对于TCL集团绩效管理工作来说，却是一个标志性的文件，它表明TCL集团绩效管理工作向实施战略调整方向迈出了关键性的一步。

新的KPI考核指标弱化了销售收入的权重，将利润指标改为EVA(经济增加值)，强调资本产出率，同时强化对经营现金流和流动资产周转效率的考核。KPI传递的信息很清晰，重点关注经营质量和效率，关注现金流。

现任集团专务、助理总裁的邵光洁，当时担任集团财务总监。她从提高资金周转效率和减低经营成本两个方面，推动实施了许多有效的改善措施，对经营业绩的提高和改善财务状况发挥了积极作用。

在KPI的有效引领下，TCL销售收入从500多亿元收缩到300多亿元，经营效率提高，现金流增加。这让TCL对银行的信贷需求也相应降低，帮助企业度过了经营亏损、银行减少信贷的危机。

在2005年、2006年连续亏损，银行总的信贷规模从120亿元减到40亿元的情况下，企业经营保持稳定，没有发生任何金融违约的情况，这无疑给李东生和TCL高管们很大的信心。特别是经营现金流的改善，使TCL得以逐步增强金融信用。之前TCL虽然连年赢利，持续增长，但现金流经常都是负的；而在2006年虽然亏损额很大，但当年获得正向现金流，企业运转非常健康，运营质量也在稳定提高。

2007年之后，TCL内部现金存款长期保持在40多亿元，高于同期贷款余额。对于一家当年只有300多亿元销售收入的企业来说，资金状况已经非常健康。

管理再造：TCL全景管理钻石模型

在TCL总裁薄连明看来，TCL遇到的问题是未来中国企业走向国际化必然要经历的，TCL恰巧在这个过程中冲到了最前面。因此，他试图从普适性的角度去看待TCL所面临的种种困难，他也相信这不仅对TCL是笔难得的财富，对有志于迈向国际化的中国企业也都会有借鉴意义。

经过薄连明的分析和总结，TCL遇到的问题无非就是经营难题和管理难题，困难在表象上千姿百态，根子上还是经营和管理。

经营层面上的难题有两个：

一是不确定性已成为企业现在以及未来面对外部环境时的一种常态。在一个不确定的环境下，企业领导者很难预测未来，相应地，企业资源也就很难实现最有效的配置。如果预测发生偏差，在企业进行调整时，往往时机和时局都已经发生了新的变化。举例来说，2009年年初，大多数企业，特别是出口型企业订单骤降，不得不大量裁员；然而，不到年中，经济复苏又推动了硬需求的恢复，于是订单增加，此时却又发生了缺口百万的“民工荒”，企业招工困难。

二是企业内部经营的复杂度也在逐步增加。由于要应对外部的不确定性，企业在内部经营模式和资源组织方式上增加了复杂程度，这样的复杂度由于是逐步形成的，很多时候企业往往并不清楚内部有多复杂。内部经营日益复杂，无疑会增加企业交易成本，企业赚钱就越来越难。同时，内部经营复杂性还使组织变得越来越庞大，管理难度增加。

管理层面上同样有两个难题：

一是企业的整体性被分裂。企业应该是一个整体，但实际上整体性却不见了，似乎每个部门都在忙，忙着在内部互相救火——这个部门救那个部门放的火，同时自己也在给别的部门放火。这样的企业因为整体被分裂，内部往往有很多的区隔，彼此不相往来，偶有往来通常也是相互指责，这样的管理肯定不会是好的管理。

二是企业内部因果链不清。大家都了解某些问题的存在和症状，但是什么原因导致的却并不清楚，这样就找不到解决问题的根本办法。所以很多企业在解决问题时，虽然付出了很多成本和资源，但往往还是解决不清。

针对企业经营和管理上存在的这四大难题，薄连明创造性地提出了全景管理模式，即通过全景思维为企业提供全面的整体解决方案。

全景管理模式看起来非常简单，它由三角形构成，取三角形的物理结构最简单最稳定之寓意。那么，全景管理模式中三角形的三个点指代的是哪三个方面呢？企业再复杂也不会超出治理一个国家，而国家大事无非就是三件事——政治、经济和文化。治理一家企业也是这样三件事。它们又延伸出九个要素，这九个要素之间相互影响，把它们连接起来，像一个钻石，于是，薄连明将这个分析框架命名为“钻石模型”。

理论上，可以拿这个模型去分析任何企业。在给企业作诊断时，如何看出企业到底哪里出了问题？只要用这个结构化方式去分析，对企业的透视就相当全面和准确了。当然，需要慎重对待的是不能头痛医头、脚痛医脚，必须分析问题是出在政治方面、经济方面还是文化方面，经过仔细的分析评估，才能找出问题的真正所在。

而回归到TCL企业本身，这个模型也很清晰地解释了其在国内市场的高速增长和在国际化过程中所遭遇的挫折。

1997～2004年，TCL每年都保持着超过40%的复合增长率，到2004年整体销售收入超过400亿元。TCL集团发展得相当顺利和迅速，恰恰是因为这个过程中很好地安排了这样的结构——在政治、经济和文化的配比上，各个要素设计得都非常有效。TCL率先解决了治理结构和利益机制的问题，国有股份在保值增值的情况下比例在不断缩小，解决了长效机制问题。同时企业战略和模式选择得比较好，1996年，TCL进军彩电业，当时采用的是“先店后厂”，先做销售，积累客户和资源，市场做到够充足时再收购工厂，才有了自己的制造基地。另外，创业时期所倡导的企业家精神，让TCL积累了敢于冒险与创新的文化。不仅在内部要素上相当配合，也契合了当时高速发展的外部环境。

而到2004年，TCL整体上市后，进行了大规模的国际并购，之后两年企业连续严重亏损。一时间，TCL由巅峰落入了谷底，外部公信力降低，内部士气也严重受挫。问题出在哪里呢？在这点上，高管们意见并不统一，有的认为是激励上出了问题，有的认为是外部环境变化使TCL措手不及，有的认为是人心散了，队伍不好带了……

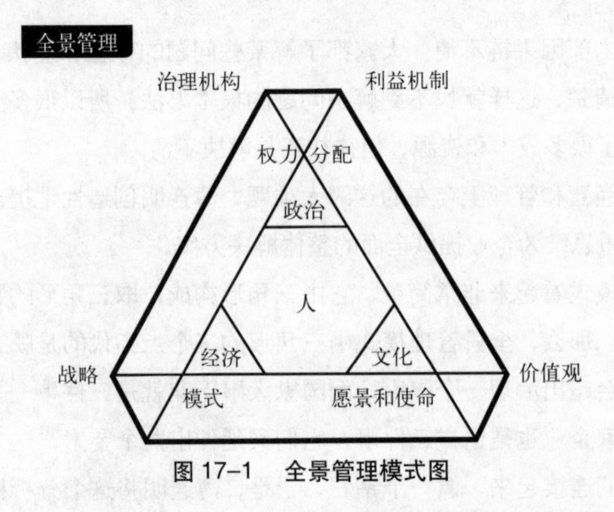

图 17–1　全景管理模式图

2006 年 5 月，在薄连明的主持下，围绕钻石模型，TCL 高管们在李东生的带领下集体做了一次内部测试，对政治、经济、文化三个维度以及三个维度之间的匹配度进行分析评估，每个维度包含 10 个项目，每个项目以 10 分为满分。各位高管据此打分，在把各位高管的打分计算得出平均数后，得出政治因素的最后得分为 61 分。当时大家给"公司对于委托人和代理人之间是否作了合理的安排？"打了 9 分，"公司治理结构是否完善并且分工明确？"得了 8 分，这说明大家判断 TCL 的治理结构没有出现问题。而"母子公司管控模式是否有效？"大家普遍认为并不十分有效，给了 4 分。

另外，"公司是否设计了长期有效的激励和约束机制？"得分是 4 分，说明这方面有问题。1997 年，TCL 实行国有资产的授权经营后，有一个比较有效的激励机制，但是 2004 年公司整体上市后，这个激励机制就结束了——从市场中引进的职业经理人，大多没有股份，对他们缺乏长期有效的激励。所以，最后的结论是，TCL 在母子公司管控模式、设立长期有效的激励和约束机制上出了问题。

经济维度评估的是企业经济的三个要素——战略、商业模式和流程，这个总体得分 62 分。"公司是否有明确的长期战略计划？"TCL 高管们讨论认为有，而且是清晰的，得分是 8 分。"公司商业模式是否清晰明了？"这个分数比较高，是 7 分。但"国际化战略的信息传递是否有效？"TCL 高管给了 5 分的低分。另外，"各项作业是否和战略相关？"这一项的内部打分也只得了 5 分。说明公司战略和信息的传递不到位，以及各项作业和战略的相关度比较低。

企业文化的评价同样也有 10 个问题，评估总分是 56 分，在三个要素中得分最低。文化中有哪些要素得分最低呢？“公司是否有清晰明确的愿景？”评估之前TCL内部都认为有，但是实际评估下来的分数只有5分。在内部做企业文化的推演时，作为推演的主持人薄连明问了好几个人公司的愿景是什么，高管的回答都不一样。这说明企业的愿景并没有达成共识，就不可能通过愿景调动大家的积极性。另外，“员工对于这个愿景有清晰的认识吗？”只有4分。“员工是否清楚自己的使命且付诸实施？”得分也只有4分。尽管企业在不断谈文化，但文化的核心内容和企业核心价值观都不明确。

除了在政治、经济和文化这三个维度进行评估，TCL高管们又评估了这三者之间的结构配比度。因为钻石模型不仅强调三个维度的各自内容，还强调它们之间的关联和结构，这种关联和结构必须合理。评估下来，整个配比度只有53分。比如，“公司是否有有效的制度和流程保证核心价值观的执行？”得分低于5分。“公司是否真正有战略推演和检讨的机制？”得分只有5分。“公司是否主动推动文化变革以适应战略发展和治理变化的需要？”得分也没超过5分，评估结果表明TCL高管对于变革的持续性不高。

经过这样的分析，TCL集团的高管们豁然开朗，能够对遇到的问题进行一个系统化的看待与分析，从而为之后寻找到具体的解决方案作好了准备。

通过“钻石模型”的全景管理模式，TCL找到了问题的根源所在，以及解决问

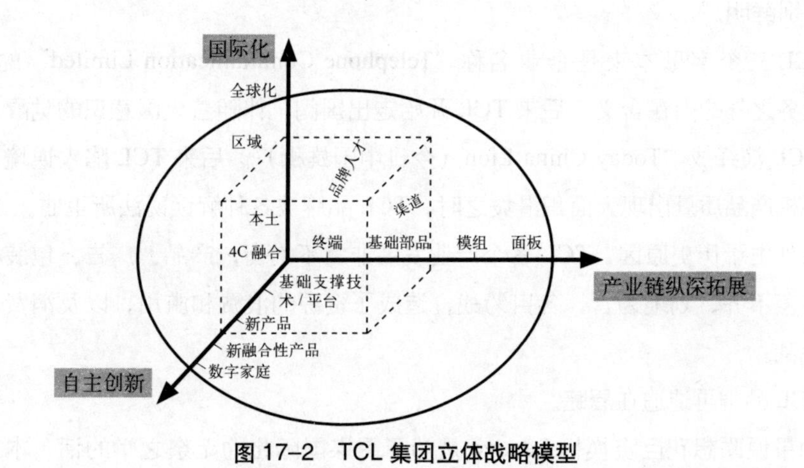

图17–2　TCL集团立体战略模型

题的突破口。在实际的战略执行过程中，TCL围绕国际化的战略部署、产业链的垂直整合和自主创新三个维度，进行了有效的战略梳理与整合。

到2009年，TCL内部再一次按钻石模型进行测试，调查了100位集团内部的高管、中层和基层，发现经过这一次的整体变革，TCL在政治、经济、文化三个维度，乃至三者的配比度上都有显著的进步。调查结果显示，2006~2009年，TCL的政治维度得分从61分提高到82分，经济维度得分从62分提高到80分，文化维度进步更多，得分从56分提高到83分，而结构配比度的得分从53分提高到83分。

这个结果无疑让李东生、薄连明等人感到由衷的喜悦，而过程也可堪回味：中国企业如何能够在面对危机的过程中冷静下来，通过系统性的思考和结构性的思维，在一个分析框架下，找到问题的真正所在；然后，找到解决问题适当有效的切入点进行有效的改革，让企业坚强地一路走过来。

每家企业成败的缘由都会有所不同，但它们成败的经验都值得借鉴。对中国企业而言，TCL在国际化过程中的具体做法——系统思考、全景管理比其结果更有价值。

品牌重塑：创意感动生活

在国际并购期间，品牌一直是李东生最为担忧的，他坦言："TCL的品牌定位长期以来都不是太清晰，比如TCL是什么意思？最有优势的东西是什么？尽管在不同的阶段我们有不同的产品，实际上我们一直缺乏一个始终如一的主题，品牌形象不是特别鲜明。"

TCL三个字母本来是企业名称"Telephone Communication Limited"的缩写，并无业务之外的内在含义。后来TCL开始走出国门，伴随着大国意识的觉醒，有媒体把TCL演绎成"Today China Lion（今日中国雄狮）"。后来TCL陷入逆境，特别是在手机产品质量出现大面积滑坡之时，TCL品牌被各种解读说法所歪曲。

另外由于历史原因，TCL各个产业发展非常不均衡，产品、广告、包装和终端形象参差不齐，划地为营，各自为战，造成了资源的浪费和滥用，以及消费者认知上的混乱。

TCL品牌再造迫在眉睫。

如果说联想花巨资换标Lenovo是为了图谋国际化的无奈之举的话，本来就具有国际化基因的TCL换标便是寄希望于脱胎换骨的重生。

2006年9月，在开展"鹰之重生"活动的同时，李东生启动了品牌重塑项目。他认为，在企业面临重大抉择之时，更需要用品牌和愿景来统一思想，凝聚力量，指导行动。

TCL管理层发挥集体智慧，举行了一系列的品牌工作坊。首先从品牌内涵和定义入手，提炼过去20多年来驱动企业增长的基因，那就是对于创新的不懈追求，敢为天下先。

现任TCL集团助理总裁、品牌管理中心总经理的梁启春在2007年年初加入TCL时，接手的第一项工作就是重新设计品牌战略。他毕业于国际关系学院，此前在外资咨询公司做了十几年的跨国公司准入和品牌推广工作。

梁启春说："当时感觉比较迫切的任务就是怎么能够重振企业的声誉，到低谷之后怎么能够让员工、供应商、渠道和消费者看到信心，对TCL还保留期望。重塑品牌战略不只是给TCL一个新的含义，更多是要给出未来5～10年的规划，要为TCL品牌或者整个企业的愿景寻找到一条切实可行的路径，这个规划是相对比较系统的。"

首先，TCL摒弃了使用了十几年的具有强烈民族烙印的射星标志组合，启用了颜色鲜明、富有活力的全新TCL标志。

2007年5月，TCL正式重新发布了诠释其名字的新的品牌战略：创意感动生活——"The Creative Life"，而不再是过去的"今日中国雄狮——Today China Lion"。显然，新的品牌口号更加有利于全球传播。

同时新品牌战略明确了TCL未来10年的发展目标，那就是：通过不断提升企业的国际化经营能力，建立自有知识产权的技术优势，成为受人尊敬、最具创新能力的全球领先企业。TCL新品牌战略抛开表面字眼，其核心战略便是回归"以消费者为中心"，要让消费者感动。

TCL把自己的品牌定位为"务实的创新者"。《TCL品牌大纲》中明确提出：我们求的不是惊天动地的产业革命，或是一个伟大的突破，而是通过对消费者生活的细微洞察，不断改变和改进，在产品设计上（包含外观、界面的功能安排、品质）锐意创新，带来启发人心的消费者体验。

图17–3　TCL标志沿革

"相对于当时的企业现状，品牌定位确实有些超前，所以引起不少质疑，包括来自企业内部的。重要的是，我们确立了一整套能力提升系统来让品牌战略落地。"梁启春说，这套能力提升系统简而言之为"三力一系统"，即

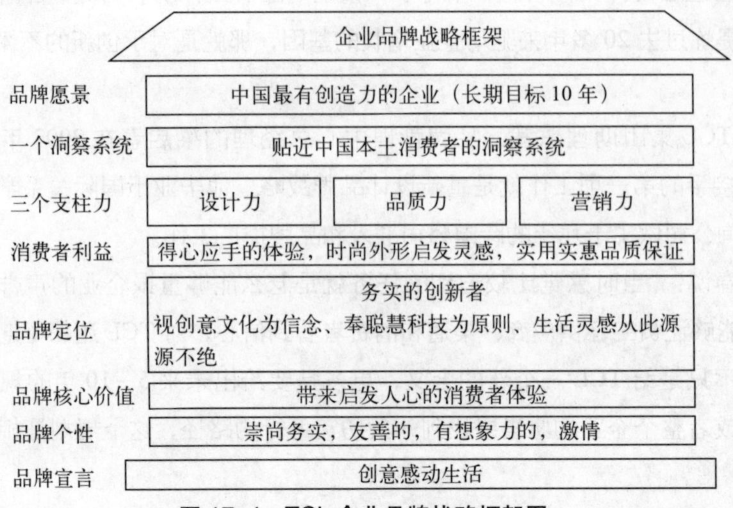

图 17–4 TCL 企业品牌战略框架图

设计力、品质力、营销力和消费者洞察系统。

首先要设计出对于消费者有意义的、具有时尚亲和使用体验的产品；其次，品质力则需关注消费体验的每一个细节；营销也必须以消费者满意度为导向；而贯穿“三力”的便是消费者洞察系统。

谈及这次品牌战略调整，李东生说：“中国企业的发展路径非常类似，一是依靠中国经济持续发展这个大环境造就的国内大市场；二是对外开放后所依靠的成本优势。但目前这些优势已不再明显，一旦到了海外市场，这些优势立即荡然无存，管理和技术创新上的软肋立即暴露在敌手眼下。这样的‘国际化’，就要交学费。在国际化过程中我最深刻的感触是，打造自主品牌是企业获得长远发展动力的必由之路。”

TCL 的新品牌战略基于企业文化创新，对企业发展战略目标定位明确，在产品、技术研发、设计、生产制造、质量控制、销售服务等各方面都作了新的规范。红色的新标志更加鲜明和醒目，能涵盖 TCL 每一个产业和每一个销售区域，使 TCL 在国内、国外有了一个统一的标志系统。

2007 年 5 月 28 日，在 TCL 集团 2006 年年度股东大会上，呈现在股东面前的厚厚一本 TCL 集团年报的封面上，印着的是一只正在熊熊烈火中涅槃重生的凤凰。

这只重生的凤凰，正以全新的品牌理念，重新厘定自己的发展方向。

在上千名员工参加的新品牌战略动员宣讲会上，李东生说："我们过去的成本、速度等优势，一下子就被国际品牌的品牌优势所汰换。如果我们希望 TCL 能在中国的土壤上基业长青，或是能赶超国际品牌，那么我们能凭借的最大机会，就是我们比别人更了解我们的消费者。"而 TCL 消费者洞察系统的特色就在于"洞悉人性，察觉需求"。

后来几年的发展证明，在主要产品形态网络化、智能化日益明显的体验经济时代，品牌战略重塑给了 TCL 新的支撑点。

给 TCL 品牌提供支撑的另外一个重要资产就是体育营销。TCL 从 2006 年开始，将自身的体育营销体系进行整合，逐步开始从各地分散的赛事赞助向全球范围内统一的体育营销活动转变，以保障长期的品牌塑造和业务增长的连贯性。

TCL 与体育结缘，包括从 1996 年成立 TCL 郎平排球基金会，支持时处低谷的中国女排，到 2002 年推出百万美元奖金的 TCL 高尔夫精英赛（欧巡赛），到 2007 年助力中国女子网球队征战北京奥运会，再到 2008 年 11 月正式成为广州 2010 年亚运会合作伙伴。有意思的是，代表 TCL 签约并担纲亚运项目主要负责人的梁启春在 20 年前就服务过北京亚运会，担任翻译外联工作。

TCL 赞助广州亚运会，使他们能集中资源，利用天时地利，在推广自主品牌的全亚洲范围内有计划、有步骤地统一执行营销策略，品牌推广效果和质量都得到明显提升。特别是在全球金融危机肆虐的时期，亚运会赞助和推广对于提振 TCL 各国经销商和广大员工的士气起到了不可忽视的作用。

17–5　TCL 集团品牌总经理梁启春与亚奥理事会总干事侯赛因签署广州亚运会赞助协议

通过推进新品牌战略和加大体育营销力度，2008 年 TCL 品牌价值再度提升，以 408.69 亿元人民币 (59.5 亿美元) 蝉联中国彩电业第一品牌。

有人说，改变世界最短的路就是改变自己。在冰冷的"寒冬"，TCL 依靠文化、战略、财务、人才和品牌的一系列变革创新，绝地反击，置之死地而后生。TCL 在生死存亡的边缘，看到了重生的曙光。

模式调整：TCL通讯扭亏，液晶彩电上量

这三年，TCL一改以往规模扩张的发展模式，比任何时候都更强调“有效率地运营”和“关注赢利的可持续性”。

“我们进行了观念调整，我们追求运营的质量，而不是规模。成功的业务要有一定的规模支持，但目前的任务是保留利润。”李东生说。在2006年新兴市场和空调业务的亏损中，不但包括当期的亏损，还纳入了对过往业务潜亏和库存的清理。

“以往公司在赢利能力比较强的时候，强调先占领阵地，对亏损的容忍度比较大，可以等两三年再赚钱。但现在要谨慎，所有的扩张都要有质量，要带来赢利。”

在这种思路引领下，TCL通讯得以扭亏为盈。

首先，TCL通讯将研发转移到中国，降低研发成本。

在并购阿尔卡特手机项目时，TCL是希望借势对方在欧洲的研发能力，但李东生很快发现承受不起，TCL通讯原有海外业务经营规模的利润贡献，根本不足以维持欧洲研发体系的成本。

在T&A二次重组时，TCL通讯将阿尔卡特手机项目研发架构重组，将其主要技术研发工作转移到中国，基本保留了阿尔卡特手机技术的设计能力和有效率的技术研发管理系统，通过本地化提高效率和降低成本。技术能力的积累和提高，成就了TCL手机在国际市场的竞争优势。

TCL通讯将T&A以及TCL通讯的两个研发机构整合为统一的研发中心后，组建了研发总部，并在上海、深圳、惠州及法国等地设立分部，通过消化吸收再创新，TCL通讯从开始拥有700多名设计开发技术人员的技术团队发展到现在超过2 000多人，并在宁波和成都开设了研究所。

这个技术团队吸收了阿尔卡特先进的产品设计流程和管理方法，配备先进的试验检测设备，研发核心能力显著提升。研发从欧洲回到本土之后，降低了成本，提高了工作节奏和效率。原先开发一款高端手机要花1 000万欧元，历时18个月，而经过整合，TCL通讯开发一款手机只需100万～300万美元，同时研发周期缩短至9～12个月。

研发团队的中国化改造使这笔并购真正起到了TCL原本期望的作用，并为TCL移动的发展打下了一个坚实的基础。

其次，TCL手机产品在国际市场的定位更加精准。

TCL 通讯海外、本土业务合并之后，在采购、制造以及销售渠道上都进行了全面整合。对应地，TCL 通讯在产品策略上也作了调整，产品以海外市场为主，精简产品线，首先集中资源聚焦跨国巨头较少涉足的中低端产品，重点发展欧洲和拉美市场。

TCL 手机发展初始，和其他国产品牌一样，是从中低端切入国内市场。但由于国内企业都挤在低端市场，TCL 手机后来改变策略，靠产品的时尚设计和营销上的创新开拓中高端市场，取得了不错的成绩。但由于产品基础技术能力不够，TCL 手机后来在市场环境变化时遭受重大业务挫折，其中产品技术能力不过硬是主要原因。2005 年后国内低端市场已经被“山寨手机”蚕食，TCL 就将业务定位放在性能、质量要求较高的欧美市场，并聚焦低端产品。

而并购阿尔卡特后，TCL 将原有外销产品设计作为后续研发的基础，持续开发出性能质量可靠、成本有竞争力的系列产品，逐步提高了海外市场的占有率。而集中力量开发低端产品，也符合当时 TCL 的产品研发能力；在业务调整和系统整合阶段，简单清晰的工作目标更加有把握达成。这对努力扭亏增盈的 TCL 通讯而言，先聚焦低端产品，然后再向中高端发展无疑是正确的选择。

TCL 通讯的产品战略也适应营运商客户的要求。TCL 通讯在欧洲继承了阿尔卡特渠道网络，与 30 多家海外运营商建立了稳定合作关系。这些运营商定制的手机更多是开拓用户而捆绑服务一起销售，采购量大，主要集中在中低端产品。因此，选择中低端的产品定位也易于迅速与阿尔卡特原有渠道匹配。

在郭爱平的带领下，通过准确的产品定位和积极的渠道拓展，TCL 手机海外业务持续成长，从 2005 年的 750 万台到 2010 年的 3 408 万台，进入国际主要电讯运营商市场。凭借手机海外业务的成功，TCL 手机重新成为全球产业的第 7 名，公司赢利也大幅改善。郭爱平在 2009 年被任命为 TCL 通讯 CEO，在 2011 年又被任命为集团高级副总裁。

第三，完善产品品质体系，保证手机质量。

TCL 移动与阿尔卡特手机业务重组后集中在惠州工厂生产，并邀请在阿尔卡特工作了 15 年，负责阿尔卡特工业化管理的劳伦特 · 拉比（Laurent Labbe）先生担任惠州工厂生产质量管理工作。

拉比的首要任务就是要改造这个工厂，使之能满足全球高品质手机的生产制造要求，很显然，这件事并不简单。

最大的困难就是质量观念的转变。以前TCL手机主要面对的是国内市场，对海外市场的运作和客户的需求都不是很了解。比如，手机国内返修费用只要30元左右，但是如果出口到欧洲、拉美，返修费用会翻5倍，达到150元。这意味着，出口产品如果出现质量问题，公司将无利可图，所以对出口产品的质量要求远比国内的高。因此，在惠州工厂，质量部门拥有比以往更大的权力和责任，如果发现了质量问题，质量部门觉得不能出货，那就坚决不能出货，这跟以往相比是一个很大的转变。

这种在质量观念上的根本转变，使得TCL出口海外的手机返修率能够控制在不到2%，部分产品不到1%，远低于国际3%的产业标准，并在产品售后服务上为公司节省了大量的成本。

通过借鉴阿尔卡特的质量控制体系，TCL通讯进一步完善了产品品质控制体系。按照流程办事已成为TCL通讯员工的准则，从研发到制造每个环节都严格遵守流程。通过掌握阿尔卡特的流程控制、质量控制体系，对每一步进行量化管控，虽然没有发生“革命”,TCL通讯也把品质控制提升到一流水准。通过“品质锻造”工程，TCL通讯“新购用户满意度”高出行业平均水平近8个百分点。

由于生产质量管理体系很有效率，2010年TCL通讯手机产量跨越式地增长了一倍，产品质量保障和生产供应链系统圆满地完成了任务。对此，李东生在多个场合赞扬厂长吕小斌和生产质量总监拉比的团队。

通过上述一系列举措，TCL手机业务率先走出亏损泥潭。2005年第四季度，全新产品分批上市，改善了毛利率，海外业务迅速赢利。通信业务重获竞争力的同时，在彩电业务上，李东生把TCL突围的制胜点放在了液晶电视上。

此时，欧美彩电市场快速转向液晶产品，TCL在欧美市场的销量大幅下滑。而在国内彩电市场上，外资企业借助其在液晶上游产业链和产品技术的优势，企图在中国彩电市场东山再起。TCL彩电业务面临巨大的挑战。如何破解产业转型升级的难题，是李东生和团队考虑最多的事情。

为此，TCL大力加强了液晶电视的产品研发，力求从应用技术创新和产品外观结构设计方面获得突破。

应用技术方面，2007年TCL首先设计出改善液晶显示图像质量，又能减低耗电的液晶线性动态背光技术，次年又将此技术进一步完善为区域动态背光控制，并申请了国际专利。此项专利被授权给国外的芯片企业并应用在TCL液晶电视上；该技术获得国家科技进步一等奖。TCL开发的“液晶显示自然光”技术，引起了国外

图 17–6　2009 年春季广交会，温家宝总理在 TCL 展位

同行的高度关注，这项技术可能是中国企业在基础的液晶显示技术领域最重要的突破。

产品的外观结构设计一直是 TCL 的强项。并购汤姆逊彩电业务后，TCL 一直在巴黎保留“偶傥”工业设计所，从 2005 年至 2010 年，TCL 液晶彩电先后获得 5 项法国工业设计大奖，3 项德国“红点”（Red Dot）设计大奖，3 项欧洲 IF 产品设计大奖（IF Product Award），以及两项美国彩电设计大奖和一项艾美奖。

图 17–7　2008 年 9 月，广东省委书记汪洋题字勉励 TCL 国际化事业，“胜利往往在于再努力一下的坚持之中”

在国内外市场销售方面，TCL 也加快了产品的转型。金融危机后包括中国在内的新兴市场消费成长表现强劲，抵消了欧美市场的不断疲软，让 TCL 获得抢占市场份额的良机。随着 TCL 彩电成功打入了南美、中东等战略性市场，TCL 液晶彩电销量节节攀升，从 2005 年每年 60 万台一举上升至 2010 年的 746 万台。

2008 年 3 月 14 日，北京早春的枝头已萌动绿芽，李东生在参加全国“两会”的间隙，平静而又喜悦地告诉采访记者：“TCL 整体经营开始出现拐点。”当天，TCL 发布了三年以来第一份赢利的年报，摘掉 ST 帽子，保住了上市公司的地位。

2009 年 3 月 26 日，TCL 集团发布 2008 年的年报，实现营业收入 384.14 亿元，净利润 5.01 亿元，经营性现金净流入 5.04 亿元。这样的成绩，足以让走在亏损阴霾中的 TCL 人感动：TCL 的黑色岁月过去了；TCL 人以自己的力量，为企业迎来了第二个春天。

第十八章　决胜未来的布局

在转折点上，旧的战略图被新的所代替，使企业能够上升到新的高度。但是，如果你不经历转折点，你的企业就会先上升到一个高峰，然后滑向低谷。

——安德鲁 · 格鲁夫

无论是战场还是商场，战略点上的决策都是至关重要的。

20世纪50年代朝鲜战争前期，朝鲜军队的攻势势不可当，将美、韩军队压到韩国南端釜山周围几百平方公里的地方。当美军在不断被压缩的战线苦苦坚守时，其统帅麦克阿瑟作了一个重要的战略决策，将其正面战场的部分军队抽调出来，突然在朝鲜中部的仁川登陆，开辟一条新战线，切断了朝鲜军队的后路，一举扭转战局，将战线迅速推进到朝鲜北部的鸭绿江边，迫使中国出兵朝鲜。

2007年年初，当TCL在巨亏后被戴上"ST"帽子而艰难奋斗时，经过"鹰的重生"痛苦历练的李东生，一方面带领团队力挽危局艰难前行，另一方面思考如何构建企业长远竞争力。也就是说，当TCL在彩电和手机两个国际并购战场艰难突围时，李东生已经开始在核心技术能力的提升，以及产业链的纵深整合方面投资布局，展开了一条重要的新战线。

李东生清楚地知道，企业的强大不能仅体现在产业的下游——品牌、市场、渠道和销售能力，在产业的上游——核心技术能力和基础部件的能力更是中国企业的软肋，亟须转型升级。正是基于这样的考虑，李东生的两步战略重棋浮出水面——成立TCL集团工业研究院以及上马华星光电，这甚至是对中国电子产业都至关重要的战略项目。

国际化其实也是一次让TCL重新认识自己的浴火重生。

构建核心技术能力

曾有人问过李东生：在整个中国彩电业最好的20世纪90年代后期，TCL为什么没有跟上三星的步伐，及早开发3G移动通信技术，同时开发PDP、DLP和LCD技术等新一代平板显示技术，以至于没有跟上3G通信和液晶平板的这一浪？

李东生对此的回答是：当时TCL没有这么大的资源能力投资上游基础技术。

事实也确实如此。中国的彩电和手机产业，自20世纪90年代以来一直处于价格战的泥沼中，为了争夺和保住市场份额，大家都在降价，容不得你不降。另一方面，这个阶段的TCL正聚焦于企业体制的改革，必须靠规模迅速做大。为了让TCL的发展速度能高于与政府约定的成长率，TCL实际上选择了粗放式的经营路径。

而后来，TCL并购汤姆逊彩电和阿尔卡特手机，原本就是想开创一条技术创新和推进国际化经营的捷径，但这一系列的挫折又让李东生意识到：在技术创新上，或许没有捷径可走，只能依靠自主研发、人才储备和长期的投入。因此一直要等到改制成功以及TCL整体上市之后，李东生和TCL才终于能专注面对企业技术创新体系的建立和怎样迅速提高企业核心能力这样的问题。李东生亲自面谈了多位院长候选人，着手组建集团工业研究院。

在现任TCL集团工业研究院院长闫晓林的记忆中，李东生不止一次表达出希望工业研究院能够看得更远一些，要能够先人一步地开发核心技术，建立追赶国际领先企业的技术研发能力。闫晓林1999年从中科院等离子体物理专业博士毕业，2001年5月加入TCL，2008年被委任为集团副总裁。目前他还兼任国家科技部"十二五"新型平板显示重点专项总体专家组召集人，国家工信部科技委委员中国3D联盟会长。

而TCL集团工业研究院也正是在李东生的重视下，经过将近半年的筹备，于2005年7月1日在深圳成立，直属于TCL集团总部，成为集团中央研究机构，承担着满足TCL集团核心产业现阶段发展对技术的需求，同时又推动未来的技术进步和核心竞争力提高的重任。闫晓林担任工业研究院院长，承担筹建工作。

6年后，当闫晓林回顾创业，不胜欷歔却又颇感自豪。2005年TCL集团工业研究院仅仅30人，如今拥有资深研究人员300余名，同期还以研发项目产业化的方式为集团下属企业研发中心输出了350名有经验的科研人员，其中拥有硕士以上学位及高级职称的员工约占50%。工业研究院重点做主导产业的前导技术和预研，同时扮演企业内部的孵化器的角色，6 年来还成功孵化产业化科研项目 5 个。

同时，工业研究院与国内外多所知名高校、科研院所及国际知名公司建立了多个联合实验室。研究院总部设在深圳和惠州，还在广州设立了国家数字家庭工程中心，在西安成立了安卓（Android）操作系统和软件研究中心，拥有先进的技术设备仪器和现代化的工作环境。2010 年在美国硅谷设立了“TCL 美国技术创新中心”，积极拓展和美国企业及科研机构的联合技术开发。

时至今日，工业研究院共申请发明专利 497 项，取得 6 项重大科技成果，其中 4 项属于国际先进水平，一项是国际首创；累计获得国家、省部和市级各类奖项 12 项，累计承担国家级课题 10 项、省部级课题 41 项、市级课题 10 项。

值得一提的是，由工业研究院研发的 LCD TV 数字视频动态背光控制技术，成功地以技术授权方式输出给台湾普诚科技公司，结束了在平板电视领域由欧美和日韩企业提供技术许可的历史。而其研发的 TCL 增强型液晶动态背光技术，甚至授权给了全球知名半导体厂商——日本的瑞萨科技，协议金额高达数千万元，李东生为此还大吃一惊，直呼向日本人授权了不起。

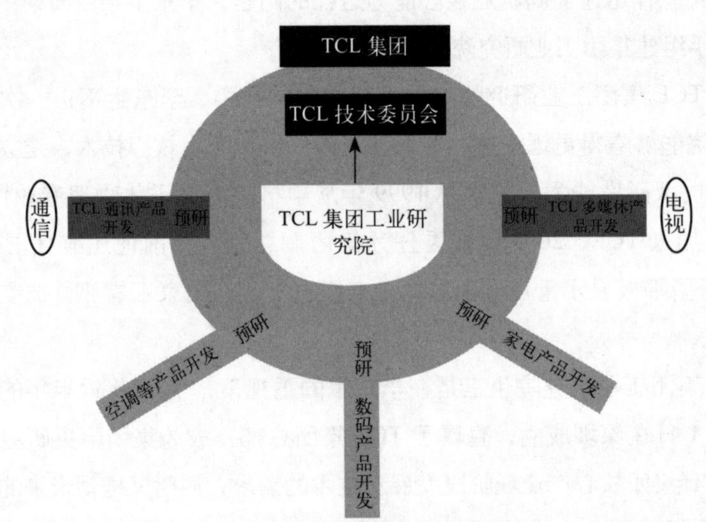

图 18–1　TCL 集团研发体系构架图

工业研究院的成立，有力地推动了 TCL 核心产业的技术研发体系建设，核心技术能力明显提高。TCL 专利申请数量大幅上升，至 2011 年 9 月底，累计专利申请达 4 752 件，其中发明专利 2 082 件。另外并购阿尔卡特手机和汤姆逊彩电时获得专利 2 000 多件，使得 TCL 成为已经拥有一定产业技术专利覆盖的中国企业，并组建了一支专业的专利工程师队伍。

研发力量的茁壮成长对极为看重工业能力的李东生而言非常重要，尤其是工业研究院主导推出的一项技术成果，更有实际的战略意义，那就是“云电视”的推出。

2008 年年中，在闫晓林的盛情邀请下，拥有丰富互联网从业背景、后任 TCL 集团工业研究院副院长的梁铁航加盟。在梁的强力主持下，2009 年 3 月，TCL 率先推出互联网电视，其独家打造的 MITV 互联网电视模式，直接引发了同行的跟进与靠拢。

2010 年 6 月 3 日，TCL 宣布研制出国内首款安卓智能电视，并通过了广东省科技厅的科技成果鉴定。2011 年 8 月，TCL 在全球同步推出四大系列超级智能云电视，并在 11 月携 20 家权威机构和媒体联合发布了全球《云电视行业推荐标准》，对云电视从系统、平台、硬件、软件、应用、交互、服务、产业链等角度作了全面界定。

而为了快速形成产业链协同效应，提升终端内容的服务能力，在李东生的倡议下，长虹与 TCL 共同成立了欢网科技，旨在为终端厂家提供技术和服务支持。随后又宣布与海信携手，三方共同成立了中国智能终端多媒体技术联盟，围绕智能终端产业链相关技术和服务，开展联合研发、推广应用、产业标准化、产业链建设等工作。

互联网电视、智能电视和云电视等创新产品的不断推出，提升了 TCL 液晶电视的市场表现，在稳居中国市场第一的同时，展望进入全球前 5，预计 2011 年 TCL 液晶电视销量将超过 1 000 万台。

李东生布局未来的第一步棋成功了。

“聚龙”下的蛋

在李东生的眼中，没有全产业链的掌控能力，就不可能在国际市场与日韩企业一较高下。因而他的第二步棋，落在了液晶面板上。

彩电业务一直是 TCL 规模最大的产业，对彩电技术市场转型的决策性误判以及核心技术能力的缺失是导致 TCL 并购汤姆逊彩电业务步履维艰的主要原因，TCL 也为此付出了惨重的代价。在迅猛成长的全球液晶电视市场上，拥有上游液晶面板技术和产业能力的韩国企业在全球攻城略地，TCL 与其他中国彩电企业则失去了技术先机，不得不跟随在日韩企业之后，着着落后，步步艰辛。

液晶面板作为平板彩电不可取代的关键性核心显示部件，其成本占到液晶平板电视整机成本的70%～80%（含背光模组）。LCD-TFT液晶显示技术在20世纪90年代由日本企业率先开发，并应用于小尺寸的电脑显示器产品。由于该产业投资大、成本高，日本企业大都对液晶显示技术应用于大屏幕的彩电并不看好，除了夏普公司外，其他日本企业均压宝在PDP等离子或其他显示技术上。

而度过了1997年东亚金融危机的韩国三星、LG则抓住机会投入巨资在液晶面板产业，快速超越日本企业成为新一代显示技术的领先者。台湾地区企业也凭借在半导体产业积累的能力，集中大量投资，快速切入液晶面板产业，成为全球液晶产业的有力竞争者。

到了2007年，在针对大屏幕彩电的高世代面板生产领域，日本夏普、韩国LG、三星和台湾地区的友达、奇美5家面板企业掌握着超过90%的市场份额，国内面板企业只能在小尺寸显示器面板领域分得一杯羹。当时国内彩电企业所需的液晶面板全部依赖进口，经常因缺货和采购成本高而受制于人。

在2007年，TCL彩电总量占国内市场份额约为19%，但其中液晶彩电仅为8%。而外资品牌利用产业转型的机会和新的产业技术优势大幅提高其在中国液晶平板彩电市场的占有率。一些台湾地区企业也利用其在上游液晶面板产业的优势，迅速将产品从显示器扩展到液晶平板彩电。李东生用“寝食难安”来形容自己的心情。他说：“这几年国内彩电厂家都有相同的感受，在关键的时候，这些面板厂商，特别是韩国、日本的，会考虑到终端市场和你竞争，关键时候供货掉链子的情况常有发生，国内企业一定要有自己的液晶面板才不至于受制于人。”

因此，李东生认为，中国彩电产业要在上游的液晶模组和面板上实现突破是唯一的选择。正是由于政府在20世纪80年代后期集中资源在国内建立起彩虹等几条彩管生产线，才使得国内彩电产业在90年代建立起竞争优势，并逐步收复国内市场。在彩电技术转型升级的时候，中国企业也必须建立起上游的核心技术能力才能保持竞争力。但液晶面板投资巨大、技术门槛高，李东生决定先从液晶模组取得突破机会。

在2006年，李东生向已经担任深圳市委书记的李鸿忠提出一个由几个国内彩电企业共同投资在深圳建立首个液晶彩电模组项目的“聚龙计划”。

李东生曾想过自己建立一个液晶模组工厂，但和台湾地区及韩国几家面板企业谈过之后对方并不积极，于是李东生就联合国内几家彩电企业一起和外资谈合作，以大量的液晶面板采购换取对方的技术支持，“聚龙”之意便源出于此。当初聚在一起的企业有5家，分别是TCL、创维、康佳和长虹四家彩电企业，以及已经形成小屏幕液晶面板能力的京东方。按计划，它们将组成合资企业，在深圳建设一个液晶模组工厂，生产彩电液晶模组供应国内厂家。深圳市对“聚龙项目”非常支持，也承诺投入部分资金。

公司成立之后，运作没有预期的顺利。首先是液晶面板的合作伙伴迟迟不能确定，它们都很重视这个有几家中国大彩电企业参股的“聚龙”公司，但韩国和台湾地区的面板企业谁也不愿意确实承诺支持“聚龙”，因为它们担心“聚龙”会提高国内彩电企业的议价能力。同时由于参股企业众多，大家各有想法，这个投资组合不久后在内部也出现了裂痕。虽然TCL是“聚龙计划”的发起人，但到后期已经无法掌握其发展方向。

不了了之的“聚龙计划”，却意外地下了一个“蛋”——发起计划的TCL，决定自己沿着这条思路继续走下去，最早启动了液晶模组项目。

2007年年底，TCL经过多轮次的沟通，终于与韩国三星达成了合作的协议，后者同意通过技术支持和业务合作的方式，帮助TCL建设一个液晶模组厂。三星承诺供应液晶面板，生产模组供应TCL彩电工厂，TCL彩电工厂还可为三星代工。李东生把这个模组厂建在大本营惠州，总投资为11亿元，2009年2月，该模组厂建成投产。TCL模组厂项目的实施使TCL得以逐渐积累液晶生产和技术能力。在这个项目的4条生产线中，只有第一条是采用三星的设计，其他三条生产线是在此基础上，参考其他工厂的设计优化而成。TCL通过这个项目建立了自己的研发团队，并通过实践获得了自主建设液晶模组生产线的能力。该项目又于2009年6月开始

图18–2　TCL液晶电视模组整机装配线正式投产

了二期建设，新建两条生产线。

模组工厂启动的同时，李东生又积极寻找进入液晶面板产业的机会。当时韩国和台湾地区的液晶企业正获取巨额的垄断利润，都不愿意到大陆投资，TCL 集团东京代表处找到夏普，他们表示有兴趣考虑到中国投资。夏普原是液晶产业的领先者，全球第一条 6 代液晶面板生产线和第一条 8 代液晶面板生产线都是夏普首创。但由于资金实力所限，投资强度不足，其产业规模已经落后于韩国和台湾地区企业。他们想借助中国资本在国内建一条 7.5 代液晶面板生产线，同时赚取技术转让费。

该项目投资巨大，当时 TCL 无力独力承担投资。李东生向深圳市汇报，李鸿忠全力支持。他认为中国彩电产业要实现转型升级，必须要建立自己的上游液晶面板产业。作为曾经在国家电子工业部工作多年的政府官员，他很了解在 20 世纪 80 年代，如果没有中央政府决策投入巨资引进彩管生产技术，就没有后来中国彩电产业的快速发展。而在当时单靠国内彩电企业本身的能力是难以独力投资液晶面板这样资本和技术密集的项目的，政府应该对此有所作为。他召开政府专题常务会议讨论后，决定支持 TCL 和夏普谈判在深圳筹建液晶面板项目，政府参与投资并给予大力支持。李鸿忠 2007 年年底调任湖北省长后，其继任的领导也全力支持液晶面板项目落户深圳。广东省政府同期也制定了支持在珠三角地区发展液晶面板产业的政策，对投资高世代液晶面板项目给予 10 亿人民币巨额奖励。这让李东生信心大增。

从 2007 年开始，TCL 与夏普进行了两年多的谈判。后者开出的条件非常苛刻：一是要求的技术转让费用很高，二是要求一定比例的产品销售收入提成，三是虽然其只占 25% 的股权，但要求在工厂拥有主导经营权。另外，夏普还希望中方购买其在日本工厂的 6 代二手设备。要引进技术，技术转让费是少不了的，条件高低成了谈判焦点；但对购买二手设备的方案，李东生明确拒绝。在此期间，韩国和台湾地区的厂商也先后加入谈判，但它们也都同时和几家国内企业和地方政府洽谈。

2009 年的夏天，TCL、夏普和深圳政府已经初步达成协议，总投资 280 亿建 8.5 代液晶面板工厂，合资公司中深圳政府占 50% 股权，TCL 和夏普各占 25%。然而，当三方准备签订协议时，深圳政府主要领导突然因违纪被“双规”，签约之事因此搁置。

就在这一年的 4 月，国务院批准下发《电子信息产业振兴调整规划》，高世代液晶面板项目被列为重点扶持发展的战略性产业。这个国家规划激发了各地抢建高世代项目的热情，夏普作为掌握核心技术而愿意与内地合作的外资企业，被广为追逐。夏普在与深圳和 TCL 洽谈液晶面板生产线引进的同时，也与南京等地有着紧密的接触。

2009年8月，从江苏传来消息，南京市政府、南京中电熊猫信息产业有限公司与夏普达成合作协议，中方同意购买夏普第6代液晶面板二手设备，夏普同意在南京捆绑合资建设第8.5代液晶面板项目。

这实际上也宣布了TCL集团与夏普合作进入液晶面板制造的计划落空。此时，深圳新的政府领导班子正准备重启液晶面板项目。

组建"梦之队"

在中国当代家电史上，中国企业几乎从来没有从国际公司那里"买"到过真正的"核心技术"，以"市场换技术"的战略一次次变成一相情愿。所以，夏普的"悔婚"并不构成惊人的新闻。

在不可能再找到新的合作对象的情况下，李东生决定：TCL自主启动8.5代线液晶面板项目——新的企业被命名为华星光电。

从"聚龙计划"开始就参与液晶项目筹建的贺成明回忆了他与李东生之间的一次谈话。李东生问他："夏普不跟咱合作了，我们也很难找其他家，也不找了，要是TCL自己单独干，你觉得怎么样？"贺成明乍一听愣了一下，但马上反应过来，斩钉截铁地说："干。"

这意味着TCL必须自力更生，突破日韩企业所形成的核心技术壁垒，而这个项目的投资将超过200亿元人民币。

液晶面板制造被认为是技术门槛极高的行业，日韩将这一技术珍若国宝，一度严禁这一技术出口。以家电制造销售见长的TCL集团是否有能力独力完成液晶面板工厂运营，况且是国内最高世代的生产线？在此之前，TCL只是在两年液晶模组工厂的建设中积累了经验、能力和团队，但模组和面板在技术和规模上相差还是很大——在投资金额上，它们有20倍的量差。当时国内，就连是号称液晶面板产业"创新旗手"的京东方在这个行业的起步也是靠收购了韩国现代电子的一条生产线。

无疑，这是李东生在2004年国际并购之后，作出的最大和最重要的一次决策。在过去几年的彩电产业转型中，李东生痛感没有上游面板技术在竞争中处处被动挨打。看到原来在彩电产业中领先的日本企业由于缺乏液晶面板能力，竟被韩国企业超越，他下决心全力以赴建立起完整的液晶彩电产业链，一举奠定TCL在新一代平板电视的产业优势，并能为中国的彩电产业转型升级发挥积极作用。

在作出这个决定之前，李东生和项目组进行了细致的分析。在他们看来，进入液晶面板产业首先要解决资金和技术两大问题。投入的 100 亿资本金的来源李东生已经想好了解决方案：TCL 经营情况持续改善，可以在资本市场融资投入 50% 股本金，深圳政府已经准备好另外 50% 股本投资；液晶面板技术已经列入国家产业振兴规划，预计可以在银行得到项目融资；深圳政府也承诺厂房建设资金上给予支持。

技术门槛确实是一个问题，但当时全球已经有 5 条 8 代线在运营，设备成熟度非常高，大部分工艺技术固化在设备当中，建厂技术也很成熟，可以由设计院和施工单位完成。而产品技术则需要通过自主研发和技术合作的方式达到，其中最为关键的是人，要能够组建一支有相关产业技术和生产经验的队伍。

在过去的几年里，并非没有人完成过技术突围。在台湾，以偏执和疯狂著称的富士康董事长郭台铭用不到四年的时间，依靠一支招聘来的技术团队，从零开始，做成了一个很有竞争力的液晶面板项目——群创光电。

李东生意识到，只要找到一个合适的团队，机会是有的。

按照行业内的说法，建设一条液晶面板生产线至少需要 200 名有经验的工程师和管理人员，但上哪儿去找这 200 人呢？这时 TCL 已经有了一支规模不大的基本队伍：贺成明在建设 TCL 液晶模组项目时，已经聚集了 30 多人的团队，可在当中抽调部分人员。更重要的是，来自原台湾奇美的陈立宜带了一批台湾专业技术骨干在中国正准备和 TCL 合作开发新一代的液晶模组产品——他是在得知 TCL 决心投资液晶面板项目时决心加盟的。

贺成明、陈立宜和团队一起做了一份详细的自主创新建设 8.5 代液晶面板项目的可行性方案：总投资 245 亿，建一个月产 10 万张玻璃基板的工厂，折合年产液晶彩电面板 1 500 万片。该方案提交给深圳市新任的代市长王荣和常务副市长许勤，经过几轮认真讨论研究和不断修改完善方案，深圳市批准了华星光电项目。2009 年 11 月 15 号，华星光电项目正式启动。

项目开始设计筹建，尽快招聘到完整的项目团队是当务之急。

这个时候，上天眷顾了 TCL。

就在华星光电开始组建的 11 月，郭台铭的群创科技宣布与台湾的另外一家面板企业——奇美电子换股合并，群创科技更名为新奇美电子。此举意味着，台湾面板界奇美、友达、群创三足鼎立的状况将被新奇美和友达两家独大局面所取代。但这一次台湾的产业整合却给了华星光电项目招聘人员的机会：两家大企业合并，就会多出一些管理人才和业务骨干不好安排，华星光电趁机在短时间内招聘了近百名台湾专业工程师。

就在引进台湾近百人技术团队刚刚敲定之际，贺成明接到一个韩国方面打来的电话，曾经出任过LG显示业务（LGD）副社长的金旴植表示愿意加入华星光电。

金旴植在LG液晶业务领域有着举足轻重的作用，主持了LG从3代线到7.5代线的所有重要液晶生产线规划建设。他曾经是贺成明任职LG飞利浦时的上司，与贺成明很熟悉，也因此认识了李东生。金旴植加盟也带来了拥有十几位成员的韩国专业团队；贺成明又在国内几家液晶面板企业招聘了一些人，这样，建厂的班子就齐备了。

贺成明坦言，将这些人聚在一起需要时机和运气，而此时液晶面板行业的整合为其提供了这样的好运气。“将这些人才聚集在一起，关键要看你这里能不能实现他们的自身价值。如果你的项目很大，但没有前景，企业老板也没有远大追求，你给别人再多的钱，人家也不会来帮你。”

经过长达半年之久的“人才大搜集”，华星光电核心技术团队集体亮相深圳。在由200人组成的第一梯队中，境外人员170人左右，国内30人，均是在液晶面板行业打拼多年的业界资深人士。华星光电还聘请包括中国科学院院士、中国工程院院士和国内著名院校校长在内的9名业界顶尖专家担任公司高级顾问。

2010年1月15日，华星光电项目动工，广东省委书记汪洋、省长黄华华联袂出席，国家发改委、工信部等领导也到场支持。李东生面对各界的期待，深感责任重大，但也对未来充满了信心。

图18–3　2010年1月16日，华星光电8.5代液晶面板项目开工仪式，广东省省委书记汪洋到会

在组建技术和管理团队的同时，李东生着手解决资金问题。

液晶面板是一个“三高项目”：高科技、高投入、高产出。华星光电所需投资为惊人的245亿元，这是中国家电业迄今最大的单一投资项目之一，也是深圳市最大的工业制造类项目。

华星光电成立，初始注册资金为10亿元，TCL集团和深圳市政府属下的深超科技各出 5 亿元，并各占 50% 的股份，TCL 集团的这部分资金暂时来自自有资金。

按照双方签署的合作协议，华星光电的注册资本金在 2010 年 1 月底前增至 20 亿元，2010 年 3 月底前，项目公司注册资本金增资至 30 亿元。到 2010 年 6 月底前，华星光电的资本金增加到 100 亿元，双方各按股权比例增资。

按照出资比例，双方本应各占 50% 的股权，但之后调整为 55% 对 45%，TCL 占大股。董事会由 5 人组成，其中 TCL 派 3 人，深圳政府派 2 人。根据一系列的协议，TCL 方面需在 2010 年 7 月前，到位总共 55 亿元资本金。TCL 集团决定用定向增发股权的方式筹集 50 亿元的项目资金；李东生用自己承诺参与增发认购 2.5 亿元的实际行动表示自己的决心。

2010 年 7 月 7 日，TCL 集团发布公告，李东生质押其持有的 TCL 集团股份，以筹集资金参与 TCL 集团的定向增发。

在定向增发启动之后，遭遇国内股市大幅下调，原定意向认购的几个投资机构临时变卦，李东生和团队紧急动员各方资源支持增发，最终募集到 45 亿元的资金。

在各方的努力下，华星 8.5 代液晶面板线 100 亿的资本金如期到位。

随着 100 亿资本金的敲定，在 TCL 集团财务公司总经理杜娟和她的团队努力下，项目的银团贷款也顺利落实。 TCL 集团一直有良好的银企关系，而银团在进行了深度调研后，也对华星光电项目表示了浓厚的兴趣，最后，华星光电共获得包括国家开发银行、进出口银行等数家银行发放的 12.8 亿美元银团贷款。根据协议，深圳政府还提供了 50 多亿元建设融资。至此，245 亿元投资全部落实。

从 2009 年 8 月夏普“悔婚”，到 2010 年 5 月核心团队亮相、7 月定向增发资金到位，前后仅仅一年时间，TCL 以让人吃惊的速度完成了一个高达 245 亿元的投资布局，其效率在业界引起很大的轰动。

人汇财聚，产业渗透，TCL 稳稳地站在了一个新的竞争高地之上。

打通液晶产业链

深圳福田，光明新区高新技术产业园区。占地 65 万平方米的华星光电 8.5 代线项目以火箭般的速度向前推进，它成为 TCL 的新希望。

2010 年 12 月 28 日，主体厂房提前封顶，比之前计划的提前了 1 个月。

2011 年 5 月 1 日，华星光电完成设备搬入。

6月23日上午，作为华星光电的配套设施，日本旭硝子公司的第8.5代TFT-LCD玻璃基板项目举行开工仪式。这个项目投资额为220亿日元，将形成一条月产12万片8.5代TFT-LCD玻璃基板的精密研磨生产线，生产的产品将是中国市场上最大尺寸的8.5代TFT-LCD玻璃。

图18–4　2010年11月1日，华星光电项目开始钢结构吊装，主体厂房施工进入最后的冲刺阶段

9月1日，液晶面板进入试产。深圳市副市长唐杰说："华星光电一直以'深圳速度'向完成项目主体目标迈进。"

更多让人惊喜的创新发生在技术领域，由来自中国大陆、台湾地区、韩国的技术人员组成的复合团队展现出强大的战斗力。

在技术创新方面，华星光电成立了若干个重点技术攻关小组，并和TFT-LCD同业公司、研究机构建立了联合实验室，通过小型试验线从事新的液晶制程技术、材料技术等的研发，整合该技术领域研究和上下游产业链中具有重要地位和实力的单位，将产、学、研紧密地结合起来，形成一个有机整体，加速TFT-LCD领域科技成果的研发与转化。

同时，在开发、验证专有技术方面，华星光电还成立了4个特别实验室：基础研究室、产品开发试验室、联合实验室及产品试做合作项目实验室，相继完成了42英寸直下式LED电视模组研发并成功进行HVA技术（华星公司特有的VA专利技术）的首次测试。华星光电自主开发的HVA产品成功通过生产线验证，这标志着公司自主研发的HVA生产技术未来在第8.5代线上可以迅速投入使用。在短短一年时间里，华星申请的发明专利多达300多项，形成了知识积淀以及建立起自己的竞争壁垒。

根据既定的项目规划，到2012年12月，华星光电的8.5代生产线达到满产后，产能为月加工玻璃基板10万张，可年产26英寸至32英寸、37英寸、46英寸以及55英寸液晶电视面板约1 500万块。

与国内其他的液晶面板投资企业，如京东方、上广电等不同，华星光电的背后，有着雄厚的终端支持。TCL是全球第7大电视机厂商，液晶电视全球份额排名第7，每年总计销售液晶电视近千万台，这样的市场规模将会保证华星光电无须过分担心其产品的对外销售。

为了应对市场供求的大幅波动，李东生还走出了非常高妙的一着。

2011 年 4 月 21 日，TCL 集团发布公告称，华星光电的股权结构出现变动，深超科技拟将其持有的华星光电 15% 的股权转让给三星电子。股权转让完成后，TCL 集团、深超科技与三星电子则分别持有华星光电 55%、30%、15% 的股权。

与此同时，TCL 出资 1 亿美元参股三星苏州液晶面板项目 10% 股份，三星占 60% 的股份，苏州开发区占 30%。

这是一份双方在高世代液晶面板投资领域交叉持股的协议。

TCL 与三星的合作渊源已久。三星是 TCL 彩电液晶面板的最大供应商，而 TCL 也是三星面板在中国市场最大的客户。2010 年，TCL 采购了 47 亿元的三星液晶面板，占三星面板在中国市场出货量的一半以上。

华星光电的启动，让两家公司在一个新的高度和平台上，实现了利益的分享与风险的共担，也因此，中国彩电企业第一次摆脱了在产业中下游仰人鼻息的局面。研究机构因此评论说："通过华星光电，TCL 集团已成为国内唯一一家打通彩电产业链的企业，从此，中国彩电企业彻底摆脱过往电视成本受制于上游厂家的局面，从产业链上游层面掌控了电视市场价格的话语权。"

李东生再一次完成一项"不可能的任务"，在技术和资金密集的基础部件领域实现战略突破，TCL 在彩电和平板显示产业领域成为首家有能力挑战国际巨头的中国企业。

图 18–5　2011 年建成的深圳光明新区华星光电厂区

第十九章　TCL 再出发

从发展来看，人最大的恐惧在于不知道不知道什么，企业最大的风险在于不知道想成为什么。TCL 发展到今天的规模，要求各级干部必须要时刻具备危机意识，我们要重新梳理我们的战略、清晰定义我们的发展能力，要依靠战略驱动来迎接下一个 30 年的挑战。

——李东生

2011年9月29日，TCL新30年的第一天，李东生却飞到了韩国，他要寻找一个答案——三星和LG是如何崛起的？尤其是三星电子，为何能在短短的几十年间，便超越“老师”索尼、松下，登顶世界电子王者的宝座？又为何能在苹果与乔布斯带来的强大压力下，仍紧跟苹果步伐？甚至于在金融危机时，在韩国巨头大宇都无奈破产的阴霾里，三星何以能安然度过？这些问题的答案被誉为这个星球上最大的秘密，吸引着无数企业家、学者、政府官员们的好奇心。而它对于TCL和李东生的意义，又格外特殊——同处一个产业、区域上也异常接近的两位选手，在一场面向未来的竞争中，到底是该楚河汉界，还是可以交融互利？

或许只有时间知道答案，但李东生却明白另外一个道理：在经过了30年的累积之后，TCL终于拥有了跟三星、LG们一起参加“奥运会”决赛的资格，尽管终于站在了这个舞台上，但却是那么的不容易。而更重要的是，TCL距离三星、LG、索尼、飞利浦这些“强者”们还有不小的差距。一方面是终于有了一个来之不易的机会，另一方面，在时间无多的情况下，TCL还有一系列的短板待提高，怎么办？

为什么总是三星？

李东生明白的那个道理就是：向最强的对手学习。而三星也的确是一个值得TCL学习的老师。

跟TCL一样，三星集团的起点也很低。1938年，三星创始人李秉喆相当于现在200元人民币的资金起步，在韩国开了一家米面行。在第二次世界大战动荡的岁月里，三星摸爬滚打地完成了原始积累，而当战后工业化浪潮到来时，三星便搭上快速列车扶摇直上。

客观地讲，三星的崛起得益于世界范围内的制造业转移浪潮。20 世纪 70 年代，欧美发达国家的制造业向人力成本低廉的亚太地区转移，台湾、香港、新加坡与韩国是那个时期最主要的承载地，被誉为“亚洲四小龙”。但一个有趣的问题是：为什么是三星异军突起，而不是其他企业呢？

这样的疑问在 2002 年时达到了高潮。2002 年，三星电子的股票市值首次超越曾经强大的日本索尼，从而宣告了一个新时代的来临。因为仅仅在 10 年前，三星还经常派出代表赴日本“拜师学艺”，10 年以后，却已然“青出于蓝而胜于蓝”了。

相似的故事还发生在当下。今天，依托着史蒂夫 · 乔布斯天才的产品设计，美国的苹果公司创造了新神话——依靠着为数不多的几款产品，苹果公司席卷了全球——到 2011 年第三季度，苹果公司因为产品热销，储备了 762 亿美元现金，超过了 126 个国家的 GDP 总和。也正是在这样的攻势下，昔日 IT 业的版图被彻底颠覆，尤其是在手机业，曾经风光无限的霸主——不论是诺基亚，还是摩托罗拉，都已成明日黄花。但又是三星，成为为数不多的可以跟苹果抗衡的 IT 电子公司，它在法国、意大利和日本掀起的专利反击战，是我们在这个时代里能见到的仅有的抗衡案例，三星的智能手机销量 2011 年也超过了苹果。

三星这样的能力，无疑是令人着迷的，也是促使李东生要向三星学习的根源所在。因为并不是每个人都可以成为天才的“乔布斯”，但却可以接近“木呆”的李健熙。更重要的是，TCL 或许是今天中国公司中，跟三星最接近的那个“学生”了。

持续成长的基因

在公司领域，同行是冤家是一个颠扑不破的真理，但现代企业间又往往不是简单的竞争关系，合作同样比比皆是，TCL 与三星便长期保持着这种关系。而在李东生看来，三星更是一个值得尊敬的对手，并直言不讳将其视为 TCL 追赶的目标。事实上，TCL 与三星在很多成长基因上有着惊人的相似。

1993 年，接替父亲李秉喆出任董事长的李健熙宣布实行“新经营”策略。这是一场旨在通过从员工个人到整个企业的积极变化来实现从“数量经营”到“品质经营”的转变，并由此实现世界一流的企业经营革新运动。为了推进变革的执行与观念深入程度，李健熙从改变上下班工作时间开始，将全球通行的朝九晚五制度，强令改成上午 7 点上班，下午 4 点下班。结果，这项措施的实行让 20 万人上班下班避过交通拥堵的高峰期，然后下班后有很长的时间，都可以用来学习，培训进修。很多人就是在这段时间学习英语，为日后三星扩展海外市场打下了基础。

与三星这段历史相似的是，TCL 同样也有这样的一段往事。1996 年，李东生接替张济时出任 TCL 集团的董事长兼总经理，并在 1998 年开春明确提出“经营变革，管理创新，建立竞争优势”的口号，在 TCL 内部提出对标，提出“创中国名牌，建一流企业”的经营目标，并提出了“为顾客创造价值，为员工创造机会，为社会创造效益”的企业宗旨。这些提法和随之并行的管理创新行动让 TCL 实现二次创业，同时匹配 5 年改制，使 TCL 在那几年焕然一新，从惠州的一个地方品牌一跃成为中国的顶尖品牌之一。

另外，TCL 和三星一样，也同样有过死去活来的过往。1997 年的亚洲金融危机，三星经受了很大打击。1998 年 7 月末，在韩国新罗饭店，20 多名三星电子最高层为最终的结构调整改革召开了影响深远的“生死对策大会”。十多个小时的会议过程充满了紧张和悲壮的气氛。会议结束时，作为副会长的尹钟龙以身作则，首先写出“辞呈”，接着，大家都写了辞呈，表示如果到当年年底没能进行改革，或改革不成功，全体都将辞职。这就是著名的三星集团董事长李健熙的口号：“除了妻儿以外改变一切！”在这一变革下，三星也从一家三流公司，一跃超过索尼成为亚洲世界级公司的代表！

TCL 则同样有自己的敦刻尔克时刻，由于并购汤姆逊彩电和阿尔卡特手机项目的诸多不慎，TCL 集团曾经陷入 ST 的困局。在这种情况下，李东生写下《鹰的重生》，反思“诸侯文化”，并由此推动整个 TCL 的又一次管理变革，逐渐走出发展的低谷。

相似的发展轨迹是历史的巧合，而面向未来，TCL 和三星也有相近的发展战略。三星的成功，可以用全产业链、速度效率、学习、开放创新、国际化、品牌定位及销售体系、跨产业融合这样的词汇来形容，而这些词汇也正是今日 TCL 的特色。

从全产业链上说，TCL 未来发展战略主要是围绕多媒体、通信、家电核心业务进行的相关多元化拓展，而在彩电优势产业强调产业链垂直整合，尤其如多媒体显示终端这块，TCL 从整机到模组、面板是一条链打穿。2011 年 9 月华星光电的建立，使 TCL 成为中国第一家能够全面掌控液晶显示完整产业链的电视机厂商，在国际上也是少数几家具备如此全面能力的企业。这意味着 TCL 后续将具备彩电和平面显示

图 19–1　2011 年 4 月 21 日，TCL 集团董事长李东生与韩国三星 LCD 事业部社长张元基签署深圳和苏州面板项目双方换股合作协议，国家发改委副主任张晓强等领导出席见证

产业硬件体系的绝大部分成本控制能力，这样的产业链能力必将给 TCL 的国际化进程提供实质性的后盾支持。对于 TCL 这种快速发展的中国企业，三星公司选择了一种深度合作的姿态，对华星光电参股 15%，并计划购买与股份比例对等的液晶面板，而 TCL 则入股三星苏州液晶面板项目 10% 的股份。但两者的差距也是明显的：三星在主要业务部门都已形成产业链之间的上下游支撑，建立起核心部品和组件的掌控能力；三星拥有强大的半导体芯片技术能力，能够开发新型的应用材料，已经形成强大的软件技术能力；三星拥有的技术专利已经覆盖了其主要产业领域，而 TCL 还未发展到这个阶段，产业资源之间的配合性未能如此精密。

再说对速度效率的重视，三星企业崛起的原因，外界公认的是它推出新产品的节奏和设计能力上压倒了日本企业。三星有个著名的生鱼片理论，谈及三星如何维持高利润时，三星 CEO 尹钟龙曾作过一个生动的比喻：新产品就像生鱼片一样，要趁着新鲜赶快卖出去，不然等到它变成“干鱼片”，就难以脱手了。一旦抓到了鱼，在第一时间内就要将其以高价出售给一流的豪华餐馆，如果不幸难以脱手，就只能第二天以半价卖给二流餐馆，到了第三天，这样的鱼就只能卖到亏本的价钱。而电子产品的开发与推向市场，也是同样的道理，要在市场竞争展开之前把最先进的产品最快推向市场，放到货架上。这样，就能赚取由额外的时间差带来的高价格。只要能缩短产品研发和推向市场的周期，就一定有利可图。迟到几个月，就毫无竞争优势可言。

在速度效率上，没有哪家电子厂商做得比三星更好，从而凭借自身的时间优势赚取最高的利润。而 TCL 也恰恰是一家非常重视速度效率的中国企业，速度冲击规模曾是 TCL 彩电称雄市场的秘诀之一。2006～2008 年间即使是在国际化亏损最严重的时刻，面临外部融资渠道不畅、银行银根紧缩的外部环境，整个 TCL 集团也得益于快速周转的能力，现金流始终保持比较充沛的状态，使得企业度过了最为危险的阶段。相同的策略表明，两家企业对供应链作用的认识高度一致，进而在内部流程、组织授权等方面具有相似性。

国际化带给 TCL 固然有诸多的推动作用，但在著名学者姜汝祥先生看来，懂得超前的产业布局和提高供应链速度效率是 TCL 国际化最重要的经验之一。他认为现在 TCL 的产业布局和供应链响应速度至少领先国内同等企业 3～5 年，而这种竞争优势，会在未来的竞争中越来越明显地体现出来。

说到开放创新的管理理念，两家企业均有相似之处。比如在数字化浪潮中，三星前瞻性地看到了未来竞争的关键，从而大力投入半导体、显示等核心部品产业，同时在终端产品上重视工业设计，这种部品能力加终端产品的攻击组合击中了日本企业的软肋，从而赢得了竞争，而在以移动互联网和社会化媒体推动的开放大浪中，三星再次成为领导性品牌之一。而 TCL 在这一浪中也跟得很紧，TCL 工业研究院是最早从事云计算和智能电视开发的企业之一，也是国内最早从事安卓智能电视研究的厂家之一，其首推了互联网电视产品，在云计算技术及内容布局和平台建设方面也领先于同行。

无独有偶，与三星重视工业设计能力一样，李东生也把工业设计能力提升到消费类产品的核心竞争力层面，在内部会议多次讲话中给予重视，并早早在国际化并购初期就成立了一个具有国际水平、名为“倜傥”的 TCL 全球设计中心。2008 年 4 月在中国彩电业年度行业总评“中国数字电视年度盛典”中，TCL 一举夺得“中国数字电视年度国际成功大奖”、“年度液晶电视大奖”、“年度绿色健康产品大奖”三项大奖；2009 年 1 月，在美国拉斯韦加斯的国际消费电子展（CES）中，TCL 的 X9 液晶电视荣获“最佳产品奖”；2 月份，C10 液晶电视在欧洲获“红点”设计大奖。

从最近几年的市场产品特色比较看，TCL 彩电的外观、工业设计能力一直是领先行业同行的。在李东生看来，创意感动生活，除了 TCL 的产品有很好的科技含量，首先外观和第一印象要有打动消费者心灵的设计能力。事实上，在消费电子产品领域，苹果公司已经生动地给后来者演示了依靠震撼的工业设计能力引爆市场流行的战例。

至于国际化、品牌定位及销售体系，是 TCL 与三星差距较大的一环。

三星的国际化崛起于 1998 年亚洲金融危机后的困极思变。当时三星管理层清醒地认识到韩国国内市场过于狭窄，而代工业又受制于人，于是将发展重心转移到扩展国际化市场的品牌体系及销售体系搭建。三星进行了整个组织结构和产品技术结构的转变，以最快速度弥补与日本企业的技术差距，并大力提升品牌力，推进国际业务。通过产业竞争力的提高和赞助奥运会等大手笔的品牌市场推广投入，三星已经成为全球电子业的顶级品牌。

而 TCL 同样是最早开始国际化征战的中国企业，在彩电、手机两个领域内在全球市场攻城略地，已经建立了覆盖全球主要市场的销售体系。与韩国、日本企业相比，TCL 更注重充分发挥成本优势和中国企业的运营能力优势，在拉美、中东等新兴市场区域进展飞速，形成了一道风景特异的中国攻势。比如在越南、阿根廷等发展中国家，TCL 已经是当地非常知名的国际性品牌，市场占有率已占据第一阵营，TCL 品牌的张力和弹性赢得了越来越多的国际合作客户。2010 年，TCL 海外市场销售手机 3 400 多万台，彩电 500 多万台；产品覆盖全球主要市场，而且绝大部分是以自己的品牌销售，是国内企业中国机销量最大的企业之一。

2008 年 11 月，TCL 与亚组委签约，成为广州 2010 年亚运会主赞助商，进一步向全世界传播 TCL 品牌形象。其后 TCL 集团成为中国男篮主赞助商及 CBA 指定赞助商，品牌推广平台和手段更加丰富成熟和多样化。

图 19–2　OCA 亚奥理事会主席艾哈迈德 · 法赫德 · 萨巴赫亲王参观快乐魔方

全产业链、速度效率、开放创新、国际化、品牌定位及销售体系搭建以及跨产业融合，这些关键词用在一家电子公司身上，都指向一个愿景，那就是做“数字化消费潮流”的创造者。而唯有掌握全产业链和形成强大的工业能力，才可能保证自己不因供应链的某个环节的缺失而有心无力；唯有融合，才能给用户提供数字化生活的全方位体验和一站式的服务；唯有开放，才能更敏锐地掌握最新潮用户的所思所想，才能引爆流行；唯有国际化，才能超越地域和文化，提供真正能到达消费者的电子产品和兜售电子产品背后的数字化消费潮流。

TCL 在路上

2011 年，TCL 迎来了近 5 年来最好的业绩反弹，产业布局上堪比国内大飞机项目的华星光电也已顺利量产，这一切都意味着 TCL 已经摆脱了国际化出师不利的阴霾和阵痛，企业重又回到正确的发展轨道上来。

度过了国际并购那场海啸的 TCL 和李东生，常常会被追问怎样去看 TCL 在 2004 年的那两场振奋人心的跨国并购。李东生自己也在不断地反思和总结，尝试客观地复盘当年这场震动全球电子产业的战役。

虽然这两个并购项目的成本代价超过预期，但李东生不同意一些人将 TCL 的这场跨国并购作为失败的案例。首先这两个项目依然分别在跨国并购后形成的全球产业架构下健康经营，并取得良好的业绩。TCL 多媒体和 TCL 通讯两家企业在 2010 年营业总收入 310 亿元，其中海外销售收入 161 亿元，占 52%，在欧美市场和主要新兴国家市场都能看到 TCL 的彩电和手机。

通过并购，TCL 彩电销量现在占全球市场第 6 位，虽然比并购后当时的位次低，但依然保持了中国彩电的龙头地位。更重要的是，利用并购形成的全球产业架构，TCL 彩电率先在核心技术和上游产业链建设上实现突破。核心技术能力、液晶产业链和国际化经营三方面优势，将使 TCL 彩电在未来比其他中国同行拥有更大的成长空间，TCL 已经成为全球彩电及显示产业最重要的玩家。但从股东价值实现的角度，并购后的 TCL 多媒体确实还没有给出投资者期待的回报，李东生和多媒体团队还要努力。

而并购阿尔卡特手机已经取得了阶段性的成功。通过并购，借助阿尔卡特的产品技术基础、专利保护和市场渠道能力，TCL 通讯成功在欧美市场奠定了自己的竞争地位，销量已经上升到全球手机产业第 7 位，超过并购时两个企业总销量的 2 倍。而且通过开拓海外业务，TCL 通讯在 2004 年开始的那一轮国内市场残酷的拼杀中生存下来，并且正在智能手机和移动互联网终端产品转型之际，重建国内市场的竞争优势。当我们看到和 TCL 同期获得手机生产许可证的其他 11 家国内手机厂商已经被淘汰出局，看到爱立信、飞利浦、西门子这些国际巨头手机业务也被淘汰出局，而 TCL 在移动通信产业高歌猛进，应该能够给 TCL 并购阿尔卡特以更高的评价。

当年的并购，是开中国企业国际化业务的先河，作为先行者，李东生和 TCL 要承担更多的风险和代价。当时信息产业部副部长娄勤俭就大力呼吁国家要给这些国际化先行的企业支持，国家要承担起“中国企业国际化探索性成本”。确实，在没有任何国家实际支持的条件下，TCL 将这两个国际并购项目坚持下来，并取得了初步成功，为其他中国企业国际化提供了宝贵的经验，确实值得社会各界对 TCL、对李东生们给予更多的喝彩和掌声。

三十而立，TCL 交出了这样一份沉甸甸的业绩单：手机产业全球排名第 7，中国排名第 2；彩电产业全球第 6，在中国则始终处于第一位。而比这些数字更重要的是背后的意义。今天 TCL 的产业结构，已经形成了“4+6”的强大产业组合，而且彩电、手机两大核心业务的赢利能力在持续改善。

在继 2007 年度整体扭亏、竞争力逐步提升后，TCL 集团 2010 年销售收入增加到 518 亿元，恢复到 2005 年国际并购后的历史高点；2011 年 TCL 国际化竞争力更是实现了根本性的突破。TCL 集团及旗下的两家上市公司全面赢利。集团前三季度财报显示，实现营业总收入 438 亿元，同比增长 21%，利润总额 13.6 亿元；主要产品液晶、彩电和手机都保持强劲增长；更为难得的是在欧美金融危机及全球经济放缓的情况下，海外业务取得 12% 的增长。从各分项业务看，TCL 多媒体、TCL 通讯和 TCL 家电三大主业实现同步增长。

但与三十而立的豪情相比，我们看到的更多是李东生对未来发展的理性思考：“下一个 10 年，应该属于战略驱动、快速发展的 10 年，而是否具有前瞻性的战略眼光，将在很大程度上决定一个企业在未来的发展。全球电子信息产业正经历着一场深刻的变革与重组，只有真正掌握核心能力和能够驾驭这些能力的企业才能获得持续发展。TCL 必须要坚持国际化战略不动摇，通过建立全球运营能力，不断提升企业经营水平，同时持续提升工业能力、技术创新能力。”

很显然， 虽然三十而立，但李东生本人不愿意过多地谈功名，而是在更务实地规划 TCL 的下一个 30 年，正如庆典晚会上 TCL 多媒体的舞蹈《在路上》表现出的强烈的征战意志和使命感一样，三十而“励”，这是李东生给 30 周年活动内部宣传

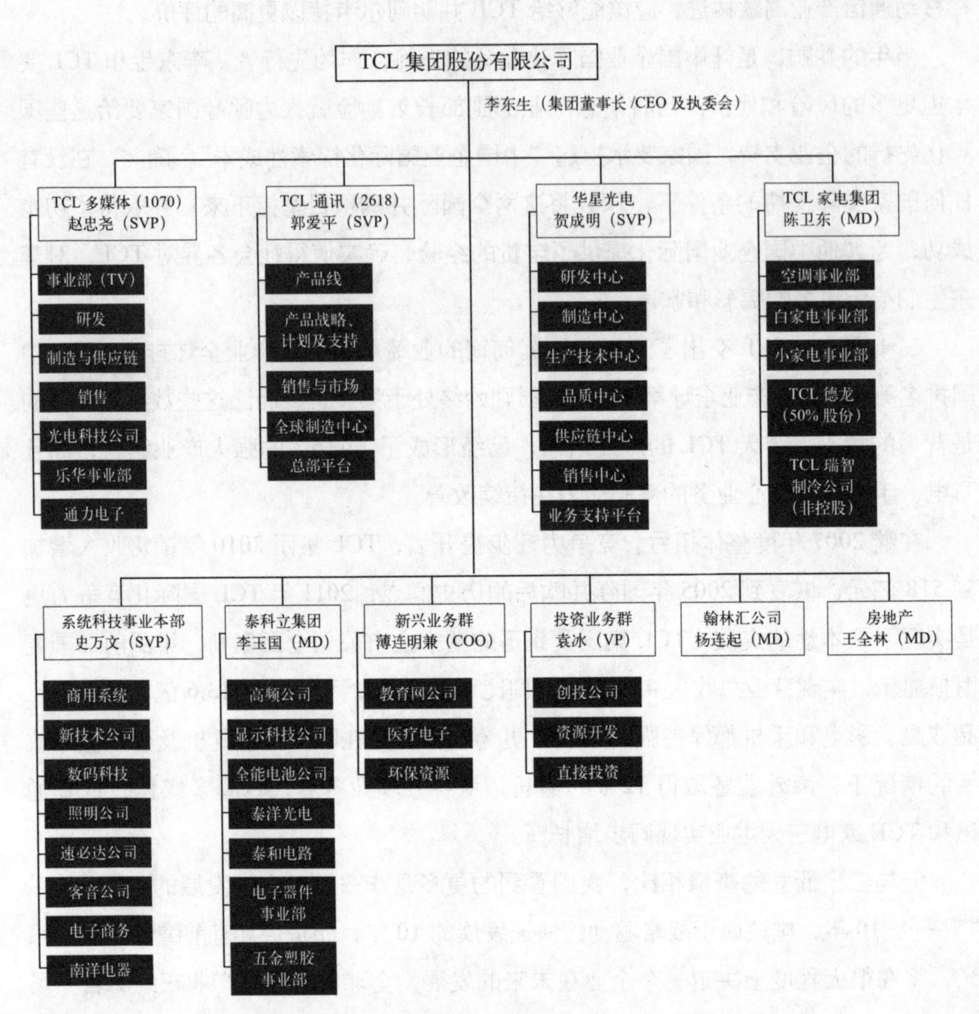

图 19–3 TCL 集团新“4+6”产业组织架构

最终确认的基调，时刻提醒自己的员工：我们在路上。这是一个商业领袖的睿智体现，激情、进取而又时刻保持清醒。

总投资245亿元的华星光电项目上马，标志着TCL已经向技术和资本密集的产业链上游延伸。在彩电领域，还没有第二家中国企业能同时具备“面板—模组—整机品牌—国际化销售”体系的纵向整合能力。

而横贯通信终端产品、多媒体影音终端产品、家用电器、液晶面板和商用系统产品的产业战略布局，也为TCL未来的发展奠定了很好的基础。TCL作为一个大型国际化和综合性的电子电器产业集团，雏形已经形成。我们可以期待，在越来越多的国家，看到TCL的产品，TCL品牌也将在国际市场有更大的影响力。

2011年9月29日作为新的征程起点，注定为所有的TCL人所铭记。一如许多伟大企业在路途中所展现的那样：路从这里开始，永远没有尽头，李东生和他的TCL也一直在路上。

附：

TCL新时期立体战略模型

（摘自TCL集团30周年内部刊物）

为更清晰地描述TCL集团未来的发展战略，2011年8月，TCL正式公布了基于“三个能力”（工业能力、技术能力、全球化运营能力）的立体价值战略模型，该模型凝聚了集团对企业、产业发展的深入思考和长远规划，既是对集团过往经营实践的得失总结，又是指导企业新时期发展的“战略航海图”。

新战略以清晰直观的立体模型阐明了集团企业的产业化发展思路，既深刻洞察了各企业竞争力现状和发展瓶颈，同时也是对产业背景及趋势、产业规律的科学总结。其中一个鲜明的特色是以能力定战略，切中肯綮，更多地关注过程而非结果，更加务实有效。因为能力支撑战略，没有能力的提升战略就没有实施的空间。下面简要解释新战略模型中三项核心能力的要求和相互关系：

一、工业能力是TCL生存的根本

这一点对TCL特别重要，由于我们涉及的产业大部分竞争激烈，利润率不算很高，很多企业也未能发展到像苹果一样能主要依靠时尚品牌、超前设计来获取高额利润的阶段，因此工业能力是我们生存的基础，是一切事业的根基，丢掉了工业能力，TCL的产品市场竞争力、品牌影响提升就无从谈起。

从TCL发展历史看，工业能力强弱与企业兴衰息息相关。20世纪90年代，TCL彩电之所以能够异军突起，一个重要的支柱是工业能力的创新性建设和突破性提高，当时TCL建立了CRT时代国内最大、年产300万台彩电的惠州王牌基地，率先做出国内速度最快的彩电生产线，形成了国内首屈一指的研产销一体化工业能力，从而为TCL彩电的长远发展奠定了基础。近年来TCL通讯的凤凰涅槃、TCL家网的持续增长，也充分说明了工业能力对于企业成长的决定性作用。这些企业都曾陷于生死困境、今天却能成为集团业绩支柱，说明工业能力是立企之本、生存之根，没有工业能力积累的发展是不可持续的，丧失工业能力的企业就会陷入草木无根、舟船无楫的危险境地。

优秀的工业能力至少包括5个方面：

1. 效率、速度、成本控制；

2. 制造工艺优化；

3. 质量保证体系；

4. 关键部品开发与创新；

5. 产业链纵深拓展。

其中效率、速度、成本控制是TCL各级各类企业的基础竞争能力，综合体现为日常运营活动的高效率、快周转、低成本能力。制造工艺优化，要求企业能紧跟产业进步节奏，持续优化生产工艺，同步升级工程设备能力，建立业界领先的标准化生产管理体系。质量保证体系要求企业建立全集团的质量准入制度，推进卓越绩效管理准则的应用，提升客户满意度。关键部品开发与创新包括新型元器件、模组设计开发、新材料应用、新型显示器件设计和工艺制程开发、精密模具、精密部件设计等。产业链纵深拓展要求洞察产业链价值来源及变化，逐步加大对产业链上游核心部品、重要技术、依赖性强且价值含量高、需求潜力巨大的产业链环节的渗透和投资，增强对产业链实质性控制和影响、提升整体价值空间。

工业能力的进步必然会增强和扩大集团企业在产业价值链上的空间，带来产业升级的实效，这些工业能力如得到切实增强，TCL的综合竞争力必将更上一层楼。相关关系上，工业能力与技术创新密不可分，互为犄角，光有好的技术、没有强的工业能力是走不远的，这一点在电子消费领域尤其明显。今天全球市场上三星、索尼等企业的产品相对领先，很重要的一个原因就是它们的工业能力比较强，而技术层面差异反而不大。在面板领域，好的工业能力更是一种核心竞争力。需要注意的是，工业能力是一种效率和能力，不是有工业投入就会产生工业能力，必须要有很好的管理才能促成转换。

二、技术创新能力是TCL可持续发展的关键

今天的市场竞争，简单的低成本战略已不太可行，必须要加上技术创新的因子才能符合产业进步的要求。今天中国制造型企业发展已经到了这样一个瓶颈：不是受到市场容量的限制，空间已经足够大，而是如何摆脱价低质次的不良印象，要从基于低要素、资源价格优势向真正具有持续创新能力的优势转变，从微笑曲线的底部向价值链高价值区的两端扩张，这一切都需要通过产品技术创新带来的高利润流去突破。与对手做同样的事情固然可以通过低成本取胜，事实上在简单的低成本、运营效率取胜策略下，没有一家公司能创造出真正独特的竞争地位。

从消费者层面可以更容易地理解对技术创新需求的迫切性，今天很多地区的消

费者已进入二次、三次购买的成熟阶段，产品口味要求越来越“挑剔”，常规产品的利润已经像刀片一样薄。可以很明显地看到，近年来手机、彩电、空调、冰箱、洗衣机等行业产品升级浪已经加快，智能手机、智能电视、3D 电视、变频空调、多门冰箱、滚筒洗衣机等字眼持久地占据着消费者的兴奋点，产品竞争的时代事实上已经提前到来，苹果公司正是凭借遥遥领先时代的 iPhone+ 应用商店模式颠覆了诺基亚等盘踞多年的手机产业格局，这样的胜利既是对机海战术的否定，更是对从消费者洞察出发的产品技术创新路线的市场褒奖。同样，国内一些白电领先企业也正是依靠持久的技术创新大幅提升了产品力，从而在城市市场二次需求更新中占据明显的优势，收获了更好的产品溢价。消费者本质上不喜欢便宜的产品，而喜欢占便宜的感觉，高价值、低价格才是他们嘴上不说、但却非常真实的消费心理诉求。在这种需求面前，那些技术创新能力不强，甚至直到今天还未建立工业能力和技术创新体系的企业将非常危险，极易在产品升级浪潮中被消费者抛弃。

因此 TCL 集团的可持续发展必须依靠一大批核心技术的突破，形成科技推动力，打造出一批深受消费者青睐的产品，从而有效驱动市场开拓，覆盖更多层次的用户群体，真正实现“由大变强”的转变、体现“创意感动生活”的内涵。如果技术创新能力不强、品牌影响就不可能有实质性提升，集团成为“受人尊敬和最具创新能力的全球领先企业”的愿景也就不可能实现。从目前 TCL 主要产业发展看，技术创新的要求已然十分迫切，部分企业的产品技术与行业领先差距明显，表现为市场上缺乏明星产品、高端产品销售不足，导致市场开拓只局限于局部市场、局部领域，行业节奏上多采取跟随战略。苹果、HTC 等已经证明，重新对消费者进行深刻的价值挖掘，通过出色的技术创新，即使在消费电子领域也一样可以挖出价值含量高的“石油”来。TCL 集团正经历着由 500 亿元到 1 000 亿元的突破，重中之重就是要能持续提升技术创新能力，提供更多具有高附加值的产品，从而创造出更多的市场和产业空间。这样才能长远地保证企业赢利能力、促进可持续性发展。

根据新时期集团立体战略模型界定的技术能力，主要包括：

1. 基础软、硬件平台开发；

2. 新材料 / 新部品开发、核心工艺创新；

3. 新技术快速集成与应用；

4. 消费者洞察和创意设计、工业设计；

5. 知识产权保护及标准制定。

技术创新能力和工业能力合起来可以称为产业能力，是 TCL 任何一个企业走产业化发展道路的支柱点和长期竞争力来源，二者互相促进，缺一不可。工业能力提升可以更好地实现和转换技术创新成果，技术创新能力增强反过来可以更好地指导工业能力提升。

三、全球化运营能力是 TCL 重要的竞争能力

根据 TCL 立体竞争策略定位，全球化运营能力主要包括企业文化与组织、产业内部及外部协同、全球市场运作、全球供应链整合、全球资源配置与经营管理。全球化文化与组织指求同存异，塑造绩效导向、全球一致的企业价值观，促进跨地区组织和员工间的文化沟通；建立起集权与分权相平衡，标准化与本土化并存，扁平、高效、透明的全球化运作管理体系，持续提升各项管理能力；产业内部及外部协同指要建立集团产业间的横向协作机制，共享重要客户、关键技术、供应链资源及特定组织能力，形成生态化、紧凑型 、低成本、互相支持的高效业务集群和良好利益相关者机制；全球市场运作是指要在企业资源和组织能力支持半径内，选择恰当路径，先易后难，有条件、多模式、分阶段地进入全球各层次市场；通过利益捆绑、价值观统一、输出管理等方式，开发和占领一大批核心产业优质渠道资源；逐步成为能面向全球市场提供产品与服务的跨国公司；全球供应链整合指建立能协调全球资源、快速响应、低成本的供应链管理模式和组织；全球化资源布局和经营管理指以获取资源优势为基本目标，充分利用各地区资源禀赋，通过新建、并购、联盟等方式，在全球各特定地区针对性配置生产、研发、采购、销售、资本筹集等机构，达到降低成本、弥补短项、规避风险与障碍、贴近市场的目的。

必须要注意的是目前 TCL 各个产业发展阶段不同，产业行业背景不同，运营能力、定位也有差异，公司将根据各个产业不同阶段的特点，首先在多媒体、通信、华星光电和家电集团这四大主导产业积极推进全球化运营、构建全球化组织、强化全球化资源布局和供应链整合能力，并借鉴国际领先企业的经验，加强内部协同，提升公司整体竞争力，其他企业更多是需要加强运营能力。

|后记|

一个关于实业的中国梦想

和李东生近距离接触过的人，很容易被他的外在“迷惑”。他性格温文尔雅，待人接物都显示出极好的修养，似乎从不会发脾气。如果不是他自己讲述，恐怕没人会想到，他曾经在用餐时与欧洲同事开电话会议，生气到摔完盘子又摔手机。

这样的细节让我们得以更加立体地看待眼前这个人。之前，他是TCL的掌舵者，是头顶无数光环的成功企业家，而此时，他还原为一个人。

正因为他是一个有着丰沛内心的人，他才那样执著于自己的梦想，数十年如一日，百折不回，九死不悔。我想，这种已经融入骨髓血液中的东西，只称为梦想或许有些轻了。一个人拼尽毕生为之奋斗的，可谓之：信仰。

是的，李东生信仰实业，信仰脚踏实地的努力才是这个国家实现复兴，重回世界强国之林的必由之路。在长达两年的采访过程中，数次与这个已近知天命年纪的男人对面交谈，其话语平和，极少渲染，我却每次都会被他的实业梦想和家国情怀所触动。TCL 30周年的宣传口号赫然便是“追梦 30 年”，令人动容。

中国改革开放 30 年，何尝不是“追逐梦想”的 30 年？在这 30 年间，中国从一个贫穷落后的国家发展成全球第二大经济体，“中国崛起”举世瞩目。而这当中，支持中国成为经济大国以及未来的经济强国的最重要基础便是中国工业能力的大幅提升。在这个过程中，TCL 等一大批不断成长壮大的中国企业成为构筑中国经济实力的基石，中国的大梦想最终是无数小梦想的汇集，TCL 所执著的梦想正是李东生一直念兹在兹的实业报国。

回顾 TCL 的发展历程，我们能清晰地看到李东生践行他的信仰和梦想的漫长路程。

1982 年夏，刚刚大学毕业的李东生回到家乡，当两份政府单位的工作摆到李东生面前时，他却主动去找人事局领导，说自己不想坐办公室。“这么好的工作都不要，难道想回去做工人吗？”李东生回答：“我就想到工厂去。”一个实业的梦想就此诞生，启程。

1995 年，李东生率领 TCL 狙击国外彩电巨头的“入侵”，以“敢死队长”自称，降价迎敌，登高一呼，应者云集。当时李东生领导的 TCL，规模和实力尚显稚嫩，却能站在民族产业的高度，为行业呼号奋发，敢为天下先的背后正是李东生实业报国的拳拳之心。

待至 2004 年，李东生再次只身犯险，勇闯国际化难关，试图为中国企业蹚出一条可行之路。其后千难万险，可谓九死一生，李东生未曾说一个“悔”字。有人问，如果能够重来，他是否会作别的选择，李东生答：再来一次，我依旧会这样做；但如果有机会让我再做一次，我会做得更好。其言铿锵，有金石裂帛之声。

而这个追逐梦想的过程，无疑也有着各种意想不到的艰难与风险。国际化的试验差点使 TCL 万劫不复，数十年积淀毁于旦夕之间，为此李东生承受了巨大的压力，一度心力交瘁，然而他却咬紧牙关，负重前行。

艰难困苦，玉汝于成。真正伟大的企业，必然经历刻骨铭心的磨难。电子行业的巨擘苹果和三星也是如此：十多年前，乔布斯接手濒临破产的苹果公司，将它做成美国市值最大的科技公司；李健熙在东亚金融危机后，将负债率超过 200% 的三星做成全球销售规模最大的电子企业。而李东生则写出《鹰的重生》，以力挽狂澜、再塑河山的气魄激发自己和 TCL 绝境重生，也使 TCL “鹰的重生”的故事成为中国企业在建立全球竞争力征途中的一个样板，并为诸多后来者提供了精神上的养分。

而与国外企业相比，李东生和TCL所面临的困难显然更大。中国特定的国情和经济环境，都决定了中国企业只能凭借不断地试错去摸索出一条可行的道路，这其中付出的代价不可谓不巨大。这是李东生的无奈，更是一代中国企业家的无奈。而李东生在这样一个过程中，保持追逐梦想的进取心的同时，还难能可贵地有着强大的内心力量，使其能够去应对一切外来的困难和打击。所谓士不可不弘毅，任重而道远，李东生和一批优秀的中国企业家正是这条漫漫修远路上苦苦的思考者和求索者。

而庆幸的是，在TCL成长和发展的过程中，一些地方政府老领导，如林树森、李鸿忠、肖志恒、钟启权、游宁丰等人，慧眼识珠，对TCL多有扶持勉励，支持着TCL一路前行，甚至在TCL最困难的时候为之加油鼓气。而让他们欣慰的是，TCL不负众望，历经30年已成长为一家颇具国际化风范的大企业。而今回眸，我们发现，他们对TCL的关爱有加，也缘于他们与李东生一样，心怀实业梦想，因此寄希望于TCL坚持实业所能开辟的远大未来。

TCL是伴随中国改革开放成长起来的第一代企业，是中国最早的合资企业、最早的改制成功的企业、最早的海外上市公司之一，李东生将全部心血倾注于这家企业，来践行自己实业报国的梦想和信仰。期间有成功、荣耀，也有失败、挫折，纷至沓来，曲折往复，恰恰正是中国改革历程的缩影，展现出中国这个古老国度在一个恢弘时代的万千景象。

而在这个大变革的时代，李东生和TCL为中国企业这艘航船竖起了桅杆，无论是风雨侵袭还是大雾弥漫，李东生和TCL都始终屹立不倒，直插云天，一如他反复强调的那样："强大的经济才能支撑起强大的国家，而建立一大批有竞争力的跨国企业，是中国经济强大的基础。"斯言可贵，当为今人铭记。

至此，我想起一个故事，曾有人问日本的"经营之神"松下幸之助，说："你做了一辈子企业，也辛苦了一辈子，直到这么高的年龄依然为之操劳，却没有时间享受，这为了什么呢？"松下幸之助回答道："因为我正好赶上这个时代，国家需要我们这样付出，我们责无旁贷。我们辛苦点，后来者才能轻松些。"提问者闻言耸动，起立，向之鞠躬致敬。

而今天，我们是否也能如此，向那些肩负时代责任的企业家，向他们旷日持久的努力，向那个他们从未放弃的、一个关于实业的中国梦想，起身致敬？

在本书的最后，还要特别感谢所有 TCL 人，在 TCL 30 年的岁月里，无数人在这家企业奋斗过、拼搏过。除了在本书中出现的角色外，还有许多为这个品牌奉献出自己辛劳与智慧的人们，感谢他们。不论他们是已经离开，还是仍在坚守，我相信是他们的努力才让一个被称为“TCL”的梦想如此持久、鲜活而生动。

感谢 TCL 品牌管理中心的众多同事，他们是本书的桥梁，众多采访与材料都是他们安排与收集的，幕后工作的辛苦一言难尽。他们在繁忙工作之余，还倾力提供素材与协助，在此一并感谢。

最后，感谢蓝狮子财经出版中心的陆斌、李雪虎、赵晨毅及编辑徐蓁、张秋婧等人的辛勤工作，感谢中信出版社的编辑与领导们。

让我们一起向所有心怀梦想且坚持工作的人们致敬。

2011 年 9 月 28 日 TCL30 年庆典晚会上，TCL 集团现任高管团队登台合唱，左起：副总裁黎明、副总裁陈立宜、副总裁于广辉、副总裁黄伟、高级副总裁史万文、高级副总裁贺成明、高级副总裁赵忠尧、总裁薄连明、董事长李东生、首席财务官黄旭斌、高级副总裁郭爱平、副总裁袁冰、副总裁金旴植、副总裁闫晓林、副总裁许芳（副总裁王激扬因公务缺席）

TCL 30年大事记

1981

凭借5 000元贷款，惠阳地区电子工业公司与港商合资成立了TTK家庭电器有限公司，不仅是中国最早的12家合资企业之一，也是今天TCL的前身。

1985

成立中港合资的TCL通讯设备有限公司，初创TCL品牌，生产电话机。

1986

"TCL"商标在国家工商行政管理局注册，是中国第一个也是目前唯一一个只用英文名字注册的公司名称。

1989

TCL电话机产销量跃居全国同行业第一名，成就电话大王。

1992

研制生产TCL王牌大屏幕彩电，成功获取市场认可。

着手导入CI系统，成为国内较早实施CIS的企业之一。

1993

TCL通讯设备股份有限公司在深交所上市。

1996

TCL兼并香港陆氏公司彩电项目，开国企兼并港资企业并使用国有品牌之先河。

TCL王牌彩电跃居国内彩电市场三强。

1997

开创国有企业体制改革之先河，TCL实施了“授权经营、增量奖股”的国有资产授权体制改革，TCL集团公司成立。

1999

3月，TCL成立移动公司，进军手机业务。

11月，TCL国际控股有限公司（2005年2月更名为TCL多媒体科技控股有限公司）股票在香港成功上市，TCL彩电业务获得融资平台。

TCL进军越南市场，国际化起航。

2002

TCL集团股份有限公司注册成立。

同年，TCL手机业务大获成功，销量突破600万部。

2004

1月30日，TCL集团股份有限公司在深交所整体上市。

1月，TCL购并汤姆逊彩电业务，组建TCL–汤姆逊电子有限公司（TTE）。

8月，TCL购并阿尔卡特手机业务，合资成立TCL–阿尔卡特移动电话有限公司（T&A）。

9月27日，TCL通讯科技控股有限公司在香港联交所上市。

2006

7月，TCL集团董事长李东生发表了《鹰的重生》系列文章。

8月12日，TCL集团召开誓师大会，“鹰的重生”企业文化变革全面启动。

2007

TCL发布新的品牌战略“创意感动生活”（The Creative Life），为“TCL”三个字母注入了明确、个性鲜明的内涵。

12月，设立多媒体、通讯、家电、部品四大产业集团，以及房地产与金融投资业务群、物流与服务业务群等六大业务单元。

2008

11月12日，TCL集团正式成为广州2010年亚运会合作伙伴。

12 月 22 日，TCL 集团首台液晶模组下线，同时液晶模组整机一体化二期工程破土动工。

2010

1 月 16 日，深圳华星光电 8.5 代液晶面板项目正式开工。该项目是我国自主建设、迄今国内最高世代 TFT- LCD 生产线之一。

2011

8 月 8 日，华星光电 8.5 代液晶面板项目正式投产，华兴光电项目的建成投产标志着 TCL 成为国内首家拥有液晶电视全制程能力的企业。

8 月 9 日，TCL 集团正式发布基于“三个能力”的立体战略模型，宣布从“4+2”产业结构变更为“4+6”产业结构，设立包括 TCL 多媒体、华星光电、TCL 通讯和 TCL 家电四大产业集团，以及系统科技、泰科立部品、投资、新兴产业、翰林汇和房地产等六大业务群。

9 月 28 日，TCL 在惠州庆祝成立 30 周年，TCL 彩电和手机业务双双位居全球行业前列。